W0399662

Maura Maffei

La sinfonia del vento

edizioni PARALLELO45

Collana Secondo Millennio
Curata da Fabrizio Filios
I Edizione Luglio 2017

Progetto grafico: Laura Calza
Stampa Graphot
foto di copertina: opera di *William Orpen “Grace reading”*.

Tutti i diritti riservati
Parallelo45edizioni- www.parallelo45edizioni.it
Via XX settembre 12- 29121 Piacenza

Quest'opera è un romanzo storico in cui convivono personaggi realmente esistiti e fatti realmente accaduti con personaggi e situazioni di assoluta invenzione dell'autrice.

Così, per tutti quei personaggi di cui non sia possibile dimostrare con documenti l'esistenza in vita in Italia o in Irlanda tra il 1915 e il 1920, periodo entro cui si svolge il romanzo stesso, si afferma che ogni riferimento a persone realmente esistite e a fatti realmente accaduti è puramente casuale o è semplicemente funzionale alle esigenze narrative.

56° PREMIO INTERNAZIONALE
POESIA E NARRATIVA
"SAN DOMENICHINO - CITTÀ DI MASSA"
2015 SEZIONE E - Narrativa inedita
Prima classificata: *Maura Maffei*
Casale Monferrato (AL) con l'opera:
La sinfonia del vento

Motivazione:

La sinfonia del vento è opera letteraria che colpisce immediatamente per quella idea di verticalità che da sempre la musica esprime.

Il lettore scorre con lo sguardo le righe della pagina ma non può fare a meno di sollevare la testa, con quel gesto che corrisponde all'irrompere di una musica in un ambiente.

Maura Maffei si avvale di una strategia narrativa che appartiene unicamente alle grandi scrittrici: il libro è connotato dalla grazia, dalla potenza e dalla complessità di una sinfonia, e le parole fluiscono armoniose, come le note di uno spartito musicale.

Il susseguirsi degli eventi narrati viene concepito come un intreccio di "relazioni pericolose" tra letteratura e musica, dove le categorie dello spazio-tempo sono costruite e modellate come "movimenti", ossia come sezioni di forme musicali; ecco allora che i dialoghi, le riflessioni, le descrizioni diventano fughe, ritmi, contrappunti.

In questo intreccio ritmico, tuttavia, l'autrice non perde mai di vista una realtà che ha bisogno di elevarsi, attraverso quella tensione dinamica, verso l'ascesi spirituale che rende l'opera "eco dell'anima", ossia forma di conoscenza sensoriale, in grado di attingere da sola la salvezza.

"Non risorge forse l'Araba Fenice dalle sue ceneri, ogni volta che il cuore arso in polvere ha l'audacia di aggrapparsi a un raggio di sole?"

Leonardo Angiolini

INVITO ALLA LETTURA
di Fulvio Scaglione

"La vita non è brutta né bella, ma è originale". Viene da *La coscienza di Zeno*, lo scrisse Italo Svevo nel 1930. Una di quelle frasi imparate al liceo che mi è tornata in mente quando, un paio d'anni fa, approssimando l'età che un tempo si definiva "della pensione" e adesso chissà, la vita mi ha riservato una duplice scoperta: una parente e una scrittrice, per di più nella stessa persona.

Maura Maffei, l'autrice de *La sinfonia del vento* che vi apprestate a gustare, è infatti entrambe le cose. Sono piemontese e lei, come parente, appartiene a quel ramo della mia ascendenza materna che affonda lunghe e solide radici nel Monferrato. Come capita a molti uomini, che si fanno tenere certi conti dalle mogli o dalle madri, ancora oggi avrei qualche problema a definire con precisione il grado di vicinanza o lontananza dei nostri legami familiari. Ma sapermi parente di Maura, e dividere con lei i nomi di persone ormai scomparse, i ricordi di vicende ormai passate e le sensazioni di tante piccole e grandi svolte di vita (quel matrimonio, un trasloco, le strada tra Casale e Asti...) è una cosa importante. Perché profuma di tante estati passate in campagna, dei giri in motocarro con l'amatissimo nonno cantoniere Ugolino (battezzato così, come il conte dantesco del dolore e del digiuno), dell'erba intorno al cimitero di Castelletto Merli dove lui ora riposa accanto al fratello morto ragazzo ed eroe nella Prima Guerra Mondiale, di vendemmie, delle torte di zucca e delle frittate con le erbe dell'orto della nonna Letizia, dei rosari a maggio in una cappella piccola piccola, della neve puntuale a Natale sul pino di fronte a casa e nei prati intorno. Profuma, insomma, di un mondo contiguo al suo, che non posso più vivere ma che c'è stato, eccome, e che ancora oggi, passato più o meno mezzo secolo, resta il più generoso serbatoio di emozioni a cui possa attingere. Sono sicuro che, se legge queste righe, Maura sa benissimo di cosa parlo e cosa intendo.

Ma tutto questo, mi rendo conto, è un po' privato. Per fortuna c'è l'altra parte della scoperta, ovvero: Maura Maffei scrittrice. E prolifica, autrice di molti libri e intellettuale con un'inclinazione particolare: l'Irlanda. Una folgorazione giovanile, ho poi capito, ma più intensa delle molte che negli anni del liceo prima o poi toccano tutti. L'America, la musica, la poesia, il buddismo... Una chiamata, oserei dire, se non sapessi che Maura riserva certi termini a questioni ancor più serie e definitive, che l'ha spinta a diventare una vera esperta della storia dell'Isola di Smeraldo e una fine conoscitrice del gaelico, lingua affascinante e ricca di storia, ma anche tra le più ostiche del pianeta.

Sono nati così i suoi romanzi irlandesi, tra i quali anche una trilogia intitolata *Dietro la tenda* (*La fragilità della farfalla*, *L'ala del corvo* e *L'astuzia della volpe*) e scritta insieme con lo storico e letterato irlandese Rónán Ú. Ó Lorcáin.

Di questi e degli altri libri di Maura hanno molto parlato i giornali e i lettori che hanno avuto la fortuna di conoscerla in quegli incontri ai quali lei si concede con entusiasmo. Quindi non mi dilungo, anche perché ho molta voglia di arrivare finalmente a dire quanto mi è piaciuto, e perché, questo *La sinfonia del vento* in cui state per tuffarvi anche voi.

E sono fortunato, perché in questo libro, grazie all'inventiva di Maura, l'Irlanda e la sua storia tumultuosa incrociano quel mio Piemonte e la nostra comune storia familiare. Possibile? Sì, perché capita questo. Siamo nell'ottobre del 1915 e Ciarán Ó Murchú, giovane prodigio irlandese della musica, deve dirigere Ciakovskij a Genova. Ma viene a mancare il violoncellista e come soluzione d'emergenza gli propongono il tenente Gabriele Selvaggi, musicista di talento offertosi volontario alla chiamata alle armi. Bello, ricco, mondano, disinibito fino al cinismo, conscio di avere un talento quasi sovrumano, l'irlandese. Timido, dotato ma insicuro, toccato dalla fede, innamoratissimo della moglie Guerriera da poco sposata, l'italiano. Un connubio con poche speranze.

Invece il concerto è un successo, il maestro Ciarán si lascia colpire dalla sensibilità artistica di Gabriele e si offre di portarlo con sé in tournée, salvandolo così, grazie alle tante entrature e conoscenze, anche dalle insidie della guerra. Gabriele naturalmente rifiuta e io qui mi fermo, perché sarebbe un delitto anticipare le capriole della sorte che danno al racconto un ritmo veloce e sorprendente.

Vi devo però almeno dire che entrambi i protagonisti avranno la loro guerra, nelle trincee sulle montagne o nella Dublino sconvolta dalla Grande Rivolta indipendentista della Pasqua 1916. Che a soccorrere e consolare Gabriele, ferito dal piombo austriaco, sarà quel fratello di mio nonno Ugolino, i cui resti hanno infine trovato pace tra gli altri parenti nel cimitero in fondo alla valletta, che morì davvero al fronte a soli ventiquattro anni (onorato da una medaglia d'argento al valor militare all'età) e al quale da giovane somigliavo come una goccia d'acqua. E che in questo romanzo di grandi personalità, il vero eroe alla fine è la persona più mite e disarmata: Guerriera, la moglie di Gabriele, che in fondo a una serie di colpi di scena salverà l'arte e la vita di Ciarán.

Per parlare de *La sinfonia del vento* ho tirato in ballo Italo Svevo, che potrebbe però far pensare a tutt'altre atmosfere. In questo romanzo non figura l'uomo del Novecento tipico di tanta letteratura, pieno di letture, nevrotico, spesso incapace di distinguere tra ciò che si scrive e ciò che si è, concentrato sul proprio animo e qualche volta pure sul proprio ombelico. Maura Maffei ci porta in un ambito che non mi vergogno a definire sanamente romantico, dove l'amore ha la A maiuscola, come pure il Coraggio, la Patria, l'Arte, la Fede. Dove la vita ha ancora una dimensione epica che i protagonisti non rifiutano ma sentono sulla propria pelle, sia che credano di doversi a essa sottomettere come Gabriele, si illudano di poterla cavalcare come Ciarán, o si dispongano a farsene umili servitori come la fragile e forte Guerriera. E dove la domanda su quale sia il proprio ruolo, diciamo pure la propria missione, in un turbine di eventi che scuote le vite di tutti, risuona, incalzante e inevitabile, in ogni pagina.

"Il vento soffia dove vuole e ne senti la voce, ma non sai di dove viene e dove va". È il Vangelo di Giovanni, che Maura assai felicemente cita in uno dei capitoli centrali del romanzo. Rende bene il sentimento dei protagonisti e, secondo me, dell'uomo davvero moderno e non solo modernista. Ovvero, quel rendersi conto di partecipare a una vicenda grandissima di cui non sempre si riesce a intendere il verso, senza per questo arrendersi all'idea che manchi un senso e che, quindi, sia inutile anche parteciparvi, anche pensare di avervi una parte e di doverla rendere al meglio.

Ciarán, Gabriele, Guerriera (e con loro Rinaldo, don Francesco, i Wrottesley e gli altri comprimari) non sono così. E non lo era neppure il fratello di mio nonno, così assurdamente falciato in quella guerra di cui ogni paesino d'Italia reca la memoria in piazza, dove immancabilmente sporge una stele con i nomi dei contadini mandati al macello. E la loro consolazione non sta nella fuga dentro sé stessi, nella claustrofobia cerebrale dell'intellettualismo. Consiste, semmai, nell'abbandono a quella Fede che non è unguento per pochi uomini ma abbraccio solidale e collettivo di un'umanità che non teme di affrontare la fatica quotidiana del vivere.

Fulvio Scaglione

A PROPOSITO
di Fulvio Scaglione

Fulvio Scaglione, classe 1957, giornalista, ha lavorato per molti anni a Famiglia Cristiana, di cui è stato anche vicedirettore dal 2000 al 2016. Avendo maturato un profondo interesse per i temi della politica estera, è stato corrispondente da Mosca, ha seguito la transizione della Russia postsovietica, ha viaggiato come inviato in Europa e in Medio Oriente. Ha scritto quattro libri: *Bye Bye, Baghdad* (sull'invasione anglo-americana dell'Afghanistan nel 2003 e sulle sue conseguenze), *La Russia è tornata* (sulla rinascita dell'orgoglio nazionale russo), *I cristiani e il Medio Oriente* e *Il patto con il diavolo* (pubblicato da Rizzoli nel 2016), sull'alleanza tra i Paesi occidentali e le petromonarchie del Golfo Persico e il terrorismo islamista. Attualmente collabora con Famiglia Cristiana, Avvenire, Eco di Bergamo, Limes, EastWest, e con i siti d'informazione Linkiesta, Occhi della Guerra, Eastonlline, Micromega Online, Terrasanta.net. Fulvio Scaglione anima infine un sito personale dedicato ai temi della politica estera: www.fulvioscaglione.com.

A chi è morto in trincea,
a chi è morto in un ufficio postale,
a chi è stato fucilato all'alba
per i suoi versi di poesia
o per le note della sua cornamusa.

Il vento soffia a mezzogiorno, poi gira a tramontana;
gira e rigira e sopra i suoi giri il vento ritorna.
(Qoelet 1,6)

Primo movimento
SOTTO UNA RAFFICA DI BUFERA

Questa è la mia nostalgia
che in ognuno
mi traspare
ora ch'è notte
che la mia vita mi pare
una corolla
di tenebre.
(Giuseppe Ungaretti)

CAPITOLO I

Piotr Ilijch Ciaikovskij
Il lago dei cigni, suite op.20

Genova, ottobre 1915

Stimava sé stesso un nulla.

E in verità ne era più sollevato che afflitto.

L'uomo che gli stava di fronte, al contrario, era terribilmente consapevole del proprio valore. E dall'alto lo disdegnava, quasi fosse stato solo nella stanza. Seduto alla scrivania di mogano massiccio, sfogliava partiture sparpagliate sul piano e la cenere del suo avana cadeva sulle note. Non trovava ciò che voleva e imprecava in una lingua incomprensibile: «*Damnú air!*[1]»

Gabriele, intanto, guardava le gocce di pioggia che rigavano luce sul vetro della finestra. La scia di ciascuna procedeva a schizzi, incalzata dal vento. Nervosa, si fondeva con una lacrima gemella, gemendo giù nel grigio singhiozzo di quel mattino.

Lo straniero lo aveva convocato al Grand Hotel Miramare, nello sfarzo della suite che occupava. Le circostanze lo avevano costretto a cercarlo, a cercarne la mediocrità, e ora la sua uniforme sgualcita di fante dei reparti alpini rattristava il candore degli stucchi e la trasparenza delle lampade. Gli scarponi d'ordinanza infangavano il tappeto persiano e si teneva il berretto piumato sul ginocchio per non offendere la pelle immacolata della poltrona vicina. Si sentiva come un mucchietto di polvere scopato in un angolo da un servitore distratto e poi dimenticato lì, a oltraggiare il luccichio del marmo.

«Come ha detto di chiamarsi?» borbottò il damerino, che ancora scartabellava senza degnarlo neppure di un'occhiata.

Si esprimeva in un italiano ineccepibile ma dallo strano accento. Dissimile da quello degli inglesi; più smorzato. Il timbro grave della voce contrastava con il viso imberbe d'Apollo. Egli stentava ad attribuirgli venticinque anni, eppure era l'età che spergiuravano a suo riguardo le cronache dei giornali.

«Gabriele Selvaggi, maestro» rispose.

Non si era mai rivolto così a un ragazzo più giovane di lui. Non c'era avvezzo perché, insegnando ormai da anni, aveva avuto tanti allievi coetanei del più osannato direttore d'orchestra che l'Europa ammirava nel precipitare in guerra.

«Mi hanno riferito che lei deteneva la cattedra di violoncello in Conservatorio» indagò l'altro.

«Sì, maestro, prima di arruolarmi...»

L'imperturbabile *dandy* gli puntò in faccia due frigide iridi sfumate di smeraldo.

«Già, tutti a combattersi in nome di pretese vuote... Anche l'Italia ci è cascata: non me lo sarei mai aspettato dalla culla delle arti!»

Quel commento era un'ingiuria per chi riteneva la patria mutilata, senza Trento e Trieste.

«Non si adombri» lo esortò con intonazione tagliente. «In quanto irlandese, posso concedermi il lusso di essere pacifista. Veniamo a noi, piuttosto: le hanno narrato l'entità della catastrofe?»

«Il mio superiore mi ha accennato qualcosa, mi ha concesso la libera uscita e mi ha mandato qui da lei, maestro.»

«È un disastro: stasera mi tocca dirigere in teatro - non posso rimandare, perché tra due giorni sarò già a Firenze - e il violoncello solista che cosa fa? Si avvelena per amore, respinto da quell'oca che gli aveva concesso le sue grazie! È mai possibile, nel ventesimo secolo? Idiota! Come se non sapesse che i brani in cartellone sono la suite de *Il lago dei cigni* di Ciaikovskij e il Concerto in si minore di Dvořák! Si rende conto? Il Concerto in si minore per violoncello e orchestra, senza violoncello! Tra un'ora ci sono le prove generali: dove lo scovo un sostituto all'altezza della perfezione che esigo?»

Gabriele sarebbe sprofondato volentieri sotto il pavimento: lui, che non aveva altra virtù se non quella d'amare in religiosa umiltà la musica, in che modo avrebbe potuto accontentare quel vanesio lungo come una pertica, con il viso d'angelo capriccioso sotto i capelli del bruno quasi corvino di un demonio?

«Ah, ecco qui!» Il direttore d'orchestra, appoggiato il sigaro sul bordo del portacenere, brandiva ora un foglio pentagrammato come fosse stato un trofeo conquiso in battaglia. «L'ho trovato! Su, mi faccia sentire la sua parte nel duetto tra violino e violoncello nell'Andante della suite di Ciaikovskij. Sì, lo so, non c'è il violino, ma non importa: le canto io il tema, tanto non dura neanche cinque minuti!»

Gli porgeva la carta pentagrammata. Egli, che era rimasto senza parole, tardò a prenderla. La sua mente vagliava febbrile ogni possibile scusa, per evadere dalla trappola in cui era crollato.

«Maestro» gli disse infine, «io non posso compiacerla, perché non ho qui con me lo strumento.»

«*In ainm Dé!*[2]» strepitò quello, probabilmente scomodando il nome del Signore. Sospettoso, guardò tutto attorno alla poltrona illudendosi ancora che stesse mentendo e che avesse nascosto l'ingombrante custodia in un anfratto. «E lei si presenta a un'audizione con me, a un'audizione che potrebbe cambiarle la vita, senza il violoncello? Ma è inaudito!»

Con la flemma che gli era propria, Gabriele non si scompose e gli tenne testa: «Siamo in guerra: è inaudito, piuttosto, che lei non lo comprenda. Da mesi, ormai, vivo in caserma e le garantisco che là non c'è posto per un violoncello.»

Solo allora il giovane direttore d'orchestra parve accorgersi della sua uniforme da fante alpino, che esaminò con una smorfia. Lui, all'opposto, vestiva un completo di tweed, con un cardigan celeste sulla camicia di seta.

«Suppongo che lei, in caserma, non abbia un abito da sera...» bofonchiò.

«Lo potrei affittare, maestro» ammise, «ma, se a lei non dispiace, vorrei suonare con la mia divisa di soldato italiano.»

L'altro aveva ripreso il sigaro tra le dita e risucchiò una lenta boccata di fumo.

«Spero almeno che conosca i pezzi del concerto. Oppure anche quelli non le vanno?»

Scosse il capo: «No, ho in repertorio entrambe le partiture: mi diplomai con il Concerto di Dvořák ed eseguimmo lo scorso giugno la suite di Ciaikovskij, come saggio di fine anno.»

Il giovanotto irlandese afferrò una campanella d'ottone e sfogò la stizza mentre la scuoteva. Allora si aprì la porta interna, quella che comunicava con le stanze da letto, ed entrò un uomo maturo e brizzolato, che aveva la decorativa eleganza di un maggiordomo.

«Bene, Máirtín![3] Al signor Selvaggi manca il violoncello: ti prego di recuperare lo strumento dell'aspirante suicida. È al secondo piano. Fatti aprire dal portiere e trasportalo su il prima possibile: non abbiamo un minuto da perdere!»

«Farò del mio meglio, Ciarán» rispose l'uomo, prima di uscire nel corridoio.

Gabriele rimase meravigliato che un domestico parlasse con tanta disinvoltura l'italiano e che avesse confidenza con il suo datore di lavoro.

Ciarán Ó Murchú[4] dovette intercettarne il pensiero, perché gli spiegò: «Ho studiato al Conservatorio di Santa Cecilia e, siccome mia madre aveva un bimbo piccolo da crescere, fu Máirtín a vivere con me a Roma, in quegli anni.»

Poi tacque con aria annoiata. Mosse qualche passo verso la finestra del poggiolo e, scostata la tenda con la mano, cominciò a scrutare il cielo cinereo che piombava sul mare. Il volo bianco dei gabbiani infrangeva in sbieco, sotto le nuvole, lo sfumato delle pennellate di pioggia. Si avvicinava all'edificio e, con la virata potente delle ali inclinate, tornava a splendere sul porto. Superava gli alberi dei velieri e le ciminiere dei bastimenti, senza attardarsi sulle mercanzie ammassate lungo la banchina. Casse pesanti e involucri di tela grezza, povera dote di una nazione belligerante: nei carichi in procinto di essere stivati mancava ormai l'attrattiva della modernità, era venuta meno l'ipotesi sfrontata sul luminoso progresso dell'uomo e della scienza.

La dichiarazione di guerra contro l'Austria era stata firmata il 24 maggio di quello stesso anno e c'erano già 569 battaglioni mobilitati lungo il confine. Gabriele non si faceva illusioni: presto anche il suo sarebbe stato spostato sull'immenso fronte che dallo Stelvio tagliava l'Italia sino all'Adriatico.

Eppure l'atmosfera imprevista di quella mattina, mentre era ospite del più esclusivo albergo di Genova, insultato dalla ricchezza ostentata come se la morte fosse stata un incubo da sfatare, gli suggeriva l'abbaglio d'essersi sbagliato, l'abbaglio che il ruggito delle armi fosse relegato al limitare del mondo civile.

Lo straniero era un giovane distinto, con il volto ambrato e maschio di un ritratto antico. Era un raffinato musicista, prigioniero tuttavia in una realtà di fiaba senza dolori e senza inquietudini. Portava i capelli lunghi sulle spalle, che si inanellavano con cura quasi femminea intorno al cravattone di Hermès dalla fantasia a draghi dorati. Gli occhi verdi si riflettevano tersi nel vetro, contemplando il panorama, come se non vedessero che il giorno piangeva nubi indelebili.

La tentazione di paragonarsi a lui provocò Gabriele e, a poco a poco, lo vinse. L'immagine di sé stesso si duplicava nello specchio che lo insidiava a fianco e gli mostrava un trentenne dal fisico asciutto, con gli occhiali di tartaruga a lenti rotonde e il viso angoloso e livido. I suoi capelli castani, che in caserma gli avevano tagliato a spazzola, cominciavano a incanutire sulle tempie. Non era alto e il tessuto rugoso dell'uniforme lo infagottava. Aveva le iridi scure dell'uomo qualunque, che passa inosservato, e il naso un po' storto di chi da bambino è stato pestato dal prepotente di turno. Sapeva di non essere bello e si meravigliava che la più graziosa allieva del suo corso di solfeggio lo avesse scelto fra tutti. Si chiamava Guerriera e dal ridente sole del maggio trascorso era sua moglie.

Proprio allora l'uscio si schiuse. Il maestro Ó Murchú volse di scatto il capo altero ma il sorriso gli si attenuò sulle labbra: non era il violoncello che arrivava tra le braccia fidate del suo maggiordomo. Era una donna vezzosa in una nuvola bianca. Invase la stanza avvolta nella veste da camera di taffetà bordato di marabù.

«*Who are you? Oh, Lorna!*» brontolò con un'intonazione tra il retorico e il faceto, che non tradiva alcuna lieta sorpresa.

Lei si fermò all'improvviso e piantò addosso a Gabriele la durezza cerulea del suo sguardo.

«*Sorry, I didn't know you had guests...*» mormorò, rivolgendosi al suo uomo e sbattendo le ciglia. Si scrollò indietro i capelli d'un biondo innaturale e finse imbarazzo.

L'irlandese non gliela presentò, quasi a porre una barriera tra la vita privata e il lavoro, ma egli capì ugualmente. Capì l'intimità senza pudore che legava quei due giovani belli e superficiali. Capì anche che i loro corpi non avevano più segreti l'uno per l'altro. Eppure non portavano la fede all'anulare sinistro. Comprese, infine, che l'attrazione dei sensi era calamita più tenace dei sentimenti, che tacevano nei loro sguardi.

Gli venne spontaneo ripensare ai primi rossori di Guerriera che, nel tempo paziente del fidanzamento, gli aveva concesso soltanto qualche bacio schivo. La sua timidezza mentre tremava la lucerna della prima notte di nozze era stata per lui un sigillo d'amore. Era il tesoro di tenerezza che custodiva in ogni palpito di sangue.

Che restava ancora da scoprire agli amanti annoiati e smascherati dalla sua felicità di sposo?

La donna circondò con abbraccio molle le larghe spalle del giovanotto e subito si dileguò nel secco rimbombo di tacchetti delle pantofoline piumate. Lui non si attardò nell'osservarla mentre scompariva oltre la porta. Tornò ad aspirare avidamente dal sigaro.

Gli volgeva le spalle. La sua sagoma campeggiava controluce sulla vetrata, mettendo in risalto le virili fattezze, le straordinarie proporzioni del fisico e la vita sottile. Gabriele tuttavia non avrebbe barattato la sua esistenza limpida e modesta, che un amore sincero ingemmava, con quella del musicista più conteso dalle donne e dai teatri.

Bussarono. Questa volta era il violoncello, che l'attempato domestico recava.

«*Bhoil!*[5]» si compiacque il direttore d'orchestra. «Adesso puoi andare, Máirtín, e controlla che in lavanderia mi abbiano già spazzolato il frac per stasera.»

L'uomo obbedì, dopo aver consegnato a Gabriele la custodia. Egli l'aprì con mano esperta e ammirò lo strumento di vetusto legno biondo che conteneva. Una meraviglia che, con il suo mediocre stipendio, non avrebbe mai potuto permettersi.

«Suppongo che sappia accordarlo.» Il pregiudizio di Ó Murchú lo strappò al vagheggiamento estatico.

Inserì in fretta il puntale e impugnò l'archetto, perché il giovane irlandese si era già impossessato di un piccolo diapason e lo aveva picchiato sul bordo della scrivania. Mentre egli inseguiva il la, gli aveva avvicinato un leggio e vi aveva allineato sopra alcuni fogli pentagrammati.

«Non è il caso che lei accenni la parte del violino, maestro» ebbe l'ardire di precisare, «perché la leggo senza problema sullo spartito.»

«Molto bene, allora!» esclamò piccato. «Mi faccia ascoltare

come interpreta le note e non mi deluda: come avrà intuito, sono tremendamente esigente.»

E Gabriele sapeva di non valere nulla. Il suo nulla di fronte all'ego spropositato di chi era pago di tutto. Il suo nulla obbligato a sedurre l'archetto, anche perché le frasi che aveva davanti richiedevano un'abile dosatura del colore, facendo prima da risposta a una voce per alternarla poi nel canto.

Non valeva nulla e si sarebbe umiliato sotto lo sguardo di chi derideva i perdenti, se non ci fosse stato il viso di perla di Guerriera a trasfigurare il suo pensiero e il suo talento; se, oltre a quello terreno che allietava i suoi giorni, non ci fosse stato un Amore di spirituale verità e d'immenso affidamento a riempire di forza il vuoto della sua miseria.

Suonò per lui, infine, e lo incantò.

Se ne accorse dal respiro trattenuto con cui lo straniero lo spiava, senza batter ciglio. Non ci badò, d'altronde, perché la musica era più potente lusinga. Le sue membra, il suo petto e tutta l'anima erano una seconda cassa di risonanza, che vibrava all'unisono con quella dello strumento che stringeva a sé e che abbracciava una muta presenza nel duetto lirico e struggente della passione. Era il canto maschio di Sigfrido che evocava quello di Odette, quasi a strapparlo al silenzio in languore. Non c'era il violino, in realtà, ma Gabriele ne rispettava l'assenza, tanto da renderlo desiderio insoddisfatto e lacerante, sussurrando prima e poi urlando di tormento.

Ciarán Ó Murchú gli era venuto alle spalle, studiando ogni segno, e gli parve sgomento. Come se in lui la memoria del passato, delle tante volte in cui aveva apprezzato o diretto la popolare suite, fosse sbiadita da altre sensazioni.

Si estinse l'ultimo suono ed egli abbandonò la fronte contro il codolo arricciato con il quale terminava il manico del violoncello. Serrò le palpebre, espirando lentamente.

«Non c'è male» fece l'altro, con l'accento brusco di chi vuole nascondere le proprie emozioni. «Potrebbe venirne fuori qualcosa di buono... Se la sente di provare con me e con l'orchestra e, se tutto andrà come mi auguro, di affiancarmi quale solista nel concerto di questa sera?»

«Sarebbe un onore, maestro Ó Murchú» rispose con lealtà, ma senza adulazione.

Il giovane irlandese sorrise e spense il mozzicone d'avana nel posacenere di cristallo. Probabilmente era avvezzo a entusiasmi sfacciati, lui che sin da bambino aveva calcato le scene musicali d'Europa e d'America.

Figliastro di un banchiere londinese, qualcuno gli rimproverava di essere stato favorito dalla famiglia nell'affermarsi. Aveva cominciato come pianista, lodato per la ricercatezza filologica nel repertorio mozartiano. Complice la prestanza fisica che lo rendeva assai gradito al pubblico femminile, era diventato da un paio d'anni uno dei più celebrati direttori d'orchestra.

Gabriele, dunque, avrebbe esordito con lui, con il nuovo astro dei melomani, suonando in un teatro che registrava da settimane il tutto esaurito. Era un rischio che lo avrebbe atterrito, se non avesse considerato la propria nullità. Non aveva niente da perdere, infatti, perché niente valeva. Non aveva popolarità né fama da difendere, a differenza del grande direttore d'orchestra che si stava giocando il prestigio e la folgorante carriera.

«Ho notato che lei porta la fede al dito: perché non invita sua moglie al concerto?» gli propose Ó Murchú. «Le farò avere il biglietto per un posto riservato.»

«La ringrazio, maestro, ma noi abitiamo in un borgo marinaro sulla costa che piega a occidente. Non ci sarebbe tempo per avvertirla. Tuttavia il biglietto che mi propone farebbe la felicità di un caro amico, che è in caserma con me e che suona il violino. Credo che gli spetti appunto una licenza.»

Lui annuì. E aggiunse: «Partirete a breve per il fronte?»

Gabriele abbozzò un gesto evasivo con la destra, perché

con la sinistra reggeva ancora il violoncello: «Andiamo ormai verso l'inverno e gli scontri s'intensificheranno a primavera, quando si scioglierà la neve. Possiamo però essere assegnati alla prima linea in qualunque momento.»

Ciarán Ó Murchú inseguiva altri pensieri.

«Ciò è interessante: in effetti non avevo considerato l'inverno sulle Alpi... Che ne dice se intervenissi io presso il suo comandante? Sì, riuscirei a convincerlo! Ma è prematuro... Vediamo prima come riuscirà la serata e poi ne riparliamo.»

Intuì la sua proposta: evitare i combattimenti al fronte continuando a suonare. Sarebbe stata la sua grande occasione, quella che raramente capita durante l'intero scorrere della vita, di legare il proprio nome oscuro a quello illustre di chi gli offriva protezione. Peccato che fosse arrivata tardi, adesso che la guerra già divorava l'aria. Non gli confidò che si era arruolato volontario e che non avrebbe avuto la viltà di tirarsi indietro.

Ripose con cura il violoncello nella custodia, perché quel prodigio d'antica liuteria non gli apparteneva.

«Faremo così: prenda con sé il violoncello e mi preceda in teatro; io la raggiungerò a breve, perché mi cambierò direttamente là, dopo la prova. Intanto troverà qualcuno per avvertire il suo amico e per recapitargli il biglietto. A tra poco, signor Selvaggi.»

Lo congedava tendendogli la mano. Provò un brivido, mentre gliela stringeva. Quasi le loro anime si fossero sfiorate, stillandosi a vicenda smarrimento. Arroganza e umiltà di un attimo estremo, quando il destino batte alla porta. Arroganza e umiltà attraverso il mistero di cuori opposti, che la vita compenetra nella danza del tempo in corsa.

Forse non si sarebbero mai incontrati, nel monotono succedersi degli eventi che affastella la pace. Invece era la tragedia che intorno a loro scoppiava, di morte e d'indifferenza, ad aver avvinto la reciproca diversità.

Barbaglio di luce accecante e sfumatura d'ombra sommessa.

Bellezza entusiasta di gioventù e sobrietà di saggezza ritrosa.

Coraggio generoso di spendere il respiro per un ideale e ingenuità d'eroismo che, insospettato, saprà sprigionarsi nell'imminenza del futuro.

Gabriele salutò Ciarán, specchiandosi in lui, specchiandosi nel sorriso inatteso che, filtrato forse da uno scherzo di luce, aveva squarciato la pioggia che ancora cadeva sul mare.

CAPITOLO II

Antonin Dvořák
Concerto in si minore per violoncello e orchestra, op. 104

Genova, ottobre 1915

Il buio zitto del teatro, tempestato d'assopiti cristalli, stringeva la fiamma del palcoscenico. L'orchestra lo occupava, disdegnando il golfo mistico e rivendicando da protagonista la scena. Il podio al centro, con un bellissimo giovane in attesa di dare la nota. Alla sua sinistra il solista, che era un soldato e che, incastonato nel lucido nero dei vestiti da sera, sfigurava come un pesce fuor d'acqua. A rammentare la morte, mentre ci si aggrappava ancora famelici alla spensieratezza della vita.

Gabriele non si identificava nel sogno che interpretava, come l'attore che va improvvisando il mutare della commedia. Emozioni intense sdoppiavano il suo sentire e lo rendevano osservatore esterno di quanto provava nell'intimo.

Il lago dei cigni era stato applaudito dal pubblico infatuato, perché la facilità delle melodie si era sposata con un'esecuzione travolgente. Egli aveva contemplato la metamorfosi del musicista irlandese, non appena era salito sul podio. Il giovanotto fatuo conosciuto nel pomeriggio, che teneva in bocca un avana per mascherare di fumo il suo viso d'Apollo poco più che ventenne, si era annullato tra le note quale fuscello nel vento. Il suo corpo d'atleta si attorceva, si prostrava, aggrediva l'onda sonora con l'elasticità di un contorsionista, modellando l'armonia. Plasmava ogni suono, accarezzando in punta di dita i vari strumenti, quasi fossero stati corde d'arpa. Colorava le sensazioni di contrasti, dal pianissimo di un solo fiato al ripieno tonante dell'intera orchestra. Era un mago che creava alchimie liberandole dalla materia in estasi.

Ora palpitava l'ansia d'ascoltare il Concerto di Dvořák. S'avvertiva nella tensione assorta di silenzio. Tutti gli sguardi erano appesi alla bacchetta che Ciarán Ó Murchú aveva drizzato con la destra. Ma la mano sinistra ancora acquietava lo scalpitare degli strumenti. Ecco, lievitava sonorità gravi, dando l'attacco dell'Allegro al clarinetto e ai fagotti, che introducevano il primo tema.

A Gabriele restava una manciata di minuti per concentrarsi, prima che fosse il suo turno. Intanto il gesto limpido dell'irlandese suscitava musica. Come un'aureola di luce fluttuante nell'ombra, la giga dei suoi capelli raggiava spiovendogli sulla fronte e gettandosi spalancata all'indietro. L'intensità acustica cresceva e l'irruenza dell'orchestra esplodeva in dense risonanze.

Ecco il corno che annunciava il secondo tema, quello della nostalgia di una patria lontana: il respiro gli rallentò nel petto sino a rarefarsi. Sfiorò con lo sguardo il viso di Ciarán, scavato di passione e simile a larva tragica. Incontrò le sue iridi di mare in tempesta e non vi lesse cordialità. Era piuttosto l'invito perentorio a cadere nel vortice della melodia, assecondandola. Era implacabile ma egli ne sostenne l'acume.

L'attimo era quello: con la precisione d'un taglio di spada, l'archetto attraversò il lamento delle corde e vestì d'ardore l'ammutolirsi degli altri strumenti. La sfida avviluppava il violoncello e il direttore in un bacio di tarantola. Occhi negli occhi, nell'intesa assoluta del fiato che si accorda attraverso un diapason invisibile.

Lo aveva già avvertito in precedenza, durante la suite di Ciaikovskij: aveva avvertito quel cercarsi spasmodico e inappagato. Ora Ó Murchú lo incatenava a sé con gelosia d'amante.

Da quel momento in poi le loro anime s'avvinsero per tutto il Concerto, volteggiando intrecciate di passione. Si leggevano l'una nell'altra, si abbandonavano senza pudore all'istinto di fondersi. Non si fermavano ad analizzare la stranezza della situazione perché, in fondo, erano due sconosciuti, perché non avevano niente in comune... Eppure nella musica si completavano d'unico intuito. Quasi che l'uno presagisse i pensieri dell'altro e lo prevenisse per agevolarne il compimento.

L'orchestra s'infervorava della loro reciproca intesa e si lasciava agitare come i marosi rimescolati dal vento. Ogni singola nota si scioglieva quale oro nel crogiolo. Ogni singola nota era perfetta.

Istante dopo istante, Ciarán e Gabriele affrontarono in bizzarra identità interpretativa la tenerezza del canto. Colloquiarono attraverso l'espressività intimistica dell'Adagio ma non troppo, increspata a tratti di ritmo drammatico o di grazia melodica. Infine precipitarono insieme nel Rondò del terzo movimento, resi complici dal tempo di marcia. Nell'esuberanza slava, intrigata di ballo popolare, prorompeva la loro gioventù, a dispetto della dissomiglianza.

Finalmente un sorriso, dopo che si erano provocati a vicenda: fu Ciarán per primo a rivolgerglielo, mentre egli faceva da controcanto al clarinetto. Lirismo e inquietudine: era una sezione impegnativa, in cui doveva prendere il sopravvento con virtuosismo. E Ciarán Ó Murchú che faceva? Si metteva a ridere? No, lo contagiava d'allegria, perché tutto andava bene, perché quel concerto lo avevano costruito con tenacia insieme e insieme avrebbero trionfato.

All'ultimo riaccendersi del tema principale, in decisa tonalità maggiore, la gioia palpitò in commozione. Era il commiato, nel quale il timbro chiaro dei fiati sussurrava un lied. Per Gabriele era la malinconia di un incanto infranto, era lo strappo al cameratismo che lo aveva reso amico del direttore d'orchestra che tutta l'Europa amava. E intanto rotolava giù nel baratro della guerra!

Scroscio sublime d'applausi. S'alzò in piedi lui pure, uniforme sbiadita nel nero impeccabile dei professori d'orchestra. L'irlandese s'inchinava al pubblico aspirandone lentamente l'omaggio, con l'eleganza con cui fumava l'avana. Figura di divinità greca, confinata nell'Olimpo che ignora lo scoppio della polvere da sparo e il ghiaccio squartante delle baionette. E invece ne discese all'improvviso, con mossa rapida d'Ermes: arretrò verso di lui e, toltogli il violoncello per cederlo al primo violino, se lo trascinò appresso sino al proscenio. Battendogli le mani con convinzione, fu imitato da tutti i presenti.

Anche Gabriele s'inchinò, spiccio il gesto di chi non è avvezzo all'ossequio.

«La ringrazio di cuore» gli sussurrò Ó Murchú, «perché la nostra comune avventura non avrebbe potuto avere un esito migliore.»

Poi si volse subito a celebrare l'orchestra, senza badare al sorriso sommesso con cui gli aveva risposto.

Sfavillio di cristalli che acceca l'infrangersi dei sentimenti.

Recuperato il violoncello, Gabriele aveva abbandonato la scena al primo calar di sipario. Contava di prendere l'ultimo treno della notte. La stazione non era distante e aveva ancora la mattina della domenica di licenza da trascorrere con sua moglie. Desiderava farle una sorpresa.

S'affrettò verso il camerino, per lasciarvi lo strumento. Era questione di pochi minuti.

S'accorse, invece, d'essere stato preceduto: un altro soldato lo attendeva con viso accalorato di piacere. Aveva cucite sul petto le mostrine di ufficiale medico.

«Eccoti qui!» lo accolse stringendogli forte la mano. Aveva gli occhi d'ardesia che scintillavano euforici. «Come posso ringraziarti, *mon ami,* per il biglietto che mi hai recapitato?

Senza di te mi sarei perso l'evento musicale dell'anno perché in teatro, *quel dommage,* non c'era più un buco libero. Ma non sei galvanizzato? Hai suonato con Ciarán Ó Murchú e sei stato fantastico! *Très magnifique!* Un vero capolavoro!»

Lo guardò di sottecchi: «Troppo buono, Rinaldo! Non è merito mio: sarà stata la musica di Dvořák o...» e qui non disdegnò l'ironia, «o la maestria del tuo idolo irlandese.»

Il giovane si ravviò i corti ricci di cenere bionda, con il gesto che gli era abituale quando li portava lunghi e non indossava ancora la divisa.

«E non mi dai ragione, dopo aver suonato con lui? Non pare anche a te un portento? Ebbi la fortuna d'ascoltarlo come pianista un paio d'anni fa, quando accompagnai *maman* a Montecarlo per i bagni di sole. Già allora era strepitoso, ma oggi ho capito che sarà il più geniale direttore del secolo!»

Egli non commentò: la pensava allo stesso modo, eppur era meno rumoroso e infiammabile del suo migliore amico. Anche se gli avesse protestato le sue impressioni, più intime e commosse, Rinaldo non lo avrebbe compreso, infervorato com'era di note solenni.

«Quanto a te» gli si piantò dinanzi, avendo percorso avanti e indietro la stanza per un paio di volte, «dopo stasera non voglio che t'inventi altre scuse: o ti metti a fare il concertista, come vorrebbe anche Guerriera, o dovrai affrontare i miei pugni. E ti rammento che sono un discreto *boxeur.*»

Trovò buffa l'esortazione dell'amico, mentre lo specchio per il trucco dei cantanti d'opera restituiva l'immagine ruvida di due militari. Tentò di spiegargli come il tramonto dei sogni avesse tatuato di rassegnazione la loro generazione. Andavano in guerra ad affogare le utopie e non sapevano neppure se sarebbero tornati. Tentò di spiegargli, ma Rinaldo era un ragazzo viziato dagli agi e dai troppi libri letti: era ancora persuaso che avrebbero combattuto contro gli austriaci con le armature splendenti dei paladini di Carlo Magno. Gli augurava di non doversi mai ridestare.

«Va bene, Rinaldo. Avrò modo di rifletterci quando saremo al fronte e le notti di veglia in attesa del nemico saranno interminabili. Deciderò allora se dare una svolta alla mia vita.»

Il biondino abbozzò spallucce: «Oh, Lele! Non essere così uggioso! *Grand Dieu!* Che cosa vuoi che duri questa guerra? Sbaraglieremo i crucchi prima di Pasqua, vedrai! Vuoi che interessi mio padre? Ha tante conoscenze influenti, tra i suoi pazienti: è l'esimio pneumologo che tutta la nobiltà del Regno si contende! Potresti chiedere di rimanere nelle retrovie, per quest'inverno, e intanto continuare con i concerti...»

«Detesto i favoritismi» lo interruppe con sdegno. «Da quanti anni ci conosciamo? Dal tempo della scuola, quando tu iniziavi a scrivere le aste e io studiavo già il latino. E se tu appartieni a una delle famiglie più abbienti di Savona, io ero l'unico figlio di una madre vedova, che si spaccava la schiena, le mani e gli occhi per pagarmi la retta dai padri Scolopi e per consentirmi di frequentare anche il Conservatorio. Rammenti? Ti impartivo lezioni private di solfeggio, per guadagnare qualcosa e per dare una mano in casa. Nessuno mi ha mai regalato niente, Rinaldo, e questo è il mio vanto.»

«Ebbene?» lo spiazzò con una risata. «Ciò ci ha forse impedito di diventare amici? Tutt'altro, *mon camarade!* Allora benediciamo la vil ricchezza che ha reso un servigio a entrambi.»

Infine rise lui pure: «Sei incorreggibile! E mi fai perdere tempo! Ho ancora poche ore, prima di rientrare in caserma, e vorrei impiegarle in un'improvvisata alla mia Guerriera. Lasciami andare, che rischio di perdere l'ultimo treno!»

«Nemesi!» sogghignò di nuovo. «Ti sei sposato con la mia ragazza e adesso implori misericordia? *Maman* ne fece una malattia, sai? Eravamo compagni d'infanzia e lei vagheggiava già che i giochi con la figlia del notaio Altieri si convertissero in fiori d'arancio... Per colpa tua sarò costretto, invece, a impalmare una delle cugine ebree di mio padre.» Si fece serio:

«Che aspetti ancora, con quell'aria da pulcino bagnato? Corri, vola, va' da lei!»

«Ti prendo in parola!»

Lo abbracciò in fretta, avvolse in un'ultima occhiata il violoncello che non avrebbe mai potuto permettersi e si lanciò nel corridoio. Filò dritto a testa bassa per pochi metri, prima d'accorgersi che in senso opposto due figure avanzavano verso di lui. Bianca l'una, nera l'altra.

«Professor Selvaggi! Dove va fuggendo? Doveva pur immaginare che io la stessi cercando!»

Era Ciarán Ó Murchú. La donna intravista in camera sua si appoggiava al suo braccio, gli rallentava il passo con lo scalpiccìo dei piedini e gettava indietro il profilo di cammeo. Circondava la sua maschia statura con un candido volteggiare di piume di struzzo.

L'irlandese riuscì a sottrarsi per un attimo a tanta vellutata passione: «*Wait a moment, please, Lorna!*»

Lei sporse il labbro in broncio e si avvicinò a una console, per incipriarsi davanti allo specchio il viso da damina di porcellana. Si sistemò anche la rosea piuma sfrangiata che portava infilata nello chignon.

Ciarán raggiunse Gabriele raggiando sorrisi. La pelle ambrata da zingaro faceva risaltare la bianchezza dei suoi denti. Gli strinse la mano tesa.

«Desideravo complimentarmi con lei e invitarla a cena, professor Selvaggi» gli spiegò. «Non immaginavo la sua urgenza di lasciarci... Deve già rientrare in caserma?»

Egli scosse il capo: «Pensavo a mia moglie: se riesco a prendere l'ultimo treno, le faccio una visita inaspettata.»

«Capisco, allora. E la approvo! Sua moglie è graziosa quanto lei è versato con il violoncello?»

Si passò una mano sulla nuca, intimidito.

«Lei mi confonde, maestro, e mi rende ingrata la risposta. Io amo la mia sposa per la sua anima cesellata di luce ma, sebbene lei ora mi onori apprezzando il mio talento, ammetto la mia inferiorità. La mia Guerriera è il raggio di sole insperato e sublime che incendia i miei giorni.»

«Tutto ciò è molto romantico. D'altronde solo un cuore innamorato può suonare con l'intensità che lei ci ha regalato stasera. Mi ha commosso, sa? E non è cosa da poco: dicono, infatti, che io non sia incline alle smancerie.»

Tornavano gli accenti frivoli che già gli erano dispiaciuti durante il loro primo incontro al Grand Hotel Miramare. Eppure quel giovanotto irlandese valeva davvero, se riusciva a trascinare un'intera orchestra con l'impeto con cui un generale vota alla battaglia il reggimento.

Prima che potesse replicare, Ciarán Ó Murchú gli dichiarò le sue intenzioni.

«Io la voglio con me, professore. A qualunque costo!» gli intimò.

«Non è possibile, maestro, non in mezzo a questa guerra che ci bracca e che ci assorda di fracasso.»

«La guerra?» ripeté. «*Cén dochar?*[6] E che me ne importa? Io voglio il suo talento per me, perché non mi è mai capitato di dirigere un solista così straordinario.» S'infiammò: «Ma non capisce? Io metto il mondo ai suoi piedi, la celebrità, la ricchezza, e lei ha il coraggio di dirmi di no?»

Gabriele non si era accorto che Rinaldo era uscito dal camerino e gli stava alle spalle.

«*Monsieur* Ó Murchú» interloquì con la faccia tosta di rampollo di buona famiglia, «lei sbaglia se insiste con Gabriele intavolando quest'argomento: gli ideali non si comprano!»

I due giovani, entrambi più attraenti di lui, l'uno bruno e affascinante, l'altro biondo e arguto, si studiarono a vicenda, quasi a proporsi l'un l'altro complicità. Dovettero intendersi, perché l'irlandese tornò a sorridere.

«Professor Selvaggi, non mi presenta al suo amico?»

Ecco che gli facevano perdere tempo: sarebbe bastata una

corsa attraverso le vie sontuose di Genova per acchiappare l'ultimo treno?

«Non è il caso, maestro, che io la presenti a Rinaldo Novara, che è il suo più fervido ammiratore. Il biglietto che io le ho chiesto oggi era per lui, che la udì suonare a Montecarlo e che da allora non fa che tessermi le sue lodi.»

Ciarán si rivolse all'ufficiale medico: «Anche lei appassionato di musica?»

«Oh, io sono un violinista dilettante, ma me ne intendo abbastanza da capire quanto sia stato eccezionale il concerto di questa sera. Io stesso, poco fa, ho proposto a Gabriele d'interessare mio padre, la cui voce stimata e autorevole potrebbe evitargli i combattimenti al fronte, affinché si dedichi soltanto al violoncello...»

L'altro lo interruppe: «Rimaniamo d'accordo così!» e tirò fuori dalla tasca interna della giacca un cartoncino da visita profumato al sandalo. «Lei ci pensi, professor Selvaggi. Qui può trovare dove rintracciarmi sia in Italia, sia in Irlanda, se la sua riflessione si protrarrà. Se deciderà di realizzare la sua fortuna e quella della sua amata sposa, non deve far altro che contattarmi e io, in un lampo, la tirerò fuori dalla melma di morte in cui è andato a invischiarsi.» E più accorato: «Ci pensi davvero, me lo prometta!»

Gabriele aveva paura, piuttosto, che l'ultimo treno per Ventimiglia partisse senza di lui. Prese dunque il biglietto che Ciarán gli porgeva e affrettò una scusa per congedarsi.

«Va bene, ne parlerò con mia moglie, se riesco a raggiungerla stanotte...»

«Ha ragione: ho insistito e sono stato egoista. Ma, glielo ribadisco, non posso fare a meno della sua bravura: le giuro che io non dirigerò mai più il Concerto in si minore di Dvořák, se lei non sarà al mio fianco!»

«La ringrazio» e la testa delirava contando i passi verso la stazione. «Speriamo di rivederci presto.»

«Noi due, invece, abbiamo il *rendez-vous* in caserma per l'ora di pranzo. Sii puntuale, Lele!» intervenne Rinaldo e fu come un'eco lontana.

Ormai si era gettato tutto alle spalle: i saluti e il commiato, le luci scintillanti del Carlo Felice, i vestiti da sera di taglio parigino, le lusinghe impossibili.

Correva sbuffante e già gli pareva di cogliere il fischio dell'ultimo treno.

Spettro di tenebra, evocata dai lampioni a gas che ne disegnavano la facciata, la stazione ferroviaria di piazza del Principe comparve finalmente in fondo alla via.

Gabriele continuava a correre e la strada sotto i suoi piedi s'allungava all'infinito. Le arcate dell'edificio lo attendevano divaricandosi in un'imboscata. Erano fornici neri spalancati sul suo ansare. Oltrepassò quelle del corpo centrale fendendo l'aria di sordo slancio.

Si precipitò verso i binari di testa, perché aveva sentito soffiare il treno sulle rotaie. Il vapore, che complicava lo sguardo, s'alzava via come foschia e rivelava l'ultimo vagone ormai irraggiungibile.

Per pochi minuti... Lo aveva perso per un solo brivido di tempo.

Rimase in fondo al binario, le braccia inerti lungo i fianchi, a contemplare la follia di una speranza accarezzata e dileguata, proprio come il fumo biancastro della locomotiva.

In quella notte, come nelle altre notti, il dolce viso di Guerriera sarebbe affondato nel cuscino freddo senza che ci fosse lui a scaldarle la solitudine del cuore. Gli sembrò di percepire sulla pelle il gelo delle lenzuola che non avrebbero più fasciato il loro abbraccio, nel buio orbo di luna. Quale gelo di sudario.

CAPITOLO III

Giovanni Battista Cirri da Forlì
Sonata Prima a due violoncelli e basso in re maggiore

Genova, ottobre 1915

Ed era di nuovo lì, in stazione, ad attendere. Come se il tempo non fosse trascorso e quel mattino incassato tra due notti appartenesse all'illusione dell'ansia.

Rientrato in caserma dopo aver perso l'ultimo treno, aveva appreso l'ordine di mobilitazione. Li mandavano tutti al fronte, senza eccezioni e senza ripensamenti. Era già quasi inverno, ma si trattava di preparare la primavera ventura.

Non avrebbe più rivisto la casa di pietra, ridente di persiane bianche e di merletti velati dietro i vetri. La guerra gli rapinava i ricordi e la luce soffusa di sole di quei pochi mesi di matrimonio.

Aspettava il convoglio da ponente, che non era in orario. Eppure mancava un'ora sola alla partenza del suo. Ogni istante che passava gli rodeva scaglie di gioia, perché il ticchettio in fuga dell'orologio non gli avrebbe concesso che la scialba intimità di chi siede al tavolino del caffè e non vorrebbe mai dirsi addio.

Quel treno in ritardo gli conduceva Guerriera. L'aveva avvertita con un telegramma, il giorno prima. Non aveva ricevuto risposta ma era certo che sarebbe venuta. Adesso spiava la curva da cui sarebbe comparsa la locomotiva.

Qualche goccia ogni tanto. Il cielo plumbeo non sfogava il pianto né lo ingannava con il malinteso di un raggio lieto.

Rifletteva piuttosto la malinconia e le doglie della terra in affanno.

Le banchine tra i binari erano affardellate di uniformi e di zaini, nella confusione dei baci strappati alla fretta. Non avrebbe voluto che fosse così, profanato di squallore, il loro ultimo incontro prima d'impugnare le armi. Si sentiva come un bambino abbandonato nel bosco dai fratelli più grandi, quando già minaccia il crepuscolo e tutti corrono verso casa per non essere sgridati a cena.

Cercò di estraniarsi ripensando a lei.

Aveva conosciuto Guerriera nel settembre fulvo di qualche anno prima. Rinaldo lo aveva invitato a una delle serate letterarie che *maman* ospitava nel suo salotto, quando voleva far conoscere agli amici il romanzo di uno scrittore emergente. L'onore era toccato quella volta a un pedissequo imitatore di D'Annunzio, con poca inventiva e tanti giri di parole. Egli si sarebbe annoiato se, nel cantuccio a lato del pianoforte, non avesse notato quella radiosa figura di giovinetta. Aveva meno di diciotto anni e una treccia pesante di ricci imbrigliati le ricadeva sulla camicia di seta dalle maniche a sbuffo e dal colletto di trina.

Mentre lo scrittore sciorinava le sue elucubrazioni mentali, si era chiesto piuttosto di che colore fossero i suoi capelli. Era come se l'oro, il bronzo e il rame si fossero fusi in un'unica scintilla, perché non erano rossi, non erano castani e non erano biondi. Mutavano secondo la luce, riscattando sfumature di fuoco e di sole, d'autunno moro e di campi di grano maturo.

Contemplandola con insistenza, aveva incontrato il suo sguardo.

Le ciglia di velluto custodivano la soavità ambrata delle iridi avellana. Lei gli aveva sorriso con la schiettezza che adorna le anime rette e un sottile rossore era affiorato attraverso la trasparenza delle gote d'alabastro.

Al termine della conferenza, mentre gli invitati si riunivano a crocchi a chiacchierare e *maman* faceva servire vino passito, amaretti e chinotti canditi, era stata lei ad avvicinarsi a lui. Vedendola avanzare, l'aveva ammirata per la sobria eleganza: la camicia bianca e la lunga gonna di giorgina blu ne avvolgevano il fisico svelto e slanciato. Al collo portava soltanto una croce d'oro.

Quella ragazza gli piaceva davvero, anche se era troppo alta, troppo graziosa e troppo distinta per lui.

«Lei è il professor Selvaggi o mi confondo?» gli aveva chiesto con intonazione di carezza brunita. Si era guardata intorno, come a cercare qualcuno. «Rinaldo, che adesso è sparito, mi aveva promesso di presentarci...»

«Sì» le aveva confermato, «sono Gabriele Selvaggi, signorina. Rinaldo, comunque, deve averle fornito di me una descrizione esaustiva, se mi ha riconosciuto senza altri indizi.»

Un riso lieve le aveva arcuato le palpebre: «Oh, no! Non è stato Rinaldo: sono io che l'ho notata nei corridoi, in Conservatorio. Frequento il corso di pianoforte e sono in collegio a Genova, dalle suore. Papà mi permette di studiare musica, purché le mie votazioni al Liceo Classico si mantengano brillanti. L'insegnante di solfeggio che avevo l'anno passato, come lei saprà, è andato in pensione. Per questo mi sono iscritta alle sue lezioni e, visto che inizieranno a breve, sono lieta di conoscerla in anticipo.»

Aveva immaginato che fosse così. Una simile meraviglia di fanciulla non poteva essere stata attratta da un uomo come lui.

«Ah, che sbadata! Non le ho neppure detto il mio nome: mi chiamo Guerriera Altieri.»

«La figlia del notaio?» Aveva atteso un sorriso d'assenso prima di proseguire: «Mi rammento di suo fratello: era a scuola dagli Scolopi, forse una classe avanti a me.»

«Esatto! Gianluigi si è laureato la primavera scorsa e sta

facendo praticantato con il babbo. Gli porterò volentieri i suoi saluti.»

Egli aveva scosso il capo, più divertito che imbarazzato.

«Non credo di essergli rimasto impresso nella memoria, signorina Altieri. Non avevamo amicizie in comune.»

«In altre parole, lui e i suoi degni compari erano troppo snob per andarci d'accordo? No, non cerchi scuse di circostanza: mio fratello non è un cattivo ragazzo, ma vive ancora nel secolo scorso. Spero che lei non conservi un ricordo troppo negativo di Gianluigi, altrimenti dubiterò di essere promossa al prossimo esame.»

«Non si preoccupi, signorina» l'aveva tranquillizzata. «Sono cose passate, cose di ragazzi. Sarò assai lieto, al contrario, di averla tra i miei allievi.»

Era giunto Rinaldo, con l'aureola bionda dei suoi riccioli da cherubino. Si era felicitato del loro incontro e, con qualche moina, gliela aveva portata via.

L'aveva rivista a ottobre, nell'aula di solfeggio.

Il sabato tornavano a Savona con lo stesso treno, per trascorrere il fine settimana in famiglia. Aveva cominciato a tenerle il posto nello scompartimento, perché lei sovente tardava. All'inizio avevano parlato di argomenti insulsi, del tempo, dello studio, delle stravaganze di Rinaldo. Poi la conversazione li aveva coinvolti sempre di più, svelando le preghiere nascoste nell'anima e la confidenza in certezze condivise.

Con l'impeto della disperazione e di un sogno folle, un giorno le aveva preso la mano nel calore delle sue e lei non l'aveva ritratta.

La vide scendere dal treno, come se il tempo non fosse volato via.

Aveva viaggiato in una delle ultime carrozze ed egli, affrettandosi per raggiungerla e per stringerla tra le braccia, urtava nella gioia di altre coppie che si ritrovavano e che affollavano il marciapiede.

Indossava il solito cappotto grigio, ormai fuori moda, e l'abito da viaggio marrone usato per la luna di miele presso la zia di Ravenna. Eppure la modestia delle vesti non ne smorzava la grazia.

Guerriera non passava inosservata. Il viso cesellato di sorriso trasfigurava di luce l'aria e l'onda fiorita dei suoi vent'anni auliva di pulito. L'accolse sul proprio petto quale dono prezioso e aspirò lentamente il profumo di mughetto che lei si era frizionata dietro le orecchie.

«Amor mio...» le sussurrò con voce strozzata.

Lei non gli rispose e, mentre una lacrima le sfuggiva tra le ciglia, gli sfiorò le labbra con la timidezza di un bacio. Timidezza d'intimità svelata dagli sguardi della gente.

«Seguimi!» la invitò con premura. «Ti offro una tazza di tè caldo, così ci togliamo di qua.»

Le cinse con il braccio le spalle e la condusse verso la caffetteria della stazione.

La sala era gremita di tavolini chiassosi e commossi: ne trovarono uno libero là nell'angolo, accanto alla vetrata che sorvegliava i binari. S'affrettarono a raggiungerlo prima che fosse occupato da altri infelici di quell'ora di guerra.

Aiutò la moglie a levarsi il cappotto e le scostò la poltroncina.

Si sedettero di fronte, per guardarsi negli occhi e tenersi la mano sul ricamo candido della tovaglia. Furono il movimento convulso, la pressione impetuosa e carezzevole delle dita sulla pelle il loro primo dialogo. Quasi a memorizzare con il tatto una presenza che sfuggiva. Le parole non sarebbero bastate a contenere lo strazio di essere ancora insieme e di esserlo per poco. Lei non aveva emesso suono, da quando era scesa dal treno, eppure il suo sguardo chiaro, di bionda nocciola trafitta dall'oro di agosto, era tragico di silenzio.

Venne il cameriere, volto sudato e scavato dalla fatica di un giorno che non voleva trascorrere, e si sfilò il lapis da dietro l'orecchio per prendere l'ordinazione. Non gli prestarono attenzione, presi com'erano dai loro occhi scheggiati di disperato ardore, e Gabriele chiese un tè per entrambi.

Rimasero di nuovo soli, in mezzo alla folla che vociava lamenti d'addio.

«Rinaldo mi raggiungerà tra mezz'ora, con il mio bagaglio» le spiegò. «Partiremo insieme ma probabilmente saremo separati, quando arriveremo nella zona di Trento. Lui è medico fresco di laurea e sarà assegnato a un ospedale da campo.»

Guerriera non lo stava ascoltando. Gli divorava il viso con pupille grevi. Fotografava, forse, nella memoria ogni lineamento e ogni ruga, come se quello fosse stato il loro ultimo incontro. Rassegnata alle notti insonni che sarebbero irrotte. Consapevole dei brividi d'orrore, nello scorrere sul giornale la lista dei caduti e dei dispersi. Incerta delle stagioni che sarebbero precipitate nel nulla, a caccia d'una notizia di speranza che precorresse la primavera ancora lontana.

«Lele» lo invocò in un sospiro, «porto in grembo il tuo primogenito.»

Non aveva immaginato, quando pensava al futuro, che l'annuncio di diventare padre avrebbe implicato tanto dolore. Aveva fantasticato sin dal loro matrimonio su quelle parole e, adesso che erano state pronunciate, si accorgeva della beffa di non poterne gioire. Lei custodiva nel corpo il loro bambino, quale tesoro che palpita di sogni e sorrisi: sarebbe nato prima dell'estate, quando il sole è ancora timido e non mitiga il mormorio del cuore, e lui non ci sarebbe stato a riscaldarne i vagiti in abbraccio d'amore. Avrebbe perduto lo schiudersi fidente della sua vita, l'incanto di scorgerlo affamato al seno della madre, il pianto notturno che ridesta dal sonno e che si placa subito contro il petto che culla. Avrebbe perduto tutto ciò e per che cosa, poi? Per correre a impallinare gli ideali!

«Oggi vorrei essere una fata, Lele, e impietrire con un incantesimo l'odio del mondo, che ti separa da me. Purtroppo, però, gli incantesimi non esistono...»

E invece sì! Gli incantesimi esistevano davvero e lui ne aveva ancora uno in tasca, camuffato da biglietto da visita che profumava di sandalo. Ma non le avrebbe confessato di averlo sprecato, di averlo lasciato appassire come un fiore campestre, troppo banale per apparire nel bouquet artificioso degli imbrogli. Ormai gli era impossibile tornare indietro: Ciarán Ó Murchú era a Firenze e pur con il prestigio del suo nome non avrebbe fermato il fischio del treno che, tra meno di un'ora, lo avrebbe condotto via. Gli era stata offerta l'occasione di suonare, anziché sparare, e l'aveva respinta. Pago della tracotanza che rasenta l'insensibilità. Adesso che era svaporato il miraggio di rimediare, comprendeva con raccapriccio che si era negato la dolcezza di cullare il risveglio di suo figlio per l'ambizione d'ammazzare gli austriaci.

«Vuoi perdonarmi, Guerriera?» le disse infine, con umiltà. «Avrei dovuto cedere ai giovani il compito di difendere le nostre trincee. Mi sono arruolato perché lo ritenevo giusto, senza pensare a te e alla promessa di proteggerti come marito.»

Lei abbozzò un sorriso triste.

«Oh, quanto tarda il tè che abbiamo chiesto!» esclamò languida, benché non gliene importasse nulla. «Ti conosco, Lele: non avresti perdonato a te stesso di essere rimasto, mentre gli altri partivano in guerra. Il tuo rigore morale mi ha fatto innamorare: dovrei forse rinfacciartelo, ora che mi costa troppo?»

Le prese la mano e se la portò alle labbra, pensoso. L'ammirava, così tenera di gioventù eppur armata d'ardimento. E il rammarico di abbandonarla gli soffocava il fiato, gli rendeva scabro il respiro.

«Promettimi che, al sopraggiungere dell'inverno, non ti tratterrai nella nostra casa tra gli scogli, dove le mareggiate dipingono di salsedine i vetri delle finestre. No, sarai giudiziosa e ti farai ospitare dai tuoi, a Savona, oppure da mia madre...»

Guerriera lo interruppe con una smorfia sagace: «Sarei giudiziosa a mendicare affetto come ospite sgradita? Mio padre, lo sai, pretendeva che io sposassi quel vagheggino di Rinaldo e tua madre... ebbene, è una cara donna, ma mi considera frivola, guastata dalle agiatezze tra cui sono cresciuta. Niente da fare, Lele, non mi smuovi dalla decisione presa: resterò a casa nostra. In paese mi vogliono bene e...»

Si scostò perché il cameriere, scivolando sulle piastrelle a scacchi neri e bianchi del pavimento, stava scaricando dal vassoio traballante la teiera, le due tazze e una coppetta di canestrelli spolverati di zucchero a velo. Riprese, servendo il tè: «Ti stavo dicendo... In paese mi vogliono bene e mi aiuteranno.»

«Scriverò una lettera a don Delfino, perché vigili su di te e ti faccia coraggio, quando ti tratterrai a pregare davanti alla statua della Vergine.»

Lei addentò un canestrello che le si sbriciolò sulle labbra. Sorrise arrossendo di confusione, mentre si puliva la bocca nel tovagliolo e si scrollava via dal petto lo zucchero.

«Don Delfino, allora, avrà un bel daffare, con tutte le spose che piangono i mariti al fronte: forse sarò io che dovrò consolarlo!»

Le strinse forte il polso.

«Non scherzare, amor mio! Il tempo tenue della gioia si è ormai dileguato. Promettimi piuttosto che, se io sarò ancora assente, tu farai battezzare nostro figlio con il nome di mio padre. Si chiamava Bernardo.»

«Lo so. È un bel nome e mi ricorda un santo di cui spesso invoco l'intercessione. E se nascesse una bambina sarà Teresa, come santa Teresa d'Avila e come tua madre.»

Non le rispose, per non svelarle le lacrime celate nel segreto delle palpebre. Gli istanti gli divenivano insopportabili quale piacere gustato a dismisura, in torbida ingordigia. Immaginava con il sudore dell'incubo che lei presto lo avrebbe seguito sul binario, strappandogli gli ultimi baci e contendendoli al treno in partenza. E non voleva serbare della sua donna quel ricordo straziante di separazione. Avrebbe preferito che l'addio si fosse cristallizzato lì, mentre il tè fumava profumando i loro volti e Guerriera sognava il bambino che sarebbe venuto.

Allora le parlò con voce malferma:

«Ascolta, amor mio, che cosa faremo adesso: finiremo tranquilli di bere il tè, come se il momento che stiamo vivendo appartenesse a un giorno di sole che abbiamo già vissuto insieme. Dopo io mi alzerò, ti bacerò la fronte e uscirò da solo. Sì, da solo... Voglio portare via con me il tuo ritratto con il naso incipriato di zucchero a velo, come ti vedo ora. Mentre mi sorridi d'amore. Non condannarmi a spartire con Rinaldo, che sarà qui a minuti e che credo ti rimpianga ancora, le carezze affrettate attraverso il finestrino del treno. Non condannarmi a raccogliere le tue lacrime dal vagone in corsa!»

«Come vuoi tu, Lele» sussurrò. «Il nostro, d'altronde, non sarà un commiato, perché le mie preghiere ti accompagneranno d'attimo in attimo, sollecitando il tuo ritorno. Ti affiderò a Colui che custodisce nella sua mano la nostra vita. Nulla di male ti potrà accadere e io ti sarò accanto in ogni pensiero.»

Tacquero infine le parole, nell'agonia degli sguardi. Le pupille avvinte d'inchiostro e d'ossidiana, nell'infinito precipitare del tempo.

Le mani si congiungevano, quasi a compenetrarsi come corpi d'amanti, irrorate di sudore e di febbre.

Le narici, tra i visi piegati l'uno accanto all'altro, alitavano tepore di carezze.

Gabriele si allontanò poi a passo lento, senza più volgersi indietro. Una volta fuori gettò ancora un'occhiata di sfuggita, oltre la vetrina, al suo ovale puro di Madonna rinascimentale. E gli parve che tutto si dissolvesse, che l'impressione visiva colta nel frangersi veloce del presente gli fosse scorsa via sulla pelle come la prima goccia del nubifragio.

Invece il fuoco gliela tatuò nell'anima.

Per sempre.

Come se la vita e la morte si fossero ghermite in eterno negli occhi dorati di Guerriera.

CAPITOLO IV

Johann Sebastian Bach
Suite per violoncello solo n. 5 in do minore BWV 1011

Sulle pendici della Marmolada, febbraio 1916

L'ordine era di preparare l'avanzata al disgelo. Il drappello si era caricato in spalla materiali e rifornimenti da depositare negli avamposti di fronte alle truppe austriache cosicché, quando si fosse ripreso a sparare, avrebbero colto il nemico di sorpresa.

La neve che continuava a cadere fina si sedimentava sulle uniformi di tela, sciogliendosi poi sulla pelle in brividi ustionanti. La guerra sperata rapida aveva distolto dallo spreco di cucire indumenti caldi.

Il sentiero saliva in vetta tra pareti di roccia. Gli occhi erano spossati dal bianco accecante che colmava il paesaggio sino agli ultimi picchi dell'orizzonte e dal grigio greve del cielo. La terra ghiacciata gemeva sotto il peso degli scarponi chiodati. L'umidità ansante del fiato brinava appigliandosi ai baffi e alla barba dei soldati.

«Quanto manca ancora, signor tenente?»

La domanda gli fu rivolta da un ragazzo che si chiamava Negri, che veniva da un paesino del Monferrato e che era stato promosso caporal maggiore. Ebbe un suono assordante, nel silenzio della montagna, eppure era stata espressa sottovoce. Gabriele, che aveva preso in simpatia quel giovanotto posato e franco, stava per rispondergli: lo avrebbe rassicurato, perché aveva percorso quel camminamento altre volte con le pattuglie di ricognizione e nulla era accaduto sulla solitudine innevata dei loro passi.

Ma ecco che avvertì un bagliore sul versante opposto. Non s'ingannò: qualcosa s'era mosso. Scintilla di metallo, tra gli abeti mori sfondati di candore.

Intuì il pericolo, proprio nel momento in cui erano costretti a procedere allo scoperto. Se fossero stati attaccati, non avrebbero avuto scampo.

Ricordò allora che poco più avanti il sentiero si allargava, avvallandosi dietro uno sperone di pietra. Raggiungerlo sarebbe stata la loro unica speranza di salvezza.

«Seguitemi, svelti, e correte con me!» comandò ai suoi uomini.

Trascorso un istante interminabile di sconcerto, perché non si aspettavano la loro fuga, gli austriaci cominciarono a far fuoco.

Gli spari infittiti d'eco mozzavano il cuore.

E gli zaini tramutati in fardelli inutili gravavano quali macigni sulle spalle, sbilanciando la velocità della falcata; tuttavia, se si fossero fermati per liberarsene, sarebbero diventati un più facile bersaglio sotto le raffiche senza fine dei fucili a retrocarica.

Si buttarono insieme a capofitto nella trincea naturale.

Soltanto Faccioli, rimasto di poco arretrato, fu colpito di striscio all'avambraccio sinistro.

Gabriele lesse il suo stesso pensiero sui volti di tutti i compagni, perché ognuno di loro avrebbe preferito ricevere quella ferita nella propria carne al posto di Faccioli, che non l'avrebbe sopportata.

Ne aveva visti tanti di ragazzi come Faccioli, in quei pochi mesi al fronte: arrivavano dalla campagna e parlavano solo in dialetto; sorridevano impacciati perché non conoscevano che l'odore nebbioso delle zolle di terra. L'agreste bonarietà si tramutava presto in diffidenza, in mutismo, nell'impressione inconfessata di essere finiti in una trappola per sorci, in attesa della misericordiosa botta di zappa in testa che porrà fine alla paura.

Taceva, Faccioli, guardandosi il sangue che colava vivo tra le dita della mano destra, con cui si premeva la lesione. E intanto sudava freddo e batteva i denti, roteando il bianco delle cornee tra le palpebre dilatate. Egli si trascinò carponi sulla neve fino a lui, perché il parapetto di pietra non era abbastanza alto da consentirgli la posizione eretta. Gli fasciò il braccio con il fazzoletto, che si tinse di vermiglio.

«Sta' calmo, Faccioli: ti prometto che ti tirerò fuori di qui! Ti fidi di me?» gli chiese.

Il giovane fante non lo aveva ascoltato: continuava a spalancare il nero delle pupille sui suoi incubi, come se il mondo intorno a lui fosse solo apparenza.

«*Davvei, sciô tenente?*[7]» sussurrò Sanguinetti, che proveniva dall'Appennino tra Liguria ed Emilia, nella fede invitta di cavarsela.

«Ce ne andremo con il buio, così il nemico non riuscirà a scorgere i nostri movimenti. Per prudenza ci allontaneremo uno alla volta, a distanza di dieci minuti l'uno dall'altro, per non essere sorpresi dalle torce. Io verrò via per ultimo, quando voi sarete già in salvo. Allora torneremo all'accampamento per avvertire dell'attacco austriaco e ricevere nuovi ordini riguardo all'avamposto che avremmo dovuto raggiungere.»

Bocchino, un ragazzone biondo che proveniva da Ivrea, scosse il capo: «*A l'è düra armenni, cun 'sta gjäsa...*[8]»

Capì che si riferiva alla coltre gelata in cui erano costretti a giacere.

Tornò a osservare Faccioli che, alla sua destra, ciondolava la testa con scatti ripetitivi. Non si era mai chiesto prima di allora come fosse finito tra loro, lui che era veneto, perché nel battaglione si era tutti liguri o piemontesi. Forse aveva già creato problemi altrove, lui che non era fatto per combattere.

Non sapeva come aiutarlo a prevenire l'imminente attacco di panico: ne leggeva i segni premonitori sul volto pallido, nella legnosità dei pugni serrati e nell'abbondante sudorazione che gli infradiciava le tempie.

Tentò di distrarlo e di farlo parlare, quasi a disinnescare una granata: «Come va, Faccioli? Sopporti il dolore della ferita?»

Non ricevette risposta: quello respirava in affanno, buttando fuori aria dalle narici come il toro costretto ad affrontare il *matador* dell'arena, e piegava la fronte in avanti con tremori meccanici. Era assente, sonnambulo pur essendo desto.

Perata, che raccontava spesso con orgoglio del suo orto nella piana d'Albenga, non trovava una posizione in cui resistere sul ghiaccio e si rigirava ora su un fianco ora sull'altro. Il freddo insopportabile corrodeva a ciascuno le cosce e i glutei e strappava sui volti uno spasimo di dolore.

«Rovesciate gli zaini a terra, ragazzi!» ingiunse loro mantenendo il tono del mormorio. «E appoggiatevi a essi, per sentire meno il rigore che ci sbrana i muscoli. Non rimanete troppo fermi e, soprattutto, riattivate la circolazione ruotando le caviglie e le dita dei piedi negli scarponi.»

Mentre gli altri gli obbedirono prontamente, soltanto Faccioli rimase immobile a dondolare il capo e il busto. Egli, con lenta mossa, gli prese lo zaino e cercò di aiutarlo spingendoglielo dietro la schiena. All'inizio il ragazzo non reagì, continuando a fremere di scatti nervosi. Poi, all'improvviso, si ribellò e gli rovesciò di colpo un sinistro in pieno viso.

Avvertì il sangue colargli dal naso e sulla fronte gli bruciò il graffio degli occhiali, che la sberla aveva catapultato via. Glieli ritrovò Bertolotto, un pescatore di Camogli, con la pelle bronzea di chi non si sottrae al bacio del sole.

Glieli porse, allungandosi: «*I speggetti, sciô tenente...*[9]»

«Grazie» sussurrò.

E dentro aveva voglia di piangere. Ma a che sarebbe servito? Faccioli continuava a dondolarsi a scatti, con il muso passivo di bomba sul punto d'esplodere. Dietro di lui, il cielo era denso di desolazione.

Inforcò gli occhiali e si asciugò il sangue che gli intrideva i baffi e il labbro. Chiuse le palpebre, implorando tepore da ricordi aspersi d'incanto.

La sensazione dell'ultimo sonno del mattino, quando già la mente si acuisce al risveglio, gli aveva fatto ritrovare nel freddo delle lenzuola l'abbraccio di sua moglie. Nella processione pigra degli istanti protratti, gli era bastato sfiorarla per fremere di lei. Come le fragole rosse i baci, nello schiarirsi dell'alba dietro le persiane bianche, e intanto il mare veniva a naufragare a riva e mormorava nella conchiglia dell'orecchio onde lente di respiro.

La gioia di appartenersi mentre sorgeva il sole li inebriava, nell'attribuire al matrimonio l'isolamento dal mondo. Per questo, forse, avevano scelto di abitare in una bicocca a ridosso degli scogli. Poco più in là c'erano la spiaggia e il muro spettrale della ferrovia, che occultava il paese alle loro spalle, quasi non fosse esistito... Eppure il treno la notte li ridestava, se un fischio lungo gemeva a straziare un'ossessione o se lo sbuffare del vapore incalzava un palpito della coscienza. Allora lui cullava il bel viso di Guerriera, che imperlava le tenebre, e se lo tratteneva contro la nudità del petto. Le parlava, esprimendosi in suoni soffusi, cedendo alla presunzione di consolarla. Perché il mondo che cercavano ogni giorno di sfuggire era proprio lì, in agguato oltre il muro del treno che diventava metafora della vita, sul punto di invaderli, come la sabbia che il vento disperde a tumulare le rose.

Non possedeva scudo per riparare la sua donna dal vento. Se n'era accorto una domenica, che già sembrava infinitamente lontana. Per un capriccio infantile non le aveva permesso di acconciarsi i lunghi capelli che inanellavano riccioli di bronzo.

Li aveva contemplati, mentre ricamavano di luce il cuscino. Quando si erano alzati e rivestiti, il primo raggio del giorno aveva trafitto il manto di fuoco che le scendeva sulle spalle. Lei era così bella e preziosa che lo aveva abbagliato e, nel chinare lo sguardo, lo aveva costretto a nascondere lacrime di commozione.

Erano usciti nell'aria fragrante di salsedine, perché l'ora della messa era ancora remota. Avevano passeggiato lungo la costa, raccontandosi piccole cose di innamorati.

All'improvviso il vento. Si era levato cadendo in picchiata giù dal promontorio. Aveva colpito quale schiaffo i capelli di Guerriera e li aveva sollevati a raggiera, irrigidendoli in irti torcigli di rame. In un solo istante era scomparsa la meraviglia dell'emozione trascorsa.

Le aveva circondato le spalle con il braccio, tentando di imbrigliarli, ma il vento aveva continuato ad agitarli come marionette arruffate. Splendida seta violentata in scompiglio.

L'aveva riaccompagnata a casa, perché potesse pettinarsi prima di andare in chiesa. Ogni colpo di spazzola gli aveva raschiato il cuore, quasi si fosse trattato di una tagliola, a mordere un sorriso di libertà.

Allo stesso modo, fulminea come il vento nel sereno rifulgere dell'estate, era scoppiata la guerra. All'inizio l'aveva considerata alla stregua d'effetto collaterale per ottenere uno scopo. L'aveva invocata, bramando l'Italia finalmente unita. Poi si era accorto che la popolazione delle valli trentine, incassate tra vette eterne, quando lo vedeva sfilare con gli altri fanti non lo ammirava quale liberatore, ma lo additava come un miscredente. I preti dai pulpiti tuonavano contro i soldati italiani, che profanavano la devozione dovuta a Dio e all'Imperatore. E lui, che era un cattolico convinto, era entrato in crisi, perché il Signore, forse, si era fermato dall'altra parte del fronte.

Che cosa c'era d'esaltante in quella guerra vigliacca, dopo che s'era scombinata ogni impostura? Adesso che ne conosceva la lentezza angosciosa e l'acre fetore di morte, adesso che assiderava nella neve senza speranza e che invocava un evento qualsiasi pur di sfuggirle... adesso insomma che la giudicava improvvida abiezione, ebbene proprio adesso malediceva la velleità d'essersi arruolato.

Nel grembo di sua moglie, intanto, si formava un bimbo troppo amato e troppo distante. Troppo distante, per inventarne il volto venturo.

«Basta!» urlò Faccioli fendendo il giorno.

Si era irrigidito, i bulbi oculari fuori delle orbite, la bocca schiumosa e spalancata.

«*Ghe semu!*[10]» commentò in dialetto il pescatore di Camogli, fumando fiato dalle narici.

Anche Gabriele aveva pensato la stessa cosa: "Ci siamo!"

Alla granata era stata stracciata la sicura e tra poco sarebbe scoppiata. Eppure, benché ognuno di loro - imprigionati com'erano in quella trincea improvvisata - fiutasse l'imminenza del pericolo, come prevedere la furia con cui si sarebbe sfogato un nuovo attacco di panico di Faccioli?

Gli aliti sospesi d'interminabile attesa scongiuravano la benedizione d'un diversivo. Negri, con il suo viso buono di fanciullo che si è fatto crescere i baffetti per giocare alla guerra, provò a calmarlo.

«Veh, Faccioli, sta' tranquillo, che tutto passa... Mi riconosci? Sono il tuo amico Pinot. L'altra sera, quando siamo scesi in paese, ti ho offerto un bicchiere di vino e tu mi hai detto che ero un bravo ragazzo. Mi fai dispiacere, se ora mi guardi con quegli occhi strani.»

Un bravo ragazzo Negri lo era per davvero. Era figlio di un cantoniere e possedeva la finezza di un'indole discreta, cui non è ignoto l'ardire.

Ma Faccioli non lo ascoltò neppure.

«Basta!» latrò ancora con voce roca di rabbia e paura.

Prima che Gabriele potesse bloccarlo era già scattato in piedi. Subito sibilarono i proiettili austriaci. Egli gli si buttò attorno ai polpacci, per farlo cadere a terra; quello però si sottrasse alla presa assestandogli un calcio contro lo sterno. Saltò fuori dal riparo di roccia, precipitando di corsa giù dal sentiero scivoloso di neve.

«No, signor tenente, non vada, tanto è perduto!» gli gridò alle spalle Negri.

Ma Gabriele già gli filava alle costole, sotto la sventagliata aspra delle fucilate.

Lo riacciuffò d'impeto e con la forza della disperazione lo trascinò indietro, verso il riparo. Ce l'avevano quasi fatta, pur con il piombo che fischiava loro addosso sfiorandoli.

Spinse Faccioli in avanti. Gli sarebbe bastato un solo passo per essere al sicuro, un solo passo per continuare a vivere, quando una scarica di *shrapnels* gli segò le reni.

Buio di lancinante spasmo che tronca il respiro!

Stramazzò al suolo nell'abbraccio di Negri.

«*L'è mal cuncià, povar fjeu!*[11]»

«*Ah, cul bastard 'd Faccioli: pudivu masè chil.*[12]»

«*Sté citu:*[13] vi sembra questo il modo di far coraggio al signor tenente?»

«*Belan*, quanto sangue! E chi lo salva più, *stô pöveo pivetto*?[14]»

Era questa la morte? Che strana sensazione: per la prima volta in vita sua non ne provava timore. Non come in passato, quando l'ineluttabile condanna a perire gli ammollava la fronte di sudore e lo spossava d'ansia. Si consolava, allora, convincendosi della propria gioventù, dei tanti anni che aveva ancora da trascorrere nella felicità che gli era stata concessa. Era bastato, invece, un colpo diaccio di tramontana e la morte gli era già accanto. Senza spaventarlo. L'istinto estremo della sopravvivenza gli faceva accettare l'impensabile che non poteva evitare, che lo abbrancava con zannata fiera. O, piuttosto, era un altro istinto a rasserenarlo, quello innato di confidare oltre la vita.

Negri gli aveva adagiato la schiena sulla neve, per fermare il più a lungo possibile l'emorragia. Riusciva persino a controllare la crudeltà del dolore, se rimaneva immobile e misurava corti respiri.

Cadeva in sterminata vertigine, tuttavia non atterriva. Avvertiva una mano potente che gli attutiva la fine d'infinito amore. Nella pace di Dio placava ogni rimpianto e zittiva il viso adorato della sposa e quello incognito del figlio. La fede in ciò che non si vede, tra gli aneliti e le sconfitte d'inutili sforzi, si sublimava a poco a poco in uno spiraglio di luce.

«Che facciamo adesso? Non possiamo raggiungere le nostre baracche portandolo in spalla. Se al contrario ci arrendiamo, i crucchi avranno la pietà cristiana di curarlo.»

Capì che doveva impedire la resa. Altrimenti per i suoi uomini la guerra sarebbe stata troppo lunga in prigionia. Forse sarebbero spirati di stenti e di fame, perché i nemici avevano annunciato di non aver risorse per mantenere i soldati catturati.

«Non compite un sacrificio inutile...» biascicò all'orecchio di Negri. «Io... io ne avrò ancora per poco. Neanche i crucchi potrebbero salvarmi... Solo Iddio, che mi offre la vita eterna... Vi impongo di rispettare i miei ordini! Quando sarò morto e verrà la notte, vi muoverete uno alla volta... E tornerete al sicuro. Lasciatemi qui, mi seppelliranno gli austriaci...»

Faccioli, intanto, era strisciato sino a lui e gli aveva preso la mano, che inzuppava di lacrime.

«Perdono...» gemette goffo e ruvido.

Egli gli sorrise.

Faticava a distinguerlo, nella debolezza che gli svaniva la vista.

Lo guardava attraverso la fessura delle palpebre e non ne

ravvisava i lineamenti accentuati. Gli aveva salvato la vita al prezzo della sua, nella certezza che il muso asimmetrico e appuntito di Faccioli era il volto trasfigurato di Cristo.

CAPITOLO V

Johann Sebastian Bach
Suite per violoncello solo n. 2 in re minore BWV 1008

Sulle pendici della Marmolada, febbraio 1916

Accenti fiochi d'Ave Maria, che cantilenavano un rosario senza corona, in smisurata attesa. Voci di uomini tornati bambini, nella paura della morte che sfiora il respiro. Lunga ormai come il giorno l'agonia, nell'ultimo colpo d'ali della vita.

Gabriele respirava ancora e sempre più debole avvertiva in petto il sussulto del cuore. Le preghiere rintoccate dai compagni, cui non aveva più la forza di unirsi, cullavano lo strazio del corpo.

Respirava ancora, incredulo che ci fosse tanta fatica nel finire. La stessa fatica di vivere.

Gli altri lo vegliavano con affetto infantile, ora detergendogli il sudore freddo sulle tempie, ora appoggiando la mano sulla sua, per fargli coraggio. Qualcuno si stringeva nelle spalle e scuoteva la testa. Faccioli, invece, teneva la fronte tra le ginocchia e si batteva pugni sugli scarponi.

A un certo punto il rosario si smorzò nel silenzio, come se si fosse spento nei fiati sfiancati.

«Ûn pittinìn d'ægua, sciô tenente?[15]» Perata gli proponeva di bere un sorso, mostrandogli la borraccia.

Chinò le palpebre per negare.

Lo ristorò il sorriso mite di Negri, che si sporgeva su di lui e lo riparava dalla neve che aveva ricominciato a cadere.

«Mi permette una parola, signor tenente?» Attese l'assenso

impercettibile del mento. «Io sento che non manca molto al momento in cui anch'io, come lei, mi troverò in attesa di contemplare il Signore a volto a volto. Siamo soldati e pochi di noi sopravvivranno. Allora spero di trovare un bravo compagno che non mi abbandoni morente e che sappia scrivere.»

«Che sappia scrivere...» ripeté a stento in un soffio.

«Sì, signor tenente. Così gli detterò l'ultima lettera per i miei cari e gli chiederò, quando l'avrò firmata, di chiudermi gli occhi. Dicono che io abbia una discreta calligrafia, se vuole approfittarne per salutare sua moglie.»

Lo commosse la delicatezza con cui gli suggeriva di donare a colei che amava un ricordo su cui piangere. La tentazione di quella lettera lo sconvolgeva. Ce l'avrebbe fatta? Sarebbe arrivato sino in fondo con quel poco di sangue che ancora gli restava? E quali parole avrebbe inventato per la sua Guerriera?

Ogni singhiozzo d'amore gli pareva inutile a confortarla. Il sentimento sconfinato che provava per lei non si sarebbe mai fissato sulla carta, costretto da un segno di lapis nel limite di un foglio sgualcito. Sarebbe stato come ridurlo a balbettio banale o come trasformare l'ardore in esortazione. Le avrebbe raccomandato il figlio che portava in grembo e che sarebbe cresciuto senza un padre, ripetendo frasi di maniera che non gli appartenevano.

No, non poteva scrivere a Guerriera. Neanche se Negri gli avesse prestato la mano. Si rassegnò, dunque, a morire tacendo la tenerezza verso la sposa.

Eppure... Sì, c'era una persona cui avrebbe voluto indirizzare la lettera, per invocarne l'aiuto e la protezione. Gli aveva promesso che avrebbero lavorato insieme, che era pronto a condividere con lui la fama. Adesso non avrebbero più suonato vibrando delle stesse note, come era accaduto a Genova. Adesso quel sogno che non aveva osato realizzare moriva con lui.

Ma Ciarán Ó Murchú era il musicista osannato dal pubblico e dalla critica: sarebbe bastata una sua presentazione per permettere a Guerriera d'essere indipendente e di crescere da sola il loro bambino. Si sgomentava, infatti, per il futuro di colei che amava. Era troppo orgogliosa per farsi mantenere dal padre, che non aveva approvato il matrimonio con chi le era inferiore per nascita, e il pensiero che piuttosto sarebbe andata a servizio gli era insopportabile. Soltanto un uomo come Ciarán Ó Murchú avrebbe potuto impedirlo.

«Negri, ti prego...» ansimò. «Guarda nel taschino della mia giubba...»

Con dita svelte, il giovane piemontese gli obbedì.

«Ci sono un biglietto da visita e la fotografia di una fanciulla meravigliosa, tanto che io non ne ho mai viste di più soavi.»

«È mia moglie» sussurrò mentre gli scivolava una lacrima dall'angolo della palpebra.

«Che cosa debbo fare di queste cose, signor tenente?»

«Se il Signore, nel suo immenso amore, me ne infonde la forza... ebbene, ti detterò una lettera. Tu la spedirai all'indirizzo che c'è lì, sul cartoncino... Non quello italiano, l'altro! Sul retro della fotografia, invece, è indicato dove abito io: infilala nella busta e chi la riceve capirà...»

«Leggo un nome straniero: debbo davvero mandare la lettera nel Regno Unito?»

Annuì, spossato.

«Allora copierò con attenzione queste strane parole piene d'accenti» lo rassicurò il ragazzo.

Aveva estratto intanto la matita e un foglietto, che si ondulava di fiocchi di neve. Restò con pazienza in attesa perché Gabriele raccoglieva a stento l'aria per sillabare qualche suono. Poi le frasi vennero lentamente, una dopo l'altra, in disperante processione di spasimi. Il tempo parve dilatarsi all'infinito, prima che piombasse l'ignoto.

Mancava ormai soltanto la chiusa.

«Vuole che firmi al posto suo, signor tenente?»

«No, figlio mio, ma sorreggimi il polso...»

Erano gli estremi istanti e li spese tutti nello scarabocchiare il nome con cui era stato battezzato, con cui era stato chiamato con affetto e con stima e che presto sarebbe stato inciso sulla sua lapide. Ogni lettera gli costò un dolore lancinante e solo la certezza di essere amato da Dio gli permise di arrivare sino in fondo, quando la mano si fermò per sempre.

«Oh, Dio mio, abbi pietà di me... Mio Signore, abbracciami!» rantolò.

La testa gli gravò immota sul petto.

Fu la notte assoluta.

La morte sconosciuta e sterminata.

Cieco orrore di tenebra che, a poco a poco, s'irradia di luce.

Luce elargita, che divampa dal nulla e lo indora. E lo rende prezioso.

Luce vera, d'annunzio che non passa.

Caro maestro,

mi permetto di scriverle ricordando la sua gentilezza e l'apprezzamento di cui, pochi mesi orsono, lei volle onorarmi. Purtroppo dovrà fare a meno di quello che, nella sua bontà, definì il mio talento perché sto morendo tra le pietre e la neve, colpito dal nemico.

Sto morendo. Sono sereno se penso che tra poco riposerò nell'abbraccio di Dio ma mi crolla il mondo addosso, se, al contrario, m'attardo a contemplare ciò che mi lascio dietro: una moglie giovanissima e un figlio che sta per nascere.

Posso bussarle al cuore, mendicando la sua benevolenza? Presto o tardi che sia, la guerra finirà e lei tornerà a dirigere anche qui in Italia. Io non ci sarò, non suoneremo mai più insieme, ma le affido ugualmente la mia Guerriera. È una brava pianista e potrebbe guadagnarsi il pane per sé stessa e per il bambino, se un musicista famoso come lei l'aiutasse.

Forse non ha la stoffa della concertista; potrebbe diventare tuttavia un'insegnante preparata per i giovani che intendono perfezionarsi nello studio dello strumento, se lei vorrà raccomandarla.

Che ne sarebbe della mia sposa, altrimenti? La piccola pensione che le daranno come vedova di guerra non la preserverà dalla miseria. In nome di Dio, maestro, non ci abbandoni! Mi conceda di morire in pace...

Chi scrive al posto mio metterà nella busta la fotografia di mia moglie: sul retro troverà segnato il nostro indirizzo. Vada da lei, maestro, le chieda come sta, se ha bisogno di qualcosa.

Io non posso contraccambiare ma dal Regno dei Cieli, in cui imploro di essere accolto, non per i miei tanti peccati ma per l'infinita misericordia di Dio, ebbene dal Regno dei Cieli io pregherò ogni giorno per lei, perché il Signore la assista e la custodisca, allontani dal suo passo ogni male e porti a compimento con larghezza tutti i desideri di bene che lei porta nel cuore.

Che Iddio la benedica oggi e sempre, caro maestro!

Gabriele Selvaggi

Finale Primo

Secondo movimento
NELL'OCCHIO DEL CICLONE

Noi conosciamo i loro sogni;basta
sapere che sognarono e son morti;
che importa se fu un eccesso d'amore
a sconvolgerli sino alla morte?
Ecco, lo scrivo in versi –
MacDonagh e MacBride
con Connolly e con Pearse
ora e nei tempi che verranno,
in ogni luogo in cui s'indossi il verde,
sono mutati, mutati interamente:
una terribile bellezza è nata.

(William Butler Yeats)

CAPITOLO I

Brian Warfield
Ships in full sail

Baile Átha Cliath, 24 aprile 1916, Lunedì dell'Angelo

«*Tá deifir orm!*[16] Sì, ho fretta, Máirtín! Mi hai preparato quei pochi sandwich che ti avevo chiesto? E senza cetriolini, ché non li sopporto!»

Impaziente, Ciarán se ne stava in piedi nell'atrio del suo palazzo in Saint Stephen's Green e si batteva i guanti di pelle chiara sul polso sinistro. La luce filtrava variopinta attraverso le vetrate Art Nouveau e gli sbalzava in viso schegge di arcobaleno.

La sua dimora era una delle più moderne ed eleganti tra quelle che si affacciavano sul parco cittadino, adiacente a quella di sir Ardal Mac Corra, l'industriale della popeline di lana. Lui e la moglie Sibéal lo ricevevano spesso, quando tornava a Dublino, perché erano stati amici intimi di suo padre.

«Allora, Máirtín? Ti si è squagliato il burro?»

Anche questa volta il maggiordomo non gli diede risposta. Che poteva inventare, costretto com'era a ingannare il tempo? E intanto i suoi compagni marciavano verso il biscottificio per occuparlo.

Gettò un'occhiata alle scarpe, assicurandosi che fossero perfettamente lustre, e scelse un bastone da passeggio intonato al cappello. Anche il fazzoletto di seta celeste nel taschino della giacca di tweed era impeccabile e cangiante di sfumature ora verdi ora violette. Si riappuntò lo spillo d'oro con il brillante nel cravattone alla La Vallière.

Era pronto a sbraitare una terza volta quando, sopra la console, a lato del vaso cinese in cui torreggiavano contro lo specchio rami di lillà in fiore, s'avvide del vassoio della corrispondenza che non era stato svuotato dalla settimana passata. Che noia! C'erano ancora tutti quegli smancerosi bigliettini d'auguri pasquali, con le medesime frasi di circostanza che offendevano la fantasia e la discrezione. Ne spostò alcuni con la punta dell'indice, nauseato dal miscuglio dolciastro di profumi femminili che emanavano. A un tratto l'unghia si fermò su una busta logora e grigiastra. Chi osava inviargliela? Uno dei cugini spilorci del Conamara[17], che magari l'aveva riciclata?

Incuriosito, la prese tra le mani, rigirandola. No, proveniva dall'Italia e l'indirizzo era stato scritto dalla mano incerta di chi si trova in difficoltà, di chi non ha un tavolo sul quale appoggiarsi per buttar giù le parole. Lettere abbozzate, distorte e piene d'occhielli sbilenchi.

La strappò di lato, estraendone due fogli raggrinzati e una fotografia. Guardò quella per prima. Ritraeva una ragazza demodé, del tipo che arriva vergine al matrimonio. Senza trucco e con l'abito tagliato usando la scatola dei modelli della nonna, non era affatto di suo gusto. Posò l'immagine sotto il vaso di lillà.

Lesse il resto. Il più esterno tra i due fogli conteneva solo poche righe. Era firmato da un certo Negri Giuseppe, nome che non associava a ricordo alcuno. Si rivolgeva a lui in italiano, con deferenza:

"Egregio Signore,

sono un soldato italiano e le scrivo dal fronte per inviarle la lettera che il signor Tenente mi ha dettato per lei prima di morire. È stato colpito, infatti, mentre salvava un fante dei reparti alpini. È stato un atto eroico di cui lei, se gli era amico, può essere fiero.

Che Iddio le conceda lunghi giorni di pace, se esaudirà le sue ultime parole!

La ossequio.”

Cominciò a sospettare l'identità del tenente cui alludeva il soldato e scorse velocemente l'altro foglio. Lo picchiò sul bordo della console.

«*Damnú air!* Doveva proprio andare a farsi ammazzare, quel salame! E io che avrei voluto farne una celebrità... Mi ha fregato, e adesso mi appioppa pure la sua vedova, come se io fossi un filantropo! Ma per chi mi ha preso?»

Al limite ne avrebbe parlato con Bartlemy: era lui in famiglia che si occupava delle attività benefiche. Era un incarico che si era assunto per conto della banca e finanziava orfanotrofi, ricoveri per poveri e anziani, case d'accoglienza per ragazze perdute... Chiunque si rivolgesse a lui difficilmente riceveva un rifiuto.

Ecco, suo fratello era la persona giusta: alla prossima tournée in Italia, se lo sarebbe portato appresso e lo avrebbe mandato a raccogliere i piagnistei della vedova del violoncellista. Avrebbe scovato a Genova o dintorni un collegio di suore cui mancava un'insegnante di musica. Lui era bravo in queste cose.

Certo non subito, ci mancherebbe! Quella donna avrebbe dovuto pazientare: adesso egli aveva in programma una serie di esibizioni negli Stati Uniti. Era stato scritturato dai principali teatri d'Oltreoceano e aveva già acquistato i biglietti per il piroscafo. Lo avrebbero accompagnato Máirtín e Lorna.

Sarebbe rientrato in Europa forse tra un anno, quando la guerra si fosse conclusa e la gente avesse di nuovo affollato le sale da concerto. Poi si sarebbe sposato per tacitare tutti i benpensanti che mormoravano alle sue spalle. Non credeva, in realtà, che l'istituzione del matrimonio fosse utile alla società, anche perché i suoi genitori si erano sposati senza amore e, quando sua madre era rimasta vedova, aveva scelto come secondo marito un inglese, il cui unico pregio era l'essere ricco sfondato. Tuttavia gli seccava dare scandalo, temendo che la convivenza con una signorina che non portava il suo nome gli rovinasse la carriera. Per quieto vivere, era meglio tacitare gli ipocriti.

Tornò a osservare l'immagine della moglie del violoncellista. Il suo sguardo diretto aveva una strana trasparenza, quale non aveva mai colto in occhi di femmina. Dov'era l'imbroglio, dietro a tanta franchezza? Quel viso dai lineamenti regolari non tradiva il mistero di un sorriso languido o il broncio lascivo di un capriccio. Era come l'acqua quando sgorga casta da una sorgente di montagna.

Pensò, infine, che fosse suo dovere scriverle almeno un telegramma di condoglianze. Dopo le manovre di quella giornata avrebbe fatto un salto all'ufficio postale di Sackville Street, per dettarlo. L'indirizzo era sul retro della fotografia ma non aveva tempo di ricopiarlo. Per questo motivo se la infilò nella tasca interna della giacca mentre Máirtín sopraggiungeva trafelato con una sporta sul braccio.

«Perdonami, Ciarán! La cuoca aveva spalmato il burro di arachide che non ti piace e l'ho pregata di preparare altri sandwich a te più graditi.»

«Di' piuttosto che quella megera stravede per Bartlemy, che adora il burro d'arachide, e cerca di convertire anche me alle abitudini alimentari del fratellino perfetto! Lasciamo stare... Butta via tutti questi bigliettini d'auguri che mi impicciano e ai quali non voglio rispondere. Prendi questi due fogli, invece» gli porse la lettera di Gabriele Selvaggi e il breve scritto del soldato italiano, «e chiudili in un cassetto della mia scrivania: è una scocciatura ma dovrò occuparmene, prima o poi.»

Il maggiordomo ricevette quanto gli veniva consegnato,

senza ritirarsi. Rimase a squadrarlo severamente: «Accetti un consiglio, Ciarán?»

«I tuoi consigli, vecchio mio» rise, «troppo spesso si trasformano in ramanzine.»

«Ebbene, non voglio che tu finisca come tuo padre, il quale fu costretto a suicidarsi perché lo avevano tradito e, se lo avessero arrestato, lo avrebbero torturato sino a fargli sputare i nomi degli altri congiurati. E l'aria che oggi tira a Baile Átha Cliath[18] non è salubre per i patrioti...»

«*Amaidí!*[19]Sciocchezze! Mio padre era un feniano, mentre io non mi sono mai immischiato nelle rivendicazioni nazionalistiche e sono il devoto figliastro di un banchiere inglese.» Ammiccò: «Sono al di sopra d'ogni sospetto.»

«*Aire chugat, a Chiaráin!*[20]»

«Sì, starò attento. Sarò alla Jacob's Biscuit Factory: se stasera non dovessi rientrare a casa, domani mi farai recapitare una camicia pulita e un po' di biancheria. Mi manderai le stesse cose ogni giorno in cui mi tratterrò là.»

«E che dirò a sir Wrottlesey, quando tornerà dalla passeggiata mattutina?»

Ciarán gli mise una mano sulla spalla. Sogghignò: «La verità! Gli dirai che mi hanno rapito!»

Lo salutò e uscì prima che s'irradiassero dal campanile della cattedrale i rintocchi di mezzogiorno.

Strada facendo aveva acquistato il giornale del mattino. Si era messo a leggerlo all'angolo di Bishop Street, con la spalla appoggiata a un lampione. Cercava notizie sulla parata che era stata annunciata e poi disdetta e che, correva voce, si sarebbe svolta ugualmente.

Odore di biscotti: George Jacob non aveva concesso ferie ai suoi operai, sebbene per i cattolici il Lunedì dell'Angelo sia giorno di festa. Le due ciminiere dello stabilimento fumavano sdegnose, diffondendo fragranza di burro e di caramello.

Qualcuno tra i passanti s'attardava: forse lo aveva riconosciuto perché la sua immagine era spesso riprodotta sulle riviste. Per darsi un contegno, allora, cominciò a guardare a brevi intervalli l'orologio da tasca, quasi avesse un appuntamento con chi era in ritardo. Del resto il suo fidanzamento con la signorina Lorna Aighleart era stato annunciato ed è notorio quanto le donne pecchino in puntualità...

Fingeva fretta mentre il cuore gli sobbalzava in petto per ogni sasso cricchiato sul marciapiede, adesso che l'impegno che si era assunto con leggerezza, che si era assunto a parole, richiedeva il coraggio dell'azione.

Prendeva lezioni di cornamusa irlandese. Joseph, il suo patrigno, ironizzava sul fatto che uno dei più affermati musicisti d'Europa perdesse tempo a palpeggiare una diavoleria da sagra paesana, eppure egli aveva scelto come insegnante il miglior *píobaire*[21] di Baile Átha Cliath. In realtà era solo un ragioniere ma nessuno sapeva suonare quello strumento meglio di lui. Si era esibito anche in onore di papa Pio X, per i sacerdoti cattolici costretti all'esilio.

Il professore di cornamusa aveva bussato alla sua porta la sera di Sabato Santo. Lo accompagnavano un paio di amici poeti. Era sceso lui ad aprire, perché erano andati tutti alla Veglia di Pasqua e il suo patrigno sarebbe giunto da Londra soltanto il mattino successivo.

Si erano accomodati nello studio.

Sonnecchiava la fiamma nel camino, sormontato dal grande quadro in cui Ciarán si era fatto ritrarre mentre dirigeva l'orchestra. La luce fulva delle *abat-jour* riverberava sul pianoforte a coda, sulle poltrone di pelle rossiccia e sui vetri ambrati delle librerie.

Aveva offerto loro una bottiglia di whiskey ma quella sera avevano bevuto poco e, soprattutto, nessuno aveva suonato.

«*An bhfuil tú linne?*[22]» Éamonn[23], l'uomo della cornamusa, gli aveva chiesto senza preamboli se stava con loro. Parlava in lingua irlandese con straordinaria scioltezza e aveva l'accento di Gaillimh[24]. «Non abbiamo tempo: presto comincerà un'altra riunione e dobbiamo sapere su chi possiamo contare.»

«*Ba mhaith liom...*[25]» sorseggiando il suo whiskey, aveva ammesso che gli sarebbe piaciuto.

Seosamh aveva scosso la testa e, tra due colpi di tosse, gli aveva dato del vigliacco: «Lascialo stare, Éamonn: sappiamo tutti che Ciarán è un eterno indeciso. Ci sosterrà con il pensiero, come le altre volte.»

Avrebbe voluto rispondergli per le rime, se non gli avesse ispirato una commossa indulgenza. Seosamh[26] gli era maggiore di qualche anno soltanto e aveva già l'aspetto di un vecchio, con le guance e le tempie scavate sotto un ciuffo di capelli dritti e gli occhiali che gli dilatavano la rassegnazione delle pupille. Suo padre apparteneva all'aristocrazia del Papa eppure non era riuscito a impedire che il figlio si ammalasse di tisi e che ne stesse morendo. Era stato operato da poco ai polmoni: senza concludere la convalescenza, si era fatto dimettere pur di partecipare alla sommossa.

Si era intromesso Tomás[27], con la risata spontanea che attenuava ogni attrito e con la sua simpatica parlata del Sud: «*Tá iontaoibh agamsa as!*[28] E io invece ho fiducia in lui!» aveva affermato sicuro, mentre si sistemava con le dita ossute il farfallino che portava sul colletto della camicia.

Tomás era il più anziano fra loro e il suo viso intellettuale dal naso saliente aveva le rughe e la fronte stempiata di chi sfiora la quarantina. Aveva proseguito: «Anch'io, d'altronde, ho accettato all'ultimo di firmare il proclama della dichiarazione d'indipendenza e di assumere la carica di comandante nel Secondo Battaglione degli Óglaigh na hÉireann[29]. Sai, Ciarán, mi mandano a occupare la fabbrica di biscotti: perché non vieni con me?»

Egli aveva posato il bicchiere mezzo vuoto sul tavolino di mogano.

«Una proposta allettante, quasi golosa. Come stanno le cose realmente? Ho letto sul Sunday Independent che la parata di Pasqua è stata annullata» aveva sussurrato.

«No, Ciarán» gli aveva spiegato Éamonn, spianandosi i baffi, «è stata un'idea di Mac Néill[30], che ha sottoscritto l'annuncio sul giornale e che gode dell'appoggio di un capo storico come Ó Raithile,[31] ma nessuno di noi l'ha condivisa. Siamo stati sfortunati, ecco tutto! Aspettavamo ventimila fucili dalla Germania e il ritorno in patria di Mac Asmaint:[32] ebbene, questi è stato arrestato ieri mattina in Ciarraí,[33] mentre sbarcava da un sommergibile, e sarà processato dagli inglesi per alto tradimento. I marinai tedeschi che trasportavano le casse con le armi hanno preferito, a quel punto, affondare la loro nave affinché non cadesse in mani nemiche.»

«La parata, tuttavia, si terrà lo stesso» aveva aggiunto Seosamh, che continuava a tossire. «Gli inglesi ci considerano folcloristici, quando indossiamo le nostre divise, e ci lasciano persino gli schioppi al fianco: non possiamo sprecare un'occasione come questa! L'abbiamo spostata al Lunedì dell'Angelo, per riorganizzarci dopo l'arresto di Mac Asmaint. Non sarà in grande stile, come avevamo sperato, ma in città ci sono soltanto quattrocento soldati inglesi, perché tutti gli altri sono dislocati sul fronte continentale. Se agiremo in fretta, riusciremo a sbaragliarli.»

«Ti unisci a noi?» lo aveva pressato Éamonn. Gli occhi gli s'infossavano severi sotto la fronte alta e spaziosa.

«Il nostro Quartier Generale sarà all'Ard Oifig an Puist,[34] sì, all'ufficio della posta centrale» era stata la precisazione di Seosamh, che si era alzato e che, con le mani in tasca, appoggiava il fianco al camino. «Io sarò là: insieme proclameremo la Repubblica d'Irlanda e isseremo la nostra bandiera.»

«Un biscottificio, un ufficio postale... Luoghi insoliti per un'insurrezione!» aveva notato, pur con il cuore che gli volava via dal petto per rimbalzare spensierato nella nuova avventura patriottica. «Chi li ha stabiliti?»

Tomás, che era professore di lingue straniere e fine poeta, sorrideva imperturbabile: «Ci ha pensato Séamus Ó Conghaile,[35] in quanto strategici per presidiare le caserme dei soldati. Sebbene gli ideali nazionalisti abbiano prevalso su quelli socialisti, Ó Conghaile ha deciso di assecondare ugualmente Pádraig Mac Piarais[36] nella lotta contro la Gran Bretagna. Un altro gruppo di insorti si stabilirà proprio qui in Saint Stephen's Green, davanti a casa tua, Ciarán. Anche se saremo solo mille, ne sarà valsa la pena!»

Era con loro, ormai, e li avrebbe seguiti a capofitto nell'incendio che stavano per appiccare. Fremeva delle medesime aspirazioni. Non aveva importanza se, al calar del sipario, le avrebbe svelate quali utopie. Intanto sognava un'Irlanda libera che s'imponeva con passo marziale.

«Dunque, se ho capito bene, non ci accontenteremo dell'Home Rule...» aveva mormorato con emozione repressa.

«E perché dovremmo accontentarci dell'autogoverno?» aveva inveito Seosamh, senza risparmiare quel poco di fiato che gli restava. «Sarebbe una concessione della Corona britannica! Ci hanno promesso l'Home Rule al termine della guerra sul Continente, se i nostri soldati si batteranno con valore per gli inglesi. Ma che cosa ce ne facciamo della loro elemosina ipocrita che gronda sangue? Noi vogliamo l'indipendenza, Ciarán, perché siamo irlandesi e abbiamo il sacrosanto diritto d'essere una Nazione!»

Erano ammutoliti, ascoltando lo scoppiettare soffocato dei ciocchi di legno che ardevano nel camino. Gli occhi fissavano le fiamme quasi fosse il divampare della rivolta. Tomás continuava a sorridere fiducioso: forse non sperava nella vittoria però si compiaceva di tentare l'impossibile. Éamonn era assorto e accarezzava distrattamente la sua cornamusa, che quella sera non aveva senso suonare. Seosamh, invece, non aveva nulla da perdere, grato a Dio e al destino che l'Irlanda lo chiamasse prima che fosse costretto a morire in un letto d'ospedale. Solo Ciarán si era accorto che rintoccavano a distesa le campane di Pasqua e, benché si considerasse un cattolico piuttosto tiepido, in quella notte di congiura ciò gli era parso un segno divino.

Avrebbe combattuto al loro fianco: «Che cosa posso fare per aiutarvi?»

«Abbiamo bisogno di qualcuno che tenga i contatti tra la Jacob's Biscuit Factory e l'ufficio postale.» Tomás si era fatto serio: «Tu non hai mai frequentato il nostro ambiente e le nostre associazioni: nessuno sospetterebbe di te.»

«Dobbiamo comunque essere prudenti» aveva obbiettato Éamonn. «Ros,[37] il padre di Ciarán, era un feniano dichiarato e più d'uno, qui a Baile Átha Cliath, potrebbe ricordarsene.»

«Ma è morto che ero in fasce, Éamonn! Non rammento nemmeno il suo sembiante... Ora io sono per tutti il figliastro del banchiere inglese Joseph Wrottlesey, che mi ha educato e cresciuto. Mi considerano un fedele suddito britannico.»

«Un fedele suddito britannico» un lieve rossore era salito agli zigomi del suonatore di cornamusa «si farebbe chiamare Kieran O'Morchoe, se non addirittura Kieran Murphy. Tu, all'opposto, hai scelto la grafia gaelica del tuo nome.»

Egli era scoppiato a ridere, subito imitato da Tomás: «E sei proprio tu a rinfacciarmelo? Tu, Éamonn, che hai fatto della lingua irlandese il simbolo dell'identità nazionale... Non ci credo!»

«Éamonn ha ragione» aveva tagliato corto Seosamh. «Tutto questo può funzionare soltanto con un piano ben definito.»

«Un piano? Ce l'ho io!» aveva esclamato con la stessa smorfia di trionfo con cui si presentava al pubblico, dopo aver diretto una sinfonia esaltante.

Seosamh era venuto a sedersi sul tavolino di mogano, di fronte a lui. Vestiva un abito gessato, con il panciotto di seta grigia.

«*Abair leat!*[38] Di', allora, ciò che hai da dire!»

Si era scrocchiato le nocche di entrambe le mani: «Tomás, quando raggiungerete il biscottificio?»

«Verso mezzogiorno.»

«*Bhoil!* Io a quell'ora mi troverò nei paraggi. La Jacob's Biscuit Factory dista solo un paio di isolati da qui e la mia fidanzata abita in Aungier Street, che è lì a due passi. Potrei simulare un picnic a Phoenix Park, con appuntamento davanti alla fabbrica: mi porterò appresso dei sandwich. Naturalmente Lorna sarà all'oscuro di tutto: è troppo emotiva per reggermi il gioco.»

«Fin qui fila liscio» aveva chiosato divertito Tomás.

«Ma adesso viene il bello! Quando tu arriverai alla testa del Secondo Battaglione, darai ordine ai tuoi soldati di rapirmi.»

«Di rapirti?» avevano ripetuto in coro gli altri tre.

«Sì, proprio così! In questo modo vi taccerebbero di mirare al riscatto di sir Wrottlesey, ma penso che ciò non vi scandalizzi. Intanto io entrerei con voi nel biscottificio come prigioniero. Qualora ci fosse l'urgenza di comunicare con la posta centrale, Tomás potrebbe compiere il bel gesto di rilasciarmi. Passerei senza problema le linee nemiche, anzi sarei compatito da tutti come vittima dei "bastardi feniani"! E così raggiungerei indisturbato l'Ard Oifig an Puist per mettermi in comunicazione con Seosamh, che sarà là. Altrettanto indisturbato, rientrando verso casa, mi affaccerei di nuovo in Bishop Street. Chi potrebbe impedirmelo? E basterà un paio di sciarpe di colori diversi per annunciare alle vedette appostate alle finestre se le notizie sono buone o cattive.»

Il silenzio aveva raffreddato il suo entusiasmo. Si era aspettato una pronta adesione da parte degli amici che, invece, temporeggiavano guardandosi a fondo negli occhi.

«Decidete voi, ragazzi!» aveva sospirato Éamonn. «Mi hanno affidato il comando del Quarto Battaglione e io sarò a sud, presso l'ospedale e la Marrowbone Lane Distillery. Quanto ci prospetta Ciarán è un rischio per lui e per voi. Tuttavia, se riguardasse me, approverei la sua trovata.»

«Sono convinto anch'io che potrebbe funzionare» aveva affermato Tomás. «Sì, per parte mia, accetto! E tu, Seosamh?»

L'altro, che era quasi suo cognato perché promesso alla sorella di sua moglie, non gli aveva risposto direttamente. Si era rivolto piuttosto a Ciarán: «Ti rendi conto a che cosa vai incontro, se ti smascherano? Noi siamo disposti a morire per l'Irlanda mentre tu sei in partenza per una tournée negli Stati Uniti, o sbaglio? Il tuo aiuto, Ciarán, ci farebbe comodo, e io non so come ringraziarti per la generosità che hai dimostrato stasera, ma qui se va male ci fucilano tutti, te compreso!»

«Ebbene, saprò affrontare da irlandese il plotone d'esecuzione» s'era affrettato a dire, per stordirsi.

Seosamh gli aveva battuto la mano sulla spalla: «Bravo, Ciarán! È quanto mi aspettavo da te. L'importante è mantenere segreto il tuo ruolo. Al biscottificio è meglio che tutti pensino che tu sia davvero un ostaggio.»

«Sono d'accordo» aveva dichiarato Tomás. «Ne metterò

a parte soltanto Mícheál Ó hAnnracháin,[39] il mio secondo, che è anche un carissimo amico.»

«Io farò lo stesso con Mícheál Ó Coileáin,[40] nel caso mi dovesse succedere qualcosa prima dell'arrivo di Ciarán all'Ard Oifig an Puist. E che Iddio ce la mandi buona!»

Si erano stretti con calore la destra e si erano abbracciati.

«*Is as Dia atá muinín againn!*[41] È in Dio, infatti, che riponiamo la nostra speranza!» avevano esclamato insieme.

Il suonatore di cornamusa e i due poeti si erano congedati, sbucando nella notte incantata di Saint Stephen's Green. Avevano attraversato il parco, tra alberi di fronde fosche e stagni che specchiavano nere impressioni. Seosamh Pluincéid[42] avanzava a fatica, premendosi le mani sui fianchi come se le recenti cicatrici gli bruciassero l'alito ansante.

Un uccello si era drizzato tra i rami, sbattendo sorde le ali. Proprio allora Éamonn Ceannt[43] si era girato una volta ancora e aveva accennato un saluto.

Squillavano intanto a distesa le campane di Pasqua.

Ecco, arrivava! Era il Secondo Battaglione degli Óglaigh na hÉireann. Ciarán ne distingueva le uniformi grigioverdi. Con il fiato sospeso, provò a contare da quanti uomini fosse composto e represse la delusione di scorgerne centocinquanta al massimo.

C'erano anche alcune donne del Cumann na mBan,[44] che marciavano altere nei cappottoni di foggia maschile. Intravide l'attrice Máire Ní Shiubhlaigh,[45] di cui aveva spesso ammirato l'avvenenza sulla scena e che ora, senza trucco e affettazione, interpretava il suo ruolo più bello.

Una folla attorniava i ribelli, pressandone il passo. Dapprima s'immaginò che fosse un segno di successo, quasi l'insurrezione avesse contagiato la gente comune che vi aderiva spontaneamente; ma subito s'accorse schifato che quegli uomini e, soprattutto, quelle donne insultavano i volontari irlandesi, strattonandoli, sputando loro addosso, stritolandone l'ardire.

«Maledetti vigliacchi!» urlavano e sventolavano scolorite bandierine con la Union Jack.

Erano i dublinesi codini che ancora si beavano nel miraggio dell'Home Rule che sarebbe stata concessa alle calende greche dal padrone inglese, come un osso gettato al cane che non ha più la fierezza di guaire. Erano le mogli dei soldati al fronte, che si battevano per re Giorgio V nell'illusione che qualche briciola della vittoria ventura sarebbe piovuta anche sui diseredati d'Irlanda. Erano gli ottusi di turno, incapaci d'apprezzare il coraggio di chi spera.

Tra quelle due ali di dannati procedeva a testa alta il comandante Tomás Mac Donnchadha.[46] Il largo berretto con la visiera stravolgeva di pallore e d'attesa la sua fisionomia affabile. Quando gli sfilò davanti, ammiccò e subito distolse lo sguardo. Egli capì che era questione di attimi. Rallentando il respiro, cercò di placare i battiti dissonanti che gli squassavano il sangue.

Si sentì caricare alle spalle da due o tre soldati, che si erano staccati dal gruppo. Fu investito dalla corporatura massiccia di Mícheál Ó hAnnracháin, il romanziere. Isolandolo dagli altri, gli bisbigliò all'orecchio: «Adesso strilla come un maiale che sta per essere macellato, Ó Murchú!» E nascose un sorriso complice sotto i mustacchi scuri.

Egli fece fatica a mantenere l'equilibrio, mentre Ó hAnnracháin lo trascinava via, e gli venne naturale spolmonarsi nel più squisito inglese: «*Help me!*»

Scandalo tra la gente che agitava furiosa le Union Jack! Ma quello era il direttore d'orchestra che aveva reso insigne l'Irlanda! Che razza di uomini senza Dio, a prenderlo in ostaggio! Che cosa pretendevano? D'ottenere un riscatto con cui comprare altre armi? Ah, maledetti vigliacchi! Ah, bastardi feniani!

«Sarai in buona compagnia» gli sussurrava intanto il rapitore. «Abbiamo catturato anche due poliziotti che tentavano di sbarrarci il passo. Per ingannare il tempo, potrete raccontarvi tra voi qualche storiella.»

Vedeva ormai l'enorme mole della Jacob's Biscuit Factory incombergli addosso.

«Che cosa ce ne facciamo di quello lì?» esclamò a un tratto una voce rude. «Ma lascialo subito perdere, Ó hAnnracháin!»

Ciarán si volse di scatto. Sì, purtroppo era lui: ne riconosceva i baffetti aguzzi e la netta scriminatura che gli separava sulla fronte i capelli argentati. Era il maggiore Seán Mac Giolla Bhríde.[47] Perché Tomás non gliene aveva anticipato la presenza? Non gli era mai stato simpatico e non l'avrebbe scelto come compagno in quella dissennata avventura.

«Così ha deciso il comandante Mac Donnchadha!» tagliò corto il suo sequestratore.

Lo spinse avanti come un ariete e quando fu sicuro che il maggiore non riuscisse più a udirlo gli spiegò in fretta: «Non c'entra con noi, Ó Murchú. Ma lo abbiamo incontrato in Grafton Street: è qui a Baile Átha Cliath perché tra due giorni si sposerà suo fratello. E Tomás, che è sempre gentile con tutti, gli ha proposto di combattere al nostro fianco. Ora sta' a vedere che, con la sua boria, mi prende il posto e si mette a impartire ordini!»

Gli insorti avevano buttato giù a spallate il portone della fabbrica. Si accalcavano tra gli stipiti, varcandolo di corsa.

Egli fu scaraventato a peso morto da Mícheál Ó hAnnracháin in quell'inferno che profumava di biscotto.

CAPITOLO II

Peadar Ó Cearnaigh
Tri-Coloured Ribbon

Baile Átha Cliath, Jacob's Biscuit Factory, 25 aprile,
martedì fra l'Ottava di Pasqua 1916

Tremila operai, tra uomini e donne. Tanti ne avevano ammassati gli insorti nel cortile dello stabilimento. Poi li avevano mandati tutti a casa. Erano rimasti solo il custode e il sorvegliante di turno, che si erano rifiutati d'abbandonare il biscottificio per preservarlo da atti vandalici. Quei due erano persino riusciti a telefonare a George Jacob in persona, prima che venissero tagliate le linee che mettevano in comunicazione con l'esterno.

Era già trascorso un giorno da allora e cresceva l'euforia di battersi contro gli inglesi. Di mattino presto alcune squadre d'insorti erano uscite a caccia di provviste verso Redmond'Hill e Wexford Street. Erano tornate prima delle otto, rimorchiandosi appresso pane, latte, carne, ogni sorta di cibo in scatola e l'immancabile bacon.

Ah, avevano razziato anche diversi sacchi di patate e adesso toccava a loro pelarle per tutti! Thomas Orr, il custode, e Henry Fitzgerald, che durante l'assalto era stato sorpreso nel turno di sorveglianza, erano stati dispensati da quel compito. Del resto, dovevano già accudire i cavalli di George Jacob, isolati in una stalla poco fuori il recinto della fabbrica.

Alle patate erano stati destinati i due detective della Dublin Metropolitan Police.

«E il musicante!» aveva tuonato Seán Mac Giolla Bhríde. «Tomás, sei tu che lo hai preso come ostaggio: che si renda almeno utile pelando patate! Nessuno qui dentro ha il privilegio di mangiare a scrocco.»

Egli aveva scambiato una rapida occhiata con Mac Donnchadha, per suggerirgli che era meglio compiacere il maggiore, piuttosto che fargli sorgere sospetti.

Li avevano poi segregati in un laboratorio, seduti sopra un panchetto, a sbucciare tuberi del raccolto passato. Dalle grate delle finestre arrivava un odore misto di biscotti e di burro bruciacchiato: i ribelli, forse, si cimentavano con le macchine della fabbrica per prepararsi i pasticcini per il tè.

C'erano alcuni ragazzi in divisa grigioverde a vigilare le patate da arrostire per cena e a piantonarli. Parlavano tra loro con la scioltezza dell'incoscienza: «Sei stato in gamba a salire fin sul tetto, Conchúr,[48] e a issare la nostra bandiera tricolore: da là, la vedranno in tutta Dublino!»

«Hai ragione, Peadar,[49] e la gente vi scorgerà un simbolo di unione: si riconoscerà nel verde dei nostri prati e nel bianco dei cattolici affiancato all'arancione degli anglicani.»

E Peadar, dalla barbetta chiara, scosse il capo: «Perché, dunque, dalla strada ci gridano ancora contro? Perché non capiscono che non siamo traditori e che, al contrario, per l'indipendenza dell'Irlanda siamo pronti a effondere il nostro stesso sangue?»

«Tu ti sei confessato, Peadar?»

«Sì, Art,[50] era necessario: ogni attimo vissuto qui, infatti, potrebbe essere l'ultimo.»

Ciarán, che era il più vicino alla finestra, aveva visto un sacerdote. Aveva bussato qualche ora prima e Tomás e i suoi luogotenenti lo avevano fatto entrare. Era venuto per ascoltare le loro colpe e per assolverli.

Avrebbe potuto confessarsi lui pure, perché Mícheál Ó hAnnracháin si era affacciato all'uscio del laboratorio e lo aveva proposto tanto ai carcerieri quanto ai prigionieri. Ma non gli piaceva quel sacramento. Non aveva voglia di raccontare a un altro peccatore, sebbene avvolto nella veste talare, i suoi affari più intimi. Non era una pratica adatta al secolo ventesimo; era piuttosto un retaggio di Medioevo, che puzzava di muffa e di tradizioni bigotte.

Gli scottava ancora, in realtà, di non essere stato assolto, l'ultima volta in cui si era inginocchiato davanti a un prete. Era stato sincero sino in fondo e non era stato capito da un uomo troppo anziano per ricordare le pulsioni giovanili. Altro che prestare orecchio al suo predicozzo sulla castità! Se n'era andato all'istante, imprecando per la navata contro una Chiesa di mummie.

Adesso pelava patate. Si divertiva a levare la buccia in un'unica spirale, che lasciava cadere nel secchio; in un altro riponeva i tuberi pronti per essere cotti e cercava di sopire sulle dita la polvere d'amido che si asciugava. Raramente scambiava uno sguardo con i due poliziotti, che procedevano a rilento nel lavoro e che, invece, spiavano i feniani.

«Ho sentito dire da uno che la sa lunga che la sterlina è ormai fuori corso» sproloquiava quel gallettino che gli altri interpellavano come Art. «Magari, quando usciremo di qui, pagheremo già il tabacco con la nostra moneta irlandese.»

Ciarán si morse il labbro inferiore per non ridere di una simile assurdità. Si accorse, tuttavia, che quel tale Peadar lo squadrava con vivo interesse e tornò serio, affettando la noia di essere stato piegato a una grama occupazione.

Si sforzò di pensare ad altro, tralasciando le patate e la frenesia di libertà che lo contagiava e che era costretto a dissimulare. Si abbandonò alla deriva dei ricordi recenti, come un piccolo legno che l'onda fiacca della bonaccia dondola poco lontano da riva.

«Buona Pasqua, figliolo!»

Joseph era entrato senza bussare, con l'irritante sorrisetto da padrone del mondo stampato sul volto olimpico.

Ciarán stava indossando la giacca sulla camicia di seta. Si era infilato una gardenia all'occhiello e non aveva risposto alla ridondanza dell'augurio.

«Sono quasi pronto...» aveva mormorato a fior di labbra. «Hai fatto buon viaggio? Scusami se non sono venuto a salutarti prima, ma ho dormito poco la notte scorsa ed ero stanco. Ho raccomandato a Bartlemy di accoglierti anche in vece mia.»

«Non ha importanza. Adesso come stai? Non ti ho visto uscire per la messa. Ci sei andato prima che io sbarcassi dal piroscafo?»

Aveva mentito: «No, ci sono stato ieri sera: sai che preferisco la funzione della vigilia. Probabilmente sono solo un po' pigro.»

«Meglio così, allora.»

Il patrigno si era accostato alla finestra, velandosi della luce filtrata attraverso le tende. Era un uomo ornamentale, dal fisico ancora giovanile benché si stesse avvicinando alla sessantina. Portava al mignolo un anello con il brillante, accanto alla fede nell'anulare, e vestiva un abito di lanetta beige tagliato dal miglior sarto di Londra. Da quando era rimasto vedovo, un paio di anni prima, ostentava sul petto una virtuosa cravatta nera. Quasi fosse uno scudo contro le tentazioni. Molte donne, infatti, non avrebbero disdegnato di consolarlo, attratte sia dal suo viso interessante incorniciato dalle fedine brizzolate e dal pizzetto, sia dall'opportunità di accalappiare un banchiere.

Egli non aveva mai incolpato sua madre di averlo scelto come marito: era una giovane vedova, allora, con un figlio piccolo da crescere. La corte assidua di quel baronetto inglese in trasferta per affari in Irlanda l'aveva stregata, convincendola che con lui non avrebbe più avuto fastidi. In effetti Joseph era sempre stato generoso, prevenendo ogni desiderio della sposa. Ma lei, che era un'irlandese fervente, che aveva sposato un feniano per condividerne gli ideali sovversivi e che poi si era venduta a un inglese, lo aveva amato davvero?

Ne aveva incontrato le iridi scure e, temendo per assurdo di essere stato sorpreso in queste riflessioni, aveva distolto le proprie.

«Posso essere sincero, Ciarán?» aveva esordito con accento grave. «A me questi Aighleart[51] non ispirano simpatia: perché hai preteso che Bartlemy e io ti accompagnassimo da loro per il pranzo di Pasqua? Avevo tanto sperato che ci ritrovassimo intorno alla mensa noi tre soli, che siamo spesso sballottati lontano gli uni dagli altri.»

Si era concesso una smorfia di sarcasmo: «Non siete la mia famiglia? Ebbene, gli Aighleart non esaltano neanche me, ma debbo accattivarmeli: sono quel tipo di borghesucci cui irride maggiormente il consuocero banchiere del genero musicista, per quanto affermato!»

Joseph, terreo il viso, era scattato verso di lui. La tenda di trina era rimasta a fluttuare davanti alla finestra.

«Vuoi sposare Lorna? Sei uscito di senno?»

L'orgoglio gli aveva suggerito il duello: «Il disprezzo con cui la giudichi mi oltraggia, giacché sono disposto a concederle il mio nome, che non è il tuo! Lo consideri un matrimonio disparato? Bada piuttosto a Bartlemy, che si chiama Wrottlesey come te. Io sono un Ó Murchú e, grazie al cielo, posso agire come più mi garba.»

«Credi?» E aveva aggiunto sussiegoso: «Ho giurato a tua madre morente di vegliare su di te, esattamente come veglio su Bartlemy, che è carne della mia carne. Lorna Aighleart non è la donna adatta a viverti accanto: siete difformi per indole e siete stati educati in maniera troppo differente.»

Aveva fatto spallucce: «Lorna è una femmina: per me una vale l'altra! Hanno tutte il cervello di una gallina e, se sei abbastanza ricco per circondarle di lusso, pensano solo alla maniera di incastrarti. L'importante è trovare quella abbastanza attraente da farti dimenticare i suoi difetti.»

Il banchiere si era messo a camminare avanti e indietro sul tappeto persiano e, alla fine, si era fermato presso lo scrittoio. Là sopra vi era appeso il ritratto di Fainche,[52] sua madre. Era raffigurata con un abito scuro e severo, che le abbuiava il sorriso. Il pittore aveva colto il suo sguardo di ghiaccio, incastonato come gemma nella perfezione dei lineamenti, e non aveva avuto la pietà di regalarle quel sospiro d'affetto che Ciarán aveva implorato invano quando era bambino. Joseph, al contrario, contemplava quel freddo sembiante con occhi d'adorazione, scongiurando una risposta impossibile.

«Tua madre e io abbiamo tentato di insegnarti che l'amore è un'altra cosa, Ciarán. Mio Dio, tu sposi quella pupattola e non l'ami nemmeno! Che te ne fai di lei? Perché quest'urgenza? Sei ancora così giovane...»

Si era voltato lentamente e aveva continuato a sfidarlo: «Voi due, piuttosto, mi avete insegnato a non sottrarmi mai ai miei doveri. Ecco, è quello che mi sforzo di compiere.»

L'altro aveva capito e si era appoggiato con entrambe le braccia al piano dello scrittoio per non perdere l'equilibrio. Doveva essere stato un duro colpo per il suo rigore anglicano e fariseo.

«Se hai sbagliato, figliolo, allora è sacrosanto che tu ripari. Aspetta un figlio da te?»

«No, non credo.» Tediato dalla piega che stava assumendo la conversazione, si era attardato a giocherellare con la stilografica d'oro, prima d'introdurla nel taschino. «Ci siamo divertiti insieme, come conviene a due ragazzi che non sanno che cosa farsene dell'invidia dei vecchi. No, mio caro Joseph, non contraddirmi! Quella della tua età non è saggezza: è solo bile di piaceri perduti. Tuttavia io sono abbastanza gentiluomo da sottostare alle mie responsabilità, dopo essermela portata a letto.»

All'improvviso Joseph era scoppiato a ridere d'un riso amaro.

«Povero grullo! Ti sei gettato a capofitto nel pozzo e ora t'illudi di essere munifico a restarci! Ti accorgerai a tue spese che il matrimonio è come la lapide sulla tomba, se sposi una donna inetta.» Si era dimostrato accorato, con la teatralità che gli era innata: «Che cosa sorprenderà lei di te, della sensibilità che nascondi dietro un'apparenza di vanità, del silenzio che rende vivido il tuo pensiero, del tuo cuore che pulsa come torrente impetuoso, prima di precipitare a cascata? Che cosa le dirai al tramonto che non ti deluda nell'argento dell'alba? Che cosa tatuerai nel tuo respiro, nella lunga processione di giorni senza amore? Ciarán, figlio mio, io mi auguravo che tu facessi un'altra scelta. Avrei voluto per te una fanciulla che sapesse arrossire, che intendesse i tuoi gesti senza bisogno di parole e che ti donasse il sorriso di gioie future. Perché non l'hai aspettata?»

Perché non l'hai aspettata?

Quella domanda ritornava ad assillarlo, a distanza di alcuni giorni. Gli era entrata come un tarlo nell'anima e scavava dubbi.

I ragazzi con le uniformi grigioverde avevano concesso a lui e ai due poliziotti qualche minuto di pausa, per sgranchirsi le gambe. Ciarán si era subito stancato di camminare lungo il perimetro del laboratorio e aveva chiesto di poter fumare mezzo sigaro. Gli era stato negato.

«Non è possibile, maestro Ó Murchú» gli aveva spiegato con condiscendenza quello che rispondeva al nome di Conchúr. «Thomas Orr, il custode, ha chiesto a Mac Donnchadha di proibire il fumo, per evitare il rischio d'incendi nella fabbrica, e il comandante glielo ha concesso.»

Allora si era seduto sopra un tavolo di lavoro e, non sapendo come impiegare quella briciola di libertà, aveva tratto dalla giacca la fotografia della moglie del violoncellista.

Perché non l'hai aspettata?

Probabilmente la giovane ritratta corrispondeva alle aspirazioni del patrigno. Egli, all'opposto, entrava in crisi esaminandone il volto di luce. Vi cercava invano un difetto, che gli desse ragione, che non gli rinfacciasse d'aver capitolato troppo presto. Ma l'ovale era quello puro di una Madonna rinascimentale e la dolcezza del sorriso consolava paure ancestrali. Avrebbe voluto scoprirne il colore degli occhi, la cui trasparenza non era appannata dalla stampa in bianco e nero, e intuire quale fosse la sfumatura dei capelli che, in contrasto con lo sfondo, s'arricciavano in graffi brillanti. Se l'avesse conosciuta di persona, forse non l'avrebbe stimata perfetta. Forse non era così cristallina, come appariva nell'istante in cui era stata impressionata la pellicola, e soffriva lei pure di sbalzi di umore che le rannuvolavano la fronte. Forse la sua voce non era gradevole all'udito e s'impaniava d'impaccio. O peggio, forse era civetta e il poveretto che l'aveva sposata era morto in tempo, prima di accorgersene e di disperare.

Si sentì un vigliacco nel perdersi in queste ipotesi perché quella donna piangeva il marito ed era sola a badare a un figlio nato da pochi giorni. Gli si assiderava il cuore nell'immaginarla abbandonata al dolore, proprio mentre lui aveva tutto ciò che desiderava. Se le circostanze andavano per il verso giusto, alla fine della settimana avrebbe brindato alla libertà dell'Irlanda e poi sarebbe partito per gli Stati Uniti, portandosi appresso Lorna. Oh, d'accordo, lei non era la compagna esemplare, non aveva i lineamenti onesti di statua greca, ma a lui bastava la passione piccante che gli regalava in ogni voglia. Non aspirava a vette troppo elevate, in amore, perché aveva già la sua musica che lo assorbiva completamente. Alla musica si era consacrato e a una femmina, fosse stata anche la più incantevole creatura sbocciata sulla terra, non poteva riservare che i bruscoli di una distrazione passeggera.

«Che splendore!» esclamò una voce alle sue spalle. «Che viso fine di fanciulla! È la vostra[53] fidanzata, maestro?»

Non rispose e non si voltò. Era uno dei galoppini in grigioverde che avevano scambiato la rivolta con una scampagnata. Ritirò la fotografia, riponendola nella tasca interna della giacca.

«Perdonatemi se vi disturbo...» proseguì quell'altro che, aggirato il tavolo, gli si era piantato davanti. Era Peadar, quello con la barbetta chiara, che pareva il più sveglio del gruppo.

«Debbo già riprendere a pelare patate?» lo interruppe in tono sferzante.

«Oh, no! Riposatevi ancora, maestro: non volevo importunarvi. Ma ho saputo, poco fa, che siete Ciarán Ó Murchú e non mi sembra vero di rivolgervi la parola.»

«Date le circostanze, non posso dirmi altrettanto lieto di fare la vostra conoscenza, signor...»

«Oh, mi chiamo Peadar Ó Cearnaigh[54] e sono un imbianchino. Tuttavia mi diletto di versi e mi piace scrivere canzoni, che poi qualche amico mette in musica. Se mi deste un parere sull'ultima composizione, mi rendereste l'uomo più felice del mondo!»

Che cosa si aspettava? Che la facesse eseguire dall'orchestra al completo? La ballata di un imbianchino? Ridicolo!

Si svagò nel farsi beffe di lui: «Ma con piacere! Per l'audizione, però, occorrerebbe almeno un'armonica a bocca o un'ocarina... Che ne dite, Peadar caro, riuscirete a procurarvela? In questo caso mi troverete qui - e dove, se no? - tutt'orecchi!»

Il giovanotto, che nonostante lo sguardo terso d'adolescente doveva aver già passato la trentina, non s'avvide del dileggio. Gli occhi gli si illuminarono d'aspettativa e d'emozione.

«Grazie, maestro! Se volete, non c'è bisogno di uno strumento: la mia canzone ve la accenno io anche adesso.»

Con le palpebre sgranate, egli intercettò un gesto di quel tale Art: «Oh, che peccato! Il vostro amico già ci richiama all'ordine. Sarà per un'altra volta!»

Saltò giù dal tavolo e raggiunse la panca in due balzi, precedendo i poliziotti. Si rituffò sollevato tra i tuberi. Aveva l'animo leggero di chi ha commesso una marachella per cui non sarà sgridato.

Dalla parte opposta del cortile, intanto, un tricolore verde, bianco e arancione gli sventolava brividi di fulmine nelle iridi abbacinate, che non si abituavano al buio del laboratorio e alle facce uggiose dei detective tra le patate. Uno era rossiccio di capelli e anche il collega era senz'altro irlandese, eppure si dolevano come se la disfatta dell'Inghilterra fosse il loro lutto.

Come facevano a non gioire dell'aria che inspiravano? D'accordo, sapeva di biscotti abbrustoliti, di sudore entusiasta e di lenta attesa; prometteva tuttavia un sogno impossibile. Un sogno che, attimo dopo attimo, smentiva la follia d'appartenere a quel frammento di storia.

Ciarán si eccitava all'idea che, quando gli anni fossero trascorsi, gli sarebbero state di conforto la partecipazione ai giorni di Pasqua e, come la madre che mette al mondo il suo piccino, la consapevolezza di aver udito il primo vagito di libertà della sua terra.

Chi mai lo avrebbe immaginato di lui, il direttore d'orchestra che risvegliava con tanta eleganza le note di Mozart? Si era unito a Tomás per un colpo di testa, perché aveva il vizio di promettere senza riflettere. Poi se ne era quasi pentito. Adesso, invece, assaporava in incognito la soddisfazione di giovare all'Irlanda proprio nel momento in cui, dopo secoli foschi di sangue e sconfitte, si crepava uno spiraglio ardito di vittoria.

E si convinse che, sul confine di lama in cui la morte e la vita si accarezzano, si può vincere persino pelando patate!

CAPITOLO III

Peadar Ó Cearnaigh - Pádraig Ó hÉanna
Amhrán na bhFiann (The Soldier's Song)

Baile Átha Cliath, Jacob's Biscuit Factory, 26 aprile,
mercoledì fra l'Ottava di Pasqua 1916

Furono destati dall'ebbrezza di schiamazzi in cortile.

Ciarán, che si era assopito d'un sonno pesante solo verso il mattino, erse il torace per ultimo. Si passò la mano sulle guance, ispide della barba non rasata da alcuni giorni. Si vide riflesso nel vetro impolverato, con il viso segnato di peluria nera, così differente dall'immagine ordinata che gli rimandava sempre lo specchio.

Gli altri, intanto, si erano accalcati alle sbarre della finestra. I due poliziotti erano montati sopra un panchetto, per osservare meglio ciò che accadeva all'esterno, mentre Thomas Orr, il custode, e il sorvegliante Henry Fitzgerald si erano disposti ai lati e sbirciavano quello che potevano.

Egli scese dal tavolaccio su cui si era disteso per la notte e, afferrata la giacca che gli era servita da guanciale, se la gettò sulle spalle. Era infastidito dal suo stesso odore, dall'impossibilità d'immergersi in un bagno caldo. La vescica gonfia gli premeva contro il basso addome eppure doveva aspettare i comodi di chi l'avrebbe scortato alla latrina.

Avanzò verso il centro della stanza, senza raggiungere i compagni di prigionia.

«Non capisco perché abbiano tanto da gridare...» commentò Fitzgerald.

«Festeggiano lo sbarco dei tedeschi» si scandalizzò il detective rossiccio.

«Sarà vero?» Il suo collega si dimostrava dubbioso. «S'ode sparare in lontananza per le strade ma io m'illudo ancora che siano i rinforzi inglesi.»

Orr barcollò qualche passo più indietro, come se la visione degli irlandesi esultanti lo disturbasse.

«Chiunque siano, verranno e metteranno a ferro e fuoco la fabbrica. Che ne sarà del nostro lavoro, quando la piaga delle cavallette sarà passata come una maledizione?»

«Per adesso qui al biscottificio non è stato esploso un solo colpo» notò Fitzgerald. «Speriamo che ci lascino tranquilli sino alla fine.»

Ciarán si ritirò nella penombra, affinché gli ostaggi non gli leggessero in faccia che la danza del suo cuore era la stessa giga cui s'abbandonavano gli altri giovani, là fuori.

Che davvero fossero giunti i tedeschi a dar man forte agli Óglaigh na hÉireann? Che la libertà e la vittoria fossero sul punto di travolgere la storia?

Scoppiava di felicità e doveva tirare il volto in un'espressione di grigia indifferenza. Non si era figurato che fare il doppio gioco lo avrebbe esposto a tanto: mentre i patrioti gioivano, lui era il solo in mezzo a quattro bacchettoni di simpatie britanniche a trattenere il fiato per non prorompere in festa.

Seccato, cominciò a picchiare con entrambe le mani contro la porta.

«Debbo orinare! C'è qualcuno nel corridoio?» sbottò.

Nessuno rispose, ma avvertì la chiave girare nella serratura. Un viso s'affilò tra lo stipite e il battente. Era quello dell'imbianchino.

«Ah, maestro, siete voi! Uscite pure, vi accompagno io.»

«Aspettate!» esclamò Thomas Orr, accorrendo. «Fate passare anche Fitzgerald e me, buon uomo! Secondo quanto ci ha concesso il comandante MacDonagh, abbiamo l'incarico di portare la biada ai cavalli del signor Jacob. Morirebbero, altrimenti, povere bestie!»

L'imbianchino si fece da parte: «Andate pure, allora! Troverete all'ingresso una guardia che vi scorterà, come vi è stato promesso. Voi invece, maestro, seguitemi.»

Presero una diversa direzione e, com'ebbero svoltato, Ciarán non si trattenne più dal chiedere notizie.

«Che cos'è tutto questo baccano?» esordì con noncuranza. «La voce che a Dublino siano arrivati i tedeschi è attendibile?»

«No, non è confermata perché qui al biscottificio siamo tagliati fuori da ciò che avviene nel resto della città» gli spiegò l'altro. «Ma non potrebbe essere altrimenti: abbiamo colto gli inglesi di sorpresa e ci vorranno giorni prima che giungano loro rinforzi da Londra. I tedeschi, al contrario, navigavano al seguito di Mac Asmaint, quando è stato catturato. Hanno atteso che si calmassero le acque e sono accorsi a sostenerci.»

«Interessante» chiosò senza sbilanciarsi.

«E voi, maestro? Non avete voglia di unirvi a noi, brindando all'indipendenza?»

Gli sorrise in modo ambiguo: «Peadar caro, non sono solito cambiare bandiera, dopo essermi schierato sotto i suoi colori. Sarò fedele ai miei ideali fino in fondo e non tradirò mai chi ripone in me la sua fiducia.»

Lo vide rabbuiarsi, mentre la mano gli scivolava sul fucile che portava al fianco, perché le sue parole gli erano parse quelle di un cane britannico. Eppure non gli aveva mentito e aveva espresso con ardore l'amor di patria. Era stata piuttosto l'apparenza, che lo relegava tra i prigionieri, a deporre contro di lui.

«Eccoci arrivati!» esclamò sgattaiolando nella latrina e chiudendosi dentro. E aggiunse, da oltre la porta sbarrata: «Continueremo il discorso dopo, se volete...»

Ma Peadar non voleva. Quando ne uscì lo ritrovò rannuvolato, con la destra che continuava a insidiare nervosa il calcio del fucile. Gli fece cenno con la canna di marciare davanti a lui e gliela puntò nelle reni. Gli dispiacque che si fosse risentito; non poteva tradirsi, tuttavia: prima o poi il suo doppio gioco sarebbe stato più utile all'Irlanda di un consenso palese. Provava la sottile sensazione che il suo destino si sarebbe deciso per quell'inganno. Come se una voce occulta lo chiamasse al ruolo d'eroe o, meglio ancora, come se l'imprudenza di aver ceduto alle lusinghe di Tomás e degli altri amici gli avesse vaticinato una nuova vita. C'era un orizzonte ancora incognito verso il quale passo dopo passo arrancava appagato.

Erano quasi arrivati al laboratorio in cui, insieme con i detective e i due dipendenti del biscottificio, era tenuto prigioniero. Ed ecco che un ragazzone con la solita uniforme grigioverde s'affiancò a Peadar.

«Ah, eccoti qui, Ó Cearnaigh! Ti stavo cercando perché il comandante Mac Donnchadha mi ha mandato a prelevare l'ostaggio per un interrogatorio. Mi sono allarmato per la sua assenza; poi mi hanno riferito che eri tu ad averlo in consegna.»

Per colpa della vanagloria, che ci fa presumere d'essere superiori agli altri uomini quando conquistiamo un frantume di fama, a Ciarán sarebbe seccato che l'imbianchino spettegolasse sui suoi bisogni fisiologici. Ma quello tenne la bocca chiusa. Si limitò a puntualizzare: «La custodia del maestro Ó Murchú, Cian,[55] mi è stata affidata da Mícheál Ó hAnnracháin. Per questo, se non ti dispiace, verrò con te e lo scorteremo insieme al comando.»

«Mi sta bene: incamminiamoci!»

Egli si lasciò condurre inquadrato tra i due. C'era da attraversare il cortile e alcuni volontari si fermavano a osservare il loro singolare terzetto. Immaginò che lo sospettassero quale pericoloso nemico della libertà e gli spuntò il sorriso nel simulare sgomento. In realtà non temeva affatto l'interrogatorio. Tomás aveva inventato una scusa per convocarlo, per informarlo della situazione e per impartirgli le istruzioni necessarie. Era da lunedì scorso che bramava quel momento, per respirare in pace un quarto d'ora levandosi la maschera dell'allocco.

Raggiunsero in breve la palazzina degli uffici e salirono al primo piano. Là, Cian bussò alla porta che fronteggiava la scala. Si fece da parte per farlo entrare, mentre Peadar indietreggiò verso la ringhiera e restò in attesa.

Ciarán oltrepassò l'uscio con cuore impetuoso, gettando istintivamente lo sguardo alla finestra. Due figure in controluce gli mossero incontro ed egli si affrettò a chiudere il battente dietro di sé, affinché le parole che si sarebbero scambiati non fossero intercettate da orecchie estranee.

«*A Chiaráin, cad é mar atá tú?*[56]» Tomás gli tendeva entrambe le mani, nel chiedergli come stava.

«*Tá mé go maith!*[57]» lo rassicurò, abbracciandolo. «E voi? Come procede la rivolta? È vero che sono sbarcati i tedeschi?»

Tomás e Mícheál si scambiarono un'occhiata compiaciuta. Gli offrirono un bicchiere di *stout*.

«Brinda con noi!» lo invitò Mícheál. «Pare che questa sia la grande novità che ci condurrà dritti al trionfo. Chi potrebbe fermarci, ormai? Gli inglesi, colti di sorpresa, sono allo sbando.»

Bevve d'un fiato, dopo aver sfiorato con il proprio il boccale dei compagni, e lo posò vuoto sul piano della scrivania.

«Grazie per la birra, ma adesso voglio fumare un mozzicone di sigaro: quella zitellona di Thomas Orr sostiene che tu lo hai vietato per preservare la fabbrica dal rischio d'incendi. Ti fidi di me, Tomás? Perché se non fumo impazzisco!»

Mac Donnchadha rise di gusto: «Thomas Orr è un bravo custode e lo assecondo volentieri, quando mi pone richieste ragionevoli. Va bene, Ciarán, fuma pure: in questo momento sei sotto la mia diretta responsabilità.»

Si accese l'avana e soffiò con scrupolo sul fiammifero, buttandolo poi nel bicchiere. Rimase a osservare con pigra soddisfazione gli anelli delle prime boccate che aspirò.

«*Beidh cuimhne agam ar na laethanta seo.*[58] Già, mi ricorderò di questi giorni...» mormorò. «Voi, tuttavia, vi prendete la parte più grata. A me rimane la noia d'ignorare quando svolgerò la mia missione.»

Tomás lo esortò alla pazienza: «*Bíodh foighne agat!*[59] Neppure noi ci divertiamo nell'inattività. Odi? Echeggiano gli spari per le vie, in un crescendo che non lascia tregua. Ma qui intorno non capita nulla, come se ci avessero dimenticati nel silenzio di un deserto. Se il soccorso tedesco sarà accertato, allora abbandoneremo questa postazione per dirigerci verso i luoghi di scontro.»

«Perché non mi mandate là fuori in perlustrazione? Sono qui apposta!»

Intervenne Mícheál, con la faccia severa delle decisioni importanti: «È per questo che ti abbiamo chiamato, Ó Murchú. Ne avresti il coraggio?»

«Tutto è preferibile all'oziare tra due poliziotti, piantonato da un imbianchino!»

I due si guardarono perplessi.

«Un imbianchino?»

«*Muise,*[60] mi riferisco a quel tale, Peadar, che mi avete messo alle costole.»

«Ó Cearnaigh?» fece Tomás. «È lui che si è definito imbianchino? È un ragazzo umile, allora. Tu non hai mai ascoltato le sue ballate, Ciarán? È un peccato, perché sono davvero pregevoli.»

Tagliò corto, un po' spazientito: «Non lo metto in dubbio, ma mi pare che adesso abbiamo cose più urgenti di cui occuparci. Quali sono i tuoi ordini a mio riguardo, Tomás?»

Il sorriso si smussò sulle labbra del poeta. Gettò uno sguardo alla libreria di legno scuro su cui si rifletteva la luce della finestra, quasi a cercare una risposta tra i tanti volumi rilegati in pelle, quasi a scaricare sulla cultura e sui perfetti ingranaggi della ragione una responsabilità il cui peso gli spezzava il fiato.

«Ti rilasceremo prima di mezzogiorno e ti dirigerai verso l'ufficio postale di Sackville Street» sussurrò. «Hai con te le sciarpe di colore diverso, come avevi suggerito tu stesso?»

Ciarán spense il sigaro in un posacenere d'opaline, per aver libere le mani. Contemporaneamente estrasse da ambo le tasche della giacca due lembi di seta, l'uno nero come la delusione, l'altro candido di conquista.

«Tornerò davanti alla fabbrica indossando quella scura per indicare il lutto di una rappresaglia inglese o quella bianca, se sono i tedeschi a guidarci verso l'indipendenza.»

«Ti manca soltanto quella rossa del martirio, Ó Murchú, insieme con un ramo di palma!» proruppe qualcuno alle sue spalle.

Si girò di scatto e con lui anche Tomás e Mícheál. S'accorsero subito d'essere stati sorpresi da una testa che si sporgeva oltre la porta. Era Seán Mac Giolla Bhríde, che entrò insolente. Avanzò con volto minaccioso verso Mac Donnchadha.

«Perché non sono stato informato che il musicante è stato reclutato quale spia?» domandò perentorio.

Ciarán rammentava di averlo scorto ubriaco, un paio di anni prima, a un ricevimento di un'amica, e la figura rozza di un uomo riverso sulla poltrona in penombra gli eclissava lo sguardo, anche adesso che lo scopriva sobrio e determinato a riservarsi un ruolo da campione.

Correvano dicerie nefande sul suo conto, che uno dei più grandi poeti d'Irlanda abbandonava al vento senza smentire. Si erano sfidati a distanza per amore, quei due, infiammati dallo sguardo pensoso della stessa donna. Allora era stato il maggiore Seán a vincere, mentre Liam[61], il bardo celtico, aveva perso. Si era sfogato poi con la magia delle parole e Ciarán, che le aveva ascoltate, non poteva fare a meno di giudicare Mac Giolla Bhríde con intransigenza.

«Non mi considero una spia, maggiore» lo redarguì negandogli la confidenza dell'amicizia. «Mi sono semplicemente scelto un'incombenza diversa dalla vostra.»

«Mi piacciono poco i patrioti che si defilano nell'ombra, Ó Murchú» lo zittì a sua volta. E aggiunse, squadrando Mac Donnchadha: «Vi ringrazio tutti e tre della fiducia che mi avete accordato, tacendomi il sotterfugio... No, non ti scusare, Tomás: siamo qui per lottare, non per atteggiarci a damerini! Non ci sarà comunque necessità di sguinzagliare costui a fiutare chimeriche tracce tedesche. Non a breve, almeno: è l'artiglieria inglese, infatti, quella che ci rintrona e che ci sta decimando!»

«Ne sei certo, Seán?» trascolorò Tomás.

Il maggiore ebbe un gesto di stizza: «Che credevate? Di batterli sul tempo? Ebbene, sono bastati loro due giorni per organizzare i rinforzi e per scagliarceli addosso! E sapete qual è il lato più comico di tutto ciò? Le nostre brave massaie dublinesi hanno accolto i soldati inglesi a tè e dolcetti, invocandoli quali liberatori! Liberatori da che cosa? Dall'abbaglio d'indipendenza che offriamo alla loro ipocrisia al prezzo del nostro sangue?»

«Perché non comprendono? *Cén fáth?*[62]» mormorò Tomás premendosi le mani sulle tempie.

«Portano al collo da troppi secoli l'invisibile catena dei servi, per ravvisare il brivido dell'emancipazione» rispose Ó hAnnracháin con sospiro rassegnato. «Per questo non è tanto importante sconfiggere il nemico, quanto proporre agli irlandesi un esempio che duri nel tempo e che li affascini.»

Mac Donnchadha gli diede ragione: «*Tá an ceart agat cinnte!*[63] L'Irlanda ci chiede di essere testimoni con il coraggio degli antichi martiri. Non siamo uomini d'azione, a fatica il nostro braccio regge le armi e la mano rimpiange la penna e l'inchiostro delle infinite pagine scritte. Eppure il destino ci ha chiamato, ridestandoci dalla polvere e dall'ombra, e noi non possiamo sottrarci!»

Cadde il silenzio fra loro, sull'emozione infranta. Un raggio di sole sfondò la trasparenza della finestra e divorò crepitando i profili affrontati, come se si fossero sporti sopra un baratro di fuoco. Immagini torve nell'incerto dipanarsi del giorno... Ciarán sussultò, quasi un fotografo li avesse sorpresi in una posa scomposta, senza lasciar loro il tempo di studiare parti fittizie. Perché l'impressione colta nel morire dell'istante gli sconvolse la vista, marchiandogli l'anima con l'indelebile sguardo di Tomás, i baffi flessi in disinganno di Mícheál e l'austera scriminatura fra i capelli del maggiore, che gli ricordava la silhouette di un gabbiano in esilio.

Pensò che li avrebbe sempre rievocati in quell'immagine, qualunque finale avesse riservato loro il futuro. Come capita nelle tragedie greche, quando un soffio d'espansione tragica dilata il dramma in equivoco di leggerezza, prima che la voragine si spacchi sotto i piedi dei protagonisti e inghiotta nel buio illusioni e speranze, così chi occupava impaziente il biscottificio aveva inventato spari di gloria, scoprendoli al contrario quali rintocchi funebri.

«*Céard a dhéanfaimid?*[64]» domandò loro che cosa avrebbero fatto.

«*Cac!*[65]» imprecò Seán Mac Giolla Bhríde. «Il destino ci condanna senza lasciarci combattere. Come se il diavolo ci avesse dimenticati qui, a marcire!»

«E quando gli altri saranno sconfitti» proseguì Mícheál in tono fatalistico, «forse noi saremo costretti ad arrenderci al nulla...»

«Ma nemmeno per sogno!» sbottò Ciarán. «Io non sono nato per accettare il fallimento. Io sono un vincente per natura. Sono un musicista geniale, tra i più affermati al mondo. Che cosa pretendete da me? Che sia indifferente alla sorte dell'Irlanda? No, anche come feniano esigo il successo. E lo avrò! Voi restate pure rinchiusi qua dentro a fare la muffa tra i biscotti: io vado da Seosamh alla posta centrale e vi prometto che ritornerò con buone notizie!»

Non si curò dell'occhiata caustica del maggiore. A braccia conserte, con il fianco contro la scrivania, ansimava ancora per la foga infusa nelle parole. Si era acceso come gli accadeva nel dirigere Beethoven o Brahms e trascinava tutti gli strumenti a sé appresso con un colpo di bacchetta che fende l'aria.

Gli si accostò Tomás, gli appoggiò la destra sul polso e, ritrovato il sorriso di altri giorni, gli parlò con accenti pacati: «*Bí ciúin!*[66] Sta' calmo, amico mio... Vuoi uscire e guadagnare l'Ard Oifig an Puist? Ebbene, niente è mutato nei nostri piani e io ti manderò là. Ma un altro giorno, Ciarán. La situazione è critica e se poco fa eravamo in bilico sul trionfo, adesso rischiamo di scivolare nella peggior disfatta. Prima che tu vada, occorre che gli eventi siano maturi. Sei il nostro asso nella manica, Ciarán: non possiamo sprecarti!»

«Sono d'accordo» affermò il maggiore. «È solo un ragazzo ed è avventato, ma non è compromesso con la causa della libertà come lo siamo noi: gli inglesi crederanno al suo rilascio.»

Egli, che si considerava superiore in virtù del proprio talento, inghiottì a fatica il giudizio espresso da un vecchio vizioso del quale non aveva stima. Tomás, all'opposto, si fidava di quell'uomo, della sua faccia da faina, dei suoi occhi arrossati cui non era concesso scordare allucinazioni d'innocenza sfregiata.

«Non credo che ci rivedremo: sarebbe troppo pericoloso» proseguì Mac Donnchadha. «Attieniti dunque agli ordini che t'impartirò in questo momento: nelle prossime ore, - non so dirti quando sarà - ti verrà comunicato che c'è stato un errore, nel trattenerti, che hanno pagato un riscatto per te o udrai un'altra fandonia. Ti dimostrerai felice e ti affretterai a varcare il portone senza più girarti indietro. Quanto al resto, sai bene come agire, Ciarán, poiché il piano lo hai ideato tu stesso.»

«*Bhoil!*» esclamò, evitando d'incontrarne le pupille dilatate. «Ci siamo detti tutto e non è il caso che io mi trattenga oltre. L'imbianchino qua fuori mi ricondurrà tra gli altri prigionieri. *Slán agaibh!*[67]»

Non risposero al suo saluto di congedo e lui non intese se fossero imbarazzati per l'umiliazione in cui erano franati, dopo aver vagheggiato prodezze, o se la monotonia irreale delle ore vissute avesse rapito loro l'ardimento. Chinò lo sguardo e si volse per uscire.

Ma più forte della delusione di averli scambiati per valorosi, mentre erano uomini di fragile creta, fu il lampo d'istanti imminenti.

"E se questa fosse l'ultima occasione d'incontrarlo?" rifletté. *"E se la lotta ingaggiata per guadagnare Baile Átha Cliath troncasse il filo della tua vita? O della sua? E tuttavia avete riso insieme, quando il cielo splendeva ancora terso..."*

Tornò subito da Tomás e lo sbalordì nel suo abbraccio. Gli augurò buona fortuna, perché era suo amico e perché era il suo comandante: «*An seans a bheith leat, mo chara is mo chaptaen!*[68]»

Anche Mac Donnchadha lo serrò contro il petto, prima di respingerlo con la rudezza della commozione.

Scosse con calore la destra di Mícheál Ó hAnnracháin e non poté fare a meno di stringere la mano che Seán Mac Giolla Bhríde gli tendeva. Lo avrebbe evitato, se non ci fosse stata la morte a incombere. E forse, nella superficialità del preconcetto covato in cuore, non avrebbe mai sospettato che ogni essere umano sia in realtà migliore del giudizio con cui lo disonora l'apparenza. Il maggiore aveva le dita gelate di chi ha toccato l'acqua in inverno.

Fu Mícheál a scortarlo all'uscio. Chiamò l'imbianchino: «Ó Cearnaigh!»

Glielo riconsegnò con l'indifferenza che si riserva ai nemici. Ricominciava la farsa e Ciarán, per non essere da meno, contraccambiò l'oltraggio con una smorfia d'astio.

Discese la scala, seguito da Peadar. Turbato com'era e timoroso di lasciar trapelare le lacrime che deglutiva, non osservò il viso del suo carceriere.

Quando furono in cortile, però, alla luce del giorno, scorse con la coda dell'occhio l'espressione allegra di chi non impugna più il fucile. Si girò di fianco per accertarsi che fosse così, anche perché rammentava di essergli dispiaciuto, poco prima.

Ó Cearnaigh gli sfiorò la spalla con la propria e, fingendo di guardare dietro di sé, gli bisbigliò all'orecchio: «Vi chiedo perdono, maestro, perché ho udito parole che non avrei dovuto cogliere, ma il maggiore Mac Giolla Bhríde ha tenuto la porta socchiusa per alcuni minuti e io, che ero là, ho ascoltato insieme con lui. A dire il vero, ho soltanto presagito la verità, perché non parlo bene in lingua irlandese. Eppure il vostro atteggiamento era quello di un amico. Vi chiedo perdono, dunque, perché ora so che voi state mettendo a repentaglio la vita insieme con noi, e forse più di noi...»

Per non rispondergli, sostenendone l'intuizione, preferì cambiare argomento: «Perché non mi fate ascoltare la vostra ballata, cui accennaste ieri?» E si preparò a incassare un insulso motivetto di quelli che si cantano a squarciagola al pub.

Dopo breve incertezza, l'altro arrossì onorato e, tenendo a terra lo sguardo come è d'uso ai timidi, intonò sussurri di melodia.

«*We'll sing a song... a soldier's song*
With cheering rousing chorus
As round our blazing fires we throng
The starry heavens o'er us...»

Nella semplicità delle note e del testo, Ciarán vibrò di ricordi che non riusciva a definire. Era avvezzo piuttosto alla complicazione, ai garbugli filosofici che si spacciano per erudizione e che dileggiano la chiarezza di sentimenti svelati. Ostentava il primato degli arroganti che fanno coincidere la genialità con l'assurdo, che cercano nel tramonto un sole malato, che inventano nella musica lo stridere di fantasmi esistenziali, che dipingono inganni con i colori esasperati dell'incubo. Ma udendo quell'uomo cantare, senza la pretesa d'ammaliarlo, con l'impaccio di chi ha vergogna di uscire fuori dalla propria normalità, si sentì respinto indietro, verso ciò che aveva perduto e che da ragazzo gli aveva fatto apprezzare la sublime bellezza delle piccole cose. Si sentì schiaffeggiato dal suo crescere disordinato e dal tedio che aveva saziato lo stupore. Come era accaduto quando quell'italiano, Gabriele Selvaggi, aveva suonato il violoncello... S'era inebriato del profumo pulito che veste l'anima, dirigendolo nel concerto. Gli era parso che, mentre illuminavano insieme di impressioni i pentagrammi, gli fosse concessa un'occasione di riscatto dalla cenere e dalla vanità fra cui si dibatteva da anni. Un unico, ardente pulsare, che contagia un altro cuore agganciandolo a sé. Purtroppo l'italiano era morto e quel miracolo potente non si sarebbe più ripetuto. L'araba fenice dalla cenere e dalla vanità non sarebbe risorta. O forse sì... Aveva scorto un barbaglio di fiamma, nel contemplare la fotografia della sua vedova, odorosa di mughetto e di spigo. Ne coglieva adesso un riflesso più tenue, intenerendosi per il canto di un imbianchino cui piaceva scrivere ballate.

«Accettate un consiglio, Peadar?» gli chiese infine.

«Ne sarò lusingato, maestro!»

«Ebbene, la vostra canzone è così bella che meriterebbe di essere tradotta in irlandese.»

«Oh, avete ragione, ma io non sono bravo con il gaelico, ve l'ho già detto. Ci proverò, comunque, o troverò qualcuno che mi aiuti.»

«Fatemi avere lo spartito. Sapete dove abito?»

«Tutti, qui a Dublino, conoscono la casa del grande Ciarán Ó Murchú!»

«Allora combiniamo così: non appena avremo vinto» e qui gli strizzò l'occhio, «mi porterete lo spartito. Io sono in partenza per gli Stati Uniti d'America e vi assicuro che, come salirò di nuovo sul podio per dirigere l'orchestra, sceglierò proprio la vostra *Canzone del soldato* per concludere con il bis la mia esibizione. Me lo permettete?»

Non badò alla gioia traboccante del suo nuovo amico. Pensò soltanto che si era impegnato in una promessa e che l'avrebbe soddisfatta. Ignaro del tempo che si dipana a spese di ciò che è mistero. Che non ci appartiene. Aveva promesso: a volte ci vogliono abissi di dolore e processioni di anni vuoti per mantenere una promessa.

CAPITOLO IV

Peadar Ó Cearnaigh
Bold Fenian Men

Baile Átha Cliath, Jacob's Biscuit Factory, 27 aprile,
giovedì fra l'Ottava di Pasqua 1916

Non era rimasta ormai che la noia. Di tutta la baldanza che aveva gonfiato gli ardori del lunedì trascorso era avanzato soltanto un borbottio di rassegnazione.

Il respiro stentava istanti intrisi di vuoto e scanditi di monotonia. Lentamente, sospesi sul cimitero delle illusioni di gloria, gli Óglaigh na hÉireann si arrendevano a morsi all'epilogo. Oziavano lungo il perimetro del cortile, impolverandosi le uniformi, e bramavano un colpo d'artiglieria, uno solo, che restituisse loro la dignità di aver sperato.

Invano il tempo rallentava, quasi a fermarsi.

Nella loro prigione improvvisata si sopravviveva per dormire e per mangiare qualcosa. Si scambiavano rare parole, da cui Ciarán non era sfiorato. Non parteggiava per le attese dei compagni e non sapeva fingere fedeltà verso la Corona britannica. I più fortunati erano il custode e il sorvegliante del biscottificio, che almeno avevano i cavalli di George Jacob da accudire.

Per reagire all'intorpidimento della mente, egli si sforzava di ricostruire le partiture dei brani musicali che prediligeva. Ci riusciva per qualche battuta, poi ricadeva nella confusione di pensieri piccini. La sua ansia di libertà era naufragata nel fastidio del proprio corpo, sporco da giorni, al quale la biancheria che Máirtín gli faceva recapitare non ridonava freschezza.

C'era anche il cruccio di finire in fretta la farsa del feniano: avrebbe dovuto imbarcarsi per gli Stati Uniti da lì a una settimana, se non voleva pagare la penale per i primi concerti che aveva fissato e che, giocando al rivoluzionario, temeva ormai di non dirigere.

Perché dunque Tomás temporeggiava? Che cosa aspettava a mandarlo fuori? Dubitava, forse, che la realtà puzzasse di morte?

No, non l'avevano veduta, la morte; non ancora. Si erano limitati a ipotizzarla quale incidente inevitabile e a distrarsi in più appaganti sogni di trionfo. Eppure le sparatorie incalzanti del giorno precedente, che il sorgere del sole aveva smorzato, eclissavano morte. Oh, d'accordo, la fantasia ne giustificava la necessità: se l'attenzione, tuttavia, si acuiva per un momento, ogni colpo esploso, persino quelli che la notte facevano sobbalzare nel dormiveglia, ebbene ogni colpo versava sangue.

Per cambiare la posizione consueta, in cui s'abbandonava semisdraiato a terra, Ciarán spostò una seggiola davanti all'inferriata e la inforcò al contrario, con lo schienale fra le ginocchia. Pigro l'occhio, guardava fuori cogliendo moti senza significato, che non destavano il suo interesse ma che erano diversivo all'insofferenza. Una foglia secca spostata da un refolo d'aria, che poi va a sbattere contro il tronco dell'albero più vicino, la passeggiata di un colombo che tentenna l'iridescenza del collo perché si sente osservato, il canto lamentoso di chi, appollaiato sul davanzale di una finestra, non ha più voce per intonare inni di vittoria...

«*Glory o, glory o, to the bold fenian men.*»

Dalla parte opposta del cortile due giovani si erano rifugiati in un cantuccio ombroso e, disperando ormai di combattere, si consolavano a vicenda scambiandosi un bacio. Non c'era passione nelle loro labbra ma solo la pietà inafferrabile di una lacrima. Lei, una rossa dagli zigomi scarni, indossava la divisa del Cumann na mBan e non aveva compiuto vent'anni.

Ciarán aspirò sulla propria pelle la nostalgia di quel bacio, attraverso la cicatrice di altri baci. Gli parve di non averne mai apprezzato il sapore, nella banalità di effusioni insipide. Con Lorna, infatti, era tutto troppo facile; facile come accendersi un sigaro... Baciarla non era pegno d'affetto: era piuttosto un'abitudine, un incipit scontato che li trascinava a perdersi tra le lenzuola. Consumavano rapidamente il piacere, affamati com'erano di emozioni aguzze che si rubavano l'un l'altra. La sincronia dei corpi avvinti garantiva a entrambi quel benessere effimero che non avevano la pazienza di condividere.

Non ricordava nemmeno più come fosse cominciata la loro storia... Ah, sì! Lorna gli era stata presentata in occasione di un concerto, qualche mese dopo il diploma, e gli aveva chiesto un appuntamento affinché la consigliasse sull'arpa. Lei non possedeva un vero estro esecutivo; lo sostituiva però con un certo gusto estetico.

Si erano trovati a suonare insieme in un paio di serate e, complice l'adulazione degli applausi, si erano sentiti reciprocamente attratti. Erano troppo giovani per programmare il futuro e si erano accontentati di soddisfare il desiderio immediato e ghiotto. Gli era gradito averla senza impegnarsi, senza rischiare di compromettere lo studio e la carriera. Bastava accarezzarla perché lei, fremendo di voluttà, gli cedesse. Ogni volta... Sino a quando non aveva preteso da lui il saldo del conto.

Con la grazia flessuosa di una gattina gli aveva fatto capire che, in quanto musicista affermato, al suo buon nome avrebbe giovato più una moglie di un'amante. E così si era deciso a chiederne la mano. Ma senza urgenza: aveva rimandato la seccatura di sacrificare la propria indipendenza al giorno di Pasqua, giacché era stato invitato a colazione dalla famiglia Aighleart. Li aveva incontrati poche altre volte, prima di allora: il padre era un insegnante di letteratura in un collegio di educande e la madre era una strana donna di origine scozzese. Si chiamava Winefred ed era capitata in Irlanda per sbaglio. Aveva ambizioni frustrate di poetessa e si era adattata di malavoglia a collezionare pettegolezzi. C'era anche un fratello minore, Miachán Óg[69], un ragazzotto tutto apparenza e deliqui.

Ciarán aveva atteso la Pasqua come la visita dal dentista che ti cava il molare guasto. Una volta per sempre. Si stava convincendo, al contrario, che i rapporti con la famiglia della sua futura sposa, nell'appartamento dall'aria viziata, sarebbero stati un florilegio di spine improvvide.

Gli Aighleart abitavano in un caseggiato tanto modesto quanto pretenzioso, di quelli che abbagliano le ambizioni dei quartieri operai ma che guasterebbero la sobria eleganza di Merrion Square.

Non c'era ascensore e Ciarán era stato costretto a salire a piedi le scale sino al terzo piano. L'odore degli intingoli che sobbollivano per il pranzo della domenica si mesceva all'umidità che gonfiava di bolle l'intonaco. Si era dunque affrettato, perché la quotidianità prosaica lo infastidiva.

Aveva suonato il campanello, ripassandosi a mente una scusa all'affronto di essere solo. Quella gente, infatti, aveva invitato anche il suo patrigno e il suo fratellastro, che avevano entrambi rifiutato di accompagnarlo. Doveva giustificarli senza allarmare *mistress* Winefred, cui non pareva vero d'imparentarsi con un banchiere.

Si era riscosso, udendo la chiave girare nella toppa. Era venuto il professore in persona ad aprirgli, perché non avevano servitù ma soltanto una donna a ore.

«Entrate, figliolo carissimo, e buona Pasqua!» lo aveva accolto con sollecitudine ciarliera. «Siete solo? Come mai? Ci auguravamo di conoscere finalmente i vostri congiunti: è sorto, forse, qualche problema?»

«Buona Pasqua a voi! Signora, i miei rispetti!» Si era inchinato alla padrona di casa, che sopraggiungeva gaia tendendogli le mani. «No, nulla di grave. Joseph, il mio patrigno, è rientrato soltanto stamattina dall'Inghilterra e ha compiuto una traversata infernale. Il mare mosso squassava il traghetto. Molto provato, ha preferito mettersi a letto. Così anche mio fratello Bartlemy è rimato a casa, per tenergli compagnia nel giorno di Pasqua. Vi chiedono perdono entrambi e vi porgono i loro più sentiti omaggi.»

«Ah, ma come mi dispiace!» aveva declamato *mistress* Winefred con voce dal timbro grave e rotondo. Parlava a scatti, tornendo le sillabe sotto l'ogiva del labbro. «Mi auguro, in ogni caso, che avremo occasione d'incontrarli presto. Venite, maestro, accomodatevi in salotto. La nostra cara Lorna si sta ancora preparando. Non abbiatevene a male: è per voi che si fa bella!»

Un po' frastornato, si era lasciato condurre dall'ingresso tetro e angusto, ingombro di mobili e di croste appese alle pareti, alla prima stanza che si apriva a destra. Più luminosa, era occlusa da un pianoforte a mezza coda di fabbricazione inglese, che aveva conosciuto giorni migliori, e da un salotto di pelle scolorita color zafferano, ricoperto qui e là di centrini con variopinte rose d'Irlanda.

Sul divano sedevano Miachán Óg, che per salutarlo era scattato su come un soldatino, e un figuro fuori tono che, al contrario, era rimasto negligentemente assiso.

Gli era stata additata la poltrona migliore, meno stinta delle altre, e la madre di Lorna aveva spostato un pouf per stargli accanto.

«Gradite un vermouth o uno cherry, mentre la cuoca termina d'impiattare? Non fate complimenti, maestro!»

L'educazione gli avrebbe suggerito di allentare le formalità e di esortare quella donna, con gli occhi neri che non sorridevano mai e con la dentatura da squalo che sorrideva troppo, a chiamarlo semplicemente Ciarán, considerato che andava a letto con sua figlia e che tra poco l'avrebbe pure sposata. Ma non ne aveva avuto la temerarietà.

Delusa dalla sua riservatezza, *mistress* Winefred si era aggiustata un boccoletto brizzolato e aveva incrociato le braccia.

«Oh, che maldestra!» aveva proferito con l'enfasi drammatica adatta più a una tragedia greca che al pranzo di Pasqua. «Non vi ho presentato mio cognato, l'esimio scultore Murchadh Ó Dúrasa.[70] Credo che ne abbiate sentito parlare: è una celebrità, ormai!»

Aveva accennato con l'amabile ansa del braccio al figuro vestito come uno spaventapasseri che occupava il divano. Allungava le gambe in un paio di pantaloni molli color mattone e stropicciava contro lo schienale un informe maglione ferrigno che indossava direttamente sulla pelle, senza la camicia. Calzava un paio di sandali cuciti, forse, da una tribù africana oppure oceanica.

La madre di Lorna non aveva sbagliato: di quel tale egli aveva spesso udito ciarlare, negli ultimi mesi, e in termini tutt'altro che lusinghieri. Era un artista d'avanguardia, che aveva il talento di sperimentare. Aveva scoperto che lo sterco di capra, opportunamente essiccato e applicato su supporti lignei o litici, assumeva un'intensa valenza plastica e che, soprattutto, suscitava nel pubblico profonde domande esistenziali. Ma non erano tanto gli escrementi a scandalizzare la buona società di Baile Átha Cliath, quanto una più sugosa storia di corna: rimasto vedovo della sorella del professor Aighleart, donna troppo remissiva per contraddirlo, pare che si fosse consolato presto insidiando le mogli altrui. Gli veniva attribuita una relazione peccaminosa proprio con la cognata, con quella *mistress* Winefred che adesso lo contemplava con espressione adorante e che, in casa sua, gli permetteva di comportarsi come un tanghero.

Ciarán aveva rivolto lo sguardo al professore, tradito dai

suoi congiunti. Era un ometto azzimato, già grigio dei pochi capelli rapati a spazzola, la cui unica autorità era conferita dagli occhiali da miope, da un pizzetto pepe e sale e dal cappello a cilindro, quando usciva per strada. L'altro, il cognato scultore, non era molto più alto di lui ed era ugualmente bigio, ma ostentava i riccioli scomposti di un giovanotto. I baffi gli accordavano un'aria intellettuale, insieme con la smorfia di tedio stampata in faccia. Esibiva l'atteggiamento sedizioso dell'adolescente che si è scordato di maturare e di assumersi le responsabilità della vita.

«Già, il nome di *mister* Ó Dúrasa mi è noto» aveva tagliato corto.

Lo scultore, tutto compreso di sé stesso, lo aveva degnato di un'occhiata di sufficienza. A bilanciare la villania dello zio era intervenuto Miachán Óg, un diciottenne che s'intendeva d'ogni inezia frivola e alla moda.

«Che cosa ci anticipate, maestro caro, dei vostri prossimi concerti?» gli aveva domandato, battendogli la mano sulla spalla. «Ho letto sul giornale che vi preparate a una tournée da costa a costa negli Stati Uniti. Che bellezza: sarà un successo trionfale!»

Meno male che non era superstizioso e che se la rideva del catalogo di gesti scaramantici in voga tra i colleghi musicisti! La familiarità con cui lo trattava quel ragazzo lo aveva tuttavia indispettito quanto l'egocentrismo zotico dello zio scultore. Aveva tentato di eludere la risposta; Miachán Óg, però, gli si era piantato davanti con le sopracciglia ad arco di chi è già pronto a stupirsi. Era belloccio, per rendergli merito, di media statura, castano d'iride e di chioma. Portava con disinvoltura la giacca scura sopra la camicia senza cravatta.

Alla fine era stato generico: «Calcolando a memoria, dovrebbero essere una ventina di concerti in tutto. Ciaikovskij, Brahms, Chopin...»

Mistress Winefred aveva estratto dal polsino un fazzoletto ricamato e si era prontamente tamponata l'angolo inferiore di ciascuna palpebra.

«Non badate a me! Che sciocca sono! Eppure mi commuove pensare che la mia bambina verrà con voi. Per lei sarà un'esperienza strepitosa e spero tanto che la sua avventata allegria non vi sia di noia...»

Non era avvezzo a prodigarsi nelle schermaglie verbali che usano nei salotti. Così aveva sorriso di spudorata franchezza: «Lorna mi conosce, ormai, e sa quanto io sia pignolo e perfezionista nel lavoro. Si adatterà a passeggiare davanti alle vetrine, durante le prove con l'orchestra. Ah, eccola qui!»

Lei aveva fatto il suo ingresso quale trofeo di chiffon turchino. L'aveva attesa con impazienza, pregustandosi il sollievo di una finestra che viene spalancata quando si boccheggia nell'aria stantia. Gli era apparsa, al contrario, perfettamente incorniciata tra i suoi parenti, come la carta stagnola che abbaglia sotto le luci di una vetrina di pasticceria. Con piccoli passi affrettati lo aveva raggiunto e, appostatasi dietro lo schienale della poltrona, gli aveva abbracciato il collo.

«Non ho forse il più bel fidanzato di tutta Dublino?»

«Di' pure di tutta l'Irlanda, figlia mia!» aveva rilanciato sua madre.

Peccato che il fidanzamento non fosse stato ancora annunziato! Non che ci tenesse al galateo, ma si era figurato di chiederla in moglie una volta che fosse stato servito il dolce, offrendole l'anello più vistoso che aveva scovato in gioielleria. Poco male: aveva tratto di tasca lo scatolino e lo aveva aperto davanti alla promessa sposa e alla festante famiglia. Quanti gridolini d'ammirazione!

«Ah, caro, tu hai colto davvero i miei gusti: è un rubino fantastico!»

«Per Giove pluvio!» aveva sbottato Miachán Óg. «È grosso quanto un'oliva da cocktail!»

«Sei davvero fortunata, bambina: tuo padre non mi ha mai

regalato nulla di simile.»

«Non essere ingiusta, Winefred cara. Ti donai una perla, allora, perché aveva lo stesso fulgore della tua carnagione.»

Anche stavolta lo zio scultore era rimasto zitto, superiore alla cupidigia che suscitano le cose costose e tutto compreso nell'opera d'arte che già contemplava nella mente geniale.

Quando si era esaurita l'ondata di entusiasmo, si erano alzati e si erano trasferiti in sala da pranzo. Sulla credenza svettava un'imponente composizione di fiori finti, realizzati con piume colorate. Anche i quadri appesi alle pareti avevano le tinte chiassose e stridenti che prediligono i pittori dilettanti. Davanti al camino, sotto una cupola di vetro, la scultura bronzea di un punto interrogativo era un indubbio capolavoro di Murchadh Ó Dúrasa.

Lo avevano fatto sedere a capotavola, avendo a destra l'imminente suocera e a sinistra la fidanzata, che perdurava a rimirarsi l'anulare appesantito dal rubino. La conversazione sciocca che aveva accompagnato ogni portata, dalla *potage* di funghi alla meringata al limone, lo aveva sfiancato imprigionandolo tra maldicenze e frivolezze. E al tacere delle donne sull'ultimo cappellino alla moda, ecco che era intervenuto lo scultore, infervorandosi in argomenti eruditi quali la pesca del tonno o la caccia al fagiano.

Ciarán era riuscito a svignarsela all'ora del tè e aveva subito ingurgitato un cachet per lenire il mal di testa. Come un condannato che alla lettura della sentenza apprende la sua pena, così aveva immaginato con sgomento la vita matrimoniale che gli si schiudeva innanzi, cadenzata dal lento corteo di pranzi di Natale e di Pasqua. Era il cappio che si stringe inesorabile intorno al collo dell'impiccato, ma egli non disponeva più della libertà di tirare indietro il capo, dopo che ve l'aveva infilato per gioco. Ogni scelta, infatti, per quanto dettata dall'incoscienza della gioventù, si trascina appresso macigni di conseguenze.

La luce del sole radeva ormai le pietre, allargando ventagli d'ombra dietro le piante e gli spigoli di muro. Disegnava una scacchiera virtuale sul lastricato, su cui s'intersecavano emozioni e paure. I pezzi bianchi e neri che interpretavano brandelli di cuore erano cavalli che saltavano oltre l'inerzia dei pedoni o torri che arroccavano un re in esilio. La regina vestiva il manto verde che danza negli occhi abbagliati, dopo aver fissato a lungo un punto di fiamma. Era la polena sul vascello del destino, che la tempesta squassa d'onde gagliarde. Invano s'invoca la bonaccia, invano si sgobba sudando disillusione. Come le bolle, che un monello ha soffiato in una festuca di grano dopo averla intinta in acqua e sapone, come le bolle che scoppiano nell'etere trafitte dall'ultimo strale del giorno, così si scindono i pensieri in miraggi sciolti, che soltanto la sonnolenza predice.

Sì, Ciarán aveva sonno ma, se provava a coricarsi, non riusciva a dormire. Percepiva piuttosto un prurito, un formicolio in ogni cellula del corpo. Non sapeva più dove spostare i piedi, lo importunavano qualunque fosse la posizione assunta. Non gli era concesso di usarli per marciare, per correre contro il nemico: che cosa gli servivano, dunque, quelle gambe troppo lunghe? In passato gli avevano fatto conseguire allori sportivi: adesso gli rinfacciavano le ore capitolate all'accidia.

La rassegnazione di aver annegato la propria età in un bicchiere d'acqua, mentre altrove urlava l'oceano, di aver sorseggiato una camomilla mentre altri si erano ubriacati di whiskey, ebbene questa rassegnazione gli schiumava la bocca di saliva acre. E il presentimento che li avrebbero fucilati tutti, tanto coloro che avevano combattuto per le strade sfidando il piombo inglese, quanto chi aveva oziato tra sacchi di farina e biscotti ammuffiti, si faceva molesto. Ne aveva riso, all'inizio, con il sarcasmo dell'uomo che ancora rugge; adesso si sentiva come il sorcio in trappola, nell'urgenza che il veleno della crosta di formaggio appena addentata sortisca l'effetto e gli strappi via insieme e il respiro e l'ansia.

Il castigo peggiore per la lucidità della mente era la preoccupazione delle mosse sulla scacchiera. I pezzi bianchi e neri, dopo giorni di rivolta, si erano decimati a vicenda. Restava al centro un alfiere pensoso, con lo sguardo di Tomás Mac Donnchadha attraverso la fessura dell'elmo ammaccato. La regina avversaria sventolava la Union Jack e aveva il viso levigato e capriccioso di Lorna.

Chissà che cosa aveva pensato del suo colpo di testa... Il suo rapimento, ormai, doveva esserle noto, forse ne era stata informata addirittura dai giornali. Magari viveva giorni d'angoscia, accoccolata sulla poltrona a piangere e a mordere il fazzolettino. Non era molto devota e non la supponeva a mani giunte, in atteggiamento orante. Le concedeva, tuttavia, le lacrime dell'apprensione. Oh, come sarebbero mutate le sue iridi calme e lacustri, se solo avessero ipotizzato la verità! Si sarebbero indurite in roccia brulla, che non perdona la debolezza degli ideali. D'altronde, quando il maggiore Mac Giolla Bhríde aveva dileggiato le donne di Baile Átha Cliath che avevano accolto i soldati inglesi a tè e pasticcini, egli se le era immaginate tutte con il sorriso da squalo di mistress Winefred e con lo sguardo color di palude della sua fidanzata. Gli Aighleart non erano gente da parteggiare per gli insorti e per la libertà. Parlavano un inglese impeccabile senza accento celtico e, se avevano scelto la grafia gaelica per il loro nome, lo avevano fatto un po' per moda, un po' per una sorta di curiosità archeologica. Non avrebbero mai accettato un'esistenza da pionieri, in una nazione da fondare dal nulla, lungi dall'abbraccio rassicurante della Corona britannica. Nemmeno lo zio Murchadh, che era uno di quei socialisti stravaganti cui conviene il pacifismo di posa.

Anch'egli si definiva pacifista, se considerava l'immane carneficina che sul Continente faceva mattanza di giovani. Ma l'Irlanda era un'altra cosa! L'Irlanda giaceva da più di sette secoli sotto il calcagno dell'invasore e non le restava voce per invocare aiuto. Per più di sette secoli i vari Paesi europei l'avevano lasciata soffocare nel sangue, senza opporsi allo stupro del popolo militarmente più forte a danno di quello peggio armato. Era stata spogliata della sua cultura vergine, della lingua, della religione, della dignità... Non le erano rimasti che i figli nutriti di stenti. Non erano guerrieri ma poeti e musici. Non avevano un grido di battaglia se non il canto del bardo. Aborrivano le armi vischiose di morte eppure si erano sporcati le mani di polvere da sparo, certi che solo un gesto generoso e sincero possa scuotere l'indifferenza.

Ciarán li aveva imitati. Forse era capitato nel posto sbagliato, perché non aveva indovinato il teatro degli scontri. Forse sarebbe stato fucilato senza aver esploso neanche una schioppettata, se il suo doppio gioco fosse stato sorpreso. Ma come rinnegare quel fecondo colpo di testa che Lorna non avrebbe mai compreso?

Scacco matto!

L'altra regina gli sorrideva ammantata di verde, con la tenerezza racchiusa in occhi di cristallo, gli stessi occhi della sposa del violoncellista. Portava per caso la sua fotografia sul cuore e la solarità con cui aveva contemplato il marito defunto gli incideva brividi nell'anima. Non la conosceva, probabilmente i suoi passi non si sarebbero mai incrociati con quelli di lei e, ammesso che scampasse il plotone d'esecuzione, le sue gambe troppo lunghe avrebbero percorso itinerari opposti.

Quella ragazza dall'espressione di pace antica, tuttavia, aveva amato Gabriele anche quando aveva indossato l'uniforme di soldato e, nel commiato umido di disperazione, lo aveva visto partire per sempre.

CAPITOLO V

Pádraig Mac Piarais
Óró sé do Bheatha 'bhaile

Baile Átha Cliath, Jacob's Biscuit Factory,
28 aprile, venerdì fra l'Ottava di Pasqua 1916

«Siete libero, maestro, destatevi!»

La voce affrettata di Peadar lo riscosse sul far della sera. Seduto per terra, le lunghe gambe incrociate, si era assopito con la testa ciondoloni sul petto. Risollevò la fronte, provando una trafittura al collo indolenzito, e tardò a mettere a fuoco l'espressione del suo carceriere.

Il laboratorio era nella penombra, anche se penetrava attraverso l'inferriata un riflesso di crepuscolo. Era uno strano riverbero rossastro, come un tramonto di rabbia che fa deflagrare il cielo.

Tentò di ergersi ma le gambe, costrette in una posa sconveniente per la circolazione, non gli rispondevano. Lo inquietò la sensazione d'avvertire gli arti molli, quasi disossati, incapaci di sostenere il movimento. Lo aiutò Peadar, infilandogli il braccio sotto le ascelle e tirandolo su. A poco a poco, con un trabocco di dolore, il sangue tornò a rifluirgli sino ai piedi. Gli parve la calda carezza che richiama alla vita e che mette fine a un'allucinazione. Abbozzò pochi passi verso la porta, barcollando.

«Fuori c'è brezza, maestro. Avete una sciarpa da annodare per ripararvi la gola?»

L'imbianchino doveva aver parlato con Tomás o con

Mícheál Ó hAnnracháin. Una tale esortazione, altrimenti, non avrebbe avuto significato. No, Peadar gli aveva ricordato che aveva una missione da compiere e che era finalmente giunto il momento di servire l'Irlanda.

«Ne ho un paio in tasca» rivelò stirandosi.

«Meglio così, allora» concluse l'ignoto bardo di ballate di libertà.

Uscendo, non salutò coloro che rimanevano prigionieri. Non aveva scambiato parola con gli altri, nei giorni trascorsi, e non si sentiva in vena di convenevoli effimeri.

Oltrepassando Fitzgerald, captò una frase indirizzata al custode del biscottificio: «Il banchiere avrà calato le braghe e pagato il riscatto. Ora, con tanto danaro, questi diavoli avranno dinamite d'avanzo per far saltare tutta Dublino!»

Si morse il labbro inferiore per non ridere. A dire il vero, si riteneva fortunato che il suo rapimento fosse stato soltanto un *bluff* perché, in caso contrario, Joseph non avrebbe sborsato neppure un penny per trarlo d'impaccio. Era un uomo probo, di quelli che non esitano a sacrificarsi per i propri principi. Non si sarebbe piegato a mercanteggiare con i ribelli, neanche a costo d'immolare suo figlio. E lui non lo era! Come figliastro, aveva patito nell'accettare quell'estraneo che condivideva la stanza da letto di sua madre. Gli riconosceva il merito di non aver mai fatto preferenze tra lui e Bartlemy, che era carne della sua carne, ma stentava a fidarsi della sua ostinata onestà per non rimanerne deluso. Da bambino aveva rintuzzato la fame d'affetto simulando indifferenza e negli anni seguenti il dialogo con il patrigno non si era spinto oltre un formale riserbo. Ora che non gli doveva più niente, che si guadagnava il pane e il superfluo con la sua arte, non avrebbe accettato da parte sua le rimostranze di avere in famiglia un feniano.

Peadar lo scortò al portone che dava su Bishop Street.

«Vi auguro ogni bene, maestro Ó Murchú!» e gli strinse con calore la destra.

«Altrettanto a voi, ragazzi! Buona fortuna!» esclamò abbracciando con lo sguardo anche gli altri Óglaigh na hÉireann che stavano di guardia. E temendo d'essersi tradito, si corresse: «Ne avete più bisogno di me.»

Come il carcerato che da tempo immemore ha abituato le pupille all'oscurità della cella strabuzza gli occhi riscoprendo la luce, così, non appena fuori, si riparò il viso con il gomito. La sera era percossa di chiarore vermiglio. La strada che gli si apriva davanti era ridotta a sfondo teatrale lacero, sotto il cielo di rame incandescente, e il fumo opaco che si insinuava ovunque gli ostruì le narici, costringendolo a tossire. Avanzò di pochi metri, con il busto piegato e le mani sulla bocca per difendersi dall'aria irrespirabile.

Non s'aggirava un'anima, nella città a soqquadro. Un cane con un orecchio sanguinante fuggiva via guaendo.

Cercò di orientarsi mentre le cornee gli bruciavano e lo forzavano a sbattere spesso le palpebre lacrimanti. S'avviò in direzione del fiume. Procedeva tentoni, cozzando contro detriti disparati che si erano accumulati in mezzo ai crocicchi. S'imbatté persino in una locomotiva a vapore, rubata probabilmente al birrificio Guinness, che qualcuno aveva improvvisato quale carro armato e che poi, quando si era mostrata tarda e grottesca, aveva parcheggiato a cavallo di un marciapiede. Assomigliava a un mostro panciuto in armatura, tra le spire dense del fumo.

Molti negozi erano stati assaltati o erano diventati bersagli inevitabili durante gli scontri e affacciavano ragnatele di vetri infranti sulla desolazione spettrale che lo circondava. Egli si trascinava a fatica tra le macerie. Aveva nelle gambe un peso di piombo. Le spostava a stento e a stento concatenava l'andatura. Non aveva mai provato prima di allora una simile sensazione arrancante: non prestava attenzione ai propri movimenti, perché gli erano naturali, perché gli arti si sottomettevano docili alla sua volontà. Mentre Baile Átha Cliath scoppiava d'orrore, si rendeva finalmente conto di quanto fossero preziose le sue gambe, che lo guidavano nel fumo cieco. Pareva che conoscessero la meta, che il suo sguardo aveva smarrito, e che conservassero l'impossibile memoria di passi perduti in passato.

Ciarán si lasciò trasportare per inerzia, come se i suoi piedi fossero stregati dal fato. Si sporse d'un tratto sul fiume, in cui scorreva lava ardente. Atterrito, si tirò ratto indietro e sudò freddo nell'ammettere di essere stato vittima di un inganno ottico. Non era magma, infatti, ad aver divorato i flutti della Liffey, prendendone il posto, ma il riflesso di un incendio immane che consumava la riva opposta della città. Là c'era Sackville Street, con i suoi edifici imponenti che i colpi di cannone avevano ridotto in rottami. Là c'era lo scheletro dell'Ard Oifig an Puist che alimentava un rogo di torcia.

La sconfitta cremava il precipitare della notte. Che sarebbe valso proseguire ancora? Sarebbe bastato annodarsi al collo la sciarpa nera e tornare indietro. Anzi, ciò gli avrebbe permesso di condividere la sorte dei perdenti, rientrando nel biscottificio, perché, nel contemplare in pianto il crepitare dell'ufficio postale che faceva falò d'ogni speranza, gli era insopportabile la colpa di sopravvivere agli amici. Oh, sì! Sarebbe tornato a morire con loro.

Ma prima voleva capire quanto era accaduto e portare soccorso a qualche sventurato, di là dal fiume.

Per evitare che i soldati inglesi lo bloccassero, ritenne più prudente raggiungere l'Ard Oifig an Puist dal retro. C'era un altro ponte più avanti, verso il birrificio Guinness. Le sue gambe lo assecondarono e scattarono agili, senza che ci fosse più fumo né polvere né bagliore di fuoco a frenarne la corsa. Come cavalli senza briglie, le sue gambe galoppavano costeggiando l'acqua incandescente. Fendevano veloci l'attrito dell'aria. Egli, dall'alto, osservava l'altalena delle scarpe che si alternavano senza sosta per arrivare il più presto possibile, per ridestarsi da un incubo.

Imboccò il ponte vomitando fiato e quale proiettile si fiondò dall'altra parte. Le sue gambe diventavano eroiche, avevano l'audacia che a lui difettava, se avesse rallentato un istante a riflettere. Non cedevano, non s'arrendevano, lo sospingevano avanti.

Il fuoco, ormai, gli gravava addosso. Oltre le sagome nere di palazzi pencolanti, le sue lingue svettavano al cielo con sibilo biforcuto di serpente. Fu costretto a moderare il passo, perché le rovine franavano nell'angusta luce delle vie. Adesso le sue gambe scavalcavano ostacoli, saltavano tra grondaie abbattute e intere pareti schiantate in strada, si arrampicavano svelte tra pietre e mattoni.

Sbucò in Sackville Street un isolato prima della posta centrale. E le sue gambe ristettero.

Davanti a lui andava in scena la fine del mondo.

Gli insorti si dileguavano in gruppetti sparuti. Erano formiche che scantonano impazzite dopo che una mano ostile ha gettato un fiammifero nella loro tana. L'istinto di conservazione li faceva procedere a zigzag, cercando sul lato opposto un anfratto in cui nascondersi. Alcuni rimanevano a terra, fulminati dal vagare di una pallottola sparata da chissà dove.

Dalla posizione in cui si trovava, Ciarán non avvistava che il frontone dell'Ard Oigif na Puist, in cima al quale il tricolore irlandese sfidava ancora impavido le fiamme. Il caseggiato alla sua sinistra, infatti, era crollato, abbattendosi sul marciapiede antistante. Aveva sfondato e sepolto un'automobile parcheggiata. Pensò che fosse quella di Mícheál Ó Raithile, guida politica degli Óglaigh na hÉireann, perché notò il marchio De Dion Bouton inciso su un pezzo di radiatore.

Le sue gambe scalpitavano per avvicinarsi di più ed egli, con il cuore anestetizzato dalla violenza delle emozioni, obbedì loro nell'aggirare i detriti. Guadagnò un brandello di marciapiede ancora libero e intatto. Proprio allora riconobbe il poeta Pádraig Mac Piarais e con lui c'era Tomás Ó Cléirigh,[71] il vecchio feniano che vendeva tabacco. Stravolti, ammainati come vessilli frusti, si buttarono a capo basso in mezzo al viale e, schivando le scariche d'artiglieria, raggiunsero i palazzi di fronte. Forse avevano studiato un piano d'emergenza, perché vi penetrarono facilmente. Dalle finestre spalancate, segnalarono la salvezza. Li seguì una frotta d'altre divise, che attorniava grave una barella. I giovani volontari irlandesi facevano scudo con il loro petto a un uomo maturo, che era stato ferito. Aveva la caviglia fasciata da bende intrise di sangue. Aveva il volto baffuto e sofferente di Séamus Ó Conghaile, il socialista scozzese. Sembrava impossibile, sotto una grandinata di proiettili, eppure ce la fecero anch'essi.

Ed ecco che, dal colonnato della posta centrale, ne vennero fuori ancora in cerca di scampo. Li capitanava con ardire Mícheál Ó Raithile, che tutti avevano creduto il rivoluzionario delle belle parole, cui piacevano le automobili lussuose assai più delle armi brillanti in azione.

Ó Raithile istigò i suoi uomini ad aprirsi un varco verso Moore Street. Attirato da tanta temerarietà, Ciarán spiccò un balzo e tentò d'unirsi loro. Invano. I muscoli delle gambe erano ormai doloranti e, per quanto egli s'affrettasse, non poteva rimontare la distanza che lo separava da quei valorosi. Li avvistò di nuovo all'angolo di Ridley Road e si rallegrò, perché ce l'avevano quasi fatta: un ultimo sforzo e l'ombra materna di Baile Átha Cliath li avrebbe dispersi. Ma scrosciò loro addosso una scarica di mitraglia. Nessuno s'accasciò. Nessuno, tranne Ó Raithile che rallentò e, emesso un grido tronco, si premette le mani sul fianco sinistro. Incitò con rabbia i compagni a proseguire, a non badare a lui. Per rassicurarli, continuò ad arrancare faticosamente per un tratto ancora.

Ciarán gli era quasi appresso: aveva svoltato lui pure all'incrocio. Nell'oscurità rossa e tragica, vide la mano bianca di Mícheál Ó Raithile tracciarsi l'ampio segno di croce di chi implora un abbraccio. Poi cadde a terra inerte.

Era morto? Sua moglie portava in grembo il quinto figlio.

Egli attraversò la strada in volata, sperando d'offrigli aiuto. Dall'altra parte c'era un edificio che era stato cannoneggiato: il tetto era crollato e dalle finestre appariva il cielo in fiamme. Lo rasentò, per approssimarsi al corpo immoto di Ó Raithile.

E sotto il cielo in fiamme, sopra di lui si staccò qualcosa.

Fischiò sorda una sagoma nera.

Un pezzo di cornicione.

Gli cadeva addosso!

Si buttò in avanti per schivarlo ma inciampò e l'ammasso greve di cemento gli spezzò la schiena.

Un urlo, uno spasimo atroce.

Sangue impazzito che trancia il respiro.

Buio e silenzio.

Il nulla.

CAPITOLO VI

Padre Séarlas Ó Néill
The Foggy Dew

Baile Átha Cliath, sabato 6 maggio 1916

Latte di luce a lenire le palpebre, dove realtà e delirio s'intersecano in liquida lente.

Dal nulla, il tardo risveglio alla vita imbiancava contorni ignoti. Oltre lo scricchiolio sofferente del corpo, oltre la finestra di una camera nivea e spoglia, la nebbia del mattino avviluppava il roseto ancora avaro di fiori.

Quel luogo non gli era familiare, non vi era mai stato prima di allora e non rammentava d'esservi giunto. Aveva l'aspetto asettico di una clinica, lustra d'ogni conforto. Il letto in cui giaceva, tuttavia, non era comodo: gli pareva corto sotto le coltri, quasi una branda per bambini, e aveva le sbarre sui lati per impedirgli di scendere. Provò a sollevare il capo dal guanciale perché temeva di avere le gambe penzoloni giù dal bordo in fondo, ma la fitta che dalle spalle gli folgorò il dorso lo obbligò a desistere. Ansando, rivide le fiamme di una notte trascorsa.

Rivide Mícheál Ó Raithile, che la morte coglieva in un segno di croce.

Quando era avvenuto? Forse la sera precedente o piuttosto un secolo era già svaporato via. Non voleva pensarci.

Volse la testa a destra. C'era il suo orologio da tasca, sul piano del comodino. C'era anche un vasetto di opaline dal collo sottile, in cui era stata infilata una rosa in boccio. Non s'intuiva ancora il colore che avrebbe assunto, una volta aperta: i petali avvinti tra loro cangiavano dal rosso all'arancione. Al vasetto era stata appoggiata una fotografia, perché potesse più facilmente ammirarla dalla posizione supina. Nemmeno il mattino di nebbia spegneva lo splendore di perla di quel sorriso: eppure era stato immortalato per un defunto e la vedova di Gabriele Selvaggi aveva cessato di gioire.

Perché gliela avevano messa sul comodino? Che cosa c'entrava con lui?

Era stata la mano romantica di un'infermiera che, trovatolo nella sua giacca, aveva dedotto dal ritratto una storia d'amore.

Eccola, l'infermiera: varcava proprio allora la porta. Era lesta e bruna, con gli occhi che sfuggivano sotto la cuffietta. Si bloccò di colpo, quando intercettò il suo sguardo, e subito corse via.

«Sir Wrottlesey!» gridò in corridoio. «Presto, vostro figlio ha ripreso conoscenza!»

Tornò in un lampo con il suo patrigno. Joseph aveva le orbite livide e il volto rannuvolato che ostentava ai funerali: aveva scoperto che la moglie defunta gli aveva lasciato in eredità un feniano? Si tenne a distanza, lasciando fare all'infermiera che gli aggiustava il cuscino e gli tastava la fronte.

«No, la pelle è fresca, non è il caso di misurargli la temperatura. Il medico sarà qui a minuti, per visitarlo. Ora vi accordo un po' di tempo da solo con lui, se desiderate parlargli. Ma resterò qui fuori: non esitate a chiamarmi per qualsiasi evenienza.»

La giovane donna uscì in fretta, sollevata di non presenziare alla ramanzina.

Che cos'altro, infatti, competeva al banchiere, se non sgridarlo come un marmocchio d'aver preso parte all'insurrezione di Pasqua?

Joseph, al contrario, sedette al suo capezzale e non pronunziò parola. Gli prese soltanto la mano sul risvolto del lenzuolo.

«Sia ringraziato Iddio, figlio mio...» mormorò infine.

«Abbiamo vissuto per giorni nell'angoscia di perderti, ma il Signore ha avuto misericordia e ti ha restituito a noi.»

«Che è successo?» biascicò tra le labbra appiccicate di saliva.

L'uomo versò un po' d'acqua dalla brocca al bicchiere e gliela avvicinò alla bocca con un cucchiaino. Ciarán ne bevve pochi sorsi, tossendo, quindi ricadde affranto con la nuca all'indietro.

«Venerdì scorso ti hanno raccolto in strada, quasi all'angolo di Ridley Road» gli rispose. «Eri riuscito non si sa come a tirarti fuori dalle macerie che ti erano crollate addosso, ma avevi perso i sensi. Ti hanno prima trasportato in ospedale, poi io ho preferito che ti curassero qui in clinica.»

«Sono in stato d'arresto?» gli domandò a bruciapelo.

Joseph sgranò gli occhi. Scosse il capo con un sorriso mesto.

«I miei sospetti, dunque, erano fondati. Sei uno di loro! No, sta' tranquillo, la polizia ha indagato senza ottenere prove contro di te. Tutti gli interrogati hanno negato il tuo coinvolgimento e i ribelli hanno spergiurato di averti rapito a scopo di riscatto. Il professor Thomas MacDonagh ha affermato di aver disposto il tuo rilascio quando per i Volunteers era ormai sfumata ogni ipotesi di vittoria e il maggiore John MacBride si è lamentato aspramente di te, perché alla Jacob's Biscuit Factory sei stato un ostaggio sedizioso e scomodo. I due poliziotti e il custode, insieme con il sorvegliante del biscottificio, non hanno potuto che confermare, dal momento che hai condiviso con loro i disagi della prigionia. Soltanto il comandante Lowe, l'ufficiale inglese che ha guidato la repressione e che è incaricato di ristabilire l'ordine, era perplesso per quanto è successo in seguito alla tua liberazione. Non capiva come mai tu, anziché tornare a casa per tranquillizzare la famiglia, avessi passato il fiume e ti aggirassi nella zona del General Post Office. Io gli ho spiegato che sei un ragazzo intelligente e curioso e che, evidentemente, desideravi renderti conto degli eventi.

E Lowe, grazie al cielo, mi ha creduto, archiviando il fascicolo su di te.»

Ciarán abbozzò un gesto spavaldo: «Le cose, in realtà, sono andate in modo diverso. Come ostaggio affrancato, potevo muovermi indisturbato per le vie della città. Il mio compito, che io stesso mi ero scelto, era quello di raggiungere l'Ard Oifig an Puist, nostro quartier generale, per informarmi sulle novità che avrei poi segnalato al biscottificio. Nel rogo di Sackville Street sono stato testimone della disfatta: sarei tornato indietro, per comunicarlo e per immolarmi per la libertà, ma non ci sono riuscito. E gli altri?» lo incalzò. «Che ne è stato degli altri?»

Il sembiante chiuso di lui, che il fioco pallore rendeva ieratico, non concedeva speranza.

«Nonostante la ferma opposizione di Clarke, Pearse si è arreso sabato scorso al figlio di Lowe[72], un ragazzo diciottenne con pose da attore, perché divorato dal rimorso del sangue versato. I poeti e i professori intendono male la lotta, se presumono di dominarla con le stesse figure retoriche con cui aggiustano i versi zoppi. Ma, almeno, riconosco loro il merito di non essere stati codardi e di aver difeso sino in fondo l'utopia. Con lui c'era anche Plunkett, il tuo amico tisico, più morto che vivo. Che cosa aveva da spartire quello, onorato rampollo di un diplomatico vaticano, con tramvieri e tabaccai? E poi, dico io, per fare le rivoluzioni ci vorrebbe almeno un'oncia di salute!»

Non parlava con acredine, eppure Ciarán era sdegnato per l'inclemenza dei suoi commenti. Joseph valutava gli ideali, i sentimenti e le emozioni alla stregua di investimenti economici e minimizzava gli aneliti e le debolezze del cuore umano che, all'improvviso, diventano il sassolino d'inciampo in un ragionamento perfetto. Adesso era stato lui, l'insorto dell'ultima ora, a inceppare la serena monotonia della famiglia: perché tardava ancora a rimproverarlo?

«Hai saputo qualcosa dei miei compagni al biscottificio?» L'inerzia dell'altro lo rendeva impudente.

Il suo patrigno annuì: «Hanno capitolato domenica, il giorno dopo la resa di Pearse, perché hanno appreso in ritardo che tutto era finito. Sebbene non abbiano sparato neanche un colpo, sono stati condannati dalla Corte Marziale con la stessa durezza applicata ai capi che erano al General Post Office.»

S'agitò: «Che balle inventi?! Giudicati dalla Corte Marziale? Quanto tempo è trascorso? Meno di una settimana, o sbaglio?»

«Hanno subìto un processo sommario e la Corte ha sentenziato settantasette condanne a morte. Troppe! Mi auguro davvero che vengano commutate in pene detentive, se Londra vuole evitare che l'Irlanda si tramuti in una polveriera. Intanto, però, a Kilmainham ne hanno già fucilati otto...»

«Chi?» lo interruppe con un grido.

«Le prime tre esecuzioni risalgono a mercoledì scorso, 3 maggio. È toccato a Pearse, quale leader indiscusso, all'anziano Clarke e a MacDonagh, il tuo comandante alla Jacob's Biscuit Factory.»

Egli si coprì il volto con le mani, per placare l'acida disperazione che gli marciva la pelle. Chi gli avrebbe reso il sorriso gentile di Tomás, spento per sempre?

Chi gli avrebbe additato nel vento l'accento lieve della sua voce?

Chi avrebbe riscaldato, ormai, il gelo muto del suo sepolcro?

«Il giorno dopo» proseguì Joseph, senza misericordia, «il plotone si è schierato per sparare a quel poveraccio di Willie Pearse, su cui hanno infierito per punire doppiamente il fratello, a Edward Daly e a Joseph Plunkett, contro il quale si sono davvero sprecate le pallottole, dato che la tubercolosi avrebbe dilazionato di poco la pena di morte. Non hanno avuto pietà di lui però la sera prima: atteggiandosi a generosi, gli hanno concesso di sposare la fidanzata Grace, nella cappella del carcere.

Che nozze sciagurate: dieci minuti insieme e via, non un attimo di più per consolarsi a vicenda con un abbraccio... Ah, il 4 maggio hanno fucilato pure il romanziere Michael O'Hanrahan, che dovresti conoscere, poiché era il comandante in seconda al biscottificio. Quanto al maggiore MacBride, lo hanno giustiziato ieri. Non mi è mai piaciuto quell'uomo, ma gli sono grato di averti scagionato. La sua testimonianza stizzita, lo ripeto, è quella che ha avuto maggior peso agli occhi del comandante Lowe. Ci sono persone - e MacBride è certo una di quelle - che dimostrano dignità mirabile proprio nel momento della morte, dopo essersi barcamenate per una vita intera tra i compromessi... Oggi è sabato e ritengo che sino a lunedì prossimo non ci saranno altre esecuzioni: anche i soldati addetti ai plotoni meritano il riposo festivo.»

«Basta, che orrore!» proruppe Ciarán.

La nausea profonda che gli rovesciava i visceri e gli opprimeva il petto insultava le sue lacrime, perché persino il pianto diventa grottesco di fronte all'enormità di vite spezzate.

Aveva dialogato con loro, pochi giorni prima, con loro aveva riso e la perfidia del tempo perduto nell'incoscienza glieli restituiva cadaveri, freddi di un delirio ingenuo e infruttuoso.

Seosamh, fedele compagno di anni dorati e trascorsi, aveva preteso di morire quale marito della donna che amava: egli si disperava, nell'ammirarlo, e si commuoveva senza capire, perché gli erano estranei sentimenti tanto intensi e intimi da domare il destino.

E Joseph, all'opposto, con la sua insensibilità tutta britannica, con il suo chiacchierare vuoto, accusava i suoi amici morti di aver osato troppo, oltre il limite delle loro forze.

Non lui; lui che era insorto per caso, non aveva il diritto di sputare sentenze.

Temeva, piuttosto, che non avessero osato abbastanza. Si erano caricati sulle spalle gracili e intellettuali il peso di una nazione pigra, che rimaneva alla finestra a scrutare il proprio fato come si assiste all'arlecchinata portata in scena da una compagnia d'attori girovaghi. Nessuno li aveva applauditi. Sebbene la loro improvvisazione da commedia dell'arte si fosse rivelata sublime, si erano accontentati in silenzio dei fischi dell'ignoranza, della grettezza, della superficiale quotidianità. Avevano accettato di morire per un popolo asservito che non avevano avuto la pazienza di educare né la fiducia d'emancipare. Il loro esempio di sangue sarebbe bastato a fecondare la terra mora di torba?

«Io non posso continuare a vivere, se loro sono morti» gemette. «Perché non mi hanno accusato? Perché non mi hanno stimato degno d'affrontare al loro fianco il plotone d'esecuzione?»

Joseph alzò gli occhi al soffitto e per un istante la stizza gli imporporò il volto pallidissimo.

«E smettila, Ciarán!» tuonò. «Tu non c'entri con l'organizzazione della rivolta. Ti avrebbero dato dieci anni al massimo, per esserti prestato come ricognitore. Dieci anni di carcere... nelle tue condizioni! MacDonagh e MacBride hanno avuto compassione di te, che non sei stato punito dalla giustizia umana ma dalle conseguenze delle tue stesse azioni. Sì, Ciarán, anche a te è stata riservata una condanna, una condanna senza gloria e, credimi, non ti sarà lieve sopportarla.»

L'affanno di trovarsi in un letto troppo corto e di non riuscire a muoversi gli martellava le tempie, spremendogli dai pori sudore. Gli mancava il respiro, come gli era capitato da bambino quando, svegliandosi di soprassalto nella notte, aveva provato l'irrazionale paura del buio. Aveva cercato tante volte, allora, di spingere lo sguardo oltre il risvolto del lenzuolo, che si tirava sul naso quale scudo, per penetrare la caligine cupa che lo circondava. Senza mai scoprire che cosa celasse l'uniformità delle tenebre. Nelle parole di Joseph, invece, c'era un mistero che lo violava e che gli ripugnava svelare.

Aveva alluso a una condanna: in quella dannata branda

troppo corta, nell'intuirla con squarcio di saetta, il suo cuore singhiozzava terrore.

«Parla, Joseph!» lo esortò. «Hai l'aspetto cereo delle cattive notizie: se hai qualcosa da dirmi, fallo in fretta, prima che io smarrisca il coraggio di ascoltarti.»

Il patrigno, tuttavia, prese tempo. Ne conosceva la decisione, che non dilaziona l'evidenza per scrupolo o per eccesso d'emotività. Non si lasciava coinvolgere dalle disgrazie altrui e stringeva i denti sopportando le proprie. Lo aveva visto vacillare d'aspro smarrimento soltanto nel chiudere gli occhi di sua madre, che era spirata al levarsi inatteso del vento d'aprile.

Joseph afferrò d'istinto la fotografia della vedova di Gabriele. Simulò di studiarla, ma il suo pensiero era altrove. Forse la scambiò addirittura con il ritratto di Lorna. Se la rigirò tra le palme e la posò di nuovo sul comodino, mentre una ruga lugubre gli fendeva la fronte.

«L'incidente di cui sei stato vittima, figliolo, ti ha procurato un'emorragia diffusa e un trauma alle vertebre lombari contigue all'osso sacro. Forse è stato compromesso il midollo spinale e, almeno per il momento, i medici escludono che tu possa riprendere a camminare. In futuro, chissà... Prima, però, dovrai rimetterti in salute per affrontare un'eventuale operazione.»

In una sorta d'autodifesa estrema, egli non realizzò subito che ciò lo riguardava, che lo avrebbe condizionato per sempre, che sarebbe stata la pietra tombale rovesciata sulla sua giovinezza e sulla sua vita. Gli sembrò piuttosto un'appendice del racconto precedente, attraverso cui il banchiere gli aveva annunciato la fucilazione dei patrioti di Pasqua. Era un destino straniero, al quale la lucidità del ragionamento non voleva rassegnarsi. Era una tragedia sterminata ed era impossibile che fosse occorsa proprio a lui!

«Perché mi tormenti?» si lagnò balbettando. «Perché mi spaventi sulle difficoltà che avrò nel camminare? Non sono mica un paralitico!»

Lui non gli sorrise e non lo compatì. La sua faccia austera restò di marmo, perché non c'erano vie di fuga da falsificare.

Allora lo colse la smania folle di alzarsi, di buttarsi giù dal letto, di scappare nel corridoio. Si dimenò, si ferì le braccia contro la sponda di legno, si scoprì con foga le gambe scagliando la coperta di lato. Restò muto nell'osservarle immobili.

Immobili a ogni suo eccesso!

Divaricavano con i piedi all'infuori e assomigliavano agli arti violacei di un cadavere. E infatti era morto, dalla cintola in giù! Le colpì strillando con la violenza del pugno, sino a non avere più forza nel braccio, e non si procurò dolore, come se non gli fossero appartenute. Le colpì ancora e ancora, piangendo sommesso, per stramazzare poi sul fianco, esausto d'angoscia.

«Non voglio finire così!» urlò con tutta l'aria che aveva nei polmoni. «Ho solo ventisei anni: quanti altri sarò costretto a trascorrerne da storpio, prima di morire? Oh, Joseph, aiutami a non impazzire e tirami fuori da questo letto!»

Il patrigno era scattato su dalla seggiola e gli aveva imprigionato le mani, affinché non si martoriasse le gambe.

«Io ti prometto che non lascerò nulla d'intentato, pur di farti guarire. Mi sono informato: c'è un chirurgo olandese che con il bisturi compie miracoli, anche quando ogni speranza è perduta. Io ti giuro sulla memoria di tua madre che ti condurrò da lui. L'importante, adesso, è che tu non ti avvilisca. Stai navigando, lo comprendo, in un mare in tempesta e i discorsi di coloro che non provano in prima persona il tuo dramma non ti consolano e non ti tengono a galla. Devi trovare in te stesso la fermezza di reagire, piuttosto, per imparare a regolare la posizione delle vele e proseguire nella rotta controvento.»

«A che serve?» biascicò serrando gli occhi sul cuscino.

«Serve alla tua dignità!» fu la risposta pronta che ricevette. «Comincia a enumerare tutti i motivi per cui la vita, la tua vita in particolare, merita di essere vissuta. Sei un musicista dotato di raro talento, che non risiede nelle tue gambe.»

«Ah no?» gli inveì contro. «Tu non ne capisci niente, Joseph! Pensi che si possa dirigere un'orchestra incastrato in una sedia a rotelle? O suonare l'organo senza le note gravi della pedaliera? Hai forse scordato che io mi sono diplomato in organo e composizione? Che dovrei fare a questo punto, secondo te? Mettermi a strimpellare un mandolino?»

«Se ti ribelli, sprecherai inutilmente le tue energie.» Ripiombò sulla sedia e incrociò umiliato le braccia sul petto. «Guarda in faccia la realtà, invece! Hai le gambe paralizzate e a questo per ora non c'è rimedio. Vedremo in seguito se te la sentirai d'affrontare un'operazione che comporta rischi maggiori delle probabilità di riuscita. Decideremo insieme, se vuoi. Bartlemy e io ti saremo accanto nel tuo calvario. Ti sosterremo, affinché tu non ti arrenda prima ancora che cominci la lotta.»

Di là dall'esortazione moralistica, che lo lasciava indifferente e amareggiato, egli si era già arreso.

Riprese a piangere, senza strepiti e senza alleviamento. Si proiettava nei giorni che sarebbero venuti, che diventavano anni e che lo avrebbero invecchiato nella noia, nella rabbia e nell'odore di piscio. Come lo avrebbe sopportato, lui che era stato sbalzato di colpo giù dall'Olimpo della notorietà all'angusta finitudine dell'emarginazione? Invidiava la morte rapida dei fucilati. Non era stato altrettanto favorito: era defunto per il mondo, infatti, ma avrebbe continuato a dibattersi nella tristezza e nell'implacabilità dei bisogni fisiologici.

Per questo non aveva senso l'offerta di Joseph, che gli impartiva da sano consigli ignoranti, perché il cielo sereno non scende a rischiarare la vertigine dell'abisso.

«Hai disdetto la mia tournée negli Stati Uniti?» gli domandò boccheggiando.

Il patrigno chinò la testa in segno d'assenso: «Ci ha pensato Bartlemy. Tuo fratello ti ha vegliato ogni notte: adesso è a casa, per riposarsi qualche ora e per cambiarsi. Sarà una gioia per lui quando tornerà e saprà del tuo risveglio!»

Non commentò. Altro gli premeva: «Lorna è stata avvisata dell'accaduto? Si è spaventata? Si è trattenuta al mio capezzale, nei giorni passati? Dovremo rimandare le nostre nozze, purtroppo, affinché io mi possa curare.»

La smorfia sprezzante di Joseph gli pugnalò le illusioni: «Non è necessario, figliolo. Lorna ci ha scritto una lettera strappacuore in cui si dichiara troppo impressionabile per tollerare la tua sventura. Non è mai venuta qua in clinica: temeva, la meschina, di stramazzare a terra per un collasso! Bartlemy le ha trasmesso spesso tue notizie e l'ha invitata ad accompagnarlo nelle visite, per recarti conforto. Ma lei si è impuntata come un cavallo davanti all'ostacolo che non vuole saltare e, per ripagare la sua insistenza, ieri gli ha restituito l'anello di fidanzamento. Eccolo!»

Depose sul comodino il rubino grosso come un'oliva da cocktail. Le era piaciuto a Pasqua, perché rappresentava l'impegno di un giovane avvenente e famoso. Ora si era trasformato nell'insopportabile imposizione di un paralitico. Se lo era sfilato in fretta dall'anulare, con la ripugnanza di rimanere impeciata per sempre.

«Non voglio apparirti cinico» osservò Joseph, «eppure ti ripeterò il vecchio adagio che non tutti i mali vengono per nuocere. Quella donna, che non vale uno scellino bucato, sarebbe stata una pessima moglie e forse un giorno ringrazierai il cielo di essertene liberato al momento opportuno...»

«Ringraziare il cielo?» ruggì. «Farnetichi? Se Dio esiste, è un burattinaio sadico che manovra gli uomini come marionette, che per dispetto ci scaglia addosso a caso le sue croci e che si è svagato alle mie spalle spezzandomi la schiena, come i ragazzi godono nel torturare un insetto. Ah, se Dio esiste, non lo odierò mai abbastanza!»

Lo sguardo allibito del banchiere gli indusse un senso di velenoso trionfo come se, nella titanica sfida della creatura contro il Creatore, gli fosse superiore. Sì, soltanto nell'odio sarebbe stato un gigante in confronto ai tanti pigmei aggiogati e appagati di vanitose liturgie.

Nell'odio era ancora integro, pur essendo fracassato nel corpo, mentre il perfetto anglicano che lo squadrava con sussiego era un lombrico ammezzato, una lumaca che si bea flaccida nel guscio delle superstizioni.

«Prego che tu non debba pagar cara questa bestemmia» mormorò il patrigno. «Scusami, sono state giornate tremende anche per me e non intendo ascoltare bestialità. Neppure il tuo stato le giustifica! Tornerò più tardi, quando ti sarai calmato.»

Girò sui tacchi e, abbozzato un saluto, se ne andò.

Ciarán abbrancò un lembo di coperta e si ostinò a tirarsela contro, per occultare le sue brutte gambe. Non aveva freddo, naturalmente, ma vomitava saliva e acido a furia di scrutarle. Le nascose a fatica, quasi la coltre potesse dissolverle nel miraggio che nulla era cambiato. Era la sua vita, invece, che era stata sradicata da convinzioni e da incanti, per essere scaraventata nel magma bollente del dolore. E pur tendendo invano le mani alla volta celeste, non avrebbe più trovato un sostegno cui aggrapparsi sfinito, un appiglio di castelli in aria che gli impedisse d'affondare.

Con occhio di lacrime brusche sfiorò ancora gli oggetti posati sul comodino. Sotto la rosa ritrosa di sfumature, sanguigno luccicava il rubino e un poco più in là un sorriso in bianco e nero dissipava lo scorrere di attimi instabili.

Agguantò l'anello e lo scaraventò contro la parete opposta. Non era il suo cuore a penare per l'abbandono di Lorna; era l'orgoglio, piuttosto, che versava ripicca e sale sull'ulcera straziata dell'anima.

Forse si sarebbe comportato allo stesso modo anche lui, se fosse stata la sua fidanzata a restare invalida, senza accorgersi della crudeltà con cui l'euforia di godimenti volta le spalle alla rovina. Non si era mai illuso di volerle bene; lei, tuttavia, con le sue moine feline, lo aveva adulato e gli aveva fatto intendere d'amarlo appassionatamente. Nell'apprendere d'essere maledetto, aveva considerato non con sollievo, no, perché non ci sarebbe più stato sollievo per lui, ma almeno con remissivo distacco la certezza che non sarebbe rimasto solo. Aveva dato per scontato che presto si sarebbe sposato e che avrebbe avuto accanto una presenza con cui condividere il proprio fardello. Per Lorna avrebbe accettato volentieri l'azzardo dell'operazione e la conseguente riabilitazione.

Che pazzo!

Le donnine allegre non sanno che farsene dei paralitici e neppure la sua fama, neppure la sua agiatezza erano valse a compensare in quel petto spietato il ripugno di coricarsi tutte le notti accanto a un uomo a metà.

La vedova del violoncellista, intanto, gli sorrideva imperturbabile. Quella sì che era stata fortunata: suo marito era schiattato lontano da casa, in maniera rapida, senza sporcarle il letto nuziale, senza trasformarla da amante in infermiera. Era giovane e graziosa: avrebbe trovato presto un altro disposto a corteggiarla. E tutto sarebbe ricominciato come una danza primaverile sulla terra che rinserra i corpi sepolti. Il figlio nato dall'amore del primo sposo sarebbe stato messo da parte, perché altri bimbi sarebbero giunti ad allietare il nuovo focolare, e la vedova ritornata fanciulla li avrebbe fatti addormentare cullandoli sul seno e sussurrando loro la magia di un canto antico. Lei, come ogni vedova, proprio come aveva fatto sua madre nel vendersi al banchiere, avrebbe dimenticato presto una parentesi chiusa di tenerezza, consolandosi nel sussulto di nostalgia che a tratti increspa il fiato.

Ciarán, condannato sin da piccolo a essere figlio di un matrimonio estinto, condannato ora a non leggere mai il riso affettuoso sul volto di un bimbo che gli somigliasse, si lasciava sommergere dall'invidia e si chiedeva che cosa sarebbe accaduto all'italiana dall'espressione dolce e savia, se le fosse stato restituito non un cadavere da rimpiangere, ma un relitto umano informe da accudire quale eterno lattante.

Si sarebbe dileguata lei pure come Lorna o, peggio, lo avrebbe subìto di malavoglia come un dovere da schiava, sciupando a entrambi ogni giorno futuro nel peso di vivere?

No, non quella donna: più ammirava il suo viso commovente, più si convinceva che lei avrebbe sorriso al marito persino lavandone l'inutilità fetida, persino spingendo la sedia a rotelle lungo un sentiero in salita di sassi e vetri. Lei, istante dopo istante, avrebbe benedetto con umiltà la gioia infinita d'essere ancora insieme.

Fuori della finestra, intanto, la nebbia del mattino stillava densa di rugiada e di polvere e abbigliava d'inquietudine l'orizzonte. La nebbia del mattino era il sipario che cade a ghigliottinare il cielo.

Finale Secondo

Terzo movimento
SOPRA I GIRI DEL VENTO

Quando in braccia fraterne
si calmano le nostre
angosce, quando forse
in avverse, forse d'un provvidente
amor, segno troviamo,
e quell'unico riso
che sempre aleggia in viso
a Dio, quel Dio che vive e in cui crediamo;
quando, stanchi dei nostri
pensieri solitari,
stanchi dei nostri amari
sogni, stanchi d'esser soltanto nostri,
ci rovesciam, baleni
rapidi da una nube,
incontro a chi più cupe
ore conosce, e sembra aspetti e preghi.
(Carlo Betocchi)

CAPITOLO I

Arrigo Boito
L'altra notte in fondo al mare
(nenia di Margherita da Mefistofele)

Liguria, ottobre 1919

Per tutta la notte il vento di scirocco aveva spazzato la spiaggia, sbattendo sulla scogliera cavalloni rabbiosi di mare. Aveva percorso le vie del borgo da una contrada all'altra, perdendo salsedine tra le pietre vetuste delle case, e gli scuri delle finestre avevano cigolato gemiti al suo passaggio. Non aveva risparmiato neppure la pineta, nata sulla nuda roccia, a ridosso dei tetti di ardesia. Si era placato un poco soltanto all'alba, quando sull'acciottolato erano apparsi i carretti degli artigiani e dei contadini che, zoccoli ai piedi, portavano al mercato i frutti autunnali.

Tra le raffiche e le onde le grida dei pescatori, che nelle reti non avrebbero abbrancato nulla.

Aveva ripreso a infuriare con l'infiammarsi del sole, quel vento, e da padrone aveva espugnato i balconi di chi dormiva ancora, rovesciando vasi e stenditoi.

Con zampata di tigre martellava a tratti le vetrate del lungo corridoio in cui si era smarrito il senno umano. Il silenzio del manicomio sobbolliva di lamenti rinchiusi, alienati dal mondo e sospesi in una bolla di tempo. Basta una folata d'aria contraria e la bolla s'infrange in pioggia di pianto.

C'erano ancora più di quattrocento soldati, in quelle stanze, che la guerra conclusa da meno di un anno non aveva restituito alla normalità della pace. Ma ne erano stati accolti quasi il doppio durante il conflitto, mentre sul fronte triveneto tuonavano spianati i cannoni. Alcuni erano regrediti alla fragilità di bambini; altri ripetevano all'infinito gesti ossessivi, estrema ribellione alla paura della morte in trincea, da cui non si guarisce; e c'era anche chi non rispondeva più al proprio nome e s'agitava e s'abbrutiva come una bestia in gabbia. Eppure erano gli stessi giovani spavaldi e scherzosi per cui una madre aveva singhiozzato e una fidanzata aveva sperato: ora nessuno li veniva a trovare, ad abbracciare, a consolare, come fantasmi sfocati che si relegano in soffitta. I padri li avevano accusati di viltà e si erano vergognati di non vantarsene. Li avrebbero venerati da valorosi, con una medaglia appuntata sul petto, e invece si inasprivano indovinando nello sguardo vuoto dei figli la debolezza di chi si è rifiutato d'uccidere o di farsi uccidere. Li chiamavano pazzi per non cedere al compromesso di comprenderli. Si può accettare un mutilato, che ha offerto parte del proprio corpo alla patria, ma non un'anima monca imprigionata nel fisico intatto. E così si barattano la vita e gli affetti con altri pensieri.

Un'infermiera dalla cuffietta linda incedeva svelta attraverso il corridoio. Lavorava al manicomio di Cogoleto sin da quando il capitano medico Dario Borelli, in qualità di responsabile della struttura, aveva deciso d'avvalersi anche di personale femminile nell'emergenza d'ospitare i troppi reduci dal fronte. Aveva da poco concluso il turno di notte presso i malati, l'ultimo turno prima di licenziarsi. S'affrettava perché, per rincasare, avrebbe preso il treno del mattino, ma doveva ancora salutare il capitano Borelli che l'aveva convocata.

Picchiò lieve la mano contro la porta del suo studio. Venne lui stesso ad aprire e si scostò di lato per farla entrare.

«Prego, signora Selvaggi, si accomodi pure!»

Le spostò la poltroncina di fronte alla scrivania, che lui aggirò per sedersi. Era un uomo rigoroso, non più giovane, severo nel camice bianco. Aveva il volto adombrato e l'iride assorta, come chi insegue la soluzione di problemi inestricabili e la manca per un'inezia, per un palpito di cuore, per una lacrima ingiustificata.

«Mi perdoni se l'ho disturbata dopo la notte insonne, ma ci tenevo a ribadirle la mia opinione.» La sua voce era lenta e cadenzata. «Quando l'altro giorno mi ha presentato le sue dimissioni, non nego che mi abbiano contrariato. Non mi fraintenda, per favore: sono nel suo diritto! Avevo confidato, tuttavia, che non mi venisse meno il suo aiuto, dopo questi anni in cui lei si è dimostrata sempre scrupolosa, attenta e caritatevole verso i nostri pazienti.»

Pallida, gli sorrise: «Lei conosce bene, dottore, la cagione che mi spinse a rivolgermi a questa struttura, allora. Presentandole le referenze del dottor Novara, la supplicai infatti di assumermi per non disperare. Qui, invece, ho dimenticato me stessa e il mio dolore sotto la divisa da infermiera e ho riacquistato il senso delle cose. Curando i reduci, m'illudevo di prodigarmi per il mio sposo defunto. Se per assurdo fosse tornato, anziché essermi reso in una cassa d'assi, avrebbe potuto trovarsi nelle condizioni dei pazienti che lei mi ha affidato.»

«E adesso? Che cos'è cambiato?»

Guerriera sospirò e ruotò distrattamente la fede intorno all'anulare, prima di rispondere.

«Nulla, in verità. Si tratta, piuttosto, di convenienza. Per lavorare, sono stata costretta sinora a prendere il treno tutti i giorni. Adesso mi si presenta la possibilità di un'occupazione analoga a questa, ma nel mio paese. Lei, dottore, avrà presente Villa Celeste...»

«Quella che fece costruire il nobile fiorentino appassionato di ricerche filologiche? Sì, mi hanno raccontato che, poco prima della dichiarazione di guerra, ne ritrovarono il cadavere riverso a terra. La morte lo aveva colto mentre chiosava l'ultimo canto del Paradiso di Dante» e qui si concesse un accento più dolce: «una fine che, con tutti i drammi cui assisto tra queste mura, mi augurerei anch'io.»

«Ebbene, dopo anni di abbandono, è stata acquistata da una famiglia inglese. Vi soggiorna un giovane invalido che soffre tra l'altro di nevrastenia. Suo fratello, in procinto di rientrare a Londra, si è rivolto a don Delfino affinché gli raccomandasse un'infermiera esperta, per accudirlo in sua assenza, e il parroco ha fatto il mio nome. Ecco tutto.»

«In effetti non poteva dar loro consiglio migliore» commentò il capitano Borelli, togliendosi gli occhiali e passandosi le dita sulle palpebre, com'era solito fare. «Peccato per noi, che la perdiamo. Sappia tuttavia che qui le porte saranno sempre aperte, nel caso cambiasse idea. Non le nascondo che non sarà facile: gestire un solo paziente è più impegnativo dal punto di vista psicologico che occuparsi di un'intera corsia. Che cosa le hanno anticipato del quadro clinico?»

Ravvisò in quest'interesse la passione del medico che ha fatto del lavoro una missione. Si era sempre trovata bene con lui, che metteva i malati al primo posto e non conosceva orari da anteporre al dialogo con chi aveva nebbia nella mente e nel cuore. Aveva ottenuto guarigioni insperate in quegli anni e, se talvolta aveva fallito, l'amarezza non gli aveva impedito d'imparare dai propri errori di valutazione. Ripeteva spesso che quella sciagurata guerra, così differente da tutte le guerre passate, aveva piagato l'anima ancor prima di devastare il corpo e che il pragmatismo della medicina vi era giunto impreparato. Avevano sperimentato sul campo, con l'umiltà di sbagliare. Gli ufficiali stessi si erano macchiati di gravi colpe al fronte, nel confondere con pigrizia o codardia la dimensione patologica dell'ansia che tribolava i soldati. E l'orrore di tutti quei morti, fucilati alla leggera per diserzione, sarebbe rimasto come onta sulla vittoria conseguita a fatica.

«Per il momento io ho parlato soltanto con don Delfino» rispose Guerriera. «Mi ha fissato un appuntamento per domattina con il signor Wrottesley, il fratello dell'infermo, in seguito al quale deciderò se accettare oppure no quanto mi viene proposto. Mi è stato anticipato che il malato è un trentenne d'alta statura, - ma alla sua gestione personale sono addetti un paio di domestici, - che vive da tre anni sulla sedia a rotelle, perché è stato colpito alla schiena, credo in guerra, ed è rimasto paralizzato. Pare che abbia già tentato un paio di volte il suicidio.»

«È un caso piuttosto complesso» commentò il capitano appoggiando le labbra alle mani giunte. «Se deciderà di farsene carico, non esiti a rivolgersi a me per un eventuale consulto. Il fatto di richiedere un'infermiera prevede che ci sia già una terapia stabilita dal medico curante. La ottemperi con scrupolo e non si lasci troppo coinvolgere a livello emotivo.»

Comprese al volo il riferimento.

Era accaduto l'anno prima, quando il dottor Borelli le aveva assegnato Revalliati. Avendo osservato che lei sola ammansiva la sua irrequietezza, perché con un sorriso ne preveniva gli sfoghi violenti verso gli altri degenti o il personale sanitario, le aveva raccomandato di dedicarsi a lui in particolare. Si era profusa nel circondarlo d'attenzioni, ingannata dalle fasi di lucidità che nella mente del giovane reduce si alternavano alle più rare manifestazioni di squilibrio. Con il risultato che il paziente, vittima del suo rapporto distorto con la realtà, le aveva dimostrato una passione morbosa e aveva tentato di baciarla. Prontamente allontanata dal reparto in cui lui era ricoverato, non lo vedeva ormai da mesi.

«Come va Revalliati, dottore?» sussurrò.

«Non ci sono novità e non ne prevedo in futuro. Mi compiaccio, però, che lei abbia inteso le mie riserve. Io mi rimprovero ancora oggi di aver sottovalutato la situazione e di averla esposta a un episodio increscioso. Ma può esserle di monito: non familiarizzi troppo con l'infermo che le sarà affidato! Si ricordi che lui è giovane e che, standole accanto, l'apprezzerà come persona e noterà pure che è una bella figliola. No, signora Selvaggi, non arrossisca! La mia età mi permette di rivolgerle un omaggio senza che lei debba esserne turbata. Sia prudente, piuttosto! Non s'imbrogli supponendo che la divisa da infermiera, nella sua sobrietà, possa mascherare lo splendore dei suoi occhi o la leggiadria del suo sorriso. Qui ne sono stati conquistati tanti malati, ricevendone conforto, e succederà la stessa cosa anche con il paralitico inglese. Spetta a lei contenere le circostanze affinché non deraglino, identificando la mansione che le viene richiesta come esclusivamente oblativa.»

«Lei ritiene che ce la farò, dottore?» gli chiese mentre una lacrima le sfuggiva a lato delle ciglia.

«E chi se non lei, cara Guerriera, potrebbe farcela?» le rispose con intenerimento ruvido. «Io ho sempre riposto la massima fiducia nel suo operato. Ma adesso deve andare, se non vuole perdere il treno.»

Gli tese la mano, alzandosi: «Grazie di tutto, dottore!»

Si levò anche lui, per stringergliela: «Non dimentichi di tornare a trovarmi, di tanto in tanto.»

Annuì commossa e corse via. Corse nel vento di scirocco che sollevava per le vie di Cogoleto mulinelli di polvere. Corse, senza più voltarsi indietro perché, quando si chiude una parentesi di vita, sono fragili di pianto gli attimi trascorsi.

Irruppe in stazione appena in tempo, mentre bloccavano gli sportelli delle carrozze, e s'affrettò al binario nel lungo fischio della locomotiva. Si sistemò in uno scompartimento poco affollato e, prima ancora di accomodarsi, si sfilò le forcine della cuffietta da infermiera e se la tolse. La partenza accelerata del treno le piegò le ginocchia, costringendola a sedersi di fronte a una mamma che teneva in grembo la sua bambina. Poco più in là c'era un signore anziano, con il portamento diritto del militare a riposo, che spalancava il giornale controluce sul finestrino.

Guerriera sorrise alla bambina, che aveva raccolto la sua cuffietta caduta tra i sedili e gliela porgeva con vispa timidezza. La prese, accarezzandole la mano, e la ripose nella borsa di pelle scura. La piccola, allora, si rifugiò tra le braccia della madre, nascondendole in petto lo sguardo, che a tratti tornava a spiare dietro la spalla.

«Come si chiama questa bella creatura?» chiese, abbracciando con gli occhi entrambe.

La bimba scosse il capo fulvo e, con una smorfietta, delegò la madre a rispondere. Era una donna ancor giovane ma dal viso stanco, in cui spiccavano le iridi chiare cerchiate di cupo. Indossava un abito bigio e uno scialle marrone le avvolgeva le spalle. Se lo ravvicinava sul collo, con le dita sciupate di fatica. Un ricciolo moro le scendeva dal fazzoletto di tela grezza, come un pensiero triste sulla fronte. Forse era lei pure una vedova di guerra.

«Luisella, signora» mormorò in tono spento. «Era un nome che piaceva tanto a mio marito...»

Ella pensò che anche la sua avrebbe avuto all'incirca quell'età, se fosse sopravvissuta. Avrebbe avuto la medesima grazia nel reclinare la testa e le stesse guance rotonde e rosate. Ma era nata prematura, a poche ore di distanza dalla notizia della morte del padre al fronte, e non ce l'aveva fatta. L'aveva battezzata Teresa, come la Santa d'Avila, prima di deporla in una bara bianca.

Continuò a sorridere, tra ritagli di sole e macchie di galleria. La linea ferroviaria, che era stata elettrificata durante la guerra, si snodava lungo la costa. Si affacciava in improvvise balconate di roccia a strapiombo sul mare e veniva inghiottita dai fornici tetri che trapassavano le montagne. Era il paesaggio che contemplava ogni giorno, viaggiando tra la sua casa e il manicomio, ma vi scopriva sempre un particolare nuovo, da custodire nel cuore per vincere l'agguato dello sconforto.

Adesso c'era lo scirocco a gonfiare le onde ruggenti, che si rivoltavano in schiuma prima di schiantarsi a riva. Sollevavano una trina di goccioline impalpabili che annebbiava il mattino. Come se la luce eterna del Mediterraneo si fosse difesa dietro un vetro appannato.

Luisella e la sua mamma scesero alla stazione successiva. La prossima verso Savona sarebbe stata quella di Guerriera. La mente intanto macinava memorie d'impressioni e d'affetti. Non si trattava di ricordi dai contorni definiti. Erano piuttosto sbrindelli di vita, simili ai semi del soffione di tarassaco che l'aria solleva in danza. Nell'attrito sordo delle ruote sulla rotaia cercava di ritrovare la voce di Gabriele, che il volgere afono degli anni affievoliva. La pressione del suo bacio sulle labbra era tiepida come il sole attraverso il finestrino e la carezza dei suoi occhi brillava di cielo. Ma subito c'era una galleria, che annottava la rimembranza.

Il treno rallentò sotto il promontorio della Crocetta, all'altezza del passaggio a livello che sbarrava l'Aurelia. La stazione era un povero capanno d'assi di legno, compreso tra il molo che s'avventava prode tra le acque e il convento degli Agostiniani, sontuoso di bande alternate grigie e bionde. Gli abitanti non avevano accettato una costruzione in muratura con i suoi bravi fregi in stile Art Nouveau, perché per pescatori e villeggianti la ferrovia era una piaga confitta nella spiaggia, e una baracca provvisoria rinnovava il patto che, prima o poi, si sarebbero arretrati i binari dietro il paese. Erano trascorsi cinquant'anni, nel frattempo, e nulla era cambiato.

Guerriera fu accolta sul marciapiede da uno strale di vento. Si sollevò il colletto sopra la nuca, per proteggersi, e sveltì il passo. Superata la stazione, tuttavia, in silenzio orante volse gli occhi al portone aperto di Santa Maria della Grotta, attigua al convento. La chiesa era sopraelevata rispetto alla piazzetta e vi si accedeva attraverso la scala chiara di marmo. Mentre indirizzava la preghiera del cuore alla luce del tabernacolo, che lassù spiccava nell'ombra, una brusca frenata d'automobile attirò la sua attenzione e quella degli altri passeggeri smontati dal treno.

Era una vettura straniera, laccata d'azzurro e di beige, con un angioletto d'acciaio splendente sul radiatore. Si fermò proprio sotto la chiesa, prima di infilare la strettoia di via della Consolazione. Spalancata d'impeto la portiera, ne venne fuori un figurino vaporoso che ancheggiò via in un rollio di piedini spediti. L'uomo al volante, che era a destra come nei veicoli inglesi, si scaraventò a inseguire la fuggitiva. Forse la raggiunse, ma il sentiero litorale si affossava dietro il molo e impediva di scorgere la scena di diverbio o di riconciliazione. Chissà se erano soli o se era rimasto qualcuno sull'automobile... Provò a penetrare la trasparenza dei finestrini, senza insistere, perché il bianco mutevole delle nuvole si rifletteva in un volto maschile e barbuto.

Proseguì allora verso casa. Costeggiò l'alto muraglione che proibiva di guardare il mare a chi passeggiava in paese. Serviva a proteggere la ferrovia dalle mareggiate ma occultava l'orizzonte e il riverbero abbagliante del sole sui flutti di smeraldo. Di tanto in tanto vi si apriva un arco, per l'accesso al lido e per portare i gozzi sulla battigia. Il muro opprimeva d'oscurità la via, serrandola contro i palazzi affrescati di rosa e di senape, e vestiva di seppia le orme impresse sul selciato.

Era una strana allegoria. Simulava la vita, infatti, che si consuma a capo chino, trascinando il fardello dei giorni.

Oltre il muro s'irraggia l'infinito, eppure si cammina nella catena delle stagioni, senza l'impudenza d'alzare lo sguardo.

Era lei? O era, anche stavolta, l'ossessiva illusione che le assomigliava?

Se lo chiese nel baleno dei loro occhi incrociati attraverso il vetro del finestrino. Aveva i capelli di bronzo aurato e si riparava dal vento con un vecchio cappotto grigio. Aveva un sorriso invincibile, che nessuna fotografia avrebbe potuto cogliere.

Era lei, senza dubbio!

E se ne stava andando, lungo quell'orribile muro di pietre e cemento che imprigionava il mare...

Come impedirglielo? Come fermarla? Era l'attimo supremo di Faust e Ciarán avrebbe donato l'anima al diavolo pur di cristallizzarlo in eternità.

Ma le sue gambe morte non gli avrebbero concesso d'inseguirla, come quel disgraziato di Bartlemy era corso dietro a sua moglie. Di ritorno da Arenzano, perché la signora voleva sorseggiare un caffè all'italiana, si era adombrata per un nonnulla e si era scatenata in un capriccio isterico. Ah no, non si sentiva in colpa: se suo marito non sapeva tenerle testa e gliele dava tutte vinte, lui si divertiva a sferzarla con motti di sarcasmo. La trattava come un ragno in trappola, cui vengono strappate a una a una le zampette.

L'altra, invece, spariva dal suo sguardo, svoltava l'angolo. Forse non avrebbe avuto una seconda occasione, per rivederla...

S'accasciò sul sedile della Rolls Royce, mordendosi le labbra per la rabbia e bestemmiando la sua impotenza.

Con mente eccitata aveva organizzato il suo piano, perfezionandone i particolari per anni. Si era aggrappato a una frase pietosa del chirurgo olandese che, non avendo più nulla da imbonirgli, gli aveva prescritto un soggiorno in riva al mar Mediterraneo, come si consiglia ai tisici e ai malati di nervi. Il suo patrigno, che era anche tutore dei suoi beni, a quel punto non gli aveva più impedito di acquistare una villa in Liguria. Insieme con Bartlemy, si era assai stupito del suo accanimento per quel borgo marinaro di duemila anime: perché non scegliere piuttosto i colori commoventi del Golfo dei Poeti o il clima mite di Bordighera? No, Ciarán aveva preteso di soggiornare in quel paese, dove il muro del treno vietava l'orizzonte, ed era stato irremovibile.

Adesso, finalmente, si era stabilito a Villa Celeste e respirava in attesa di un pretesto. Non aveva altra ragione di vita se non quella d'incontrarla. Com'era successo quel mattino, all'improvviso, e non aveva saputo approfittarne!

Era pazzo, ormai, perché soltanto uno squilibrato s'innamora di una fotografia. Ma che cos'altro avrebbe potuto sperare, nelle sue condizioni? D'incantare una donna in carne e ossa? Di farla fremere mendicando un bacio? Suvvia, era un paralitico!

Nessuno si sarebbe sdegnato scoprendo che, dall'alba nebbiosa del suo risveglio in clinica, tre anni e mezzo prima, portava nel taschino della camicia, proprio sul battito del cuore, la fotografia di una vedova italiana. Agli storpi, si sa, va concessa qualche innocente mania, come si getta un tozzo di pane al pezzente che ti assilla la vista. Ma quale raccapriccio per l'assennatezza dei benpensanti, se avesse rivelato che quella sconosciuta lui s'era intestardito di conoscerla davvero! Che scandalo! Un mostro senza gambe che rivolge la parola a una donna normale.

Si può negare tuttavia al cuore di un uomo, sebbene pulsi nel petto di un paralitico, d'amare un sogno?

Si sarebbe accontentato di spogliarne l'intimità, ammirandola, per assaporare sino al tramonto il segreto del suo sorriso invincibile. Non chiedeva altro. Non ne aveva il diritto.

Scorse con dispetto nello specchietto retrovisore Bartlemy, che tornava abbracciato alla consorte. Doveva averle promesso un nuovo gingillo prezioso: ci vuol poco, in fondo, per fare pace.

CAPITOLO II

Alessandro Scarlatti
Sento nel core

Liguria, ottobre 1919

Carezze di brezza, nell'oro mattutino che incendiava le fronde dei pini marittimi.

La carreggiata s'arrampicava profumata di serpigno che, allargando gli steli appuntiti di foglioline, vestiva la roccia. S'affacciava in tornanti sul rogo di luce riflessa sul mare e crepitava di aghi secchi, che morivano tra la ghiaia.

Non mancavano più molti passi, ormai.

Guerriera s'era messa in cammino senza fretta, per meditare le parole che avrebbe pronunciato. Raggiunta la sommità del promontorio dei Bottini, dove rare case si imboscavano nell'abbraccio dei pini, proseguì per una strada più stretta che, tra bricchi e forre, s'inerpicava verso Pecorile. Sebbene fosse accidentata, conservava nel poco fango di pozzanghere riarse le tracce del passaggio di un'automobile.

Rievocava immagini estinte di sole, di mare e d'affetto. Riapparivano gli istanti delle passeggiate domenicali, condivise con Gabriele. Amavano perdersi nel verde e fermarsi a mangiare una fetta di torta di carciofi seduti sulla pietra, a ridosso dei cespi di ginepro. Ne staccavano una bacca matura e la masticavano come digestivo, lamentandosi e ridendo del gusto forte e aromatico. Rimanevano avvinti l'uno all'altra, a contare dall'alto le onde che s'infrangevano contro la scogliera. Tacevano nell'ebbrezza di respirare insieme, d'abbacinarsi di sguardi complici.

Si erano spesso spinti sino a Villa Celeste, fiore di raffinatezza architettonica sbocciato nella macchia mediterranea. Allora era disabitata, chiusa a compiangere un defunto; adesso invece prendeva parte alla letizia del cielo sereno e pulsava come creatura viva. Dietro un vasto terrazzo, dominava lo strapiombo sul golfo, naufragando con il candore di marmi e stucchi nelle gradazioni di blu che inzuppavano l'aria, che variavano l'acqua.

In fondo alla via, pampini e grappoli d'uva s'intrecciavano tra le sbarre del cancello in ferro battuto. Pareva un filare di vigna, nella vendemmia di simbologie protocristiane. Ma forse era soltanto l'opera artigiana di un bravo fabbro che non s'intendeva di significati profondi.

Dietro la cinta, un agrumeto offriva al giorno il primo indorarsi dei frutti. Alludeva al paesaggio delle fiabe orientali che Guerriera aveva letto da bambina. Come ne *Le mille e una notte*, chissà che nelle stanze di Villa Celeste non fosse prigioniera la figlia del sultano oppure un giovane cavaliere, che un sortilegio aveva incatenato...

Varcò il cancello aperto e si abbandonò inebriata alla fragranza delle foglie di arancio. Avanzando, si doveva chinare perché un ramo gravido di limoni o di mandarini le toccava le spalle. Il selciato alla romana si perdeva tra lucide piante di magnolia e cespugli odorosi di mirto.

Superata una pergola di glicine, che sarebbe fiorita a primavera, passò tra due muretti in cui erano impresse piastrelle di ceramica bianca e blu, in stile vecchia Savona, sotto un'arcata di rose rampicanti. Da lì una scaletta in pietra saliva al portone ogivale di noce. Ogivali erano gli scuri e le vetrate policrome delle torrette. Svariati poggioli, definiti a diversa altezza da balaustre e colonne, riproducevano la tipologia del grande terrazzo che, sul retro della villa, sfidava il precipizio sul mare. Era una bizzarra abitazione per un paralitico, che con la carrozzina non avrebbe potuto aggirarsi in giardino se non esponendosi al pericolo.

Il battaglio d'ottone, che effigiava la testa di un amorino, risaltava sul legno. Guerriera lo percosse tre volte. Mentre aspettava d'essere aperta, osservò che c'era una donna, ferma dietro una vetrata liberty del pianterreno. Era giovane, civettuola e terribilmente elegante. Ne avvertì sulla pelle lo sguardo ostile e istintivamente la associò al figurino da rivista di moda sceso di corsa dall'automobile che, il giorno precedente, aveva frenato sull'Aurelia.

Preceduto dallo stridere dei chiavistelli, l'uscio si aprì e ne spuntò fuori un anziano maggiordomo d'alta statura. Aveva i capelli argentei e le basette importanti di un ritratto vittoriano. Accennò un saluto compito, conforme al suo ruolo. Poi, all'improvviso, ammutolì. Nel contemplarla sbarrò gli occhi cerulei, come un bambino cui si svela un prodigio. Indietreggiò per sostenersi allo stipite scolpito a fronde d'acanto. Barcollò e tornò a fissarla stranito.

«Buongiorno» lei gli sorrise, facendo finta di niente. «Sono Guerriera Altieri e ho un appuntamento con il signor Wrottesley. Può ricevermi?»

Il vecchio scosse il capo ma non per negare. Evidentemente la sua mente si lambiccava in altri convincimenti.

«Un appuntamento con Bartlemy?» mormorò in perfetto italiano. «Ne è sicura? Lei, piuttosto, non è qui per Ciarán?»

Quei nomi le erano ignoti. Allora provò a spiegargli come stavano le cose: «Non so, in verità: non conosco le persone di cui lei mi sta parlando. Mi manda don Delfino, il parroco del paese; sono l'infermiera che il signor Wrottesley ha richiesto per il fratello.»

L'uomo non riusciva a riprendersi dal proprio sbigottimento.

«Se è così... La prego di perdonarmi, ma una singolare somiglianza mi aveva indotto a credere che lei, signora, fosse un'amica di Ciarán. E, al contrario, afferma di non conoscerlo... Sono costernato per l'abbaglio che ho preso. Venga, dunque! La condurrò subito da Bartlemy Wrottesley.»

La introdusse nell'atrio. C'erano molti specchi, tra i mobili in stile Luigi Filippo. Un maestoso scalone in marmo di Carrara ascendeva alla balconata su cui si affacciavano le stanze del piano soprastante. Da lassù la squadrava la stessa donna di prima, quella che aveva sorpreso dietro i vetri. Negli occhi azzurri, alla cui sfumatura di lavanda aveva intonato l'abito fasciante che indossava e che aderiva ai fianchi formosi, lampeggiava uno splendore maligno. Lei pure rimuginava somiglianze arrischiate? Forse sì, perché le voltò le spalle con sfrontatezza, disprezzando il suo gesto di saluto.

Il maggiordomo, intanto, le indicava un divanetto tappezzato di broccato rosa antico: «Mi attenda qui, signora, per favore: vado ad annunciarla.»

Ma Guerriera non si sedette. Seguì con lo sguardo il vecchio, che s'inoltrava nel corridoio, e s'attardò a esaminare i quadri appesi alle pareti. Erano marine ingrigite dalla tempesta e velieri sbattuti dalla furia delle onde.

Dove aveva già udito quel nome insolito? Il maggiordomo lo aveva chiamato Ciarán... Sì, come Ciarán Ó Murchú, il pianista che prima della guerra galvanizzava Rinaldo. Dal suo ritorno dal fronte, tuttavia, non ne aveva più parlato: i giorni atroci della trincea avevano profondamente sfregiato il cuore del figlio del dottor Novara e gli avevano estirpato gli spassi della giovinezza.

«Mi segua, signora Altieri» la invitò il servitore ricomparendo, «mister Wrottlesey si è detto assai lieto di fare la sua conoscenza.»

No, il cognome era diverso! Ciarán, magari, era un nome diffuso anche in Inghilterra ed era soltanto la sua ignoranza ad aver riesumato un ricordo sepolto, quasi avesse attinenza con il presente.

L'uomo la scortò sino all'uscio rimasto aperto.

«Prego, signora» glielo mostrò, ritirandosi.

Guerriera entrò, incantata di luce. Si trovava in una delle torri e, sui tre lati, alte vetrate avevano sostituito le pareti: sino a metà erano di semplice trasparenza molata, ma nella parte superiore si mutavano in mosaico policromo. Nell'angolo sinistro c'era un pianoforte a mezza coda, in quello destro una scrivania su cui si proiettavano i colori delle lastre piombate. Il giovanotto che vi era seduto s'alzò e le venne incontro. Era proprio quello che, il giorno prima, aveva inseguito la donna evasa dall'automobile.

Ma era poco più che un ragazzo! Superava di poco i vent'anni: la fede all'anulare lo vincolava a una sposa bizzosa che gli era maggiore d'almeno un lustro. Per apparire più maturo, si era fatto crescere un paio di baffetti castani e indossava un vestito di tweed marrone che lo rendeva goffo.

La salutò, stringendole la mano, e subito ristette. Anche lui!

Che cosa avevano tutti, quel giorno? Perché, guardandola in viso, sobbalzavano come se avessero avvistato uno spettro?

Fattosi pallido come un cencio da bucato, Bartlemy Wrottesley tornò a sedersi e le additò la poltrona di fronte. Si schiarì la voce, quasi avesse avuto difficoltà ad avviare la conversazione.

Pensò che fosse opportuno aiutarlo: «Qualcosa non va? Su segnalazione di don Delfino, mi sono permessa di approfittare della sua ospitalità. Mi accorgo tuttavia che lei, signor Wrottesley, è turbato...»

L'altro s'affrettò a smentire, con il suo spiccato accento anglosassone: «No, signora, mi ha frainteso: non mi aspettavo un'infermiera così giovane, dato che il parroco mi ha lodato la sua esperienza.»

Era una scusa.

«Ho lavorato per anni nel manicomio di Cogoleto, signore: là si fa presto a imparare e a diventare competenti.»

Il giovanotto sgranò gli occhi d'acquamarina: «Non lo metto in dubbio! Ma mio fratello Ciarán è un osso duro. Ha esasperato frotte d'infermiere attempate e capaci, che si sono licenziate in preda a crisi isteriche. Questa volta, però, non posso permettermi che accada di nuovo: sono in partenza per Londra, perché debbo riprendere il mio lavoro e perché questo clima non giova all'umore di mia moglie Lorna. Sono costretto a lasciare Ciarán, che invece vuole restare qui a tutti i costi, nelle mani di una persona di assoluta fiducia. Mi comprende?»

Annuì. Era simpatico quel ragazzo, che si coloriva di femmineo candore e che mascherava la timidezza distogliendo lo sguardo. Come aveva fatto a finire tra le grinfie di una mantide?

«Le chiedo di spiegarmi per cortesia il caso di suo fratello, signore, cosicché sarò io stessa a stabilire se sono all'altezza di occuparmene oppure no.»

«Sta bene» abbozzò un sorriso malinconico, che mitigò la sua fisionomia un po' rigida, dalle fattezze scavate. «Il problema principale di Ciarán non consiste nelle gambe paralizzate, ma nell'assoluto rifiuto di rassegnarsi a ciò che gli è capitato. La disgrazia avvenne durante la primavera del 1916...»

«In guerra?» interloquì nell'ansia di associare a quell'anno e alle medesime circostanze anche la morte di suo marito.

Bartlemy Wrottlesey si fece paonazzo e prese tempo, gingillandosi con un tagliacarte.

«Diciamo in guerra... Fu colpito alla schiena e da allora non ha più camminato. L'anno successivo fu operato da un celebre chirurgo, in Olanda, senza che l'intervento desse gli esiti sperati. O meglio, non quelli che pretendeva mio fratello: gli fu detto che avrebbe conseguito qualche lieve miglioramento solo grazie alla riabilitazione costante. Lui ritenne che la fatica sarebbe stata troppa, se paragonata agli esigui risultati prospettati, e ricusò di cominciare con gli esercizi che gli erano stati prescritti. Trascina le sue giornate tra attacchi di depressione e sfoghi di rabbia e non c'è niente che gli dia sollievo.»

«Neppure la preghiera?» chiese trepidando, perché era quella l'unica arma con cui lei stessa aveva sconfitto i morsi della disperazione.

Il giovane incassò la testa tra le spalle, spaventato come una testuggine.

«Per carità, non gliela proponga! Ciarán ha un conto aperto con Dio, al quale imputa di non averlo protetto, e cercare di rabbonirlo con la religione è controproducente. Ci ha provato mio padre, con il solo risultato di aver aizzato le sue bestemmie. Quanto a me, sono l'ultima persona al mondo cui darebbe retta, perché abbiamo un rapporto piuttosto teso.»

«Mi dispiace» commentò lei, riferendosi sia alla miseria spirituale dell'infermo, sia al disaccordo tra i due fratelli. «Non rinuncerò tuttavia a parlare di Dio, che è la mia gioia. Senza l'amore di Dio, che mi ha sostenuto con il suo potente abbraccio, sarei precipitata anch'io nell'abisso del dolore. Perché dovrei tacerlo?»

«Le suggerisco di non scontrarsi con lui, che ha una volontà caparbia. Era un uomo famoso, un tempo, dotato di grande talento e di quella prestanza fisica che io, da ragazzo, gli ho sempre invidiato. Oggi non ha più nulla di ammirevole e la malattia lo ha incattivito. Se deciderà di accudirlo, signora, la informo che il suo incarico prioritario presso di lui sarà di evitare che si faccia del male. No, non sto esagerando: Ciarán ha già tentato due volte il suicidio. La prima subito dopo essere stato dimesso dalla clinica, tre anni fa: ha ingerito del veleno per topi trovato chissà dove. E la seconda... ebbene, ha cercato di recidersi le vene con un coltello da tavola, - tutte le altre armi da taglio, infatti, erano state messe sottochiave, - e lo ha fatto alla vigilia del mio matrimonio: un modo eccentrico, per augurarmi la felicità familiare! D'altronde, suo padre morì suicida.»

«Suo padre?» ripeté, premendosi le mani sul cuore accelerato.

«Sì, sono il suo fratellastro, in realtà. Ciarán è figlio di un patriota irlandese che si chiamava Ros Ó Murchú.»

«È il noto pianista, allora!» dedusse tremando. «Prima della guerra aveva molti ammiratori anche qui in Italia.» Incalzò il suo interlocutore: «Perché non ha cercato conforto nella musica? Perché si è lasciato andare così?»

«Questo è un altro argomento tabù, con lui. Non era soltanto un bravo pianista, ma un geniale direttore d'orchestra. Eppure, dopo la Settimana Santa del 1916, non ha mai più suonato. Chi odia la vita, non ha armonia da offrire né emozioni da risvegliare.»

«Eppure la musica è una straordinaria medicina: mi autorizza almeno a provarci, a implorarlo affinché riprenda a esercitarsi con la tastiera?»

Bartlemy alzò le spalle: «Faccia come crede, signora. L'avverto che sarà una lotta quotidiana già indurlo a ingerire i farmaci. Uno come lui, che brama la morte, non ha interesse a curarsi!» rimarcò con amarezza. E aggiunse: «Ha una sola mania: teme d'ingrassare, teme che il suo corpo si gonfi e si sformi per l'inattività. Per evitarlo, mangia pochissimo. Per questo motivo, signora, dovrà sorvegliare i suoi pasti e controllare che si nutra a sufficienza. Don Delfino mi ha riferito che lei preferirebbe rimanere a casa sua e salire qui a Villa Celeste soltanto durante la giornata. Mi permetta di insistere: Ciarán ha bisogno di assistenza continua e non sarei tranquillo se di notte fosse abbandonato a sé stesso. C'è Máirtín, d'accordo, il nostro maggiordomo, che è fidatissimo. Ma se lui si ferisse, non sarebbe in grado di salvarlo.»

Guerriera sospirò: «Desidererei avere almeno il sabato sera e la domenica di libertà, per recarmi da mia suocera che abita a Savona e che non ha altri parenti. Me lo concede?»

L'inglese reiterò il suo sorriso malinconico.

«Mi piego al compromesso: ho già ottenuto più di quanto sperassi. Lei, piuttosto: se la sente davvero? Máirtín e Donn[73], il cameriere personale di Ciarán, faranno del loro meglio per renderle il compito meno gravoso, ma non posso nasconderle quanto mio fratello riesca a essere sgradevole.» E quasi scongiurandola: «Vuole tentare ugualmente?»

Prima di rispondere immerse negli occhi di lui, sempre un po' sfuggenti, il suo sguardo franco: «Le prove non mi sgomentano. Mi permette d'incontrare il mio paziente?»

Lo vide agitarsi. E gli sembrava di leggere in lui come in un libro dalle pagine chiare. Temeva forse che, dopo averlo conosciuto, si sarebbe tirata indietro? Doveva essere successo altre volte. Nell'imminenza del suo ritorno in Inghilterra, tuttavia, non gli conveniva un passo falso.

Le parlò con circospezione: «Non so se a quest'ora si sia già alzato. Avverto Máirtín, affinché vada a controllare ed eventualmente lo conduca qui.»

Scosse il campanello d'ottone. Il maggiordomo non si fece attendere e, ascoltata la richiesta, lo deluse: «Ciarán ha trascorso una nottata inquieta. Mi ha chiesto di vestirlo all'alba e, rifiutando la colazione, si è fatto portare in biblioteca. Lo convincerò senz'altro a porgere i suoi omaggi alla signora.»

S'inchinò e uscì. Aveva la stessa fretta di chi anticipa l'infrangersi di una bolla di sapone.

Bartlemy fece buon viso a cattivo gioco.

«Non si meravigli, signora Altieri, se Máirtín conosce così bene l'italiano: mio fratello ha studiato a Roma e, dato che era assai giovane, nostra madre aveva chiesto proprio a lui di custodirlo in quegli anni. Nessuno di noi lo considera un domestico, ma è parte della nostra famiglia. Sa guidare la Rolls Royce di Ciarán e la invito ad approfittarne per proporgli qualche gita. Non conceda a mio fratello, la prego, di rintanarsi in casa come un carcerato! Il resto della servitù, purtroppo, si esprime solo in gaelico o, al limite, in inglese. Si affidi a Máirtín anche per questo: le farà da interprete.»

Si era distratta. Più forte delle sue parole, infatti, rimbombava lo stridio delle ruote nel corridoio. Si avvicinava, si faceva assordante.

Aveva obbedito solamente per l'insistenza di Máirtín. Lo aveva trascinato via dalla biblioteca, in cui s'annoiava senza aver scelto quale libro leggere, e adesso lo spingeva trafelato nel corridoio.

«Non so che farmene di un'altra infermiera grassoccia e inamidata, con la turpe mania del talco al mentolo e dei clisteri!» si lamentò.

«Questa, credi a me, è meglio che tu la veda, prima di rifiutarla!» lo zittì il suo maggiordomo.

Fu allora che il cuore cominciò a sbattergli furiosamente nel costato. Non voleva illudersi, non voleva accarezzare la lusinga d'inventarsi un miraggio. Abitava nello stesso paese di Guerriera, eppure questo non bastava a donargliela come presenza amica.

Gabriele, nella sua lettera, non aveva accennato al fatto che sua moglie, oltre che musicista, fosse anche un'infermiera. Anzi, aveva sollecitato per lei un diverso lavoro.

Perché allora Máirtín era ansioso di fargli incontrare la donna che Bartlemy avrebbe assunto? Era un vecchio flemmatico e, sebbene avesse spesso scrutato la fotografia di Guerriera quando lui, la sera, se la toglieva di dosso per appoggiarla sul comodino, non gli aveva mai chiesto chi fosse. Così gli aveva lasciato intendere che si trattasse di una persona cara, conosciuta chissà dove.

Ecco, lo introdusse d'impeto nello studio. Bartlemy era seduto alla scrivania e intratteneva una giovane che gli dava le spalle. Era vestita a lutto e il nero della giacca faceva scintillare come matassa d'oro la treccia opulenta che le ricadeva sulla schiena.

Lei tardò a volgersi e la sua incertezza gli consentì di dominarsi. Ricompose l'espressione stravolta di meraviglia e di piacere e vetrificò lo sguardo palpitante.

Che cosa gli riservava la sorte, finalmente benigna dopo averlo torturato senza pietà dall'incidente in poi? Aveva, forse, escogitato un modo più subdolo e raffinato per straziarlo, donandogli un attimo d'estasi prima di ricacciarlo giù all'inferno?

«Ebbene?» si rivolse al fratello in tono sferzante. «Per quale futilità hai disturbato il mio ozio?»

Lei lo guardava. Sfiorando per la prima volta il velluto delle sue pupille, ne ricevette una scarica elettrica, una frustata di fuoco, un sussulto lancinante di tenerezza. Era come se la fotografia che portava sul cuore, anche in quel momento, si fosse animata nell'aureola fulgida di una visione. Ciò che prima era immobile, soggetto alla fissità immutabile della lastra impressionata, riacquistava vita, simile al boccio che distende i petali all'aria e che s'apre nel sole.

«Ti ringrazio, Máirtín, puoi andare!» Bartlemy congedò il maggiordomo.

Egli indietreggiò con la carrozzina sino alla tastiera del pianoforte, quasi per dileguarsi, per sottrarsi all'indagine indulgente dei suoi occhi.

Si vergognava d'apparirle così, senza alcuna attrattiva. La sciagura gli aveva depredato le gambe e la notevole statura, inchiodandolo a quel trabiccolo sgraziato, e la depressione lo aveva reso sciatto.

Si era lasciato crescere una barba cespugliosa che gli oscurava il viso dagli zigomi al mento, cancellandogli i lineamenti, i capelli gli ricadevano sul naso in ciuffi arruffati e indossava un maglione bluastro di lana grossa, che era più facile infilare dalla testa.

«Ciarán» suo fratello lo interpellò con quel tono da pastore anglicano di campagna che gli dava sui nervi, «ho pregato Máirtín di condurti qui per presentarti la signora Altieri che, a te piacendo, si occuperà della tua salute.»

Il nome da ragazza, che lei aveva fornito, spiegava il motivo per cui non era stata intercettata prima. Sarebbe stata la sua infermiera: era una prospettiva talmente accattivante che lo frastornava! Ma non doveva darlo troppo a vedere, non doveva tradirsi.

Gustava questa notizia, che superava ogni sua attesa, con l'estasi con cui si contempla una farfalla variopinta che si posa per caso sul davanzale della finestra e che un tremito sommesso potrebbe spaventare e disperdere.

«Le hai anticipato che ho un brutto carattere?» continuò a rivolgersi a quel ladro di femmine di Bartlemy, perché rabbrividiva all'idea di parlarle davvero. «Non è troppo giovane per sopportarmi?»

Guerriera lo fissò dritto negli occhi.

«Signor Ó Murchú» gli rispose con mirabile spontaneità, «la ringrazio di volermi risparmiare un compito al quale non mi ritiene adatta, ma mi permetto di dissentire. Mi sono occupata per anni dei reduci di guerra che sono ricoverati nel manicomio di Cogoleto. All'inizio è stata un'esperienza molto penosa, eppure mi ha insegnato a non tirarmi indietro, se la mia dedizione può giovare a qualcuno. Sarei lieta di mettermi al suo servizio, se lei lo riterrà conveniente.»

Mise le mani sulle ruote e le rivoltò con vigore, per raggiungerla. Le si fermò di fronte.

«Ecco, in questo riconosco mio fratello!» esclamò sarcastico. «Dove va a scovarmi l'infermiera? In un ospedale di matti!»

«Ciarán!» fece Bartlemy, il ladro di femmine, sbiancando come una verginella al suo primo ballo.

Inaspettatamente lei gli sorrise. L'ovale delicato si ornò di luce, levigando il contorno puro delle gote. Lo avvolse nel suo sguardo di fulvo autunno con l'attenzione che si riserva a un degno interlocutore e non a un poveraccio che si compatisce.

«La prego, signor Ó Murchú, di non parlare alla leggera di chi ha la mente sconvolta per l'immane tragedia che abbiamo vissuto.» Il suo rimprovero era lieve di misericordia. «Come avrà desunto dall'abito che indosso, sono vedova e mio marito è morto combattendo contro gli austriaci. Se al contrario mi fosse stato restituito, con quale balsamo avrei sopito la sua anima ferita per aver sparato e per aver schivato i proiettili nemici?»

Non era più la fanciulla soave della fotografia. Egli se l'era figurata simile a timida gazzella, invece la scopriva volitiva e schietta. Non si confondeva facilmente e restava serena.

Rimpianse di rabbia amara la perduta avvenenza e la corsa atletica dei piedi e il fascino virile per cui arrossivano le giovinette che affollavano i suoi concerti! E si sentì dannatamente ridicolo: poco prima si era crucciato per l'aspetto dimesso, come se con il viso rasato e profumato e con una giacca elegante avesse potuto essere notato da lei. Maledì la sua stoltezza. Neppure con la marsina di un sarto di grido avrebbe riscattato quelle gambe morte, in letargo sotto la coperta.

Furente contro sé stesso, fu spietato nel controbattere: «Cara signora, dica piuttosto che l'ipocrisia ci tranquillizza la coscienza e mistifica la virtù a buon mercato. Non sarebbe meglio che lei ammettesse in tutta onestà che ha bisogno di lavorare e che, pur di guadagnare qualcosa, sopporta di assistere un paralitico antipatico, come prima si adattava ad accudire qualche pazzo bavoso? Su, avanti, confessi di aver nutrito suo figlio con le disgrazie altrui!»

Mentre Bartlemy nascondeva la faccia tra le mani, Guerriera non sorrideva più ma era rimasta calma.

«Io non ho figli, signor Ó Murchú» lo smentì. E tacque.

E quello che portava in grembo, che Gabriele gli aveva raccomandato nella sua lettera? A tanto era giunto il dolore che, dopo averla privata del marito, le aveva ghermito anche la sua creatura?

Ciarán soffrì nella propria carne, nel sangue squassato, nel respiro ansante l'ingiustizia che lei aveva patito. Perché non si ribellava, come aveva fatto lui, all'immane tradimento della sorte? Perché aveva ancora stampata sul viso la voglia di sorridere? Quale mistero celava, dietro la fronte di Madonna rinascimentale?

«Le chiedo perdono, signora» mormorò infine e la sua voce era velata di contrizione. «Ho perso il controllo di me stesso. Se la cosa non la spaventa, perché si ripeterà, l'aspetto domani per affidarle la mia vita di malato. Buongiorno!»

Non le diede modo di replicare. Avvertiva le lacrime affacciarsi al bordo delle palpebre e non avrebbe sopportato che Guerriera e Bartlemy gliele scorgessero scendere sulla barba. Con mossa brusca girò il verso della sedia a rotelle e di lena la spinse fuori.

Sboccò nel corridoio appena in tempo, quando già il pianto gli tracimava dal cuore. Continuò a colpire le ruote della sua poltroncina, imprimendo loro la velocità di fuggire lontano.

Le emozioni subìte e inattese, il rischio di perdere per sempre colei che da anni colmava i suoi pensieri vaneggianti, proprio nel momento in cui aveva soddisfatto l'ossessione di trovarsela accanto, i ricordi e le certezze di un passato gagliardo, che per contraccolpo rendevano asfissiante il presente... Ebbene, tutto ciò gli estorceva gemiti incogniti, che non appartenevano al direttore d'orchestra un tempo osannato né al bilioso fantoccio intrappolato in carrozzina. Avevano la verità della pioggia, che a primavera bagna l'ardore della terra con la pazienza di un ritmo antico e solenne. Avevano la verità di Guerriera, che finalmente non era più l'immagine in bianco e nero d'un ideale rubato ma la speranza dei giorni a venire.

CAPITOLO III

Giuseppe Verdi
Nei giardin del bello
(Canzone di Eboli da Don Carlos)

Liguria, ottobre 1919

Guerriera lavorava a Villa Celeste da una settimana. Si era stabilita nella camera accanto a quella di Ciarán per assisterlo se, durante la notte, avesse gridato. Aveva portato con sé soltanto poche cose: tutto il resto era rimasto nella casetta presso gli scogli, quale custode del mare e dei ricordi. Vi sarebbe tornata il giorno dopo, che era sabato.

Il tempo intanto si dilatava monotono d'attimi identici. Bartlemy Wrottesley e la sua sdegnosa sposa erano partiti all'alba di mercoledì. L'addio tra i due fratelli non era stato cordiale e Ciarán si era ritirato prima di augurare buon viaggio alla cognata. Si evitavano, come se un evento increscioso li avesse resi estranei.

La fredda armonia della villa in cui trascorreva le ore le intristiva i pensieri e le preghiere. Le mancavano gli istanti di pace, sottratti al lavoro, quando si rifugiava davanti all'altare della cappella e raccontava al tabernacolo lucente la sua giornata. Erano occasioni di dialogo intenso, nella certezza che un amore infinito l'ascoltava, la consolava e, poco per volta, le cambiava uno spicchio di cuore. Non domandava grazie strepitose che come meteore abbagliano una striscia di cielo: le bastava rimanere là, a riscaldarsi di tenerezza. Presso il tabernacolo l'afflizione dei lutti aveva capitolato alle prime gemme di speranza, che non le erano ancora di conforto ma che cadevano gravide in un terreno umido di lacrime. Si era sentita verme molle, che il calcagno della violenza ha spappolato sui sassi. Non aveva più la forza di rialzarsi, eppure alle carni straziate era stato offerto un involucro di quiete. Qualcuno si era chinato sino a lei, prostrata nella fanghiglia dei lamenti, e l'aveva ammantata di potenza. Qualcuno le aveva donato la sua armatura e, con il volgere delle stagioni, l'aveva resa sempre più resistente e smagliante di sole. Qualcuno le aveva cinto i fianchi di verità nel guardare le situazioni e le cose per il valore che hanno e non per quello che i ciechi convincimenti umani attribuiscono loro. E le aveva racchiuso il petto nella corazza della giustizia, attraverso parole eterne che marchiano di fiamma la vita. E le aveva messo ai piedi i calzari per percorrere le strade del mondo, per testimoniare la gioia di ogni piccola vittoria sul male. Qualcuno l'aveva implorata di fidarsi di lui, dell'amore gratuito con cui l'aveva voluta da sempre. L'aveva conquistata, vincendo di splendore le sue ritrosie, affinché gli affidasse ogni respiro. Le aveva fornito in cambio lo scudo della fede per spegnere i dardi ardenti del nemico, l'elmo della salvezza per gustare il tempo della risurrezione, che dal giorno di Pasqua ha cambiato la storia e che si rinnova d'umiltà trasfigurata, e la spada dello Spirito per spezzare le pagine evangeliche in scintille di pane che nutre.

Ma a Villa Celeste non c'era una cappella in cui ritirarsi in adorazione, non c'era neppure un crocifisso o un'immagine sacra. L'anima, anziché lottare ogni giorno contro le proprie debolezze, che sono di zavorra nello spiccare il volo verso il cielo, stentava nel deserto di un'ottenebrata solitudine. La sua unica arma era la corona del rosario di madreperla, che le aveva regalato Gabriele quando ancora erano fidanzati. L'aveva in mano anche allora, nascosta nella tasca del grembiule. La sgranava lentamente, immergendosi nel mistero mentre contemplava l'azzurra maestà del mare.

Si rilassavano sulla terrazza, nell'oro mattutino. Durante il bagno di sole che riscaldava le ossa inerti del paralitico, lei pregava in silenzio e lui non faceva niente. Disteso sopra un lettino, sotto i tiepidi raggi d'autunno, Ciarán vigilava senza passione le vele che a tratti solcavano l'orizzonte. Le si stringeva il cuore, nel vederlo così apatico, ma non aveva ancora architettato la maniera di scuoterlo dal torpore. Gli aveva proposto di leggergli un libro o un giornale.

«No, grazie, non m'interessa» era la sua risposta consueta.

C'era stato un cambiamento, a dire il vero, rispetto al loro primo incontro. Già dal mattino successivo lui si era tagliato la folta barba che gli abbuiava il sembiante, mantenendo solo i baffi e il pizzetto. Aveva un bel viso, che attirava lo sguardo, che ispirava un'indulgenza affettuosa. Gli ricordava stranamente quello di Giustiniano, contemplato nella chiesa di San Vitale a Ravenna. Non gli somigliava quanto a lineamenti, ma ne emulava la ieratica solennità. La carnagione ambrata, insolita in un uomo che proviene dal nord, sfolgorava come le tessere preziose che costituivano il mosaico e i suoi occhi di giada, nel taglio saraceno delle palpebre orlate di lunghe ciglia more, rilucevano di trasparenza.

Si chiedeva come sarebbe stato il suo sorriso, se il volto di statua greca si fosse atteggiato a letizia. Ma lui era rinchiuso nel suo mondo senza gioia, vittima di pensieri che lo esasperavano. Nulla lo rallegrava, nulla gli cancellava la piega di tedio all'angolo delle labbra.

Lo udì tossire. Si alzò svelta per annodargli meglio la sciarpa di seta che portava al collo; lui, tuttavia, non glielo permise: con un gesto stanco della mano le indicò di sedersi.

«Sia gentile e non badi a me, signora» la redarguì con voce smorzata di basso. «La mia vita non ha alcun valore e non merita d'essere vessata di attenzioni inutili.»

Pensò che il peggior imbroglio sarebbe stato quello di cedere ai suoi capricci. E reagì altrimenti: «Signor Ó Murchú, io vengo pagata per assisterla. Sarebbe un'offesa per il mio amor proprio ricevere un compenso senza essermelo guadagnato. E, soprattutto, non si atteggi a vittima: se la sua vita non ha valore, come lei afferma, è solo colpa sua.»

Il giovane paralitico drizzò la testa con cipiglio fiero. Doveva averne irritato la suscettibilità, perché una smorfia contrariata aveva sostituito la maschera passiva di sempre.

«Ma che ne sa, lei?» sbottò d'ira repressa. «Non cammino da più di tre anni e lei osa rinfacciarmelo come se fosse colpa mia? Che vuol dire? Che me la sono andata a cercare? O che, piuttosto, dovrei adattarmi giulivo alla mia condizione?»

Occorreva farlo parlare, fargli sputare la fiele che covava in seno.

Lo incalzò: «Chi non guarda avanti, chi si ripiega angosciato su ciò che è stato e non potrà più ritornare, cade fatalmente in torto. C'è stata la guerra, ci ha travolto con rovina sterminata, ma non ha senso comportarci come se non ci avesse mutato, pretendendo ancora i giorni del passato. Ritiene che per me sia più facile? La guerra ha annientato la mia famiglia, come a lei ha guastato le gambe...»

«Ah, questa è proprio buona!» lui ruggì d'impeto. «La guerra? Ma che va almanaccando? Chi glielo ha fatto credere? Io? In guerra? Mi faccia il piacere! Io sono pacifista!»

La sua orgogliosa protesta le fece male, ridicolizzò la morte di suo marito. Eppure non poteva dargli tregua, doveva insistere: «Le sarà successo qualcos'altro, allora...»

«Una parte di cornicione sulla schiena la soddisfa? Baile Átha Cliath bruciava incendiata dagli inglesi, che hanno risposto con palle di cannone alla sacrosanta protesta dei poeti e dei musicisti. Io ero tra loro, ero tra i patrioti che a prezzo della vita hanno fatto nascere oggi l'Assemblea Nazionale d'Irlanda, e ci sono andato di mezzo. Sono stato il più sfortunato perché gli altri, condannati alla fucilazione, hanno posto fine alle loro sofferenze e si sono conquistati gloria eterna.»

Gli sorrise: «Capisco: il sostantivo "guerra" è troppo sporco per adattarsi alla buona battaglia che lei ha combattuto. Quale perifrasi inventerà, dunque, per le armi che ha imbracciato?»

«Ma se non ho sparato un colpo! Non so neppure com'è congeniato un fucile. Avevo semplicemente il compito di portare notizie dal quartier generale alla fabbrica che avevamo occupato. E ho pagato a caro prezzo la mia generosità.»

Il cuore le batteva forte in petto ma, ormai, non poteva più tirarsi indietro: «Mi perdoni, signor Ó Murchú, eppure io leggo ciò che mi ha raccontato sotto un'altra luce. Io avverto con commozione la presenza d'amore che l'ha protetta e custodita mentre tutto le precipitava intorno. Quel cornicione sarebbe caduto comunque, nessuno glielo ha scaraventato addosso! Avrebbe potuto ucciderla, tuttavia. Se così non è stato è perché qualcuno le ha voluto bene, l'ha abbracciata con tenerezza infinita e l'ha sottratta alla morte. Come fa a non accorgersi di quanto è stato amato?»

Tacque e si preparò allo scroscio di tempesta che l'avrebbe travolta. L'irlandese era diventato pallidissimo, con gli occhi infuocati di furore.

«Si fa beffe di me?» eruppe. «A chi dovrei essere grato per le mie giornate senza senso? Sono rimasto invalido e persino per orinare ho bisogno d'aiuto. Si rende conto di quanto sia avvilente? La mia fidanzata mi ha lasciato, mentre ero ancora in clinica privo di conoscenza, perché le ripugnava un marito sulla sedia a rotelle. Si è disfatta di me come di un balocco rotto, come se fossi un oggetto inanimato: le sembra giusto che le mie emozioni e i miei sentimenti siano stati ingiuriati in questo modo? E il mio lavoro? Ero un pianista famoso, un acclamato direttore d'orchestra, conteso dai teatri di tutto il mondo! Quale fallo abominevole ho commesso per essere punito addirittura nella musica, che veneravo? Ora dovrei continuare a suonare come un fenomeno da baraccone, per suscitare la pietà dei frivoli e dei bacchettoni?»

Guerriera s'asciugò furtiva una lacrima che le era sfuggita sulla guancia.

«No, ha ragione» gli rispose con accento accorato. «Non è per gli altri che deve suonare, ma per sé stesso. Per gustare ogni istante che le è stato donato. Guardi il blu profondo del mare e la vertigine limpida del cielo, sopra di noi: le appartengono! La vita non è una grossa catena di successi fragorosi, ma un rosario umile di piccole cose. Come quel gabbiano laggiù, che si lascia trasportare dall'aria: è un graffio abbagliante sull'orizzonte, è una meraviglia che nessuno nota. Eppure è un attimo del mio esistere, che nell'eternità non andrà perduto. Lo è anche del suo, signor Ó Murchú, purché non lo lasci trascorrere invano...»

Incontrò lo stupore del suo sguardo. Come se gli avesse spalancato le porte di un mistero al quale non ci si vuole arrendere, che pare follia svelare e la cui soluzione non è più lontana dell'angolo appena svoltato. Era uno sguardo che traboccava d'ammirazione e che la confondeva, che le poche parole da lei pronunciate non giustificavano.

Lui distolse subito gli occhi, quando s'accorse di averla turbata. Abbassò le palpebre, quasi il raggio del sole ormai meriggiante lo avesse abbagliato.

A dissolvere l'imbarazzo reciproco giunse tempestiva la cuoca. Recava la limonata calda che Ciarán era solito bere verso mezzogiorno. Tutta sorridente, con le efelidi che le danzavano sul viso tondo di cinquantenne e una ciocca di capelli di rame imbiancato che le spuntava da sotto il berretto, la donna s'accostò a Guerriera. Si chiamava Bríd[74] e s'intendevano soltanto a cenni. Le porse il vassoio con la tazza.

«*Go raibh maith agat!*[75]» Guerriera la ringraziò nella sua lingua, prima che rientrasse in cucina.

«E da quando lei parla irlandese?» esclamò Ciarán, di stucco.

«Máirtín mi ha insegnato alcune formule di saluto e di cortesia, per essere gentile con chi, in questa casa, non conosce l'italiano.»

«Allora gliene indicherò una anch'io: *Is breá liom é*[76]*!* E significa che ciò mi piace molto. Le faccio i complimenti per la sua buona volontà.»

Il tono carezzevole con cui si rivolgeva a lei tornò a disorientarla. Fu maldestra: per poco la tazza non le cadde giù dal vassoio e si sbilanciò in avanti per mantenerla in equilibrio. Qualche goccia di liquido bollente, però, si rovesciò ugualmente nel vuoto.

«*Tá sé dearg te!*[77]» imprecò Ciarán, allungando la mano per massaggiarsi la coscia.

Sì, scottava! Attraverso la stoffa dei pantaloni, gli aveva ustionato la pelle.

Poi il mondo gli si fermò intorno.

Istintivamente cercò rifugio nelle iridi avellana di Guerriera e vi ravvisò il suo stesso spavento.

Le sue gambe, infatti, non avrebbero dovuto provare sensibilità. E, invece, la percezione del dolore lo aveva fulminato!

Perché lei tacque, perché lo abbandonò da solo nella folgorazione di una speranza dissennata?

Guerriera si era seduta in silenzio sulla poltroncina, appoggiando sulle ginocchia la limonata che raffreddava. Aveva lo sguardo smarrito in pensieri tremanti.

Avrebbe voluto confessarle che gli era già capitato altre volte, in quegli ultimi mesi. Si era lasciato ritemprare dal tepore del bagno e anche le sue gambe ne avevano avvertito ristoro. Gli era parso che la coperta di lana fosse ruvida, che gli pesasse sui piedi...

Ma non osò condividere con la sua infermiera, persona in carne e ossa, gli aneliti che spartiva con la fotografia che teneva sul cuore.

«Vuole porgermi la limonata, Guerriera?» aveva la voce malferma nell'interpellarla.

«Oh, sì! Le chiedo scusa, Ciarán: me ne stavo dimenticando.»

La confidenza improvvisa che li spingeva a chiamarsi a vicenda con i nomi di battesimo, come se ciò fosse naturale, come se fosse stato pattuito in precedenza, testimoniava che qualcosa era accaduto e che entrambi ne erano sconvolti.

Sorseggiò adagio la bevanda, fissando il mare che naufragava a riva.

Lei gli prese dalle mani la tazza e la sistemò sul tavolino di ferro battuto.

«Posso farle una proposta, Ciarán?» gli domandò a bruciapelo.

Pensò che riguardasse le sue gambe, appena scottate dalla limonata bollente. Forse conosceva una cura miracolosa, a tutti ignota, che gli avrebbe reso il bel portamento di un tempo...

Guerriera, al contrario, con il timbro brunito che rapiva nell'ascoltarla, preferì medicargli l'anima: «Ho sofferto, in questi giorni in cui le sono stata accanto, vedendola affogare nell'ozio. E se io, che non conto nulla, le chiedessi di riprendere a suonare, di farlo per me, che sono vedova di un musicista, che non udrò mai più le note del violoncello di mio marito? Avrebbe il coraggio di deludermi?»

Gli girava la testa e la gettò indietro, contro il cuscino.

«La smetta» biascicò. «Non mi torturi!»

Ma lei non si diede per vinta: «Ecco come faremo: una sonata a quattro mani! Non ho certo la presunzione di ritenermi brava quanto lei, Ciarán, eppure ce la metterò tutta per non farla sfigurare. Cominceremo con qualcosa di semplice. A casa ho alcuni pezzi a quattro mani di Anton Diabelli, che ne dice?»

«Diabelli, eh? Intende le Sonatine per i pianisti in erba? E che pretenderebbe, che io strimpellassi la parte dell'allievo?»

«Oh, no! Quella la riservo a me stessa. A lei toccherà lo spartito del maestro, come esercizio d'accordi e d'arpeggi. Allora, accetta?»

Aveva un'espressione sbarazzina e complice. Era deliziosa.

«Neanche per sogno!» tuonò.

«*Más é do thoil é!*[78]» lo supplicò in irlandese.

«Non insista, se non vuole essere insultata.»

«Insisto, invece! Sono la sua infermiera: se non mi permette di curarla, Ciarán, io mi licenzio e dovrà cercarsi qualcun altro. È questo che desidera?»

Era venuto in Italia per lei, per trasformarla da immagine di carta a creatura indomita e palpitante, proprio com'era in quel momento. Si era persino convinto di amarla ed è troppo facile invaghirsi di una fotografia che non contraddice, che non manifesta la propria personalità.

Adesso che la scopriva meravigliosa, che gli teneva testa come nessuno s'era arrischiato a fare da quando era invalido, s'accorse che avrebbe potuto innamorarsene per davvero. Forse lei non lo avrebbe mai ricambiato, non aveva importanza! Si accontentava di saperla vicina e di riscaldare le membra intirizzite al fuoco del suo sorriso.

Non poteva perderla.

Così, scuotendo pigramente il capo, si arrese: «No, Guerriera. Ha vinto lei. Suoneremo insieme, se ciò la rende felice.»

Lei balzò in piedi a mani giunte: «Oh, grazie!» Si tirò indietro la manica, per guardare l'orologio: «Bene, c'è ancora tempo! Mi concede una mezz'ora di libertà, prima di pranzo? Verrà Máirtín a tenerle compagnia, intanto. Io farò una corsa sino a casa mia, prenderò gli spartiti di Diabelli e tornerò al più presto. Posso?»

Come faceva a dirle di no, a frenare il suo entusiasmo?

«Non mi costringa ad aspettarla troppo a lungo...»

Non lo udiva più. Si era levata alla svelta il grembiule e lo aveva lanciato sullo schienale della poltroncina, insieme con la cuffietta che portava sui capelli preziosi. Lo salutò, rifulgendo d'oro, e in un lampo scappò via.

La luce si spense, in sua assenza. Anche il sole impallidì sfiorando nebbioso lo zenit. Rimasero i gabbiani, graffi corruschi sull'orizzonte, a scandire il respiro e la vita.

CAPITOLO IV

Wolfgang Amadeus Mozart
Voi che sapete
(aria di Cherubino da Le nozze di Figaro)

Liguria, 2 novembre 1919

Il giorno dei morti, quando ancora i ricordi recenti sono devastati di guerra. Non assomigliava più alla ricorrenza un po' manierata di perduta memoria, con i mazzi di fiori che si tributano agli anziani defunti, numi tutelari della famiglia, e con i pani di zenzero e uvetta che si offrono ai bambini. Ogni casa, adesso, aveva un giovane da piangere, che era stato sradicato dagli affetti senza un perché. Come un fiore che viene estirpato prima di sbocciare, prima d'allietare con il profumo e il colore la vastità del prato.

In San Michele, quella mattina, erano risuonate incessanti le grida delle madri vestite di nero. L'omelia commossa di don Delfino non aveva zittito lo scroscio di lacrime ai piedi dell'altare né i lampadari veneziani, scintillanti di bianco, rosa e azzurro, avevano rischiarato l'ombra disfatta dei cuori. Dopo la benedizione, l'assemblea si era dispersa proseguendo a piccoli gruppi verso il camposanto, ciascuno immerso nel proprio dolore. Silenzio di un dialogo che non prevede risposte, che stenta ad accettare ciò che il sentimento rifiuta, che assorda il sussurro della fede.

Guerriera, invece, aveva lasciato cantare la speranza, davanti al loculo freddo di Gabriele. Gliene avevano restituito i resti, grazie all'interessamento di suo fratello Gianluigi, e si riteneva fortunata perché tante altre spose non avevano una tomba presso cui pregare per l'amato. I loro cari erano rimasti là, ossa mute che biancheggiavano nelle trincee ormai deserte, ossa cui non era possibile restituire un'identità. Gabriele era stato recuperato alcuni mesi dopo la morte, quando il camminamento sul quale aveva esalato l'ultimo respiro era tornato in mano italiana. Ma ella non credeva che lui fosse lì, murato dietro la lastra del loculo. Quelle lettere di bronzo, che ne ricomponevano il nome e le date entro cui si era dibattuta l'esistenza terrena, non lo intrappolavano in una parentesi chiusa. Non intrappolavano la scia di luce che era stata la loro bambina, che riposava accanto al padre. Essi continuavano a vivere nell'amore che tutto muove e che tutto governa.

La visita al sepolcreto era stata penosa per Teresa, sua suocera, giunta in treno da Savona. Per lei, per la sua devozione austera, non c'era sollievo in quel giorno dedicato al ricordo. Avevano ripetuto insieme le orazioni, eppure Guerriera aveva intuito con dispiacere quanto fossero distanti le medesime formule. Perché la preghiera diventa autentica quando le parole si animano, quando si pronunciano come se fosse la prima volta, quando si rinnovano di slanci intimi.

Le rincresceva di non essersi attirata la confidenza della madre di Gabriele: quella donna, che aveva lo stesso profilo di suo marito, che torceva nella crocchia i capelli ancora bruni, che specchiava negli occhi pungenti l'inflessibile misericordia di chi non fa sconti nemmeno a sé stesso, ebbene, quella donna si rivolgeva a Dio offrendo il sacrificio delle lacrime, mentre lei lo faceva con la gioia attonita di essere amata. Se aveva sopportato l'angoscia e lo spasmo, se aveva convertito il tormento in serena fortezza, ciò era avvenuto soltanto nella convinzione d'essere amata, d'essere accudita con soave premura anche nella sventura. Ma se lo avesse svelato alla suocera, l'avrebbe scandalizzata.

Teresa aveva preferito appoggiarsi al braccio di Rinaldo,

nel tornare dal cimitero verso casa. Lui l'aveva distratta con l'abituale facondia, che il crogiolo della guerra aveva mondato dai francesismi.

Si erano seduti a tavola e stavano ormai terminando di desinare.

«Oggi, che dovremmo dolerci per Gabriele e per la bambina, ci siamo concessi piuttosto un bel pranzo!» fu l'osservazione aguzza di Teresa.

«Cara signora» intervenne don Francesco, il curato, «se gli Apostoli con Maria Vergine non fossero stati riuniti nel Cenacolo, e magari mangiavano - proprio come noi, - non ci sarebbe stata neppure l'effusione dello Spirito Santo, a Pentecoste. Non avremmo il Consolatore, che ci dona il tempo per piangere e il tempo per ridere, il tempo per gemere e il tempo per ballare, il tempo per nascere e il tempo per morire.»

Guerriera lo aveva invitato perché era il suo direttore spirituale e per l'amicizia che lo legava a Rinaldo. L'anno prima, infatti, avevano assistito insieme i malati del borgo, nella tremenda epidemia d'influenza spagnola. Don Francesco, in particolare, si era distinto per il suo coraggio: si metteva in bocca uno spicchio d'aglio per proteggersi dal contagio e accorreva instancabile al capezzale dei più bisognosi.

Era un uomo ancor giovane, robusto, con la veste talare impolverata perché si svagava con cemento e cazzuola. Aveva costruito da solo la cappella per l'ospizio delle suore Gianelline, che si affacciava sul torrente Ghiare, e risparmiava a don Delfino l'incomodo di chiamare un muratore, quando c'era da eseguire un rappezzo in parrocchia. Incassava finestre e alzava pareti nelle case dei poveri, che non potevano remunerarlo se non con un piatto di zuppa condivisa.

«Sì, purtroppo la vita continua» commentò sospirando Teresa, «e non ci permette di badare ai nostri lutti.»

Don Francesco, che terminava di gustare la sua fetta di cima, lanciò un'occhiata a Rinaldo, quasi a discolparsi di mutare argomento. E subito si rivolse a Guerriera: «Non abbiamo più avuto modo di scambiare due parole, figlia mia, da quando lavori a Villa Celeste. Dimmi, come va con quello straniero?»

Vinse l'imbarazzo sostituendo le stoviglie. Sapeva che la suocera disapprovava la sua scelta, perché una vedova seria non si trasferisce a casa di uno scapolo, per quanto invalido, e per amore di pace avrebbe volentieri taciuto.

Ma ci si mise di mezzo pure Rinaldo: «Già, raccontaci qualcosa, sono curioso anch'io!»

Passò loro i piattini da dessert e mise a centrotavola il vassoio con i pani dei morti. Poi non ebbe più scusanti per rimandare la risposta: «Non c'è molto da riferire, in realtà. Assisto un uomo non ancora trentenne, che non cammina più e che non accetta di essere rimasto paralizzato.»

«E chi lo accetterebbe di buon grado?» fece don Francesco.

«Mi auguro che tu non sia costretta anche a lavarlo e a vestirlo!» esclamò cupa sua suocera.

«Signora Teresa» questa volta fu Rinaldo a venire in suo soccorso, «nei mesi scorsi sono andato a Lourdes come medico, con il pellegrinaggio diocesano, e ho ammirato le dame di carità che servono i malati sulle carrozzine. Guerriera era una di loro e lei non ha avuto nulla da ridire, no? Che strazio... C'erano tanti giovani mutilati, che la guerra ha lasciato senza gambe, senza braccia, senza porzioni del viso. Qualcuno doveva pur immergerli nelle piscine e addolcirne le piaghe con la bontà di un sorriso!»

«Ah, concordo con lei, dottore» assicurò la donna. «Tuttavia avevo sperato che alla moglie di Gabriele fossero risparmiate certe promiscuità.»

«Metto sul fuoco il caffè?» domandò piano Guerriera.

Don Francesco gettò il tovagliolo accanto al piatto.

«Per quanto mi riguarda, mi garberebbe di più un dito di quel liquore d'erbe che preparano le monache di Garessio. Ne hai ancora, figlia mia?»

«Vada per il liquore!» concordò Rinaldo.

E si misero a parlare d'altro. Sua suocera coinvolse don Francesco in una discussione su sant'Agostino, mentre lei sparecchiava e portava i piatti nell'acquaio. C'era una tenda a fiori provenzali a dividere la sala da pranzo dal lavello e dalla stufa, sulla quale cuoceva le vivande. D'altronde la sua casetta sugli scogli era composta di due sole stanze, la sala a piano terra e di sopra la camera, cui si accedeva tramite una breve scala a chiocciola. Non era arredata con mobilia pregiata ma le suppellettili erano graziose. Lei stessa aveva ricamato i teli di lino, alle finestre, e realizzato i centrini di trina che ingentilivano i piani di legno scuro.

«Ti aiuto ad asciugare le stoviglie?» Rinaldo aveva proteso la testa oltre la tenda.

Com'era cambiato, in quegli anni! Il volto un po' pieno di Bacco festante era avvizzito quale maschera grave sul cranio, si era nobilitato di rughe e di riflessioni. Gli occhi frizzanti erano ora assorti nel male passato, che non aveva potuto evitare e che non riusciva a dimenticare. I capelli rasati avevano dissipato la bionda onda della giovinezza, erano qui e là inframmezzati da ciuffi d'argento e non cadevano più a ricoprire i pensieri che solcavano la fronte.

Gli allungò un canovaccio a quadri blu.

«Certo, Rinaldo, così chiacchieriamo un po'. Sei sempre convinto della via che hai intrapreso o nutri qualche rimpianto?»

Le tolse di mano un bicchiere pulito.

«E dove assaporerei, altrove, la serenità che finalmente mi alleggerisce l'anima?» mormorò con lo sguardo grigio concentrato d'ardore. «No, pur con l'opposizione feroce dei miei genitori che, come sai, truccano l'origine ebraica con un cristianesimo di facciata, andrò fino in fondo. Ho ancora un anno di studi e poi il mio impegno sarà definitivo.»

«Ne sono proprio contenta!» esclamò tergendosi una lacrima di commozione con il dorso della mano insaponata.

«E tu?» sussurrò lui. «Ho capito che non desideravi parlare del tuo malato, poco fa. Perché? C'è qualcosa che non va?»

«Vedi, mia suocera è un'ottima donna. Si è dimostrata assai energica, dopo la morte del figlio. Ma non approva la mia sete d'indipendenza e la decisione di continuare a dedicarmi agli altri come infermiera, adesso che la guerra è finita. Pretenderebbe che io impartissi lezioni di piano o di letteratura oppure che ricamassi per qualche modista.»

«È naturale che si preoccupi per te. Non hai a che fare, forse, con un uomo giovane?»

Rise: «Oh, sì! E anche di bell'aspetto e, un tempo, era famoso.» Tornò seria, fissandolo a fondo negli occhi: «Era il tuo idolo, allora.»

Lui si scurì: «Che intendi dire?»

«Si tratta di Ciarán Ó Murchú, il pianista irlandese che ti entusiasmava. È rimasto paralizzato negli scontri per l'indipendenza della sua terra. Mi ha spiegato che, dal marzo scorso, l'Irlanda ha un proprio Parlamento e per questo si qualifica come Repubblica sovrana, anche se manca ancora il riconoscimento internazionale.»

Quando rialzò la fronte dall'acquaio, si rese conto che Rinaldo non le aveva prestato attenzione. Lo straccio gli era caduto di mano e le sopracciglia gli si erano increspate di disappunto.

«Ciarán Ó Murchú?» ripeté in tono alterato. «È lui che ha acquistato Villa Celeste? Perché è venuto a stare proprio qui, dove ci sei tu?»

«Sarà una coincidenza» replicò, sorpresa che lui fosse infastidito dalla rivelazione. E aggiunse: «Mi piacerebbe che tu lo visitassi, poiché sei un valente ortopedico. Nell'incontrarlo, potrai sollecitare spiegazioni in proposito.»

«Lo farò senz'altro!» sbottò seccamente.

Delusa dalla piega che stava prendendo la conversazione, Guerriera insistette per ottenere il suo aiuto: «Ho bisogno del tuo parere su un episodio che è accaduto la scorsa settimana.

Ho inavvertitamente rovesciato una bevanda calda sulla sua gamba e lui ha risposto allo stimolo, come se avesse percepito la scottatura. Non è strano, per un paralitico?»

Rinaldo non disarmava. Aveva immaginato che lui reagisse allegro al nome di Ciarán Ó Murchú, del quale era stato fanatico assertore. Quale enigma, al contrario, ne eccitava l'indignato sospetto?

«Perché sei così allarmato, Rinaldo? Non hai neppure ribattuto alla mia domanda...»

Lui si riscosse, distendendo le sopracciglia chiare: «Perdonami! È sorto in me un dubbio che non vedo l'ora di sfatare con debite indagini. Ma sarebbe prematuro se te ne mettessi a parte. Ti prego, fidati di me, che non tradirò mai l'affettuoso rimpianto di Gabriele!»

Guerriera assentì, perplessa. Gli passò un altro strofinaccio, perché il primo si era sporcato cadendo a terra.

«Quanto al tuo malato, verrò a esaminarlo non appena possibile: sai che non dispongo delle mie giornate e non riesco a prevedere in anticipo quando avrò qualche ora libera. La sensibilità agli impulsi esterni, cui tu hai accennato, può essere tutto e nulla: ci sono persone che mantengono un trascurabile livello di motilità, pur non essendo in grado di camminare in modo autonomo, e altre che hanno gli arti offesi completamente inerti...»

«Lui non si muove affatto, Rinaldo!» lo interruppe piena di fervore. «Donn, il suo cameriere, lo sposta come un sacco di farina dal letto alla sedia a rotelle.»

«Se è vero quanto sostieni, se non ti sei ingannata per eccesso d'indulgenza nei suoi confronti, allora potrebbe essere sopravvenuto un miglioramento rispetto al quadro clinico iniziale. Valuterò anche in base ai referti di chi l'ha curato dopo l'incidente. Ti avviserò, quando mi daranno di nuovo libera uscita.»

«Non ha importanza: durante la settimana io sono sempre

a Villa Celeste, basterà che tu mi raggiunga là. Ricordi ancora come ci si arriva?»

«Sì, Gabriele mi portò a passeggiare in pineta e io mi stancai subito dopo la salita. Adesso ci verrò in bicicletta, che è rimasto il mio unico bene di lusso e che mi permette di arrivare in breve ovunque.»

Era più accondiscendente, come la nuvola che passa e restituisce la carezza del sole al pendio che aveva adombrato. Che cosa era stato? Forse una reminiscenza di guerra, che una parola imprudente aveva evocato. Sebbene non avesse mai sparato al nemico, Rinaldo aveva conosciuto i peggiori orrori della battaglia operando nell'ospedale da campo. Là venivano trasportati i moribondi con i visceri sparsi fuori dal ventre e tronchi d'uomini senza più gambe né braccia, e disgraziati cui una bomba aveva portato via la mandibola, costretti a sopravvivere nel raccapriccio degli sguardi altrui. Aveva lottato a mani nude contro le insidie della morte e troppo spesso aveva perso. Aveva amputato arti già in cancrena, aveva applicato unguenti sulla schiena dei feriti che i compagni d'arme, in trincea, avevano cauterizzato con la polvere da sparo incendiata nella carne per fermare l'emorragia, aveva rifatto bendaggi sulle orbite vuote di coloro ai quali i pallini degli *shrapnels* avevano fatto scoppiare gli occhi.

Come in una Via Crucis d'insonnia, Rinaldo le aveva confessato di rivedere ogni notte le lesioni sfiguranti e il bianco scoperto delle ossa, di respirare ancora l'odore marcio del sangue. Sarebbe impazzito, se nelle veglie affannate non avesse trovato un interlocutore disposto a serbare le sue lacrime e a calmargli le grida. La rabbia impotente e il rimorso di non aver fatto abbastanza si erano affinati in sussurri di preghiera e questa era stata la sua salvezza. Da allora non aveva più voluto separarsi dall'Uomo dei Dolori, che ben conosce il patire, e lo custodiva trepidando nel tabernacolo del cuore.

«Ecco, queste sono le ultime forchette» gli disse, tendendogliele. «Con la tua collaborazione ho terminato prima di quanto sperassi. Grazie, amico mio!»

Lui non aveva più il sorriso avventato della gioventù, che gli dava un'aria di scherzosa stoltezza. La letizia marezzata di malinconia, con cui la mirava in quel momento, era piuttosto una vittoria di luce sulle tenebre, il riscatto della vita sul lugubre appassire degli incubi.

L'abbracciò e le diede un bacio sulla fronte. Poi andò a sedersi sul divano, accanto a don Francesco, che intratteneva sua suocera spiegandole rudemente san Tommaso.

Il mare, intanto, che la finestra sopra il lavello incorniciava, accoglieva dal cielo un intarsio di nembi e di raggi fulvi, lo cullava in flutti di liquido specchio e lo rifletteva come ragnatela di bagliori sulle rocce del Cravieu e dello scoglio del Leone, là dove i gozzi dei pescatori danzavano di nostalgia.

Il sole dardeggiava basso dietro la vetrata, divorando d'oro il promontorio che si frastagliava tra ombra e luce. Lo splendore metallico dell'aria che precede l'imbrunire seduceva la stanchezza di Ciarán, dopo un pomeriggio d'indolenza. Si era ripromesso di cercare alcuni spartiti, di ripassare una mazurca di Chopin per stupire Guerriera quando, il giorno dopo, fosse finalmente tornata.

Poi aveva cambiato idea. Senza di lei era fradicio d'accidia: le ore trascorrevano vane, come a Baile Átha Cliath, in attesa dell'insonnia notturna; nulla frustava la sua attenzione. Ma se solo l'aveva accanto, allora il tempo brulicava d'ebbrezza. Si arrendeva come cera molle alle sue idee, per non scontentarla. Tremava nel timore di perderla e s'affrettava a capitolare al suo sorriso di gemma.

Suonavano insieme ogni mattina, quando la stanza era invasa di chiaro fulgore. A quattro mani, trovava piacevole persino Diabelli. Nota dopo nota voleva ammaliarla, donarle il suo talento che aveva sedotto i teatri d'Europa. Era un po' arrugginito, perché erano trascorsi quasi quattro anni dal suo ultimo concerto, e si sentiva impacciato con le mani, ad accarezzare di nuovo l'avorio dei tasti. A sfiorarle le dita... Ben presto, però, aveva recuperato destrezza e come il pavone innamorato allarga la magnificenza della coda, così aveva osato virtuosismi e suggestioni interpretative, pur di catturarle l'anima. Era dotato di un tocco raro, assai elogiato dai critici: adesso lo spendeva per lei, per sorseggiare nel miele dei suoi occhi un brivido d'emozione.

Spinse la sedia a rotelle sino allo stipo decorato nel quale Máirtín aveva riposto le sue partiture. Ricordava di avere le Danze Ungheresi di Brahms per pianoforte a quattro mani e la trascrizione di *Eine kleine Nachtmusik* di Mozart. Tanto con Mozart quanto con Brahms si sarebbe trovato più a suo agio che con Diabelli e li riteneva migliori alleati per parlarle d'amore. Non possedeva altro, se non la musica, per avvincerla a sé. Non era più il ragazzo avvenente che faceva stragi di cuori femminili; era l'invalido misantropo che invano si ostinava a sognare speranze.

Ecco, non era come quel giovanotto atletico che giungeva proprio allora, inforcando una bicicletta. Attraverso la vetrata, lo vide smontare davanti all'ingresso. Biondo, di gentile aspetto, con la vita sottile e la fisionomia ascetica, mostrava tuttavia il cipiglio di un angelo sterminatore. Bussò al portone, scalciando perché tardavano ad aprirgli. Da dove sbucava fuori? La sua faccia aveva qualcosa di familiare, eppure non la collegava a una reminiscenza precisa.

Quando Máirtín si affacciò fuori, lo sconosciuto gli inveì contro. Voleva entrare a tutti i costi e il suo maggiordomo ebbe il sangue freddo d'impedirglielo usando il battente come scudo.

A quel punto era incuriosito: pose le mani sulle ruote della carrozzina, uscì in corridoio e procedette rapido verso l'atrio.

«Le ripeto che ho urgenza d'incontrare il maestro Ó Murchú!» gridava quello dall'esterno.

«E io le confermo che il signore non riceve!» controllato, Máirtín non cedeva posizioni.

Lo raggiunse alle spalle e lo spiazzò, affermando: «Mi va di fare un'eccezione, vecchio mio: auguriamoci solo che non sia un giornalista!»

Prima ancora d'aver concluso la battuta, l'uomo aveva già fatto irruzione al suo cospetto. Vestiva peggio di Murchadh Ó Dúrasa, lo zio acquisito di Bartlemy: un soprabito nero, consunto e sbottonato lasciava indovinare un cardigan scuro, sferruzzato da qualche nonnina, e un paio di calzoni di fustagno color dell'inchiostro annacquato.

«Ebbene?» lo sfidò senza salutarlo.

L'altro non parve impietosito dalla sua sedia a rotelle: evidentemente ne era informato. Gli si piantò davanti a gambe larghe, con i pugni serrati.

«A che gioco stiamo giocando, maestro?» inveì in tono insultante.

«Ma come si permette?» esplose a sua volta, oltraggiato. «Lei viene qua, non si presenta neppure e mi accusa, già, mi accusa di chissà quale misfatto! *A Dhiabhail!*[79] Si spieghi meglio o la faccio arrestare!»

Il giovanotto dalle guance scavate e smunte s'ammansì.

«Mi chiamo Rinaldo Novara» disse. «Le fui presentato quattro anni fa, a Genova, da Gabriele Selvaggi.»

Ora rammentava! Era il ganimede smorfioso per cui Gabriele aveva ottenuto un biglietto d'ingresso a teatro. Che cosa lo aveva ridotto in quello stato?

Con un tuffo al cuore, si rese conto che le loro parole sarebbero state pericolose. Se Máirtín le avesse ascoltate, poi gliene avrebbe chiesto ragione e magari lo avrebbe messo in difficoltà con Guerriera.

«Venga con me» brontolò e se lo trascinò appresso nello

studio. Il maggiordomo non li seguì: lo aveva fulminato con lo sguardo poiché desiderava sbrigarsela da solo.

Si chiuse l'uscio alle spalle, affinché nessuno li udisse discutere, e gli indicò una poltrona. Ma il Cherubino mozartiano rimase ostinatamente in piedi, costringendolo a inclinare il capo indietro per incontrarne le pupille.

«Io non credo nel caso, maestro: c'è chi ha rimarcato che è una buona minestra per gli sciocchi» esordì senza preamboli. «Non mi convince, dunque, la sua presenza qui, dove visse Gabriele, dove continua ad abitare la sua vedova che, per singolare fatalità, è stata assunta come infermiera proprio da lei. No, non mi convince affatto!»

«Il chirurgo che mi operò mi prescrisse un soggiorno nel clima mite del Mediterraneo» azzardò. «Se la prenda con lui, dunque, anziché irrompere in casa mia.»

Cherubino si rivoltò con risata sarcastica: «Sono medico anch'io, maestro. E potrei suggerirle parimenti Palma de Maiorca o Rodi. Perché proprio qui? Perché c'è la spiaggia ampia e la rena è dorata e fine? O perché il muro della ferrovia insinua riflessioni melanconiche sull'umano esistere?»

«Non sono tenuto a soddisfare la sua invadenza, dottore» lo redarguì trionfante. E pensò d'essersi aggiudicato la partita.

«E invece sì! Le domando scusa, se mi dilungo, ma sono costretto a raccontarle una storia cui manca il finale. Dipende da lei tacerlo ancora o svelarlo.» Si appoggiò con il fianco alla scrivania: «Gabriele e io fummo mandati al fronte insieme. Là ci dividemmo, perché io fui assegnato a un ospedale da campo. Quando fu colpito, non potei medicare le sue ferite né consolare il suo ultimo respiro. Eppure era il mio migliore amico! Ma curando un soldato, un tale Faccioli che era stato preso di striscio, seppi com'era morto. Seppi anche che aveva dettato una lettera a un altro commilitone, un piemontese che si chiamava Giuseppe Negri. Investigai per parlare con questo giovane ma lo rintracciai troppo tardi: era stato ucciso da eroe sul Monte Pasubio, il 28 giugno 1916, tanto che, in seguito, gli è stata conferita la medaglia d'argento al valor militare. A chi aveva scritto Gabriele? A chi aveva inviato la missiva?»

Egli chinò lo sguardo, ferito dalla durezza bigia degli occhi di Rinaldo.

«Non a Guerriera!» continuò quello. «Io non le ho narrato ciò che avevo appreso riguardo alla lettera misteriosa di Lele. Mi sono informato, però, sondando con delicatezza se avesse acquisito in qualche modo notizie dello sposo morente. Nulla! Lei non ha ricevuto proprio nulla! Allora, con la stessa tattica, mi sono rivolto alla signora Teresa, la madre del mio amico. Ancora nulla! Non avrei mai e poi mai sospettato di lei, maestro, se non si fosse stabilito qui. Questa, infatti, non è una località alla moda: non siamo a Biarritz o a Cannes! Soltanto Lele, che aveva con sé il suo bigliettino da visita, può avergliela indicata. Mi sbaglio?»

Ciarán non voleva darsi per vinto. Non voleva cedere alla beffa di Cherubino, che lo aveva messo con le spalle al muro. Quell'uomo aveva tutto: un maledetto fascino, un paio di gambe agili, una corporatura scattante. Lui, al contrario, aveva soltanto la presenza di Guerriera a recargli conforto. Perché pretendeva di sottrargli anche quel poco?

«Le sue sono sterili illazioni, dottore: non può dimostrare quanto afferma.»

«Ha ragione.» E quasi supplicandolo: «Mi appello perciò alla sua coscienza, perché lei solo può ammettere la verità. Oggi ero a pranzo da Guerriera. Quando ho appreso per chi lavora, mi sono arrabbiato per davvero: ero pronto a venire qui per torcerle il collo, maestro! Perché la sta raggirando in questo modo? Perché ha scelto la vedova di Gabriele come infermiera?»

Egli protestò e si tradì: «Che c'entro io? Il parroco di questo borgo l'ha consigliata a mio fratello. Io l'ho riconosciuta a cose fatte, quando me la sono trovata di fronte...»

«Riconosciuta?» lo interruppe. «E come? Lei non l'aveva mai vista prima di allora. Non venne al concerto al Carlo Felice né Gabriele riuscì a riferirle di aver suonato con lei. Guerriera ne è all'oscuro e io non ho avuto l'indelicatezza di rivelarle che il marito, se avesse accettato di esibirsi come solista nella sua orchestra, maestro, sarebbe ancora vivo.»

Non poté più schermirsi e bisbigliò: «Avevo la sua fotografia... Gabriele la allegò alla lettera poiché sul retro c'era l'indirizzo. Desiderava che io m'interessassi di lei.»

«Non le credo!» gemette Cherubino. «Quale uomo cederebbe la donna amata a un altro? Lei, piuttosto, ne ha approfittato e si è preso la libertà d'insidiarla!»

Qui scoppiò in un riso amaro: «Dottore, è così che tratta i suoi pazienti? Non si è accorto che sono un paralitico? Chi potrei insidiare, nelle mie condizioni?»

Lentamente infilò la mano nella tasca interna della giacca di tweed che indossava e ne trasse fuori il portafoglio. Levò da uno degli scomparti la lettera di Gabriele e gliela tese. Ma la fotografia no. Geloso, la tenne nascosta sul cuore.

Rinaldo la prese con mano fremente, con gli occhi che si bagnavano di pietà. Si volse verso la vetrata, per decifrarla, ma Ciarán ne vagliava ugualmente il profilo impresso sull'imbrunire. Cercava di cogliere un sussulto delle ciglia o un sospiro trattenuto o la lacrima che le palpebre non avevano contenuto. Il foglio gli traballava sul petto, scosso di fiato angosciato. Ogni parola scorsa lo pugnalava, gli riapriva di sangue ancor caldo una piaga mai cicatrizzata.

Gliela rese senza sollevare il viso. Ciarán, allora, come il ragno che inviluppa la mosca che gli è appena capitata nella tela, lo pressò.

«Che farà adesso, dottore? Informerà Guerriera su ciò che ha appreso?»

Rinaldo non aveva più l'irruenza di Cherubino. Pareva esausto, quasi si fosse afflosciato nella lettura. Abbozzò soltanto un gesto evasivo.

«Non spetta a me, maestro. Tocca a lei giustificare l'ambiguità con cui l'ha avvicinata. Più passa il tempo, più le sarà difficile essere perdonato.» Si rianimò: «Il mio compito è un altro: vigilare sulla sposa del mio amico. E non permetterò a nessuno di causarle altra sofferenza, dopo la frana di dolore che l'ha travolta. Quella ragazza ha avuto un coraggio sublime, reagendo al duplice lutto che la colpì a distanza di una manciata di giorni, perché insieme con il marito perse anche la bambina nata prematura.» Riprese dopo una pausa: «Guerriera mi ha parlato di lei, poche ore fa, e mi ha pregato di visitarla. Ebbene, ho deciso che verrò spesso a Villa Celeste, non perché creda di giovarle con le mie conoscenze scientifiche, ma per controllare come si comporterà. Se la pesco a tormentarla, mosso da non mi interessa quale forma di egoismo, non la passerà liscia. Se lo rammenti!»

«Mi sta ricattando, dottore?» borbottò e spavaldo ne sostenne l'occhiata accesa.

«Preferisco affermare che l'ho avvertita. Non ho altro da dirle e non mi resta che augurarle buona serata.»

Si volse per andarsene ma Ciarán scattò rapido con la sedia a rotelle che guidava ormai con destrezza e gli sbarrò il passo.

«Non ha più niente da dirmi, eh? Io sì, invece! Perché? Perché ha avuto il fegato di spingersi sin qua, oggi? Perché ne è innamorato? Oh, insomma, lo confessi e facciamola finita!»

La replica del giovane medico fu imprevedibile. Gli sorrise, infatti. Con la dolcezza garbata che non si sarebbe aspettato. Con la clemenza della comprensione.

«Che cos'è l'amore, maestro? Un sentimento? Un'ossessione che ci avvelena di voluttà? Oh, no! Che abbaglio sarebbe ridurlo a questa miseria! L'amore non è affatto un sentimento: è un atto eroico, piuttosto. Consiste nell'impoverirsi, nell'annullarsi per far spazio all'altro, con il desiderio incontenibile che giunga e che prenda possesso di noi. L'amore è dono esclusivo, è l'io solitario che naufraga nel tu venerato. È assoluta generosità che si getta nel baratro di un abbraccio che lo trascende, che gli ispira fiducia incondizionata. Sì, lei ha ragione: io ho fatto il gran salto e mi sono innamorato. E non vorrei più tornare indietro né riprendere me stesso... Vivo in quel tu che ha vinto il mio io. Ma, per quanto le voglia bene, ciò non riguarda Guerriera.»

Si fece da parte. Rinaldo lo oltrepassò, strisciandogli la destra sulla spalla, e sparì nel corridoio. Lo rivide poco dopo in giardino, sagoma buia che risaliva il pendio in sella alla bicicletta. Gli echeggiava nelle orecchie ciascuna delle parole che lui aveva pronunciato e che non lo avevano convinto. Gli sembrava di aver capito tutto, in verità, di aver afferrato con la mente un concetto enfatico che era esteticamente perfetto e che, tuttavia, non gli sgelava il cuore. Ne era spaventato. Sudava freddo, mentre moriva il giorno, perché non c'era più il cielo sereno da contemplare. Sul delirio di rinfrancarsi accanto a Guerriera, che lo aveva condotto dall'Irlanda all'Italia, incombeva il nembo di un rivale. Ah, d'accordo, Cherubino lo aveva smentito, aveva protestato di aver ceduto ad altra passione. Ma non lo aveva imbrogliato.

Chi mai, dopo aver ammirato il viso lucente di Guerriera, avrebbe rivolto lo sguardo altrove?

Affondò la testa tra le mani, affranto di non volare come farfalla. Non aveva armi contro Cherubino, nella guerra d'amore. Cherubino alla vittoria, alla gloria militar...

Prigioniero della sedia a rotelle, egli era sconfitto in partenza.

CAPITOLO V

John Dowland
Come again

Liguria, novembre 1919

Disteso nel letto, Ciarán osservava le ombre sul soffitto. L'*abat-jour* velata di verde proiettava un crudo fascio luminoso sulle lenzuola, tirate indietro, e lasciava nella semioscurità il resto della stanza.

I profili ingigantiti di Rinaldo e di Guerriera s'alternavano tra gli stucchi come sagome in giostra. Si sorridevano complici, dall'uno e dall'altro lato, e in mezzo c'era lui, con il suo corpo di segatura. Il medico, che era specializzato in ortopedia, mostrava all'infermiera alcuni esercizi per le sue gambe, per riattivare la circolazione. E lui si vergognava di quegli stecchi scheletrici che sguazzavano nel pigiama di seta blu. Tanto, a che sarebbe servito?

«Hai capito, Guerriera?» le chiedeva Cherubino. «Fletti indietro un arto alla volta e poi allungalo giù, abbassando e risollevando la punta del piede. Ripeti il movimento molto lentamente, senza fretta.»

Avevano cominciato a torturarlo la settimana precedente. Come aveva minacciato, Rinaldo era ricomparso a Villa Celeste di giovedì pomeriggio. Guerriera li aveva presentati l'uno all'altro ed era convenuto a entrambi far finta di non conoscersi. Non avevano simulato reciproca simpatia, perché Cherubino non gli risparmiava dardi d'ironia ed egli mal sopportava la sua intrusione. Erano come due cani ringhiosi che il padrone, per dispetto, ha agganciato alle estremità di una medesima catena.

Indossato un camice ingrigito dai frequenti lavaggi, Rinaldo aveva scartabellato tra i referti clinici che si era fatto consegnare da Máirtín. Quindi aveva preteso di visitarlo e Ciarán, che si sarebbe volentieri opposto, aveva ceduto per esaudire lo sguardo supplice di Guerriera.

Con un ago sterilizzato sulla fiamma della candela, gli aveva sforacchiato le dita dei piedi. A un tratto egli aveva imprecato: non sapeva se lo avesse fatto perché aveva avvertito effettivamente la puntura o, piuttosto, per liberarsi di quel seccatore. E Cherubino, assai ringalluzzito, non aveva esitato a sgridarlo. Ma come? L'operazione in Olanda era andata bene, considerando le sue condizioni, e lui aveva disatteso le prescrizioni di cura? Avrebbe potuto ottenere qualche piccolo giovamento, impegnandosi nella riabilitazione, e se n'era infischiato? Che ne aveva fatto dei due anni sciupati in pigrizia?

Replicando a tono, lo aveva scandalizzato - e Guerriera insieme con lui - perché esigeva tutto o niente. Si era sottoposto all'operazione per camminare. Non l'aveva meritato? Ebbene, rifiutava il premio di consolazione delle banali conquiste quotidiane, come spostarsi da solo dalla carrozzina alla tazza del gabinetto. Non sapeva che farsene.

Anziché demordere, come si era augurato con la sua uscita a effetto, quei due gli si erano coalizzati contro. Guerriera avrebbe preferito licenziarsi piuttosto che essere connivente con la sua inerzia e Rinaldo, dal canto suo, si era appellato addirittura al giuramento d'Ippocrate, che lo forzava a curarlo anche avversandone la volontà.

Così, a distanza di pochi giorni, era ritornato. Aveva bussato al portone poco prima di cena ed egli era stato costretto ad accettarlo come commensale alla sua tavola. Aveva persino benedetto il cibo che la cuoca aveva preparato: Guerriera, almeno, lo faceva sottovoce! Lui no. Lui ostentava la perfezione fisica e l'irreprensibilità morale e Ciarán, per quanto si fosse cimentato, non gli aveva ancora trovato il neo che gli permettesse di chiamarlo ipocrita.

Aveva trascorso un'ora a muovergli le gambe avanti e indietro, spossandolo. Si era fatto tardi e quel merluzzo di Máirtín, commosso come se avesse assistito a un prodigio, aveva pregato il dottore di trattenersi per la notte, perché non era prudente rientrare in bicicletta a Savona con il buio. Cherubino, naturalmente, aveva accettato! Oh, aveva fatto un po' il prezioso, sostenendo di avere un appuntamento irrinunciabile in città, la mattina seguente. Tuttavia, se lo avessero svegliato per tempo... Donn si era precipitato a preparargli la camera degli ospiti e nessuno si era ricordato di lui, che era il padrone. Nessuno aveva chiesto il suo parere.

«Vorrei che provassi tu pure, Guerriera» le propose il ganimede in camice bianco. «È molto importante compiere i gesti giusti, per non compromettere la situazione. Desidero assicurarmi che tu, *chérie*, sia in grado di assisterlo in vece mia. Per conseguire qualche risultato, infatti, è necessaria la costanza nell'esercizio quotidiano. E io non posso garantire una presenza assidua, per gli impegni che ho assunto in precedenza.»

«Si lamenta della troppa clientela, dottore?» sibilò, quasi a scongiurare lo spavento che lei lo toccasse.

Non gli prestarono attenzione e non poté inventare altro per impedire che Guerriera gli afferrasse la caviglia destra.

Il tepore della sua mano, che meravigliosamente colse, lo umiliò più del pubblico dileggio o del giudizio meschino di un critico musicale o della compassione dei dublinesi, quando Máirtín spingeva la sua sedia a rotelle tra le aiuole di Saint Stephen's Green. E, in fondo al calice amaro dell'umiliazione, lo offese la presenza statuaria di Rinaldo che se ne stava ritto in piedi al suo capezzale, quale flagrante termine di paragone.

Abbassò le palpebre per non vedere. Avvertiva la sollecitudine di Guerriera, che ripeteva in sequenza le mosse che le erano state illustrate, ma non avrebbe sopportato di incrociarne lo sguardo di luce.

«Ottimo!» fu il commento compiaciuto di Rinaldo. «Mi raccomando, Guerriera, sii perseverante e non farti intimorire, se il maestro si mostrasse refrattario.»

«Certo che mi oppongo!» lo sfidò con un'occhiata furente. «Lo reputo uno sforzo inutile.»

«Lasci giudicare a me, maestro» Rinaldo gli sorrise. «Ne riparleremo tra qualche mese...»

Guerriera gli accostò le gambe l'una all'altra e lo ricoprì con le coltri. Gliele rimboccò con la grazia della madre che affida al sonno il figlio. Come sua madre non aveva mai fatto con lui... Quella fame d'amore cava e insaziabile risaliva ai suoi giorni di bambino, alle sere trascorse a piangere senza un bacio che lo calmasse. Aveva invidiato Bartlemy quando, da piccino, la mamma se lo prendeva sulle ginocchia e gli accarezzava i ricci di seta. Aveva invano scandagliato i ricordi, fantasticando di rintracciare sé stesso in una scena analoga, di rivedersi immerso nell'abbraccio dell'affetto. Forse era successo prima che si formassero percezioni e reminiscenze, sulla pagina vergine della mente, prima che suo padre si suicidasse. Forse era iniziato lì, nel respiro mozzato di chi si vota alla morte, il freddo di dormire scoperto, la notte, e il silenzio di non ricevere risposta. A volte aveva invocato la mamma sino all'aurora, ma la porta della camera non si era mai più aperta. Dopo che si era risposata, non aveva più osato chiamarla. Se era capitato, era stato un urlo involontario, estorto da un incubo. Allora, riaprendo gli occhi nel buio, aveva scorto Joseph chino sopra il suo viso. Seduto sul bordo del letto, aveva atteso che si riassopisse.

«Le auguro la buonanotte, maestro, e la ringrazio ancora per l'ospitalità.» Rinaldo aveva radunato i suoi strumenti e, insieme con lo stetoscopio che si tolse dal collo, li chiuse nella borsa di pelle nera. «Domattina non ci incontreremo, perché partirò all'alba, ma le prometto che mi rivedrà presto, non appena l'urgenza degli obblighi me lo consentirà.»

Si burlava di lui? Eppure pareva calmo e serio, senza quel guizzo di sarcasmo o di diffidenza che altre volte gli aveva letto nelle iridi d'ardesia.

Egli assentì chinando il mento, per non dargli la soddisfazione di una parola grata.

«Mi fai strada, Guerriera?» Dottor Cherubino faceva di nuovo il cascamorto con la sua infermiera.

Non era necessario portarsela appresso, perché Máirtín gli avrebbe fornito con maggiore competenza le indicazioni richieste. Evidentemente desideravano parlare da soli, alle sue spalle. La sua disgrazia diventava per quei due giovani, ai quali nulla mancava, né la bellezza né l'affabilità, l'occasione di frequentarsi e di dialogare con inflessione sommessa. Alle sue spalle!

Varcarono la soglia. Finalmente Guerriera si volse indietro e gli depose sul cuore la folgore del suo sguardo.

«Farò in fretta, Ciarán. Vorrei salutarla ancora, prima di ritirarmi in camera mia. Mi aspetterà desto o preferisce che le spenga già il lume?»

L'aveva attesa per tutta la vita, che cos'era il ritardo di quei pochi istanti? Si premette la mano sullo sterno, sotto il lenzuolo, per lenire l'affanno gioioso del petto. L'anima gli sfuggiva via in danza, gabbando la prigione del corpo immoto.

«Venga, la prego» mormorò con accento scosso.

Udì l'uscio che si socchiudeva e affondò nel cuscino il profilo molle. La lucerna accesa nella notte gli ornava di lacrime lucenti le ciglia.

La camera degli ospiti era in fondo al corridoio di sinistra, al primo piano della grande villa. Guerriera e Rinaldo la raggiunsero in silenzio, camminando affiancati. Solo quando furono davanti alla porta, presso la finestra che versava raggi di luna sul pavimento di marmo, lui le parlò sottovoce.

«Ah, se non fosse così ostinato! Ci sono i presupposti per un lento recupero, che sarebbe stato anche maggiore, se avesse dato retta al chirurgo che l'ha operato e avesse intrapreso subito la riabilitazione. Ma no, lui vuole agire di testa sua! E, intanto, abbiamo perso tempo prezioso... Come fai a tollerarlo, Guerriera?»

«Con me è sempre gentile, Rinaldo. D'accordo, io cerco di evitare gli argomenti su cui potremmo scontrarci.»

«E qui commetti un errore! Non ti accorgi che è un uomo viziato? Guardati da lui, mi raccomando, perché temo che sia mosso da un fine oscuro.»

Congiunse le mani davanti alle labbra: «Io credo, tuttavia, che sia migliore di quanto dia a vedere. Benedico il Signore per i piccoli traguardi raggiunti, per la letizia che ci concede quando suoniamo insieme: pensa, erano anni che non toccava più la tastiera! La sera della nostra prima sonatina a quattro mani Máirtín, il maggiordomo, mi ha preso da parte e ha pianto, incredulo che fosse successo. Lo so, lo fa per compiacermi e non per diletto, ma io sono convinta che prima o poi riprenderà a suonare da solo, con il talento straordinario che infonde nella musica.»

«Non sei spaventata del tuo trionfo?» la interrogò con fraterna insistenza. «Sei riuscita là dove altri hanno fallito. Non ti sei mai chiesta il perché?»

«No, Rinaldo. Io mi affido al Signore e sottometto a Lui le mie azioni affinché gli siano gradite, restando sempre lieta, pregando incessantemente e in ogni cosa rendendo grazie. Tutto il resto non conta.»

«Hai ragione, amica mia» le sussurrò rifulgendo di luna. «Se sono queste le tue armi, nessun male potrà insidiare il tuo passo. Di tanto in tanto, quando dialoghi con Dio, presentagli anche il mio nome perché non mi venga meno il coraggio, perché io continui a camminare nella strada che Lui ha tracciato per me, tenendo la mia mano nella sua.»

La baciò sulla fronte, com'era solito fare sin dal tempo chiassoso della loro infanzia.

«Tu sei in ogni mia orazione, Rinaldo. È troppo prezioso, infatti, il dono che il Signore ti ha elargito. Ti dispiace se ora gli offro anche la disperazione di Ciarán? Che ne sarà di lui, altrimenti?»

«Sei incorreggibile, *chérie*!» esclamò, scherzando. «Mi costringi a imitarti, per non essere da meno. Penserò a lui, dunque, quando recito le lodi e i vespri. Va bene?»

«Sei un tesoro!» gli ricambiò il bacio sulla guancia e si accomiatò: «Buonanotte! E a domani!»

S'affrettò a tornare indietro. Lo aveva promesso a Ciarán.

Il fiato si colmava di gaio fermento e stentava a individuarne la cagione. La attribuiva al cambiamento di lavoro, perché quando prestava servizio al manicomio era fatale lasciarsi travolgere dalla tristezza di chi, con la sguardo assente, tremava di paura e implorava aiuto. A Villa Celeste, invece, si sentiva protetta e circondata d'attenzioni. I domestici irlandesi prevenivano ogni suo desiderio: le facevano trovare un boccio di rosa tardiva accanto al piatto o un fazzoletto di lino ricamato con le sue iniziali sotto il cuscino. Erano gentili e affettuosi, anche se non parlavano la sua lingua. E poi c'era Ciarán. Le piaceva stargli accanto, perché si sentiva utile, perché il bene che seminava ogni giorno nell'aridità della sua vita brulicava già di germogli. Nella sua fede limpida, domandava al Signore di essere per lui un minuscolo segno di speranza.

Bussò ed entrò lieta nella camera. Qui predominava il colore verde, che assumeva toni di cupo smeraldo nelle tende e nel broccato delle poltrone e si schiariva in gradazioni di acquamarina sulla tappezzeria, sui paralumi di seta e nei cristalli. Ogni stanza, del resto, aveva una tinta prevalente: quella che le avevano assegnato era un tripudio di rosa antico e di trasparenze granata e, la sera, la proteggeva con materna intimità.

Ciarán teneva gli occhi chiusi, nel viso ideale di divinità greca. Li riaprì all'improvviso, addolcendoli nell'incrociare i suoi.

«Si sieda, Guerriera. Se non è troppo assonnata, vorrebbe tenermi compagnia? Per pochi minuti ancora.»

Aveva accenti di grazia carezzevole, nel conversare con lei. Indovinava la sua fatica nel conservarsi umile, lui che per natura era orgoglioso, pur di non turbarla, pur di non disgustarne la disponibilità.

Gli obbedì volentieri, accostando la poltrona al comodino.

«Sono indiscreto se la interrogo riguardo al dottor Novara? È proprio necessario che io mi rimetta alle sue cure?»

Lo rassicurò: «Non potrebbe essere in mani migliori, Ciarán. Rinaldo è un bravo medico e l'orrore vissuto in guerra gli ha fortificato il carattere. Mi addolora che stentiate a intendervi, perché mi piacerebbe che diventaste amici.»

Lui non riuscì a mascherare una smorfia di malumore: «Mi pare che l'antipatia sia reciproca, o sbaglio? No, non inventi giustificazioni: sono esausto di avere intorno chi mi incanta con eufemismi.» Divenne vibrante: «Lei sola è diversa, Guerriera! E io temo d'attaccarmi alla sua clemenza come un'ostrica allo scoglio. Di questo non l'ha messa in guardia Rinaldo?»

Rise con schiettezza: «In effetti lo ha fatto! Ma che importa? Io saprò essere forte per due, se ciò potrà giovarle.»

Lo vide impallidire e fremere. Rivolse la faccia dall'altra parte perché, forse, era commosso.

«Mi chiedo spesso» commentò infine, dopo essersi dominato, «da dove lei, Guerriera, tragga tutta questa energia. Mi stordisce scorgere il suo sorriso, ragionando sul male che le ha stritolato la giovinezza. Penso a suo marito, ucciso in battaglia, e a sua figlia volata via a poche ore dal parto. Come riesce a convivere con una tale tragedia?»

La vinse un sussulto di malinconia: «Se glielo indicassi, Ciarán, mi ascolterebbe?»

Lui s'irrigidì. Aveva sfiorato, infatti, il nodo più profondo del tormento e della ribellione, della pretesa e della delusione.

«Ah, no! Non mi tiri fuori la storiella di Dio come ai bambini si racconta Cappuccetto Rosso!» proruppe violento. «Dio le ha strappato la sua famiglia, come un monello di strada strappa le ali a un farfalla, e lei continua a supplicarlo? Suvvia, non sia stolta!»

Mantenne la calma, perché troppo alta era la posta in palio: «Non è stato Dio a sottrarmi ciò che di più caro avevo sulla terra. Dio, infatti, ci lascia liberi di scatenare le guerre e di odiarci a vicenda. Ci lascia addirittura liberi d'incolparlo delle nostre atrocità. Ma non ci abbandona mai. Ci viene incontro nel pianto e, se volgiamo a Lui il nostro cuore lacero, ci travolge d'amore. Dio solo è stato la mia salvezza. Mi sarei dissolta nell'angoscia, se Lui non si fosse chinato sulle mie lacrime di sangue e non le avesse asciugate con il soffio potente della vita.»

Spiò la reazione sul suo viso. Ma gli occhi erano rovesciati altrove e l'espressione di pietra non esternava emozioni. La mascella irrigidita, tuttavia, era indizio di contrarietà. Ora che cominciava a conoscerlo, nella lunga vicinanza quotidiana, captava meglio le sfumature con cui la sensibilità gli truccava il sembiante. Indovinava il tedio nella piega che gli uncinava l'estremità del labbro e la serenità nelle palpebre che si stringevano a fessura. Era un uomo assai geloso dei propri pensieri e, sebbene avesse una natura impulsiva che a tratti trapelava, centellinava i moti dell'anima quasi fossero una colpa. Doveva aver sofferto molto, - e non solo nel corpo spezzato, - per vigilare guardingo su sé medesimo, per diffidare dell'amicizia che gli offriva spontanea.

Avrebbe voluto scuoterlo, prenderlo per le spalle e abbracciarlo, tenendolo avvinto a sé come un fanciullo, pur di fargli sputare il silenzio! Avrebbero pianto insieme, probabilmente, e poi sorriso di parole inutili ma, almeno, avrebbero infranto il vetro muto che li separava. Immaginava che, in passato, nessuno lo avesse ascoltato. Non gli avevano insegnato a spalancare il cuore per condividere il pigolio di un nido di rondini o la vampa rosata di un tramonto estivo o la luce di un fiore cui il sole trafora i petali... Come poteva sospettare, povero ragazzo, che ci fosse davvero un Dio d'amore in trepido ascolto d'ogni suo respiro?

«Ci vuol ben altro, per convincermi, che quattro asserzioni bigotte spacciate per verità!» Alla fine fu questa la sua conclusione velenosa.

Non era il caso d'insistere, per quella sera. Lo avrebbe esasperato, se avesse obiettato con le argomentazioni che le si affollavano sulla lingua. Senza ottenere che la stilla d'acqua scalfisse cadendo la roccia, che lavasse via incrostazioni tristi. Lo avrebbe allontanato da sé e non desiderava che accadesse. No, non lo desiderava affatto perché implorava dal Signore la grazia umile d'accompagnarlo nella crescita spirituale, perché il giovane paralitico risvegliava in lei una tenerezza sconosciuta, ispiratrice di gesti materni e di fraterne attenzioni.

Guerriera si alzò e si curvò su di lui, immergendo le pupille nelle pupille, mischiando il fiato al tepore del fiato.

«Ha ragione, Ciarán. La giornata è stata lunga e la stanchezza non ci permette di dialogare in armonia. Ma c'è un dono che io oso sollecitare da lei quale favore personale e che mi renderebbe tanto felice.»

Pallidissimo, lui bisbigliò: «Sarei lieto d'accontentarla, se non pretende l'impossibile.»

Raccolse tutto il suo ardire: «Mi permetta di benedirla, allora, come un tempo facevo con mio marito, prima di smorzare la lucerna a olio, come benedissi per una sola notte mia figlia, che da quel sonno non si sarebbe più ridestata.»

Ciarán era combattuto: aveva tirato d'istinto la testa indietro, quasi temesse un contagio, eppure nei suoi occhi sbarrati tremolava un umore di pietà.

Gli prese la mano, abbandonata sul risvolto verde acqua del lenzuolo, gliela scaldò nella sua, perché aveva le dita diacce. Lui, intanto, si dibatteva come un fringuello incappato suo malgrado in una pania.

«Oh, insomma!» cedette alla fine. «Se le sta tanto a cuore... Ma si sbrighi! E si ricordi che io mi piego a lei, di cui stimo l'elevatezza d'animo, non al suo Dio.»

Con mossa irosa le presentò la fronte e Guerriera vi appoggiò sopra il pollice destro. S'attardò nella lieve pressione di un segno di croce, che era carezza e ustione di fuoco.

Poi spense l'*abat-jour*. Il riverbero d'opale della luna sul pavimento la guidò sino alla porta.

CAPITOLO VI

Gioacchino Rossini
Di tanti palpiti
(Cavatina di Tancredi, dall'opera omonima)

Liguria, novembre 1919

Ciarán si era stancato presto di Anton Diabelli. Così, un mattino, le aveva fatto trovare sul leggio del pianoforte gli spartiti delle Danze Ungheresi di Johannes Brahms nella versione a quattro mani. Guerriera gli aveva spiegato che erano anni che non si esercitava, non possedendo lo strumento.

«Se è per questo, chi più di me potrebbe essere fuori allenamento?» aveva ammiccato lui.

Aveva scelto la celebre Quinta Danza in fa diesis minore, perché assai orecchiabile. Le era rimasto accanto, mentre lei studiava la parte. Con brevi consigli, senza mai forzarla, l'aveva messa a suo agio e sembrava contento della semplicità della sua interpretazione.

Adesso, finalmente, era giunto il momento di suonare insieme.

«Non esasperiamo il tempo.» Ciarán le stava impartendo le ultime indicazioni. «Si rammenti, Guerriera, che è un Allegro, ma, se ci lasciamo prendere dal ritmo di marcia, ci sfuggirà l'incisività della pagina in Vivace. E ogni nota, per quanto passi via in un lampo, ha una voce irripetibile, è una scintilla di luce da cogliere.»

In lui il direttore d'orchestra prevaleva sul pianista. Lo aveva notato già nella settimana precedente, quando le stava vicino e l'ascoltava intento nella lettura dello spartito. Aveva chiosato un suono qui e là, come in passato aveva esortato il golfo mistico riunito per le prove.

Non appena curvarono le mani sulla tastiera, si sentì schiacciata dalla sua supremazia tecnica. Ciarán accelerava le dita con naturalezza prodigiosa, che nei brani di Diabelli s'intuiva suadente, mentre nelle armonie tzigane di Brahms risaltava quale potenza di fiume in piena. La destrezza con cui la sorprendeva battuta dopo battuta, che rivoluzionava le note quasi venissero interpretate allora per la prima volta, la incantava e le rapiva l'attenzione, la costringeva a trattenere il respiro. Nell'attesa sublime che lui la sorprendesse ancora.

S'avvide che si era infilato un anello al mignolo destro. Era uno strano anello, diverso dagli altri maschili e squadrati che andavano di moda. Era un cerchietto d'oro in cui due mani reggevano un cuore sormontato da una corona e nel cuore era incastonato uno smeraldo splendente come i suoi occhi... Che significato aveva per lui, che prima non lo portava? Quale impegno celava l'averlo messo al dito?

«*Damnú air!*» tuonò a un tratto in gaelico. «Perché è così distratta, oggi?»

Sospesero l'esecuzione.

«Mi perdoni, Ciarán. Stavo rallentando?» E arrossì.

Il giovane irlandese alzò le spalle: «Ma no, non è questo il problema. Sono io il problema, che pretendo l'anima di chi suona con me. Se lei ha la mente altrove, io lo sento, lo avverto sin nelle viscere. Non le piace Brahms, forse? Non gode dell'incalzante passione? Ecco, da lei esigo passione e fierezza e variopinti varchi di malinconia!»

Nell'apprezzarlo con fervore attratto, non si stupiva più che in passato avesse riscosso tanto successo: era una sorta di sacerdote dell'arte, invasato di melodie mirabili e di sentimenti eroici. Lo guardava estatica, quasi timorosa che lui la scoprisse commossa, e s'inebriava dell'uomo e del musicista, dei suoi lineamenti nobilitati, delle iridi incendiate di verde, della fronte assorta nella folgorazione del canto interiore. Non si accorgeva della sedia a rotelle, che lo ancorava alla precarietà della terra, perché il suo profilo ritagliava il cielo oltre la vetrata. Fronde di oleandro e di ligustro dondolavano nel vento salmastro, trapassate da spiragli guizzanti di mare. Anche le chiome dei pini marittimi si piegavano con solennità accigliata al passaggio di un brivido di brezza e crepitavano d'aghi di sole.

«Che cosa le accade, Guerriera?» le domandò con voluttà e, grazie alla complicità della tastiera, fu ardito nel posarle la destra sulla destra.

Una lacrima le trepidava sull'orlo delle palpebre: «Mi sono emozionata nell'ascoltarla e le mie note hanno perduto vigore. Gustavo soltanto le sue...»

Lui sorrise, con l'ingenuità arruffata di un bambino cui viene concesso un premio insospettato.

«È colpa di Brahms, piuttosto!» si destreggiò allegro. «Questi brani sono creati apposta per accattivare, per suscitare l'applauso. Come le Rapsodie... Conosce la Seconda?»

Annuì, senza riuscire a esprimersi perché aveva la gola tumida di turbamento.

«Sarebbe facile giocare d'astuzia, d'artificio, speculando sul Molto appassionato che la caratterizza. E invece no! Io sono convinto che vada suonata con lo stesso rigore richiesto da una partitura di Bach. Con la medesima, religiosa, assennatezza.»

Il cuore le batteva forte e la sfiancò di calore, quando si rese conto che avrebbe suonato, che lo avrebbe fatto davvero!

«Gliela dedico» le bisbigliò.

Scandì il primo tema con severa pulizia, arricchendo il ritmo di chiaroscuri pensosi. Nella brevità del brano, il susseguirsi degli altri due episodi schizzava acquerelli di sensazioni tradotte in immagini. Attraverso il rincorrersi d'ampi accordi su più ottave, la sonorità squillante coinvolgeva ogni registro ed era tenuta in equilibrio dal dialogo continuo tra la mano destra e quella sinistra, tra i toni gravi e le note brillanti e acute. Ciarán spezzava sequenze di canone imitativo con rollate di marcia, come se il pentagramma non riuscisse più a imbrigliare l'improvvisazione tzigana che aveva ispirato il compositore. Non indulgeva al languore, non addomesticava i temi, quando si riproponevano nello stereotipo di situazione già vissuta, ma rinnovava l'idea di ogni singolo momento melodico. Il suono fluiva in continua metamorfosi, imboccando percorsi di virtuale polifonia. Non si accontentava, infatti, dell'impianto sintetico di monologo, ma esplorava sconfinate possibilità e le circoscriveva nel coro di un'elaborazione lineare eppur complicatissima. C'era impeto veemente e sincero, nella sua esecuzione, eppure non deragliava mai, non tradiva la chiarezza cantabile del rigore. La coda conclusiva, in virtù di un prodigioso bilanciamento fra genialità e gestualità misurata, le scivolò addosso come rovente carezza e balsamo di sollievo.

Al morire dell'ultimo suono, lui piegò in avanti il busto, sin dove glielo permetteva la sedia a rotelle, e sfiorò con la testa la tastiera. Ansava di sfinimento per lo sforzo compiuto, per la pretesa di perfezione che si era imposto.

Guerriera provò l'impulso irrazionale di posargli la mano tra i capelli, di trasformare la gratitudine e l'eccitazione che la sconvolgevano in contatto fisico di sofferta tensione. Il tepore della vicinanza tra i loro corpi sarebbe stato più eloquente della banalità di parole abusate e delle quali, tuttavia, non aveva l'audacia. Mentre l'anima gli martellava nel sangue, in seno le esplodeva lo stordimento; la abbracciavano l'incredulità e la gioia della musica che lui stesso le aveva donato: in che modo gli avrebbe restituito tenerezza, senza essere fraintesa?

Rialzato lentamente il capo, Ciarán scandagliò il suo sguardo. Vi trovò la letizia delle lacrime e il fremito fulgido della meraviglia. Ne fu orgoglioso e le sorrise. Si aspettava, forse, un commento, una frase d'elogio qualsiasi. Tacendo, invece, ella tentava la difesa estrema della propria carne.

Lui, allora, chiuse la tastiera e orientò la carrozzina verso di lei, che aveva arretrato di poco lo sgabello.

«Temo che, poc'anzi, il mio linguaggio sgarbato le sia dispiaciuto. Come posso meritare la sua indulgenza, Guerriera?»

Sollevò il mento, per impedire al pianto d'inondarle le gote.

«Lei ha guadagnato la mia lode, piuttosto» ammise con voce velata. «Sono ancora sconvolta per la sua bravura, per il talento raro tenuto per anni nascosto in una buca. Oh, Ciarán, mi prometta che non smetterà mai più di suonare, che riempirà con la musica la sua vita!»

«Non mi obblighi a spergiurare l'impossibile.» Si era rabbuiato. «Ciò che ho fatto... ebbene, l'ho fatto soltanto per lei. Non mi interessa suonare per gli altri.»

Ebbe paura del suo ardore. E, ancor peggio, ebbe paura della propria debolezza. Nel sacro ricordo di Gabriele, non aveva mai accettato il palese omaggio di un uomo e ora, al contrario, subiva il fascino ossessivo di chi non aveva attrattive per il mondo.

Come virare subito indietro? Come sfuggire alla grazia d'essere amata?

Aveva commesso un errore!

Ormai era una lotta continua con sé medesimo, nel tentativo di camuffare i propri sentimenti.

Era bastato sentirsela vibrare accanto, sulle note di Brahms, per accendersi di lei e per lasciar briglia sciolta all'amore. Non aveva vigilato sulle parole, che si erano vestite d'accenti affettuosi e che l'avevano importunata.

Quanto doveva apparirle grottesco! Un groppo informe di membra che arrischia lo sguardo sulla bellezza virtuosa di una vedova.

Malediceva la sua disgrazia non perché aveva perso l'uso delle gambe, - no, quello era il meno! - ma perché era rimasto il cuore a pulsargli nel costato. Perché un paralitico continua a provare slanci identici a quelli di un uomo sano. E pene violente e dolci smarrimenti! E, pazzo di passione, si mette al dito il pegno di un antico anello irlandese, giurando a sé stesso che non sarà mai d'altra donna.

A che serve? A chi giova, nella certezza che non sarà ricambiato, che non gli sarà concesso di parlarle d'amore se non per esporsi al ridicolo?

Era giunto in Italia per conoscerla, tormentato com'era dalla fotografia che l'aveva accompagnato nella terribile Pasqua dell'insurrezione. E se ne era innamorato per davvero! Non si aspettava nulla da lei, che aveva già quel farfallone di Cherubino a svolazzarle intorno. Bramava soltanto che gli stesse vicino, illudendosi che gli si affezionasse, poiché è naturale che un'infermiera nutra pietà per il malato che è pagata per accudire. Se, tuttavia, l'avesse insultata con palpiti di spasimante, l'avrebbe indotta a lasciare Villa Celeste. E non avrebbe più tollerato la solitudine. Non dopo averla contemplata giorno dopo giorno.

Doveva rimediare, affinché Guerriera non s'allarmasse. E non c'erano che due vie per rassicurarla, l'una opposta all'altra; una assolata di sincerità, l'altra ombrosa di menzogna. La prima consisteva nell'ammettere di aver conosciuto Gabriele, e ogni ora che trascorreva nel silenzio gli rendeva più arduo l'impiccio d'ingannarla. Si era accorto, e Rinaldo stesso glielo aveva confermato, che lei non sapeva nulla del concerto al Carlo Felice, in cui aveva diretto suo marito: nella fretta di raggiungere il fronte, il violoncellista le aveva taciuto un bagliore di fama per destinarle le promesse profonde dell'addio. Così, con il passare del tempo, diventava sempre più difficile per lui affrontare l'inevitabile chiarimento. Era soprattutto l'annuncio della lettera che Gabriele gli aveva indirizzato a impensierirlo, insieme con l'ammissione di custodire quale tesoro geloso una fotografia che non gli apparteneva. Per correttezza avrebbe dovuto farvi subito accenno, la mattina stessa in cui Bartlemy aveva assunto Guerriera. Aveva omesso la verità, allora, e adesso non era possibile uscirne in maniera indolore. Per questo sprecò ancora una volta l'opportunità che gli si presentava e optò per la seconda via, che gli permetteva di distrarla con figure di fumo.

«Crede che io le stia facendo la corte?» ironizzò. «Si rinfranchi: non sono tanto matto! Come già le anticipai, io ho chiuso con le donne nel momento stesso in cui sono stato respinto dalla mia promessa sposa, cui non piaceva che le recassi in dote la sedia a rotelle. Mi è grata la sua amicizia, piuttosto. A quella non potrei mai rinunciare, Guerriera, perché mi distoglie dalla disperazione.»

L'aveva convinta: lo notò dalla sua fronte, ora spianata sotto i riccioli che, simili ad anelli d'oro trasparente, sfuggivano alla cuffietta. E ne fu quasi deluso... Non solo: aveva sortito un effetto imprevisto e pressoché comico, che lei s'affrettò a esprimergli con affettuoso affanno.

«Sono onorata della fiducia che ripone in me, Ciarán. Ma mi addolora il pensiero che ci sia stata una ragazza tanto egoista da averle spezzato il cuore. Forse è cambiata, in questi anni: la sofferenza, infatti, rivoluziona la nostra vita. Non ha mai tentato di rivederla?»

Egli scoppiò a ridere.

«*Mise?*[80] Sì, proprio io? Con il cuore spezzato per colpa di Lorna? Questa è davvero spassosa! Ne ho provato disinganno, lo ammetto, perché a nessuno garba essere scaricato da chi vale meno di lui. Quanto al tentativo di riallacciare il rapporto, come lei caritatevolmente mi suggerisce, non ci tengo affatto e poi... ebbene, non sarebbe leale insidiare la moglie e il talamo di mio fratello!»

Guerriera sbarrò gli occhi e si coprì la bocca con entrambe le mani. Scosse il capo, scettica.

«No, amica mia, non è uno scherzo» continuò. Non si

esprimeva con acredine, perché l'argomento ormai lo lasciava indifferente. «Non ho tirato in ballo il nome di Lorna per mettere alla prova la sua attenzione e, le assicuro, il mio senso dello *humour* non pecca di cattivo gusto. Tutto è capitato perché quel grullo di Bartlemy si è intestardito nel ricondurmi l'amata. Si recava da lei quasi ogni giorno, a perorare la mia causa, si faceva abbindolare dalla falsità delle sue lacrime e la esortava a sperare, garantendole che l'operazione sarebbe riuscita e che io sarei tornato come nuovo. Era un sorcetto sprovveduto tra gli artigli di una gattona astuta e lei lo ha divorato in un boccone. Ci sono cascato anch'io, del resto. Allo stesso modo.»

«Che tristezza!» esclamò Guerriera, nel suo pallore di vedova bella e virtuosa. «Io, tuttavia, stento a concepire il rapporto d'amore tra uomo e donna come una trappola...»

«Perché lei non ha conosciuto i disordini di un letto clandestino» la sfidò, avvolgendola in uno sguardo colmo di venerazione. «Io, invece, di quella donna ero l'amante. Non provavo tenerezza per lei ma solo un'avida attrazione fisica. Con le sue malie mi rendeva malato di lussuria e indegno di aspirare a una fanciulla onesta. Se, alla fine, la chiesi in matrimonio, fu per tacitare la mia coscienza, e non perché l'avessi scelta quale compagna della mia vita.»

Come lo avrebbe giudicato? Lei, che aveva sposato un giovane di grandi ideali e che ne rimpiangeva la dirittura morale, come avrebbe commentato la confidenza di uno stolto che aveva sciupato la sua gioventù?

Era cambiato, da allora, ma come convincerla che ciò dipendeva dalla consapevolezza e dal rifiuto della passata futilità e non dalla rinuncia cui lo obbligava la paralisi?

Con inatteso trasporto, Guerriera gli afferrò la mano e la trattenne nel calore delle sue.

«Non sia implacabile, Ciarán! Io credo che lei abbia amato e che la delusione patita l'abbia inasprita nei confronti di sua cognata. Altrimenti non si spiegherebbe quel gesto inconsulto...» Avvampò: «Quando suo fratello mi disse che lei aveva tentato il suicidio, la sera prima che lui si sposasse, io avevo dedotto che fosse per invidia, che lei bramasse una famiglia come quella che Bartlemy si stava creando, e che la considerasse inaccessibile. Era mosso dalla gelosia, invece. E dal dolore sterminato d'essere stato tradito.»

Ritrasse brusco la destra: «E qui si sbaglia! Senza conoscermi, aveva indovinato il mio stato d'animo. Perché non mi ritiene schietto, adesso che per lei metto a nudo me stesso?» E aggiunse, impetuoso: «Non posso giurarle di non aver amato, prima d'ora, perché dell'amore mi sono familiari l'ebbrezza e il martirio, ma le giuro in verità che non ho mai amato Lorna!»

Scherzi dell'immaginazione! Se il suo corpo fosse stato normale, ossia agile e prestante come quello di un trentenne in piena attività, sarebbe stato lusingato dall'insistenza di una vedova bella e virtuosa. Avrebbe ipotizzato d'averla emozionata. Non si scandaglia così, infatti, negli affetti di chi ci è indifferente. Non ci si avventura in interrogativi perigliosi, se non per smascherare nel passato una rivale. Quasi che i ricordi possano riapparire e, con l'ala lenta della nostalgia, disidratino germogli di giovinezza. Ma era un invalido, privo di seduzioni, senza un futuro da offrirle, cui restava tuttavia il brutto vizio di sognare a occhi aperti.

Guerriera si riscosse e, per darsi un contegno, guardò l'orologio che teneva al polso.

«Oh, si è fatto tardi! Debbo scendere in cucina a prenderle la limonata. Con permesso!»

Si alzò e, scivolando lesta sul tappeto con le sue scarpette basse, guadagnò in un istante la porta.

«Guerriera!» non poté trattenersi dal richiamarla. Seguitò, come lei si volse: «Mi permette una domanda ancora? Non m'importa se la limonata si fredda.»

«Mi dica, Ciarán» mormorò lei, celando le iridi sotto le palpebre chine.

«Non voglio apparirle insensibile ma c'è un dubbio che mi tempesta da tempo» e non specificò quanto lungo fosse il tempo intercorso. «Se, per assurdo, suo marito fosse sopravvissuto alla guerra e le fosse stato restituito nelle mie condizioni, atrofizzato e non più autosufficiente, come avrebbe reagito? Sarebbe stata tanto intrepida da restargli accanto?»

Lei sollevò la testa. Era fiera, splendente di sorriso e di lacrime cristalline.

«Se Gabriele fosse tornato a me, benché mutilato, con la mente sconvolta oppure con la carne a brandelli, avrei benedetto ogni giorno il Signore per l'immenso dono della sua vita!»

Uscì.

Egli rimase a contemplare la porta socchiusa. Ammirato. Trasfigurato d'amore.

Oh, no! Ciò che provava in quel momento non era affatto simile al gioco di sensualità che lo aveva asservito a Lorna.

Ma nella primavera lontana e credula non aveva presagito che ci fosse qualcosa di più potente di un orgasmo. Si era accontentato di briciole inghiottite con voracità frettolosa, nell'impellenza di dimostrare a sé medesimo e al mondo intorno d'essere diventato uomo e di saperci fare con le donne. Aveva gustato la stessa minestra degli altri, che si trangugia con godimento acuto ma effimero e che non richiede la pazienza della masticazione. Non è come il pane, che accoglie il lievito madre e che, diventato tutt'uno con esso, s'attarda a fermentare. La pasta cresce calda d'attesa. S'indora nel forno, sino a crocchiare di fragranza. Si spezza sulla mensa della vita e si assapora, infine, a piccoli morsi, con gratitudine.

L'amore, in fondo, è come il pane, come il nutrimento prezioso di ogni nuovo giorno che sorge. Va impastato con umiltà e con perseveranza, condito con olio di quotidiana costanza e cotto nell'avvolgente fuoco di legna profumata.

Ora che lo aveva capito, aveva già dilapidato l'unica occasione per essere felice.

Avrebbe voluto incontrare Guerriera prima di Lorna. Avrebbe voluto imparare da lei il brivido di generosità che accende l'amore. Avrebbe smesso, al suo fianco, d'attribuirsi l'io di una pretesa egoistica per annullarsi nel tu dei suoi occhi. Si sarebbe svuotato, per farle posto accanto alla fiamma del suo cuore e l'avrebbe circondata con la coltre della propria anima. Il silenzio di vegliarla nella notte, sino allo schiarirsi dell'alba, sarebbe stato il premio sospirato della sua dedizione. Null'altro, sotto il sigillo radioso del suo sorriso.

Eppure, chi gli impediva di amarla a quel modo? L'incidente di non essere contraccambiato diveniva quasi un accessorio senza importanza, nell'ottica di mettere lei al primo posto.

Amarla significava renderle la giornata meno faticosa, accettando di buon grado le medicine che lei gli somministrava e i gesti prosaici che umiliavano il suo orgoglio d'uomo in fragilità di fanciullo.

Amarla equivaleva anche alla serenità di non imprigionarla nei propri pensieri. Ci voleva una gran forza di carattere nell'osservarla libera come farfalla nella luce del sole, senza afferrare d'istinto un retino per acchiapparla. Ci voleva, anzi, una savia follia nel vederla felice con Rinaldo e nel mantenersi ugualmente calmo, perché non aveva armi per sottrargliela.

Amarla, infine, corrispondeva ad accettare il segno di croce che Guerriera, sera dopo sera, gli imponeva sulla fronte.

Amarla era fare un passo indietro. Alla ricerca di ciò che amava lei. Anche senza capire, senza condividere del tutto e senza deporre la spada della ribellione.

Forse, par amarla davvero, avrebbe rintracciato addirittura quel Dio respinto, quel Dio di cui lei si fidava. E avrebbe inventato una preghiera nuova, in cui cantarle d'amore per non essere udito.

CAPITOLO VII

Giuseppe Verdi
Ella giammai m'amò
(Aria di Filippo II da Don Carlos)

Liguria, dicembre 1919

Qualcosa era mutato.

Mentre li osservava sulla battigia che chiacchieravano insieme, Guerriera si domandava quando fosse successo. Ciarán, adesso, sembrava gradire le visite di Rinaldo che, a sua volta, ammansiva i sospetti. Non si trattava ancora di amicizia, perché qualche silenzio d'ombra s'interponeva tra loro, ma a poco a poco il sarcasmo si stemperava nella quiete del dialogo.

Avevano approfittato di una di quelle giornate di sole che, nel mite inverno ligure, anticipano suggestioni di primavera e per non perdere le ore più calde avevano deciso di consumare in spiaggia un pasto veloce. Bríd aveva preparato loro i suoi gustosi sandwich e aveva messo in infusione il tè in una teiera di ghisa, che conservava a lungo la temperatura.

Terminato il pranzo, avevano indugiato per godere la carezza del cielo sereno. Guerriera camminava in cerca di conchiglie e Rinaldo, seduto sopra uno scoglio, intratteneva Ciarán. Le ruote della sedia a rotelle, che avevano spinto sulla passatoia di parati di rovere attraverso cui i gozzi venivano ritirati in secca, affondavano nella rena e il calmo oscillare dei marosi le lambiva schiumando.

L'ampio golfo su cui s'affacciava il borgo schizzava l'insinuarsi della costa oltre il profilo chiaro di Genova e, a ponente, chiudeva lo sguardo con la sagoma dentata dell'isolotto di Bergeggi. Non c'era foschia, quel giorno, e l'orizzonte appariva netto di luce e d'azzurro. Lo sciabordio dei flutti mesceva bagliori accecanti, suscitando un caleidoscopio di gradazioni di blu e di verde. Ciarán non distoglieva gli occhi dallo spettacolo che gli offriva la natura e ascoltava assorto il concerto in cui le onde e i gabbiani si facevano a vicenda il contrappunto.

«Non ricordo di essere stato al mare, da quando non cammino più» mormorò. «E questo non è il mare d'Irlanda, che pure mi seduceva con crepiti di gelida perla ogni volta che Joseph, il mio patrigno, mi portava da bambino a Bré[81] e insieme scalavamo la montagna per guadagnare il più bel panorama della baia di Baile Átha Cliath» così lui denominava Dublino. «Questo è il mare gagliardo contro cui si scontrò Ulisse e che lo obbligò a vagare in balìa del fato e dell'orgoglio.»

Rinaldo rise: «Verrà l'estate e lei, maestro, avrà modo di stancarsi del sole arrabbiato della nostra terra di Liguria.»

«Già, verrà l'estate e crescerà l'erba... In irlandese si dice: *Tiocfaidh an samhradh agus fásfaidh an féar*[82] ed è il primo verso di una ballata che intonano i ragazzi nelle sere di maggio.» Ne canticchiò una strofa sottovoce, con la grave armonia della sua voce di basso. «Chissà se sarò ancora qui, l'estate prossima...»

Guerriera si lasciò sfuggire le conchiglie che teneva in mano e che ricaddero nella porosità della sabbia. Volgendosi, si trovò davanti il muraglione della ferrovia che occultava il paese. Soltanto gli edifici più alti emergevano di un piano, di due al massimo, oltre la barriera. Sotto i tetti d'ardesia, i fregi a *trompe d'oeil* contornavano di rosa e di giallo le persiane laccate di verde. Simile a una lenta cicatrice di pietre e cemento, il muro inghiottiva le facciate vivaci delle case, quasi non esistessero più, quasi fossero ergastolani che la grata della prigione eclissa nel grigio letargo del tempo.

«Pensa già di abbandonarci?» lo interrogò e, intanto, si sedette sullo scoglio: Rinaldo le aveva fatto posto. «La cura con cui è stata arredata Villa Celeste mi suggeriva un soggiorno protratto.»

Lui fissava il mare che aveva di fronte a sé e il riverbero della spuma gli incendiava le iridi con spruzzi d'acquamarina. La brezza fina gli schiariva i capelli istigandoli nel raggio meridiano.

«Avevo immaginato, infatti, di segregarmi a Villa Celeste come in un eremo. E, all'opposto, un soffio di vento brioso ha arruffato le mie intenzioni. C'è forse a questo mondo un uomo che conosca di dove viene il vento e dove va? Io ho cominciato a comporre un'opera lirica lo scorso fine settimana, quando lei, Guerriera, era di riposo. Dovrò tornare in Irlanda quanto prima e contattare il mio agente, per farla rappresentare.»

Perché non ne gioiva? Era una notizia fantastica, la migliore che potesse apprendere dalle sue labbra. Era, tuttavia, l'annuncio di una partenza che la intristiva più di quanto avesse previsto. Non si aspettava che la loro quotidiana familiarità terminasse così presto e rabbrividiva di fredda incertezza.

«Che bello!» esclamò tanto per dir qualcosa, con il cuore gonfio di chi pensa ad altro.

Ciarán non se ne accorse: quel giorno era preso dal mare come un adolescente inebriato dal primo incanto d'amore. Fu Rinaldo, al contrario, a squadrarla in modo insolito. Con un'occhiata acuminata e sagace le trafisse l'anima da parte a parte. Ma da buon amico qual era non la espose e accettò di sostenere al posto suo la conversazione.

«Un'opera lirica? Ciò m'intriga assai, maestro. Qualcosa di wagneriano? Il temperamento d'inventare un nuovo Lohengrin non le manca.»

«Oh, no!» rise, anche se era un po' piccato. «Mi sono formato nella tradizione italiana e nulla è più distante da me di Wagner. Sto cercando di coniugare, piuttosto, il bel canto di Mozart, Rossini e Verdi con una tragica storia d'amore di cui si tramanda il ricordo nella mia martoriata Irlanda.»

«Ecco, qui la riconosco» lo interruppe divertito Rinaldo, «perché da lei non mi sarei mai aspettato un'opera buffa! Ha già trovato il librettista con cui collaborare?»

Lui rialzò il capo con un moto di fierezza: «Se nell'aprile del 1916 non fossimo insorti per la nostra patria, pagando a caro prezzo sacrosanti ideali, mi sarei rivolto a un amico fraterno che fu il mio comandante nella rivolta e lo avrei supplicato di condividere con me questo progetto. Me lo hanno fucilato, invece! E io non potrei ricorrere ad altri, senza profanarne la memoria. Così ho deciso di fare da solo: compongo i versi in lingua irlandese e li metto subito in musica. Ho già scritto l'ouverture e la scena iniziale del primo atto. È ancora poco, lo so, per capire se ho la stoffa di portare a termine un'impresa titanica, ma sono soddisfatto del mio lavoro e spero di continuare con entusiasmo.»

«Glielo auguro con tutto il cuore!» intervenne Guerriera, avvolgendolo in uno sguardo umido d'affetto. «Mi farà ascoltare qualcosa della sua opera, nei prossimi giorni?»

Fu evasivo: «Magari più avanti... Temo il suo giudizio, Guerriera, e per me sarebbe il peggior fallimento se non le piacesse.»

Era arrossita e le pupille insistenti di Rinaldo sulle sue gote vermiglie le ustionarono il fiato.

«Per quanto mi riguarda» commentò quest'ultimo, «avrei preferito che fosse in italiano o, al limite, in francese come un *grand opéra*. Non la spaventa, maestro, il fatto che il gaelico sia ritenuto un idioma troppo ostico e antico per raccontare una storia d'amore?»

«Non più del tedesco di Wagner o del russo di Ciaikovskij» commentò pronto. «I sentimenti, d'altronde, si esprimono nella musica e costituiscono un linguaggio universale. Il pubblico si impietosirà per la generosità dell'ottavo conte Desún[83], anche se non intenderà parola per parola il suo canto. Egli, che visse nel XV secolo, fu vittima delle leggi atroci che vennero imposte a noi irlandesi. Si tratta degli Statuti di Kilkenny che, tra le altre vessazioni, vietavano di contrarre matrimoni misti tra inglesi e irlandesi. Deasún era nato in Irlanda, come suo padre e molti suoi avi prima di lui, ma apparteneva a una famiglia d'origine normanna. Quando sposò per amore una fanciulla irlandese, gli intimarono di ripudiarla. Se proprio gli garbava quella donna, avrebbe potuto tenersela come concubina. Non come moglie! Si rifiutò, confidando nella scarsa applicazione della legge. E sottovalutò il pericolo perché, essendo nobile e molto conosciuto, se fosse stato punito in maniera esemplare, ciò avrebbe costituito un deterrente per tutti gli altri nella medesima situazione. Lo processarono e lo condannarono a morte. Anche allora si rifiutò di disonorare la sposa adorata, privandola del nome che le aveva liberamente offerto, e fu decapitato.»

«Ma è terribile!» Guerriera si asciugò in fretta le palpebre, coinvolta dalla narrazione. «Già, terribile e profondo. È un inno al valore del matrimonio inteso quale vocazione cristiana, perché gli uomini non possono sciogliere ciò che Dio ha unito.»

Ciarán alzò le spalle e il suo viso inondato di sole rimase impenetrabile.

«Questa è la sua interpretazione personale, Guerriera. Per me, cui il suo Dio si è dimostrato avverso, è semplicemente un inno all'amore. Amore assoluto, esaltante, più tenace della morte.»

«È l'amore con cui anche lei, Ciarán, - e non solo il suo protagonista - saprebbe votarsi all'amata?»

Il dubbio mordace di Rinaldo sorprese entrambi come una sciabolata. I loro occhi si cercarono d'istinto e poi subito si sfuggirono. Del resto avevano parlato d'amore soltanto pochi giorni prima e subivano ancora l'imbarazzo di una confidenza arrischiata. Ella tremava al pensiero che la domanda imprudente dell'amico riaprisse in seno a Ciarán la sofferenza di aver rinunciato a colei che era divenuta sua cognata. Oh, d'accordo, lui aveva protestato di non averle mai donato davvero il suo cuore. Ma si sarebbe dimostrato altrettanto turbato per quella battuta, se la passione non l'avesse avvinto?

Rinaldo, nel frattempo, li studiava con l'attenzione insistente di un entomologo che ha trovato due scarabei in bilico sulla stessa foglia.

Ciarán, alla fine, rispose con trepido sarcasmo: «Oh, io... Io, con la mia sedia a rotelle, sono fuori causa! Osservo l'amore dall'esterno, come un invitato a un banchetto di gala cui il medico abbia proibito le pietanze complicate. Esamino gli altri che mangiano, assopendo l'invidia.»

«Dovrebbe, piuttosto, tenere sotto controllo i suoi piedi» gli consigliò il giovane dottore, sorridendo di bonario trionfo. «La informo che ha appena spostato in avanti il destro.»

Tutti a precipitarsi a guardare sulla predella della carrozzina!

In effetti le scarpe di lucida pelle che Ciarán calzava non erano appaiate: quella destra sorpassava l'altra di una decina di centimetri e sporgeva dalla pedana.

«Sarà scivolato...» farfugliò.

«No, ho visto bene: lo ha mosso di proposito! Le è già capitato altre volte?» lo pressò Rinaldo.

Lui scosse il capo: «*Níl a fhios agam!*[84] Non lo so... Non ci ho mai prestato attenzione. Máirtín, specie in inverno, mi avvolge le gambe in una coperta...»

«... che d'ora in poi aboliremo! E non soltanto per il bagno di sole, com'è accaduto oggi. Meglio un paio di pantaloni di stoffa più spessa, così potrà sforzarsi di muovere gli arti. Oh, non voglio illuderla: non sarà affatto facile! E le frustrazioni sovrasteranno i successi. Ma non si dia per vinto! Provi a riportare il piede nella posizione iniziale, adesso.»

«Non ci penso nemmeno!» si ribellò spaventato.

Guerriera, allora, si sporse in avanti e gli afferrò la mano, trattenendola tra le sue: «La scongiuro, Ciarán! È troppo importante per rinunciarvi.»

«No!» ribadì lui, agitandosi. «Neppure se mi fosse concesso di fumare un sigaro, che da anni mi è stato vietato.»

«Neppure se glielo chiedessi io?» affondò radiosa le pupille nel verde tragico dei suoi occhi. «O debbo credere che la mia amicizia, che la mia preghiera, valga per lei meno di un sigaro?»

Ciarán piegò il mento sullo sterno e sussurrò: «Ho una paura matta di non farcela... Sia gentile, Guerriera, non pretenda troppo da me, perché non sopporterei di deluderla.»

«Mi deluderebbe rassegnandosi» ribadì con un'energia di cui si sorprendeva lei stessa. «Suvvia, compia un piccolo tentativo, mentre io la tengo per mano. Lo faccia per me!»

«Ma si rende conto?!» sbottò ancora, sebbene negli occhi gli balenasse già un guizzo d'ironia. «Mi sta parlando come a un marmocchio che, sul suo seggiolone, si rifiuta d'inghiottire la pappina.»

«Ho imparato dal Vangelo. Sono la vedova importuna che obbligò il giudice iniquo a renderle giustizia, non per un sussulto tardivo di onestà ma perché snervato dalla sua invadenza.»

«In altre parole, maestro» chiosò Rinaldo, «Guerriera non la paragona a un magistrato corrotto, non si permetterebbe di farlo; le sta dicendo piuttosto che smetterà di tormentarla soltanto quando lei le obbedirà. Ceda di buon grado oppure non torneremo più a casa, quest'oggi.»

«A leithéid de bhean![85]» E ripeté in italiano: «Che donna impossibile!»

Si morse tra i denti il labbro inferiore e strinse con pressione crescente le sue dita, per attingere da lei il coraggio che gli mancava. Gli si gonfiarono le vene del collo per lo sforzo ma il piede restava inerte. Perseverò fino a trasformare il suo volto d'Apollo in larva straziata e paonazza. E il piede traballò indietro di un'inezia. Sì, semplicemente di un'inezia, ma si mosse!

Con un urlo rauco che zittì i gabbiani sul mare, lo ritrasse di qualche centimetro ancora.

«Basta così!» si rallegrò Rinaldo alzandosi dallo scoglio. «Abbiamo ottenuto più di quanto sperassi. Adesso si riposi, maestro, e stia lieto!»

Ansante, sfigurato dal sudore che gli irrorava il viso, Ciarán portò alle labbra la sua mano e la sfiorò con un bacio lieve, d'infinita gratitudine. Eppure Guerriera percepì il contatto con la sua bocca come l'ustione del ferro arroventato per mezzo del quale si marchia il bestiame. Come un suggello d'appartenenza, che rende indissolubile l'intimità e fonde fruscii d'anima. Anzi, come se il bacio di un uomo che non era Gabriele le avesse svuotato il cuore per annidarsi con spire di serpe.

Ritrasse la mano dall'ardore di quella di Ciarán e provò la delusione di un gesto inevitabile ma subìto, di un gesto che invece avrebbe desiderato prolungare senza motivo, soltanto per condividere il tepore solidale della vicinanza, del sostegno reciproco.

Avvertì all'improvviso che il giorno si era fatto frigido, che il sole d'inverno aveva smesso d'imbrogliare la sabbia con l'esca della primavera.

«Conviene che ci avviamo. Ho chiesto a Máirtín di venirci a recuperare presso la chiesa di San Michele, perché debbo consegnare alla nipote di don Delfino un ricamo per l'altare.»

La frustò di rimorso lo sguardo dolente in cui lui l'avvolse, perché si sentì respinto. La fraintese e tuttavia non conveniva smentirlo. Per che cosa, poi? Per protestargli che i suoi sentimenti, per quanto incauti e scossi di nuova tenerezza, non avrebbero disertato il sacrario della tomba di Gabriele? Che la ritenesse vile, piuttosto, proprio come vile era stata Lorna! Non era importante attribuire un nome alla causa di ciò che è impossibile e una sedia a rotelle era senz'altro un pretesto convincente. Era indispensabile, all'opposto, rendere di fiamma il confine tra lo sbandare dei sogni e la realtà di vestire in gramaglie.

«Hai ragione, *chérie*!» commentò alla fine Rinaldo, con l'ambiguo acume delle pupille. «La temperatura ormai si è abbassata e rimanere ancora esposti al freddo sarebbe sconveniente. Andiamo!»

Il giovane medico si alzò e cominciò a trascinare a ritroso la carrozzina del paralitico sulle travi di rovere e sulla rena battuta dai gozzi dei pescatori.

Il varco aperto nel muraglione della ferrovia, per passare dalla spiaggia al paese, gli offese gli occhi di tenebra. Forse gli spense una lacrima, prima di tornare all'aria chiara del giorno. La maschera si ricompose impassibile, dopo aver svelato per un istante sembianze di tormento.

Costeggiarono le case assiepate l'una dopo l'altra e ammantate di senape e di rosa, con quell'inutile civetteria che non sarebbe stata scorta dal mare. Si fermarono in riva al torrente, che si gettava sotto le rotaie perpendicolare al muro. Era un altro ostacolo, che spezzava in senso verticale la continuità del borgo. Quasi a segregare in un labirinto i passanti. Qualcuno, sulla sponda prospiciente, salutava Guerriera abbassando la visiera del berretto o abbozzando un gesto cortese della mano.

La veranda di un albergo si protendeva sopra le acque, inchiostrandole d'ombra, con i pali di fondamenta confitti nel greto. C'era un ponte, poco più avanti, e s'inarcava sullo scorrere cinereo dei flutti. Rinaldo, che continuava a spingere la sua sedia a rotelle, si diresse deciso a imboccarlo.

«È meglio attraversare, per essere già dalla parte giusta» convenne con Guerriera, che annuì.

Era proprio un bizzarro paese, quello. La chiesa parrocchiale, infatti, che ben si distingueva dal terrazzo di Villa Celeste, era stata costruita non al centro, per essere di richiamo per la comunità, ma al limitare delle case, dove verdeggiante d'olivi s'apriva la campagna.

Oltrepassato il ponte, Ciarán l'avvistò tra le chiome rade degli alberi che fiancheggiavano il torrente. S'innalzava in cima a un poggio, preceduta dalla monumentale scalinata, nello splendore barocco della sua architettura. Era la cattedrale nel deserto di proverbiale memoria, sebbene non la contornasse un paesaggio arido e pietroso, bensì un susseguirsi di orti, di bassi muretti pervasi di licheni rugginosi e di erbe oscillanti di brezza.

Mentre avanzavano in silenzio, li accompagnava il canto delle lavandaie che, scese in riva al rio, perché l'acqua quel giorno scorreva abbondante dopo un periodo di secca, dedicavano ancora un ritaglio di sole a risciacquare gli ultimi panni. Li avrebbero pinzati ad asciugare nell'aria salata che sventola, insinuandosi nelle vie strette, sfumature di sera.

Individuò l'insegna di una manifattura, dipinta a grossi caratteri sulla parete del fabbricato che la ospitava. Vi spiccava un nome francese, forse quello del proprietario. Là tessevano il lino e la iuta e, come gli aveva spiegato Máirtín che s'interessava di quanto gli accadeva intorno, producevano i teloni per coprire le merci dei vagoni ferroviari.

A poco a poco i caseggiati si diradavano, sostituiti dalle ville assopite nei giardini. A sinistra, in posizione incombente sul torrente, ce n'era una con i tetti a spiovente di uno chalet di montagna, come se il sortilegio di un mago l'avesse trasposta a svernare nella luce del Mediterraneo.

La chiesa distava ancora un tratto di oliveto. Sotto di essa, uno slargo di terra battuta attorniava una palazzina affrescata di recente. Sulla facciata chiara apparivano ghirlande di fiori, tralci di foglie ed eleganti cigni.

«È il teatro che don Delfino ha fatto costruire sul terreno ereditato dalla sorella» gli spiegò Guerriera, vedendolo incuriosito.

Assomigliava a un villino a due piani, più che a un luogo di spettacolo, con la copertura a terrazza e con un grazioso frontone che curvava al centro. Il portone centinato era scolpito da fregi stilizzati a croce greca ed era affiancato da una finestra per lato, con la bianca intelaiatura che la frammentava in piccoli vetri all'inglese. Gli infissi soprastanti erano più semplici, bipartiti, e spuntavano da tre balconi con la balaustra candida di pilastrini. Quello centrale corrispondeva al portone e lo inquadrava tra due colonne, di fronte all'aiuola circolare che la stagione lasciava senza fiori.

«Io non vengo con voi in chiesa» disse, prima che si avvicinassero troppo. «La scala che la precede non si addice al mio trabiccolo.»

«Se è solo per questo» Rinaldo, come al solito, non gli concedeva vie d'uscita, «lì a sinistra c'è una breve salita che conduce all'antico oratorio e all'entrata della sacrestia, dietro l'abside. La spingerò volentieri, maestro, se ha piacere d'accompagnarci.»

«No, rimango qui» s'impuntò, pur senza inasprirsi per non turbare Guerriera. «Preferisco riposarmi, mentre voi due v'intrattenete in canonica. Sia gentile, dottore, mi lasci davanti al teatro, sotto la finestra a destra: così, se il mio sguardo riesce a levarsi oltre il davanzale, ne osserverò l'interno.»

Lei gli appoggiò la mano sulla spalla e gli fu dolce quella carezza: «Perché, Ciarán? Sarei felice di presentarla a don Delfino, che è un uomo simpatico.»

«Non lo metto in dubbio ma, per oggi, ritengo che le emozioni possano bastare. Ho bisogno piuttosto di un po' di solitudine, per raccogliere le idee.»

Sapeva che l'avrebbe placata. Guerriera, infatti, non insistette e con il sorriso lucente di cui si era innamorato si limitò a un lieve commento.

«Sta bene, allora. Le prometto che faremo il prima possibile, affinché non si senta abbandonato.»

Rinaldo lo condusse là dove gli aveva indicato e pose il freno alla sedia a rotelle.

«Così non può scappare...» gli fece l'occhiolino e anche Guerriera si rallegrò per quella facezia.

Li vide allontanarsi l'una accanto all'altro, belli nella loro giovinezza e inondati di sole. I rami degli olivi si piegavano scarni a sfiorarne le teste, d'un biondo differente eppure egualmente prezioso. Vestiti entrambi di scuro, si rischiaravano del sereno conversare che li avvinceva. Tra poco avrebbero pregato insieme, nel silenzio mistico del tempio, e lui non li avrebbe ammirati mentre erano inginocchiati davanti allo stesso altare.

Si riscosse, per non soffrire troppo, e distolse gli occhi dal loro scomparire in un soffio di vento. Provò a guardare oltre la finestra del teatro. Non scorgeva la platea ma soltanto il soffitto e il palcoscenico, cinto dalla galleria il cui parapetto era sorretto dalle stesse colonne che puntellavano il balcone esterno ed era ornato da tondi che raffiguravano personaggi in abiti ecclesiastici, tra i quali c'era addirittura un papa. Che fosse quello della Cappella Sistina, affrescata poi da Michelangelo, che i borghigiani vantavano quale loro concittadino?

Individuò la scritta latina che sormontava il sipario. Era dipinta sopra un nastro che serrava una lira e altri strumenti musicali.

Ridendo castigat mores.

Chiuse le palpebre. Il lento tepore del giorno lo avvolgeva e lo custodiva nel respiro salato dell'aria. Diversamente da quanto aveva appena affermato, non desiderava considerare la sua gamba e la fatica immane di averla mossa di una minuzia. Avrebbe potuto tentare di nuovo, adesso che era solo, per accertarsi che il trucco funzionasse ancora, che non si fosse illuso con la complicità di Rinaldo. Ma era convinto che senza Guerriera i miracoli non fossero possibili. Senza Guerriera, a che sarebbe valso lo sforzo di rimettersi in piedi?

Conservava sulle labbra il sapore di mughetto della sua pelle, dopo quel bacio che non era riuscito a evitare. La commozione, lo sforzo, l'incredulità... lo avevano sopraffatto, anzi, lo avevano sedotto con la facile consolazione che non tiene conto dei sentimenti degli altri. Ora se ne pentiva, come ci si pente del frutto proibito che si è addentato, perché non avrebbe mai scordato il disagio di Guerriera, nel momento in cui aveva ritratto la mano. Con la trepidazione mesta di chi non vuole offendere un amico, lei s'era irrigidita nel pallore del volto. Come Artemide, la cui intangibile perfezione scoraggia ogni altra dimostrazione d'affetto.

Era stato terribile, ma non gli importava più: come la lucertola che assorbe il sole in cima al muretto, nel caldo meriggiare estivo, così Ciarán assimilava energia dalla vicinanza e diventava forte della forza di colei che amava. Lo avrebbe disgustato ormai la tentazione di pretenderla per sé. S'attardava sorseggiando il tempo che la sorte gli concedeva, quasi fosse vino speciale, da centellinare davanti al fuoco di torba nel camino.

Viveva ogni attimo con l'indulgenza di renderlo unico e offriva all'ignoto la propria rassegnazione, accettata in cambio della felicità che le augurava con tutto il cuore.

Non a caso aveva scelto il soggetto del suo melodramma, perché anch'egli covava in seno la fiamma indomita e impossibile dell'amore; anch'egli si sacrificava senza un lamento, vittima della stessa passione che al conte Deasún era costata la testa. Moriva per Guerriera impercettibilmente, giorno dopo giorno, e non appena avesse tracciato l'ultima nota sullo spartito, quando il sipario fosse calato sulla scena del martirio, se ne sarebbe andato per sempre. Di lei avrebbe serbato soltanto la fotografia che gli aveva donato Gabriele.

Un rumore alle spalle lo costrinse a volgere il capo. Lo schienale alto, purtroppo, gli impediva di identificare chi avesse aperto il portoncino del teatro.

Un passo lento risuonò sulla ghiaia. Lo aggirò.

Gli apparve infine un uomo lordo di calcina, con i capelli impolverati, probabilmente un muratore che non doveva essere molto più anziano di lui. Indossava una vecchia camicia a scacchi di tessuto pesante e un paio di pantaloni di fustagno d'irriconoscibile colore. Teneva tra le mani una secchia lurida di cemento fresco e una cazzuola incrostata. Le appoggiò a lato dell'aiuola e gli tese la destra con disinvolta spontaneità, come se fosse stata pulita.

«Lei è certamente lo straniero che abita a Villa Celeste» concluse tonante. Aveva un sorriso di rude schiettezza.

Esitò, prima di stringere con le sue dita molli e profumate di pianista la rasposa callosità di quella mano d'operaio. Cedette per educazione, senza eccessivo trasporto.

«Siccome non ho ancora parlato» considerò ironico, «la sua deduzione è influenzata dalla mia sedia a rotelle, di cui si è diffusa voce in paese, e non dal mio accento irlandese.»

«Infatti!» ammise l'altro, senza scomporsi. E precisò: «Io sono Francesco e sto intonacando il locale per gli attori, che si trova sotto il palcoscenico. L'umidità e lo scarso utilizzo della struttura a causa della guerra e dell'epidemia di spagnola hanno richiesto qualche rappezzo. Per fortuna ho quasi finito, perché i giovani dell'Azione Cattolica hanno allestito una recita da mettere in scena a Natale e dev'essere tutto pronto.»

Singolare modo di esprimersi, per un muratore! Non gli mancava nemmeno la facondia di chi è avvezzo a discutere in pubblico: un tipo così, la domenica, se lo immaginava all'osteria, ad arringare gli amici a proposito di politica e di tasse.

«Io mi chiamo Ciarán: sono nato a Dublino ma conosco bene l'italiano perché ho studiato in Conservatorio a Roma. Non m'intendo di Azione Cattolica e sono qui in attesa di un paio di amici.»

«Guerriera e Rinaldo?» Il muratore aveva la risposta che scoccava come saetta. «Li ho visti passare attraverso la finestra sul retro. Credo che siano iscritti entrambi all'Azione Cattolica: potrebbe chiederne spiegazione a loro, quando ritornano.»

Quel dialogo stava diventando surreale. Sì, perché un muratore campagnolo che cosa aveva da spartire con un medico di Savona? Se era stato suo paziente, non lo avrebbe designato per nome, con sfacciata dimestichezza. E poi l'Azione Cattolica! Che c'entrava con il cemento che lo inzaccherava dalla testa ai piedi?

«A dire il vero, non ci tengo» borbottò, quasi provocatorio. «Non mi considero religioso e non so se c'è un Dio in cui credere.»

Francesco scoppiò a ridere.

«Capisco: lei ha un disperato bisogno di parlarne per essere convinto. Vuole che io salga a Villa Celeste, uno di questi giorni?»

Questo era davvero troppo! Si era imbattuto in un muratore con la mania di giocare al missionario: che fosse un reduce di guerra rimasto nevrastenico?

Giudicò più prudente inventare una scusa: «La ringrazio ma io, nella mia condizione, non sono mai solo e non mi piace che altri ascoltino le mie convinzioni in materia.»

«Se teme di deludere Guerriera con le sue cantonate da miscredente» lo interruppe sferzante l'operaio, «allora verrò il prossimo sabato sera, quando la sua infermiera rientra a casa. Che ne dice?»

Come faceva a essere informato sui particolari della sua vita? Ne era quasi spaventato.

«Lasci perdere, Francesco!» lo esortò stordito. Ma subito qualcosa nel suo sguardo, forse una scintilla scherzosa, lo convinse a confidarsi: «Io ho un cancro nell'anima e non c'è cura. Me ne sono sempre fregato, in passato. Adesso tuttavia mi rattrista la mia disperazione e mi vergogno di ferire la fede della signora Selvaggi.»

L'uomo si mise a sedere sul bordo della fioriera. Si strofinò le palme delle mani una contro l'altra, per liberarle dalla polvere di cemento. Intanto, sorrideva beato.

«Guerriera è come la roccia sulla quale imperversarono i venti e si scatenò la tempesta: io non l'ho vista arrendersi neppure quando le restituirono i resti del marito, neppure quando pregai insieme con lei sul sonno eterno della sua bambina. Ha sempre reagito cucendosi sull'anima sbranata la veste splendente dell'amore di Dio, affidandosi consolata di luce alla certezza di non essere sola. Non sarà la sabbia di cui lei, Ciarán, si circonda ancora, come un granchio che sfugge all'onda improvvisa, ad allarmarla.»

«Vorrei assomigliarle» ammise sommesso. «Ho incolpato Dio della mia disgrazia, quando persi l'uso delle gambe e fui costretto a rinunciare alla vita spensierata che conducevo. E continuo a infuriarmi, perché sono stato punito ingiustamente! No, io non riesco proprio a concepire di essere amato da qualcuno anche se non cammino, anche se vegeto su questa carrozzina che suscita pietà, anche se non posso orinare da solo, come tutti gli altri... Guerriera, al contrario, è convinta che l'amore infinito di Dio l'accarezzi nella gioia, istante dopo istante, lei, cui è stato rapinato ogni umano affetto. Io l'ammiro attratto. Senza comprenderla.»

Il muratore lo aveva ascoltato in silenzio, mentre una stramba espressione gli si colorava sul volto.

«Mi scusi, amico mio» commentò finalmente con fare burlone, «ma in che razza di dio credeva, prima che le spezzassero le reni? In Poseidone? Solo Poseidone, infatti, così come ci insegna l'Odissea, è talmente vendicativo che per uno sgarbo ti costringe a turbinare come un dannato per il Mediterraneo e, dall'alto del suo sussiego, ci mette dieci anni prima di concederti il ritorno a casa! Lei, dunque, era un devoto di Poseidone?»

Quella buffa domanda, formulata con umorismo da chi dimostrava di aver familiarità persino con Omero, gli strappò un sorriso: «Ma no, che idea!»

«Oh, non è un'idea tanto bislacca, perché lei ha trattato il Dio che sia fa Uomo per amore, che per amore muore nello scandalo della croce e che infine risorge per tutti noi nell'amoroso fuoco della salvezza, ebbene lei ha osato trattare questo Dio straordinario come se fosse un idoletto al pari di Poseidone! Poveraccio, quello fu inventato dagli uomini e, limitato com'era, non poteva concepire il rapporto con i suoi fedeli se non con un *do ut des*; ma questo, il nostro Dio, è l'Amore assoluto che incendia l'universo e che ci lascia la libertà di sbagliare per accoglierci poi, ogni volta, dopo ogni caduta, nell'abbraccio potente della sua tenerezza; è il Dio che ci sussurra all'infinito nel vento: "Io ti amo!". Altro che Poseidone!»

L'operaio edile ora parlava anche latino! Ciarán, ormai, pendeva dalle sue labbra ed era frastornato da sensazioni contrastanti. Divertito, appassionato sino alle lacrime, entusiasta.

«Diceva sul serio, Francesco, quando si offriva di salire a Villa Celeste, sabato sera? Perché mi piacerebbe davvero ospitarla. Bríd, la mia cuoca, prepara lo stufato irlandese ogni fine settimana, con carne d'agnello e verdure. Vorrebbe condividerlo con me, per discorrere ancora insieme del suo Dio e del mio Poseidone?»

«Se mi invita a cena, amico mio, si libererà difficilmente di me. Verrò senz'altro, stia tranquillo: ho tante cose da raccontarle.»

Aveva appena invitato un muratore alla sua tavola e ne era del tutto felice. Non lo sfiorava la stravaganza della situazione e non si interrogava riguardo a uno sconosciuto che, armato di cazzuola, con stinti abiti da lavoro, gli si era accostato in un pomeriggio di sole invernale e aveva creato il pretesto per parlargli di Dio. Gli riconosceva il carisma di scuotergli il cuore e non gli importava chi fosse in realtà.

«Don Francesco!» allegra, la voce di Rinaldo che tornava con Guerriera irruppe sulla scena. «Vedo che hai già fatto amicizia con Ciarán.»

Il sacerdote non si alterò e mantenne la serenità del loro precedente colloquio.

«Le va bene lo stesso, Ciarán, se le confesso d'essere il curato di questa parrocchia?»

Egli annuì ma non rispose, perché aveva le lacrime in gola.

Che bizzarro paese era quello! Proprio strano: un borgo costiero in cui il panorama del mare è negato da un muro lungo quanto il litorale, in cui la chiesa principale sorge solinga nell'orto degli ulivi, anziché tra le ansie e la fretta della gente, e in cui persino il prete scende dall'altare e si balocca con la cazzuola del muratore.

CAPITOLO VIII

Vincenzo Bellini
Ah! Per sempre io ti perdei!
(Aria di Riccardo da I Puritani)

Liguria, novena di Natale 1919

Era in ritardo. Ciarán le aveva concesso un paio d'ore di libertà per partecipare alla messa della novena e per confessarsi, ma si era attardata a salutare tanti amici, sul sagrato, e si era fatto buio. I giorni di dicembre sono i più corti dell'anno e dimenticano il calore di scambiarsi un augurio o di confidarsi un'impressione di malinconia.

Adesso Guerriera risaliva di corsa l'erta, per non farlo attendere e perché lei pure era impaziente di rivederlo. Ogni intenzione, ormai, si colmava del suo volto bizantino.

«Cara Guerriera» l'aveva consigliata poco prima don Francesco, attraverso la grata del confessionale, «devi chiarire i tuoi sentimenti verso quell'uomo e, soprattutto, devi capire quanto sei disposta a sacrificare di te stessa, del tuo passato felice con Gabriele, per lui. Non devi provare rimorso per il cuore che si risveglia, perché ogni gioia pura che ci offre la vita è dono del Signore, ma devi esser certa che non sia la pietà a spingerti a circondare d'affetto un invalido. Non pensare a tua suocera, non pensare nemmeno a che cosa direbbe la gente: tieni piuttosto lo sguardo fisso su Gesù, che per amore non si è vergognato di morire nudo in croce. Hai una grande responsabilità, perché quel giovane è fragile nel corpo e nello spirito: se venisse illuso da una simpatia superficiale, non rialzerebbe più la fronte e sarebbe perduto.»

Aveva sperato che aprire l'anima a un sacerdote la facesse sentire meglio. Ma nella preghiera non ci sono soluzioni piane e rassicuranti, che risolvono la libertà di decidere. Nella preghiera c'è, piuttosto, la lotta quotidiana tra l'impulso di agire, di gestire la vita, di uniformarla alle aspirazioni e d'inventare espedienti, quasi fosse un enigma da risolvere, e l'affidamento a Dio, che richiede un balzo senza rete nell'ignoto.

La preghiera è il dialogo tra il nostro progetto di bene, che ci abbaglia di speranze immediate, e la fedeltà di Dio, che travolge di frutti inattesi le nostre aspettative. È un incontro di tenerezza che ci trasfigura di pace quando si ha il coraggio di cedere a Lui l'ultima parola, tacendo dopo averlo implorato.

L'ultima parola a Dio, sulla confusione dei pensieri.

L'ultima parola a Dio, con la certezza che non c'è verbo più grande d'amore.

Guerriera affrontava la salita al crepuscolo, con il cuore che faticava a sottostare. Immaginava un futuro macchinoso e imboccava con la mente strade senza via d'uscita. Per un attimo il respiro si rasserenava nell'abbandono, perché il Signore le avrebbe infuso la gioia vittoriosa di scegliere secondo la sua volontà; poi tornava a contrarsi nell'assillo d'interpretare gli eventi e i segni seminati dall'infinito nell'umana finitudine. E riascoltava nelle orecchie le esortazioni di don Francesco come un'eco di molteplici rimbombi. Gli aveva spalancato i sussulti più intimi della coscienza, con la semplicità che distingue tra le ombre e la luce. Non gli aveva fatto mistero del turbamento e dell'indulgente inquietudine. Perché, a tratti, lo sguardo di Ciarán la sorprendeva, perché la familiarità di trascorrere insieme le giornate, discorrendo o suonando, appannava gradatamente il ricordo tribolato di Gabriele.

Si era affezionata a Ciarán con trasporto quasi materno e, a poco a poco, si era accorta che le sarebbe piaciuto rimanergli accanto per sempre. Scacciava spesso dalla mente la fantasia di un suo abbraccio.

Ne era innamorata?

Con Gabriele era stato tutto diverso. Una profonda armonia di fede aveva rischiarato la fusione d'anime e di corpi. I loro intenti fluivano dall'uno all'altra senza voce. Una tale complementarietà le sembrava impossibile con chi, come Ciarán, si rifiutava di pregare. Non capiva nemmeno perché si sentisse attratta da lui, che era stato senz'altro un bell'uomo ma che adesso languiva in carrozzina. Non si trattava di passione e non era affinità elettiva. Sarebbe bastata la complicità delle loro solitudini ferite a consolarli, a offrire a entrambi conforto duraturo? O, piuttosto, presumeva che l'amore che lui stentava a nasconderle, che l'avvolgeva sempre più in spire d'inebriante letizia, mettesse a tacere passato e futuro, nell'innaturale presente che eclissa le difficoltà?

Dubitava con le sue poche forze di ricondurlo a Dio: che senso avrebbe avuto, allora, amarsi d'un amore soltanto terreno, che non vibrasse d'eternità?

Non aveva risposte, se non l'aspra delizia di custodire nel fiato e nel sangue, nel desiderio e nell'ideale, il suo volto di mosaico bizantino.

Giunse a Villa Celeste quando già i lampioncini del giardino erano illuminati. Nell'imbrunire sereno, che ostentava contorni di seppia sul cielo d'ametista, s'avvide d'un movimento tra le piante. C'era una vettura ferma davanti all'ingresso, che non era la Rolls Royce di Ciarán. Un autista sconosciuto scaricava alcuni bauli e li consegnava a Donn, che subito li riponeva nell'atrio sotto l'occhio vigile di Máirtín.

«*Tráthnóna maith!*[86]» avvicinandosi, augurò la buonasera ai due irlandesi.

Máirtín aveva il viso terreo di chi ha subìto una disfatta. Anche Donn, che era un giovanottone rossiccio dal sorriso imperturbabile, aveva lo sguardo rannuvolato con cui si contempla la burrasca.

«Magari fosse una buona serata!» si lasciò scappare il maggiordomo. «Non è cominciata bene: Ciarán non gradisce le improvvisate e l'arrivo senza preavviso dei signori Wrottesley l'ha alterato. Li sente, signora Altieri? Si è chiuso con sir Joseph nello studio e le loro voci si aggrediscono.»

In effetti s'avvertiva attraverso la porta aperta uno scambio di battute in inglese, tagliente di reciproche accuse. Riconosceva il timbro grave di Ciarán, cui si opponeva quello baritonale e agile del patrigno.

«Se desidera incontrare Bartlemy» aggiunse Máirtín, che aveva notato la sua perplessità, «si è andato a cambiare, ma scenderà tra breve. È venuto da solo, per accompagnare il padre, e ha lasciato la moglie a Londra.»

Guerriera scosse il capo: «Sono in ritardo e ho fretta di salire anch'io in camera mia. Avrò modo di salutarli entrambi a cena.»

Abbozzò un sorriso di congedo e, entrata, si spicciò verso la scala. Mentre camminava spedita, non scorse l'uomo che le veniva incontro attraverso il corridoio. Lo oltrepassò senza accorgersi della sua presenza e sobbalzò nel sentirsi chiamare.

«Mi permette di porgerle i miei omaggi, signora?» la interpellò con ironia galante.

Si volse e lui, che aveva i capelli e la barba brizzolati e che vestiva un abito grigio di taglio raffinato, sbiancò in viso. Come tutti gli altri!

Ma questo, almeno, non tacque il suo disappunto: «E lei che ci fa qui? Quale storia trascorsa la legò a Ciarán? Perché è tornata ad agitarlo?»

Si convinse di discutere con un folle.

«Signore!» eruppe indignata. «Io non accetto simili insinuazioni. Sono l'infermiera del signor Ó Murchú: che va inventando?»

L'inglese, dallo sguardo castano acuto e mobilissimo, continuava a scrutarla: «Si scandalizza? E che dovrei dire io, sapendo che dai giorni di Pasqua del 1916, dai giorni dell'incidente che lo ha reso invalido, mio figlio porta sempre una sua fotografia nel taschino sopra il cuore?»

Guerriera si sostenne alla balaustra di marmo bianco perché le girava la testa. Temeva di svenire, tanto assurdo era ciò che le era stato rivelato. Poi ne rise nervosa, convincendosi che quell'uomo la stesse confondendo con qualcun'altra.

«Com'è possibile? Io ho incontrato per la prima volta il signor Ó Murchú nell'ottobre scorso. Ne avevo udito parlare, in passato, come tutti gli appassionati di musica, ma per me era un estraneo. Quell'immagine, quindi, non può essere il mio ritratto!»

La sua reazione dovette persuaderlo. Si ammansì: «Ci dev'essere un'altra spiegazione, allora... Perché c'è proprio lei, in quella fotografia: il suo viso non è di quelli che si dimenticano facilmente.»

Che cos'era? Un complimento? Ne faceva volentieri a meno, nell'incubo che si andava definendo.

Il signor Wrottesley si rischiarò d'intuizione: «Aspetti... C'era un indirizzo tracciato sul retro del cartoncino! Oh, sì! E se la memoria non mi tradisce, la località indicata era proprio questo borgo dimenticato da Dio dove un muro incarcera il mare. Adesso mi spiego come mai Ciarán s'è intestardito nell'acquistare Villa Celeste contro il mio parere, dato che io non la consideravo una felice speculazione immobiliare...»

Si slacciò lentamente i bottoni del cappotto, perché le mancava l'aria, ma pur soffocando di caldo e d'affanno non se lo levò.

«Sono io l'intestataria di quell'indirizzo?» s'affrettò a domandargli.

«No... Adesso che ci penso, vi lessi allora un nome maschile, un nome italiano... Ecco: un certo Gabriele le rammenta qualcuno?»

Pesante come una sacco di ghiaia che si affloscia, scivolò aggrappata al corrimano. Sedette sul primo gradino della scala. Si prese la testa tra le mani come se, con la pressione fiacca delle palme, avesse potuto annientare i pensieri che la torturavano sotto la fronte. Pensieri d'amore tradito, tra passato e presente.

«Era mio marito...» bisbigliò soffocata. «Gli avevo dato una mia fotografia, prima che s'arruolasse, quale conforto nell'attesa del ritorno. Ma lui è morto lassù, tra i ghiacci della Marmolada, e non mi sono state restituite che le sue ossa.»

«Tutto ciò è davvero strano!» esclamò l'uomo, sprofondando accanto a lei, quasi fossero compagni di sventura o naufraghi, costretti a condividere la stessa zattera in balia di onde arrabbiate. «A questo punto io sospetto che suo marito e mio figlio Ciarán si conoscessero.» E soggiunse sommesso, come parlando a sé stesso: «Non c'è altra spiegazione.»

Un fuoco, allora, le incendiò il sangue che scorreva denso nelle vene: «Voglio che mi dica la verità!»

Si levò di scatto, simile al vessillo ripiegato sull'asta che un colpo di vento violento distende a vibrare nel cielo, e fiera si diresse verso lo studio.

Lo aveva accusato d'essere volubile come l'eroe di un episodio celebre, nel *De rerum natura* di Lucrezio, che smania per gli agi della villeggiatura e che, non appena si stabilisce in campagna, subito pretende di rientrare frenetico in città, senza che il suo animo trovi mai riposo.

Joseph non aveva approvato, all'inizio di quell'anno, la transazione di Villa Celeste e ora gli rinfacciava d'esserne già stanco. E non sarebbe servito spiegargli che l'intero universo era trascorso per lui, che aveva ripreso a suonare, che stava componendo un'opera lirica, che aveva mosso un piede... Che si era innamorato perdutamente della sua infermiera.

Sarebbe stato inutile perché il suo patrigno rifiutava le complicazioni e, d'altra parte, non s'accontentava d'assicurazioni accomodanti.

Non lo avevano avvisato del loro arrivo per festeggiare insieme il Natale. Forse lo avevano ritenuto superfluo verso chi si muove sulle ruote come una cosa. Bartlemy si era affacciato un attimo a salutarlo ed era scappato via, come un ladro colto in flagrante. Per fortuna non si era rimorchiato appresso quella seccatura di sua moglie, rimasta in Inghilterra. Joseph, invece, si era trattenuto a interrogarlo. Era stato costretto a rispondergli che avevano fatto un viaggio vano, poiché era sua intenzione ritornare a Baile Átha Cliath nel giro di pochi mesi. Tuoni e fulmini! Il patrigno lo aveva assalito con l'impeto che si riserva agli sconsiderati, quando contraddicono le loro stesse pretese.

«Sei qui a rimetterti in salute, figliolo: goditi almeno il clima mite del litorale - dopo averci ripetuto sino alla nausea che non avresti resistito altrove! - prima di rituffarti nelle nebbie irlandesi» lo aveva redarguito sarcastico.

Non aveva ascoltato le sue ragioni: avevano scorto entrambi la svelta figura di Guerriera, oltre la vetrata, e Joseph aveva espresso la sua impazienza di conoscerla. Lo aveva piantato nel bel mezzo della discussione.

Purché non inquinasse l'aria pura che lei respirava... Uno strambo presentimento gli assiderava il petto e gli sussultava nei polsi, come se dalle parole che Guerriera e Joseph si stavano scambiando in quel momento fosse dipesa l'onta o la pienezza del suo destino.

L'avrebbe riconosciuta anche lui? Purtroppo, nei giorni funesti in cui s'era dibattuto tra la vita e la morte, la sua fotografia era rimasta in vista sul comodino. Erano trascorsi più di tre anni, d'accordo, ma non si fidava della memoria aguzza di quell'uomo. Che cosa sarebbe successo, se avesse alluso all'immagine di una donna che le assomigliava?

Comprese che tutto si era compiuto dalla furia con cui lei bussò a pugni chiusi sulla porta.

«Avanti!» mormorò tramortito.

«Perché mi hai ingannato?»

Lei gli stava davanti con cipiglio di leonessa ferita. Come avevano cominciato a chiamarsi per nome, con la medesima, inspiegabile familiarità adesso acuita dal dolore, così gli apparve naturale che Guerriera avesse infranto la formalità dei loro rapporti. Darsi del tu, una sorta di impresa solidale, di atto scaramantico, mentre frana la vita...

«Sono io la causa della sofferenza che ti leggo negli occhi?» le sussurrò, spingendo un poco più avanti la sedia a rotelle. «Perdonami, se ti ho fatto del male. Perdonami, tu che sei la dolcezza dei miei giorni.»

«Perdonarti?» ripeté balbettando. «Non sono capace di serbare rancore ma mi ero affezionata a te, Ciarán!» Congiunse le mani sulla bocca fremente: «Ti volevo bene con cuore schietto e tu... tu, intanto, circuivi nell'ombra la mia fiducia.»

«Abbi pietà, *a thaisce!*[87]» la supplicò e non le rivelò che gli irlandesi vezzeggiano così, con l'appellativo di "tesoro", la donna amata. «Non comprendo ciò a cui ti riferisci e muoio d'angoscia.»

Guerriera fu inflessibile, pur con le lacrime che le traboccavano sulle ciglia: «Mostrami, allora, la fotografia che tieni nel taschino della camicia!»

Egli intrecciò le braccia sul torace, quasi a difendere dietro lo scudo miserando del suo corpo rotto la fragilità innamorata dell'anima. Poi si contorse nella ricerca spasmodica di un appiglio che gli consentisse di prendere tempo. Invano. Lei non si sarebbe arresa finché non le fosse stata restituita la sincerità di cui si sentiva defraudata.

«Siediti, cara Guerriera» la invitò rantolando disincanto.

Gli obbedì a passo incerto e strisciò sino allo sgabello del pianoforte, che le era destinato quando suonavano insieme. Si assise e perdurò a braccarlo con pupille lustre e tristi.

«A dire il vero, non so neppure da dove iniziare a parlare. Non ritieni che, se fosse stato facile, lo avrei già fatto da un pezzo? Il giorno in cui Bartlemy ti convocò, su consiglio del parroco, io non immaginavo che Altieri fosse il tuo nome da ragazza. Forse mi sarei opposto se ne fossi stato informato, perché vulnerabile come sono non avrei tardato a palesarti sentimenti folli; o forse no, perché acquistai questa villa, proprio nel luogo in cui tu abitavi, con lo scopo recondito di incontrarti. Mi sarebbe bastato scorgere il tuo sorriso una sola volta, per ritrovare la serenità perduta, e invece... per coincidenza, mi è stato concesso molto di più. Mi è stato concesso di viverti accanto.»

Lei si stava asciugando le palpebre con l'angolo del fazzoletto.

«Ebbene, io ti ero ignota: chi ti additò la mia vita solitaria?»

«Gabriele» le rispose senza esitazione. Fu costretto ad attendere che i suoi singhiozzi, che gli sbranavano il fiato, cedessero un poco, prima di proseguire: «Lo conobbi a Genova, qualche giorno prima che partisse per il fronte. Sostituì all'ultimo il violoncello solista nel concerto che io diressi al Carlo Felice e mi impressionò con il suo talento. Gli proposi di seguirmi in tournée - io lo avrei reso ricco e famoso - ma tuo marito non accettò: non si sarebbe sottratto al dovere di combattere. Se lo avessi convinto, chissà, sarebbe ancora vivo e io non avrei perso l'uso delle gambe, nei giorni di Pasqua...»

Lo interruppe con voce di pianto: «Come faccio a fidarmi di te? Lui non c'è più, per smentirti!»

«Rinaldo ti confermerà ogni cosa: assistette al concerto e tentò lui pure di persuadere Gabriele ad accettare la mia offerta. Tu, invece, eri all'oscuro di tutto: me ne accorsi subito, dialogando insieme, perché non hai mai fatto riferimento a quell'episodio. Rinaldo mi esortò a rivelarti la verità ma io temevo di turbarti, di farti rivivere quel tempo doloroso, e più i giorni passavano, più diventava impossibile rimediare al mio silenzio. Avrei preferito che fosse lui a narrarti del concerto a Genova, nel 1915, eppure non potevo pretenderlo da chi ti vuole proteggere. Non potevo pretenderlo da chi ti ama...»

«Lo amo anch'io» lo sfidò straziata. «Sì, lo amo come un fratello carissimo. Che cosa ti eri messo in mente? Che venisse a curarti per corteggiarmi? È tanto malato l'interesse che ti ispiro? Che cantonata hai preso!» Sospirò lentamente, rallentando l'affanno che le vibrava nelle narici. «Sappi dunque che, pochi giorni orsono, nella festa dell'Immacolata, Rinaldo è stato fatto diacono nella Cattedrale di Savona e che l'anno prossimo sarà ordinato sacerdote.»

Quell'asserzione lo avrebbe rallegrato, in un altro momento, gli avrebbe tinto la speranza di sogni fioriti. Era giunta troppo tardi, purtroppo, quando ormai l'aveva perduta. *"È tanto malato l'interesse che ti ispiro?"*. Era un'accusa terribile e continuava a echeggiargli nel petto. Trasformava l'amore assoluto con cui la venerava in qualcosa di sporco, che destava ripugno. Lei lo tacciava di una fissazione morbosa e, accecata di sdegno, non si rendeva conto che anche un uomo in carrozzina, per quanto sia prigioniero della sua paralisi, ha in cuore ambizioni di sacrificio e di generosità.

«E dopo?» La domanda di Guerriera lo sorprese nel buio del suo fallimento. «Che altro hai da svelarmi? Fu Gabriele a darti la mia fotografia? Perché lo fece, lui che era così schivo nei sentimenti, lui che non li avrebbe mai condivisi con chi, come te, aveva incrociato per caso?»

«Mi scrisse dal fronte» ansimò. «O meglio, dettò morente la lettera a un compagno d'armi. A Genova gli avevo dato il mio biglietto da visita e doveva averlo conservato. Mi scrisse pensando a te e mi chiese di vegliare sulla tua solitudine di vedova in procinto di diventare madre. Mi pregò di assicurarti un lavoro, magari come insegnante di musica. Mi sono spesso domandato il motivo che lo spinse a includere nella busta la tua fotografia. Forse lo fece perché sul retro c'era il vostro indirizzo o forse perché, avendo constatato quanto allora io fossi superficiale, m'impietosissi davanti allo splendore del tuo sorriso. Ti amò al punto da raccomandarti a me, che avrei potuto appianarti il futuro, e commise il solo errore di sottovalutare il tuo sorriso, che non mi ispirò pietà, ma affetto.»

Non sopportò più le sue lacrime e d'impeto le si accostò. Con struggente tenerezza le sfiorò i riccioli dorati sul capo riverso. Lei non reagì e continuò a piangere di disperato spasimo.

«È un peccato tanto grave il mio, se ho voluto conoscerti? Sono trascorsi veloci gli anni, a dispetto delle circostanze. L'infermità, che mi ha sconvolto prima nell'animo che nel fisico, ha frenato l'ardore del mio desiderio, eppure non mi ha distolto dal compito che un uomo, che un amico, nell'attimo supremo della morte mi aveva affidato.»

Il suo silenzio trasformava il dialogo in un monologo viziato. La verità, predicata troppo tardi, aveva il sapore della menzogna e non dissipava la delusione dei dubbi. Egli la contemplava come se fosse stata l'ultima volta e si sentiva così forestiero da non scovare una parola, un gesto, che le offrisse sollievo. Attese che lei risollevasse la fronte e che concedesse infine al mendicare del suo respiro uno sguardo di perdono. Ma quando Guerriera rialzò le spalle, distolse da lui gli occhi dilaniati.

«Sono confusa, Ciarán, e non riesco a vedere la retta intenzione del tuo agire. Con il tempo, probabilmente, anche questa pena terribile mi sembrerà più chiara. Adesso no!»

«Come posso aiutarti? Sono disposto a tutto, pur di restituirti la pace.»

«Rendimi la sua lettera, allora! Ho bisogno di leggerla, per comprendere... E non è giusto che tu conservi la fotografia che io donai all'uomo che amavo.»

Fu lo schiaffo in pieno viso della mano da cui non ti aspetteresti mai punizione tanto feroce. Fu la consapevolezza della distanza che lei aveva scavato tra loro come in guerra si costruiscono le trincee. Fu la brutalità di respingere l'amore che ingemmava timido i loro cuori in nome di un passato estinto.

Lo scrutava. I suoi occhi trasparenti d'ambra si fecero duri, seguendo la sua destra che sfibbiò il cardigan e afferrò dal taschino della camicia la fotografia che la ritraeva. Tese il braccio per averla, senza concedergli l'occasione di tendergliela. Lo umiliò anche in questo.

Persa ormai l'immagine che gli era più cara al mondo, proprio come il baro perde il suo tesoro al tavolo da gioco, recuperò il portafogli dal cassetto della scrivania e gli consegnò la lettera. Lo assalì la povertà di non avere più nulla, neppure il ricordo di un'amicizia accesasi per un istante.

Guerriera ripose ogni cosa nella borsetta di pelle nera, senza indugiare, perché era troppo scossa per concedere di nuovo al nemico la nudità del suo sgomento. Si alzò e indietreggiò sino alla porta. Tremava come una foglia d'autunno e Ciarán, affranto, si preoccupò affinché non svenisse. Quale soccorso avrebbe potuto porgerle, se quella dannata sedia a rotelle gli impediva persino di accoglierla tra le braccia e di sostenerla?

«In questi giorni, in cui ci sono tuo padre e tuo fratello a custodirti, la mia presenza è superflua, Ciarán. Concedimi di tornare a casa mia, per riflettere. Ho bisogno di calma e di tranquillità: solo così, forse, riuscirò a decidere se licenziarmi oppure no. L'impulsività mi suggerirebbe infatti di non rivederti mai più.»

Se ne andò chiudendosi l'uscio alle spalle, senza accordargli il diritto di replicare, con l'inconscia crudeltà di un incantesimo spezzato, di un'emozione violata. La bufera assordante dei sentimenti ammutolì in singhiozzo.

Non fece caso ai suoi passi che si allontanavano. Non li udì, perché non li voleva ascoltare. E la maniglia d'ottone che, un istante dopo, tornò a ruotare verso il basso gli appiccò nel costato la speranza matta che fosse ancora lei, che ci avesse ripensato!

«Guerriera!» gridò di gioia.

Comparve invece Joseph sulla soglia, che si torceva le mani per il rammarico.

«Scusami, Ciarán! Se solo potessi rimediare al male che ti ho arrecato... Non era mia intenzione nuocerti, ma quando l'ho vista, identica alla donna della fotografia, non sono riuscito a ragionare con lucidità.»

Egli provò a sorridergli e il suo volto, all'opposto, si contrasse d'amarezza.

«Benvenuto, Joseph, tra coloro che sbagliano» commentò passivo. E, animandosi un poco, aggiunse: «D'altronde, mi ha sempre irritato la tua elogiata infallibilità, sin dal giorno del battesimo di Bartlemy. Ero un bambino; rammento tuttavia quell'oca linguacciuta della signora de Cotún[88] che, avvicinatasi a mia madre, sentenziò: *"Oh, cara Fainche! Che uomo perfetto è il tuo nuovo marito! Altro che quel disgraziato del padre di Ciarán!”*. Se Ardal Mac Corra, il nostro vicino di casa, che aveva udito tutto, non mi avesse portato via con la scusa d’offrirmi una coppa di gelato, l’avrei picchiata!»

«E io ti avrei approvato!» esclamò il suo patrigno, restando in piedi a braccia conserte. «Sebbene io non abbia mai avuto altro obiettivo fuorché rendere felice tua madre e voi ragazzi, mi accorgo troppo tardi di non averti difeso abbastanza. Eri così piccolo che ho creduto che tu non soffrissi, che avresti dimenticato in fretta il dolore. Sei stato un fanciullo assai obbediente, un adolescente indocile e un giovane volubile. In ogni età rinascevi diverso da quello che eri stato e mi hai disorientato. Come l’araba fenice, in te c’era un mistero che esulava dalla linearità dell’educazione che cercavo d’impartirti. Un mistero che non ho avuto l’indulgenza di svelare.»

«Ti sei prodigato per agevolarmi il cammino e te ne sono grato, anche se avrei preferito che tu mi accettassi per quello che sono. Feniano e impulsivo come mio padre, introverso come mia madre, onesto e pignolo come te. La felicità che tu hai preteso per Bart e per me, frutto di probità e rettitudine, la felicità di colui che non cade mai, forse non esiste. No, la felicità vera è trovare chi ti rialza dopo ogni caduta.»

Joseph si ravviò con gesto stanco il ciuffo brizzolato: «Hai ragione: i risultati mi confutano. Bramavo per voi una vita perfetta e che cosa ho ottenuto? Bartlemy sta per divorziare e tu, che sei sempre stato il mio orgoglio, tu...»

«Non ti crucciare per me: io ho ripreso a suonare» lo interruppe impetuoso. «E oggi ho scoperto che lei mi voleva bene. Nonostante la mia sedia a rotelle, lei mi voleva bene... Tu non hai colpa di quanto è successo, Joseph, perché sono io che ho rovinato tutto. Lei stessa me lo ha rivelato: mi voleva bene! Non è pazzesco che ciò sia accaduto, che sia accaduto proprio a me?»

«Vuoi che le parli?» lo pressò con gli occhi che versavano commozione. «Non può essere stata la brevità di un temporale a oscurare per sempre il sole.»

«No, non avrebbe senso» mormorò rabbrividendo di febbre. «Prega per me, piuttosto, tu che sai farlo... E chissà che il mio cielo di tenebra non risuoni finalmente di luce.»

CAPITOLO IX

Giuseppe Verdi
Tu che le vanità
(Aria di Elisabetta da Don Carlos)

Liguria, novena di Natale 1919

Era l'alba. Molle il viso d'insonnia e di lacrime, Guerriera lasciò la camera tappezzata di rosa antico in cui s'era dibattuta per tutta la notte. Conosceva ormai a memoria la lettera di Gabriele, che aveva asperso di pianto. Le pareva che fosse la voce del marito a cesellarla nel suo cuore, a replicarla come l'eco che scivola armonica sui versanti della montagna.

La confidenza con cui Gabriele si era rivolto a Ciarán nell'attimo supremo della morte le rinfacciava i sospetti del giorno precedente, perché ogni sfumatura del suo carattere le apparteneva e le permetteva di decifrare tra le righe emozioni e paure che soltanto a lei erano familiari.

Non invidiava l'irlandese per averle sottratto l'ultimo pensiero dello sposo. Non era così, in realtà, dal momento che non c'era una sola virgola, un solo accento che non esprimesse l'intensità dell'amore per lei. Non poteva nemmeno imputargli la colpa di aver disatteso la preghiera di un moribondo, poiché pur con il corpo fracassato era giunto in Italia per compiere il suo dovere. Non sarebbe stato leale, infine, scandalizzarsi per un sentimento che era scaturito con bagliore di folgore dalle macerie delle loro esistenze se Gabriele, restituendo a Dio il respiro fatale, non se ne era scandalizzato. Come un autore di teatro, che scrive con passione le parti degli attori e che rimane nascosto dietro le quinte nell'ora in cui si recita, così suo marito aveva assegnato un ruolo nella stessa scena alla moglie e all'amico occasionale, senza demonizzare l'ipotesi dell'amore ma accettandone il rischio.

Gabriele le era stato devoto sino all'ultimo e aveva stimato in Ciarán il musicista ma anche l'uomo onesto, altrimenti non gli avrebbe mai scritto. Non li avrebbe condannati, dall'abbraccio di Dio in cui ora era immerso, se li avesse sorpresi a confortarsi a vicenda con un abbraccio umano.

Che cosa le impediva dunque di tornare indietro, di bussare alla porta di lui, di scusarsi per la propria impulsività e di promettergli che sarebbe rimasta?

Nulla, se non il silenzio.

Il silenzio di chi non ha il coraggio delle proprie azioni.

Il silenzio di presentarsi come un estraneo, tacendo la potenza complice della morte.

Il silenzio ladro di nascondere sul cuore la fotografia appartenuta a un altro, come un bottino di rapina che la sincerità vanifica.

Soffocata dal silenzio asfissiante di ciò che era stato, Guerriera scese la scala diretta verso casa. Sarebbe uscita senza far rumore se non ci fosse stato qualcuno che, seduto nell'atrio sotto i quadri di tempesta marina, l'attendeva.

«Buongiorno, signora Altieri» Bartlemy la salutò, levandosi in segno di rispetto.

Posò la valigia sul pavimento e gli sorrise.

«È da tanto che mi aspetta, signor Wrottesley?»

Eluse l'eufemismo di un incontro fortuito. Lui era vestito in maniera irreprensibile, con pantaloni e panciotto color tabacco e giacca spigata di beige, ma non si era rasato le guance, e i capelli arruffati erano indizio di una notte agitata.

«Da quando il cielo ha cominciato a schiarire dietro i vetri... Le chiedo di perdonarmi, ma ero in pensiero per lei, che ieri sera non si è unita a noi per la cena, e per Ciarán, che non è riuscito a prendere sonno. Del resto, chi di noi ha dormito nelle ore appena trascorse?»

Che anche Ciarán, nonostante tutto, fosse stato inquieto non era forse un segno della sua buona fede?

Minimizzò: «Se è per precisare la mia posizione lavorativa, conto di darle a breve una risposta, magari già prima di Natale.»

La interruppe con gesto brusco: «Non m'importa che lei rimanga! Mio fratello, infatti, è convinto d'aver rovinato tutto e ci ha pregato di ricondurlo in Irlanda anzitempo, non appena saranno terminate le nostre vacanze natalizie. Ma ciò non può impedirmi di esprimerle la mia gratitudine per i progressi da lui compiuti in questi due mesi. Lei, signora, lo ha indotto a riprendere a suonare, a comporre un'opera lirica, a esercitarsi nel movimento delle gambe. Che ne sarà del bene immenso che gli ha arrecato, se adesso se ne va senza neppure congedarsi da lui?»

Di fronte al suo rossore di uomo timido, ella impallidì di disagio: «La prego di non insistere, signor Wrottesley: la situazione è più complicata di quanto appare.»

La interruppe ancora, avvampando: «E se io le dessi la mia parola che non ci fu macchinazione ai suoi danni, che io non mi sarei mai prestato a un intrigo e che don Delfino, ignaro di tutto, obbedì soltanto alla Provvidenza nel suggerirmi il suo nome?»

Bartlemy assomigliava a Ciarán nella mimica del volto e nel gestire. Più chiaro di capelli e di carnagione, lo ricordava nel profilo di scultura classica e nel modo di corrugare le sopracciglia.

«Se io fossi soltanto una stipendiata, la sua parola mi sarebbe sufficiente. Ma non lo sono!» Chinò gli occhi, perché si vergognava di essere più esplicita: «E non mi sono affezionata a Ciarán come un'infermiera si lega al paziente che ha in cura: io gli ho voluto bene, come una donna si accorge che il proprio cuore appartiene ormai a un uomo.»

Una luce di saetta attraversò il suo sguardo d'acquamarina.

«Adesso comprendo: l'amore esige fiducia!» esclamò, e c'era un mondo di sofferenza dietro quella constatazione.

«Sa che cosa mi sono domandata per tutta la notte, signor Bartlemy? Ebbene, ho provato a immaginare quali sarebbero stati i nostri rapporti se Ciarán mi avesse rivelato già il primo giorno, magari in sua presenza, di aver conosciuto il mio defunto marito. Che ne sarebbe stato del sentimento che provo per lui? Si sarebbe trasformato comunque in tenerezza o sarebbe stato incanalato nel più tranquillo solco di un'amicizia ereditata? Ecco perché ho bisogno di solitudine! Per essere convinta che il seme sia germogliato buono anche a dispetto delle circostanze viziate, anche a dispetto di un terreno cattivo.»

Bartlemy l'avvolse in un'occhiata commossa. Le prese la valigia e, reggendola, la precedette verso la porta.

«Si trascina appresso un pesante fardello, signora. Vorrei accompagnarla a casa con l'automobile, se me lo concede.»

«Accetto volentieri!» gli sorrise spontanea.

Lui si gettò sulle spalle il mantello e le porse il braccio. Uscirono insieme in giardino, nella fiamma dell'aurora sul mare.

Sono io che busso alla tua porta, Signore!

Sono un peccatore. Ti ho bestemmiato e ti ho incolpato di bramare il mio male. E, se vuoi che io sia sincero, non sono cambiato molto da quei giorni di tenebra. Sarà perché, procedendo in groppa a una sedia a rotelle, si avanza meno spediti che correndo con le proprie gambe.

Sono un peccatore, dunque, e busso. Non come avrei fatto quando ancora ti venivo a trovare in chiesa: a quel tempo mi beavo della mia umana perfezione, come se il talento, l'avvenenza fisica e l'amplesso protettivo degli agi mi fossero dovuti. Quando il Vangelo, letto all'ambone durante la messa, chiamava in causa i peccatori, mi guardavo sempre intorno, perché ero convinto che non mi riguardasse. Mi offendevo anzi di essere scambiato dal prete, che mi vedeva ritto nei primi banchi, per uno come gli altri, per uno che sbaglia e poi piange sulle proprie debolezze. No, io non ero così: io ero l'invidiato musicista, lo zerbinotto di bell'aspetto e di vaghe speranze che la sorte ha reso conscio di un futuro di gloria. Io ero la perfezione, cui era permesso declinare la Parola della Vita secondo il capriccio personale.

Che cosa mi ha convinto del contrario?

Se fossi saggio, confesserei l'ascendente dell'amore. Si scorge, infatti, la miseria di sé stessi quando si sosta a contemplare la luce di un viso estraneo, che non è il proprio sembiante riflesso nello specchio. Quando ci si arrende come naufraghi all'arcobaleno che segue la burrasca. Quando ci si sveglia piccoli, dopo l'incubo di vette irraggiungibili, con le mani tese a un altro cuore.

Ma resto stolto e ammetto di essere peccatore per vocazione. Non è un'accusa a Te che mi hai creato, ora che ho esaurito le rimostranze nei tuoi confronti. È piuttosto la certezza che io non posso muovere una festuca né un granello di sabbia né una piuma smarrita di gabbiano senza il tuo aiuto. Non posso nemmeno muovere le gambe - metafora feroce del mio esistere! - se Tu non compi per me un miracolo.

No, non è questo il miracolo che reclamo. Ti eri illuso che fosse così? O conoscevi già le mie intenzioni, Tu che sei

Dio? Immagino che Tu riceva spesso richieste insistenti da parte di paralitici come me: aspirano tutti a camminare, perché ricordano che Tu, Signore, ti aggiravi per le strade di Galilea guarendo volentieri storpi e indemoniati. Ti promettono l'impossibile, che l'anima non possiede e che la mano non sa donare, pur di liberarsi all'improvviso di stampelle e carrozzine.

Potrei chiederti anch'io lo stesso: «Fammi camminare di nuovo!». È un miracolo facile, in fondo, nel quale Tu sei ferrato, un miracolo che hai compiuto tante altre volte con abilità da taumaturgo.

Ma io sono un peccatore e, nel mio orgoglio, esigo di più. Non so che cosa farmene di un paio di gambe rinvigorite, se Tu non mi concedi il perdono di Guerriera!

Ho giocato con i suoi sentimenti con l'egoismo di un bambino che spacca i propri balocchi. M'inebriavo del bene di cui lei mi circondava e che io assorbivo senza esserne mai sazio. Presagivo che presto o tardi saremmo arrivati alla resa dei conti; non mi affannavo, tuttavia, perché trovavo più appagante vivere alla giornata. Standole accanto, - è vero, - la mia coscienza lentamente si ridestava e mi rimproverava l'omissione. Se però mi intestardivo a escogitare un espediente, mi aggrovigliavo ancor più nel ginepraio. Ecco: sono un peccatore maldestro!

Ti ho fatto sorridere? Tu hai uno spiccato senso dell'umorismo, Signore, altrimenti non ci sopporteresti sin dai tempi del Paradiso Terrestre, con tutte quelle che ti abbiamo combinato a iniziare da Adamo, che si accorse d'essere nudo dopo aver sbocconcellato allegramente una mela.

Sono nudo io pure, adesso che l'ho perduta: possiamo riderne insieme ancora per un po', ma se Tu non mi concedi il suo perdono, a me non rimarrà che il cordoglio.

Bada, Signore, io non merito che Tu me la restituisca: come potrei renderla felice, nella mia condizione? Non nego che tenterò di avere con lei un chiarimento e, se Tu mi asseconderai nell'architettare l'occasione propizia, te ne sarò grato. Non forzerò le circostanze per abbagliarla, per apparirle diverso da quello che sono. Io ti supplico, invece, per ottenere il suo perdono! Non pretendo che ciò avvenga subito o al mio cospetto, affinché ne sia lusingata la mia emotività. Basterà che lei mi perdoni dopo che sarò partito, e io lo avvertirò come rugiada nel sangue. Anche da lontano. Anche senza la consolazione di un riconquistato sorriso.

Fa' che, talvolta, pensi a me con indulgenza.

Fa' che non scacci il mio ricordo, quando le scivolerà tra le immagini della vita.

E insegnami intanto a pregare per lei, per custodirla d'affetto in ogni istante che verrà, perché il mio amore infinito e deforme, il mio amore di peccatore che bussa alla tua porta, possa riposare in Te, che sei l'Amore Assoluto.

Il sole spiccava già tra le trine che velavano i vetri, quando l'automobile ritornò. Ciarán era ancora coricato nel letto e ne avvertì il motore, che si spegneva. Udì la portiera respinta indietro e il passo discreto di Bartlemy sul selciato.

Il riverbero del mattino involgeva gli oggetti che la notte aveva nascosto al suo sguardo, come se ne chiosasse la rassicurante presenza dopo che saette d'invenzioni ostili avevano sfregiato il buio. Joseph gli era rimasto accanto, placando con una carezza o un cenno gentile il sorgere delle allucinazioni, e ora si era appisolato sul canapè accanto al camino. Ne osservò il volto invecchiato, che la barba sempre più bianca rendeva livido. Presto si sarebbe destato e l'abituale arguzia avrebbe dissimulato le rughe della fronte e la piega amara del labbro. Avrebbe ripreso il controllo delle emozioni proprie e altrui e non sarebbe stato opportuno sorprenderlo con una parola di gratitudine. Ciarán voleva giocarsela adesso, quella parola che da troppo tempo gli bruciava la lingua, prima che fosse tardi, prima che lo slancio dell'intimità insonne fosse disperso dal giorno.

«*Daidí...*[89]» gli sussurrò.

Lui non rispose, non sollevò le palpebre. D'altronde non l'aveva mai chiamato a quel modo, nemmeno quando era un fanciullo, nemmeno per sbaglio.

Ci riprovò, con maggiore incisività: «Papà!»

Nulla.

Fu un terzo richiamo a svegliarlo, che proveniva flebile di là dall'uscio chiuso: «Papà!»

Riconobbe subito la voce di Bartlemy, mentre non si era accorto che anche lui, il figliastro, almeno per una volta avrebbe voluto essere figlio.

Joseph si alzò e accolse suo fratello, andandogli incontro.

«La colazione è pronta, papà» gli annunciò sussurrando e circondandogli con il braccio le spalle. «Bríd ti attende in cucina. Non ti preoccupare: ho già bevuto un caffè e resterò io con Ciarán.»

«*A Dhiabhail!*» sbottò, attirando la loro attenzione. «Ma per chi mi prendete? Per una suppellettile di cristallo incrinato o per un poppante al quale urge cambiare il pannolino? Avvertite Donn, piuttosto, affinché mi aiuti a lavarmi e a vestirmi.»

Bartlemy avanzò garbato verso di lui, che giaceva sfatto nel letto.

«Ti domando scusa, Ciarán» si giustificò. «Speravo che tu finalmente ti fossi assopito, dopo l'agitazione di questa notte. E avevo in mente di congedare papà per rimanere solo con te. Vorrei parlarti, se me lo permetti.»

Joseph li avvolse entrambi in un'occhiata di bonaria ironia: «Bravo, Bart! Un modo elegante per suggerirmi che sono di troppo. No, non tacitare il tuo buon cuore: vado a far colazione sereno, perché è giusto che i miei figli si scambino le confidenze della loro gioventù.»

Attesero che uscisse. Allora Bartlemy si sedette sul bordo del letto ed evitò inutili preamboli.

«Ho riaccompagnato Guerriera a casa sua, stamane. L'ho incontrata nell'atrio e le ho offerto un passaggio.»

Egli socchiuse le palpebre perché il profilo nero del fratello contrastava accecante con la finestra d'opale.

«Me l'ero immaginato, quando ho udito mettere in moto l'automobile.»

Si concesse un riso nervoso: «Sai che ti dico? Tu dimostri una palese predisposizione a interferire nelle mie pene d'amore, fratello!»

Una frase a effetto era quello che ci voleva per provocarne la fuga; era un trucco che funzionava sempre con l'indole docile di Bartlemy. Ma questa volta lui non si levò, com'era accaduto in passato. Restò comodo sul bordo del letto e imitò il suo sogghigno: «Già, me la sono cercata! Ammetti piuttosto che io ti ho fatto da parafulmine e che, se allora fosti indispettito del mio successo con Lorna, ora non muteresti affatto la tua sorte con la mia.»

«Oh, no!» proruppe impietoso. E subito si corresse, cercando la sua mano tra le coltri. «È vero ciò a cui ha alluso papà, ossia che le hai chiesto il divorzio?»

«Papà si è spiegato male: è lei che lo esige da me!» ammise con amarezza.

«*Striapach!*[90]» si lasciò scappare, dandole volgarmente della meretrice. «E con quale pretesto, Bart? Ha osato accollarti un tradimento? Non ne saresti capace!»

«Grazie per la fiducia, Ciarán» ammiccò, pur con il ciglio umido e le cornee arrossate. «No, mia moglie ha scommesso tutto sull'incompatibilità di carattere e sostiene che la libertà riscattata gioverà a entrambi...»

«A lei sicuramente» lo interruppe indignato, «con la larga liquidazione che reclamerà da un banchiere!»

«Che cosa debbo fare, Ciarán?» lo implorò sconsolato. «Papà mi esorta a pagare e a cacciarla a calci nel sedere, ma lui è protestante e non intende il mio dramma: io, che sono cattolico, che sono cattolico come te, anche se tu mi hai sempre dato del pastore anglicano...»

«Ti correggo: del pastore anglicano di campagna» lo interruppe di nuovo, ma questa volta con commozione.

«Ebbene, io non me la sento di starmene da solo per il resto della vita, senza la letizia di tenere tra le braccia un bambino, mio figlio, che sarà il mio futuro. Quanto a lei, sono disposto a sopportarne i difetti: replicherò ai suoi sgarbi con tanta premura, con tanta dedizione, che non potrà rimanere per sempre indifferente.»

«Se vuoi il parere di un papista, - e hai attraversato l'intera Europa per estorcermelo? - hai scelto l'uomo sbagliato. Máirtín, che è praticante, ti sarà di certo più utile di me.»

«Ma tu sei mio fratello, Ciarán!»

«*Is fíor duit*[91]» glielo concesse. «E comprendo bene almeno quanto te quella megera di mia cognata: desideri tenertela, nonostante tutto?» E ribadì: «*An bhfuil fút é seo a dhéanamh?*[92] Allora rifiutale il divorzio e chiudi ben stretti i cordoni della borsa! Non avallarle le spese e non saldarle i debiti. Portala in campagna, piuttosto: tu e tuo padre non avete quella tenuta nel Norfolk? È perfetta per rinchiudercela! Così la terrai lontana dai *flirt* di Londra e la separerai dalla sua ingombrante famiglia.»

«E come? Verranno a trovarla e si sistemeranno tutti quanti presso di noi, seminando zizzania. Lei è succube di suo zio Murchadh, che irride la sincerità dei sentimenti.»

«Non succederà, perché tu li metterai alla porta. Sii affettuoso con Lorna, Bart, ma fermo. Soltanto in questo modo ti farai rispettare da lei e salverai il tuo matrimonio. Ascoltami: tieni fuori dalla vostra vita gli Aighleart e molla un sonoro scapaccione allo zio scultore da parte mia. Se non ce la fai con le tue forze, prega, per averne il coraggio.»

«Per l'ardire di prendere a botte Murchadh Ó Dúrasa?» interloquì turbato. «Non mi sarei mai aspettato che proprio tu, Ciarán, mi raccomandassi questo...»

Sgranò gli occhi: «E che? Supponevi che io ne stimassi il tronfio talento? O, peggio, mi accostavi a lui perché ho avuto - diciamo - qualche rimostranza, qualche dissapore con Dio? Sono un perfido cristiano, lo ammetto, ma non un libertino (nelle mie condizioni, poi!), non un mangiapreti infuriato contro la morale!»

Bartlemy rideva di gusto: «In effetti, tu non gli somigli affatto!»

Si rallegrò anch'egli, come non gli capitava da anni: «Lo so, sono assai più affascinante. Sono un magnifico e virile esemplare di uomo a due ruote!»

Suo fratello non era più in ombra, ormai, ma specchiava lo splendore del mattino: «Adesso che ti ho permesso d'intervenire nelle mie pene d'amore, come le definisci tu, mi lasci lenire le tue, Ciarán? C'è qualcosa che io possa fare, per aiutarti con Guerriera?»

«Ci ho riflettuto sopra durante l'intera notte e forse ho trovato una soluzione» mormorò. Dubitò poi che fosse inutile: «*An mbeidh an rud gan rath?*[93] Non so se funzionerà ma non perdonerei a me stesso di non averci provato.»

«Disponi pure di me a tuo piacimento.»

«*Bhoil!* Il tuo compito è di condurmi qui *sár i bhfad...*[94] sì, il prima possibile, un prete e un diacono.»

«Davvero?»

«Naturalmente!» E proseguì emozionato: «Il prete si chiama don Francesco e, se non è da qualche parte a tirare su un muro oppure a riparare un paio di orologi, lo troverai nella chiesa di San Michele, cui è preposto come viceparroco. Per quanto concerne il diacono, tale Rinaldo Novara, di proba origine ebraica, ti indicherà lo stesso don Francesco dove recuperarlo a Savona. Ho scoperto che sono amici, infatti.»

«Ti sei scelto una strepitosa coppia di congiurati, fratello mio!» si congratulò divertito.

Si strinsero la mano con reciproco slancio, nella complicità di un raggio di sole.

CAPITOLO X

Arcangelo Corelli
Notturno dalla Messa di Natale

Liguria, Notte Santa 1919

Campane di festa per infrangere il silenzio della notte. Passi sommessi avevano abbandonato il paese nella solitudine degli ulivi addormentati. Le voci tacevano di mistero e gli occhi penetravano l'oscurità, perché la chiesa sarebbe presto apparsa come il primo miracolo di Dio che s'incarna Bambino.

«Non mi perderei quest'atmosfera per nulla al mondo» bisbigliò Gianluigi all'orecchio di Guerriera. «Forse soltanto qui, dove la chiesa è isolata e come un eremo s'erge a dispetto delle nostre comodità, il Natale risveglia nel mio animo intorpidito il desiderio di emozioni intime.»

Camminando, ella s'appoggiava al braccio del fratello. Dalla morte di Gabriele, era lui che arrivava da Savona per accompagnarla alla messa della Vigilia. Il lavoro snervante, perché gestiva lo studio notarile del padre, il matrimonio accettato senza entusiasmo con una donna d'indole troppo dissimile e i figli tanto desiderati che non erano venuti lo avevano invecchiato anzitempo, appesantendo il fisico svelto e sfoltendo i riccioli dorati degli anni giovanili. La disillusione gli aveva segnato il sembiante e lo aveva spinto a rifugiarsi nel culto dell'arte e dei piaceri estetici. Dipingeva acquerelli dai toni freddi, tra una dichiarazione di eredità e la compravendita di un immobile, e una volta a settimana si concedeva un concerto di musica da camera, pago che almeno lì la sua annoiata consorte non lo avrebbe seguito.

La scalinata che conduceva al sagrato era stata illuminata da ceri posti ai lati di ciascun gradino di granito. Altri lumini schiarivano il mosaico floreale di piccoli ciottoli bianchi e neri antistante l'entrata della chiesa, ciottoli di mare che don Delfino aveva raccolto sulla spiaggia insieme con i ragazzi della parrocchia e che ora balenavano nel buio di meraviglia. Il massiccio portone era stato spalancato e mostrava l'oro fulvo dell'interno. Erano dischiusi anche i due accessi laterali.

«Sbrighiamoci» le propose Gianluigi, cavandosi il cappello di feltro, «prima che ci occupino i banchi anteriori. Mi piace ammirare i ricchi ricami della casula del sacerdote, mentre celebra all'altare, e la posizione è migliore per l'acustica.»

Per lui la funzione che stava per cominciare era soltanto uno spettacolo intriso di nostalgia, adorno di paramenti sgargianti e di lente nenie intonate dal coro. Non era attesa di parole nuove. Non era conversione del cuore verso una promessa di consolazione, come se fosse la prima volta, come se le pagine scritte da millenni e lette nella distrazione delle consuetudini trovassero finalmente la chiave che apre la gioia.

Lo assecondò, perché era felice di averlo accanto a sé, in quella notte, nonostante la distanza della loro preghiera. Avanzarono attraverso la navata centrale, calpestando la geometria del pavimento, dove grandi piastrelle romboidi di basalto grigio e di marmo candido di Carrara ingannavano la vista di giochi ottici. Avanzarono verso il presbiterio tra cenni di saluto e sorrisi d'auguri, finché Gianluigi non le indicò un banco a destra, per tenere sotto controllo il pulpito che era addossato al primo pilastro sulla sinistra. L'eleganza del suo paltò di loden blu attirava l'indiscrezione delle spose dei pescatori e spiccava quale macchia scura sulle tonalità tenui, d'aurea aurora, con cui erano state tinteggiate le pareti. I piloni possenti a pianta quadrata, invece, erano stati dipinti imitando strisce di marmo rossastro, intervallate da finte scanalature di bianco.

Guerriera s'inginocchiò, lo sguardo affisso al tabernacolo, finestra di luce corrusca che feriva il fasto barocco dell'altare. Il quadro absidale, dedicato a san Michele, faceva da sfondo alla vittoria del bene sul male, del sole sorgente sulle tenebre in declino. Era incorniciato da due alte vetrate che rappresentavano Gabriele e Raffaele, gli altri arcangeli, ma il cielo notturno ne aveva inghiottito i colori.

La sua orazione non si strutturava in pensieri precisi; era piuttosto l'intimo affidamento del cuore che trabocca d'amore, era il riposo santo di annullarsi nell'abbraccio di tenerezza di quel Bambino al culmine dell'altare che, come ogni Natale, tendeva le mani piccole. Gratitudine e speranza. Fiducia e abbandono. Come onde pettinate dal vento, i sentimenti increspavano a tratti il quieto fluire del dialogo tra la finitudine della carne e l'infinita potenza di Dio, un dialogo scandaloso per la filosofia, che soltanto l'umiltà dell'Incarnazione ha conciliato, assimilando Dio al sangue dell'uomo.

Colse con la coda dell'occhio la presenza di tre figure affiancate, nella navata. Una si staccò dal gruppo e, senza parlare, le posò la mano sulla spalla. Era Máirtín, il maggiordomo di Villa Celeste. Le sorrise d'affetto, ritirandosi. Raggiunse i signori Wrottesley, padre e figlio, che avevano occupato il banco sotto il pulpito. Se ne stavano tutti e due ritti e compassati, a fissare l'altare con concentrata devozione.

«Conosci quelle persone?» insinuò Gianluigi, stupito che la sorella vedova avesse rapporti con quel distinto terzetto. «Era presso di loro che lavoravi?»

Guerriera assentì e abbassò le palpebre, per scoraggiare l'inutilità sacrilega di ulteriori domande. Ma non riuscì più a raccogliersi in preghiera: la distrasse l'irruzione rapida di don Francesco che, già vestito di camice e pianeta intessuta d'oro, si sporse davanti alla balaustra. Sollevava il viso alla mostra d'organo che, alle loro spalle, sovrastava il portone centrale. Scambiò un cenno d'intesa con qualcuno lassù e subito ritornò in sacrestia, tagliando a destra la navata laterale.

Si levò allora purissimo il suono di un violino e zittì l'assemblea in attesa. Erano le note dell'*Adeste fideles* a scaturire dal canto delle corde accarezzate dall'archetto che una mano esperta impugnava. Non si trattava di un dilettante che improvvisava ma di un uomo che sentiva profondamente la musica e la fede.

Gianluigi, che si era voltato indietro, esclamò: «Un violino? In una chiesa? Chi mai ha relazioni tanto in alto da ottenere la dispensa per suonarlo? Ah, ma è quella testa matta di Rinaldo Novara!»

Sì, era lui. Se ne accertò con rapida occhiata e notò che indossava sul camice bianco la stola trasversale dei diaconi. Era stato assegnato alla Cattedrale di Savona, presso cui prestava il suo servizio: perché il vescovo, che ci teneva molto alla solennità della liturgia, nella Notte Santa gli aveva concesso di suonare il violino in una parrocchia di provincia?

Le giunse una strana risposta, affidata a una seconda voce solista. Non riconobbe quello strumento dalla nasale armonia. Faceva da controcanto al violino con grave maestà.

«No, non è una zampogna!» sentenziò sussurrando suo fratello. «Scommetterei un paio di bottiglie di Nostralino che si tratta di un tipo di cornamusa... Come mai non si vede? È un arnese ingombrante, che evidentemente obbliga l'esecutore a stare assiso.»

Trasalendo di tremiti ardenti, Guerriera rammentò che a Villa Celeste c'era una cornamusa irlandese, che è assai diversa da quella scozzese e che, da seduti, produce il suono grazie a un soffietto su cui preme il gomito. Ciarán non l'aveva mai messa in funzione, diceva che riempirla d'aria lo stancava, ma gliela aveva mostrata come una curiosità della sua terra.

Era una suggestione? Oppure era davvero lui che dialogava con l'archetto di Rinaldo?

Alla fine del ritornello la musica tacque. Dalla sacrestia

sbucò bianco il corteo dei chierichetti: il più grandicello portava la croce, attorniato da tutti gli altri che reggevano le candele accese, ben dritte per non scottarsi le mani con la cera fusa. Ed ecco che, mentre uscivano i due sacerdoti, il coro intonò a cappella l'*Adeste fideles*. Don Delfino e don Francesco seguirono nella navata destra la processione dei chierichetti. Quando giunsero in fondo alla chiesa, per risalirla sino all'altare attraverso la navata centrale, proruppe finalmente l'organo ad accompagnare il canto.

Nel lampo dell'entusiasmo, Guerriera si accorse di piangere le stesse lacrime di Máirtín, il flemmatico maggiordomo, e di vibrare di tensione emotiva come Bartlemy e Joseph Wrottesley. Sì, perché solo la genialità di Ciarán Ó Murchú avrebbe potuto dominare con tanta leggerezza il fiato tonante delle canne.

Alzandosi in piedi, cercò d'individuarlo sopra la balconata. Il legno barocco, terso d'azzurro e di verde in riquadri dorati, contrastava con la lucentezza dell'organo, capolavoro di una ditta locale di pianoforti. Scorgeva la sua capigliatura mora e, nello specchio che serve all'organista per controllare il celebrante all'altare, lo sguardo assorto nell'interpretazione.

Una folla di domande la opprimeva, perché lassù non si poteva portare la sedia a rotelle, perché la scaletta si trovava nell'incavo del portone e per accedervi occorreva penetrare un pertugio basso e stretto. Doveva essere stata un'impresa condurvi a braccia un paralitico della statura di Ciarán.

Perché, infine, lo aveva fatto? Per dimostrare che cosa?

I sacerdoti erano giunti ormai in presbiterio: cantarono con il coro ancora una strofa, poi la musica tacque. Esplosero a distesa le campane sulla chiesa gremita e iniziò il rito, che si trasformava per lei in sofferta preghiera d'intercessione, nella gioia timida di condividere con lui la presenza di Dio. Le parole latine scorrevano tra le sue labbra ora trepide, ora assenti: avrebbe voluto essergli vicina, per scoprire se la sua voce si univa a quella degli altri fedeli o se rimaneva muta per l'assalto aspro del passato. Avrebbe voluto sfiorargli la mano con una carezza, mentre invocavano insieme la misericordia dell'Amore.

«Dove l'ha scovato don Delfino quest'organista?» rilevò Gianluigi alla fine del *Gloria*. «Senza togliere nulla a quello degli anni andati, costui è un vero portento. Che sicurezza nella scelta dei registri: non ne sbaglia uno! Se lo ascolta il vescovo, lo requisisce per la Cattedrale. Te ne sei accorta, Rinella?» continuava a chiamarla con il diminutivo di quando erano fanciulli. «Usa pochissimo la pedaliera e trasporta tutte le armonie gravi sulle tastiera. È proprio estroso!»

Non gli rivelò che l'estro non c'entrava affatto e che Ciarán convertiva la propria menomazione in vittoria. La foga con cui affrontò l'*Alleluia* la persuase alla speranza, perché lui non avrebbe potuto fingere. No, non avrebbe inventato slanci trascendenti per confondere e calamitare un'inclinazione solamente terrena. Per quanto sia incancrenita nell'uomo la smania dell'apparenza, il cuore riconosce la sincerità che si offre vulnerabile e fervente. Si assimilano gli aneliti e si sciolgono di stupore remore e rimpianti.

Guerriera visse la celebrazione dilatando l'anima in mistica pace che solo la distrazione, mitigata dall'affetto, di tanto in tanto frenava. Pensava a Ciarán, al dono benedetto della sua vicinanza nella Notte Santa, mentre don Delfino si prodigava in una delle sue omelie accorte e schive, che lo spiccato accento ligure ammorbidiva di simpatia.

Pensava che sarebbe stato un errore respingere per un vizio di forma chi le si faceva compagno. Non nella lineare perfezione che evita di graffiare la coscienza, infatti, ma nella fragilità del dubbio si colgono le ispirazioni che trasfigurano i giorni.

All'offertorio, il violino e la cornamusa ripresero a duettare complici nella *Ninna Nanna* di Brahms. Era un inno gioioso di timbri diversi, nel quale Rinaldo riversava accenti ardenti e cristallini a cui Ciarán replicava con forti e quiete gravità. E poi vennero il *Santo* fragoroso, nel ripieno di organo e coro, e l'umile anafora dell'*Agnus Dei,* scandita aumentando a ogni invocazione l'ampiezza e la potenza dei registri.

Il canto di comunione era il *Notturno* di Corelli. Disponendosi in fila per ricevere l'Eucaristia, ella incontrò le iridi chiare di Bartlemy che, mentre il padre anglicano era rimasto immobile nel banco, le si era affiancato. Si scambiarono uno sguardo ridente di commozione per la sorpresa della vita, mentre sull'altare ancora un volta il pane si era fatto Carne, era tornato a essere il Dio con noi.

Mi sto arrendendo.

Ah, davvero, non mi riconosco più! Mi arrendo allo sgambettare di un bambino nella mangiatoia e a tutte queste moine di pastori, di freddo, di gelo e di stelle comete. Mi ritornano alla mente i versi di una preghiera di benvenuto al Re dei Re, che Máirtín mi aveva insegnato affinché la recitassi davanti al presepe odoroso di muschio: Céad míle fáilte roimh Rí Fhlaitheas Dé, 's é Ardrí na ríthe é...[95]

Mi si offuscano le pupille mentre suono e sono costretto a improvvisare senza riuscire a distinguere le note sullo spartito. Non posso fare una simile figura davanti al coro, che mi riverisce inebetito, e soprattutto davanti a Cherubino. Eccolo lì, in vesti angeliche: gli mancano soltanto le ali! Acuto com'è, avrà già notato le mie lacrime. Per fortuna tace, mi gira i fogli sul leggio e mi dà una mano a inserire i registri.

Vedi a che situazioni mi esponi, Signore?

Attraverso lo specchio seguo la celebrazione e mi sento euforico come quando ero ragazzo. Allora non avevo ancora sperimentato in me il veleno dello scetticismo che lentamente modifica gli impulsi di franca devozione in pratiche formali, svuotate di significato. Mi adagiai in fretta nell'edonistica deriva della fama e dei fasti corrotti che essa comporta; eppure, nella santità di questa notte, vorrei placarmi cullato dall'andamento semplice del Notturno di Corelli. *Le voci dei cantori, che non hanno pretese di affermazione personale ma sono armonizzate dalla finezza della fede, mi costringono a sognare lieve sui tasti. Sogno il volto di Guerriera, la cui capigliatura di fiamma brunita è celata dal velo di trina, e sogno di esserle accanto, mentre è inginocchiata presso la balaustra per ricevere il tuo Corpo.*

Lo ammetto: non mi è permesso.

Io non mi posso inginocchiare e ho rifiutato, quando don Francesco mi ha proposto la Confessione. Non mi ritenevo pronto e adesso rimpiango una decisione impulsiva.

Verrò a Pasqua, Signore, se Tu mi accoglierai.

La prima Pasqua per me, dopo quella del 1916.

Le voci ormai si disperdono a una a una e i cantori scendono per quell'infernale scaletta così angusta che, all'opposto, li affretta alla luce. Io continuo a suonare il tema di Corelli, inventando variazioni. Finalmente anche Rinaldo mi lascia per raggiungerti, Signore. Finalmente resto solo con Te: non ho nulla da donarti, mio Dio, in questa notte di gioia, se non la mia musica. Fa' che sia sublime, prima che tornino. Fammi tentare: voglio dare alle note quella profondità che è propria dell'organo, ma che manca alla tastiera. Fammi tentare... Ora spingerò in avanti il piede sulla pedaliera. Mi bastano poche note, di punta e di tacco, che la mia mano non può suscitare. Sì, così, di punta e di tacco, con la scioltezza in cui eccellevo una volta.

Di punta e di tacco, nel tuo nome, Signore!

«Ti ho udito, sai?» Rinaldo fu il primo a risalire sulla balconata verde e celeste, sbuffando per lo sforzo di correre tra le strette pareti. «Non negarlo, Ciarán: non erano più di tre o quattro battute, però le hai suonate con il piede!»

«*Dún do bhéal!*[96] Chiudi la bocca!» gli impose, senza staccare le mani dalla tastiera, affinché il ripieno delle canne coprisse le loro parole. «Non lo nego ma tientelo per te!»

Negli ultimi giorni d'Avvento, che li avevano resi amici e in cui avevano spesso provato insieme, avevano deciso che a quel punto avrebbero eseguito *Stille Nacht* con violino e cornamusa, anche per permettere a chi azionava il mantice dell'organo di comunicarsi e di riposarsi. Rinaldo gli passò lo strumento, che rabboccò d'aria, e lo aiutò a spostarsi un poco sulla sedia per far passare dietro la schiena il sacco di pelle. Era costretto a piegarsi con il busto in avanti, per non schiacciare la cornamusa contro lo schienale e quella posizione forzata gli indolenziva i muscoli del torace. Anche il suo cuore era pesto, ricordando l'uomo che gli aveva insegnato la tecnica della *píobaí uilleann*,[97] come si dice in irlandese, e che era stato fucilato dopo la Pasqua. Era la prima volta in cui suonava con la cornamusa, da allora. Gli era sempre mancato il coraggio di far rivivere tragico e struggente il passato. Eppure nella musica ritrovata c'era la preghiera per i compagni di libertà che la terra mora di torba aveva sepolto. C'era la consolazione dolce di non dimenticarli.

Cherubino impugnò l'archetto e si sorrisero attaccando il brano. Il coro, intanto, era riapparso silente, s'era infoltito e li attorniava in attesa dell'ultimo canto. Avrebbe preferito affrontare una pagina strumentale di Bach, così solenne al termine d'ogni funzione, ma aveva ceduto alla tradizione italiana che conclude la celebrazione della Vigilia con la melodia di Alfonso Maria de' Liguori intitolata *Tu scendi dalle stelle*.

Si ritrovò a cantare anch'egli, con la sua voce fonda di basso: «O Dio beato! Ahi quanto ti costò l'avermi amato...»

Rinaldo faceva mormorare acuto il violino, che il cupo bombire dell'organo non confondeva, e un tenore piccolino dalle gote rosee dispiegava come vele sul mare le strofe. E poi di nuovo tutti insieme ad allietarsi nel ritornello. Finché la festa si spense, con il rientro dei sacerdoti e dei chierichetti in sacrestia. L'assemblea iniziò a defluire chiassosa, nell'augurarsi ogni bene. Ciarán avvertiva lo scoppiettare ondeggiante delle parole, mentre la gente passava sotto la balconata. Molti si trattenevano sul sagrato di sassolini bianchi e neri, beffando la notte avanzata.

Non appena sollevò le mani dalla tastiera i coristi lo travolsero di benedizioni. Il primo fu un baritono, un certo mastro Piana della borgata di Pecorile, dove era nato papa Sisto IV. Con la sua brusca mano di fabbro gli diede un buffetto sulla guancia.

«Complimenti, ragazzo mio! E tanti, tanti auguri a lei e alla sua famiglia!»

E poi venne la maestra Antonietta Ghiglia, una vecchina dal tremolante timbro di contralto, che lo baciò sulla fronte, e via via tutti gli altri: «Buon Natale! Buon Natale!»

«*Nollaig shona dhaoibh*...[98] così si traduce nella mia lingua.» egli rispondeva.

Alla fine scesero dall'organo uno alla volta. Tranne Rinaldo, che indagava impietoso le sue reazioni.

«Sarai un prete terribile» gli disse. «Non invidio le pie donne della parrocchia che ti assegneranno.»

Risero ancora. Il giovane diacono ritirò il violino nella custodia, mentre Ciarán aspettava Donn. Doveva infatti recuperare la sedia a rotelle, che era stata nascosta in sacrestia, e tirarlo giù di lì a braccia.

Qualcuno s'arrampicava nel ventre del muro. Senz'altro era lui.

Ma in cima alla scaletta s'affacciò il viso incantato di Guerriera. Cherubino le andò incontro, aiutandola a montare sulla balconata. Oh, che cosa non avrebbe dato per essere lui al posto suo, per accoglierla sul proprio petto e per invocare su di lei, baciandola, la letizia del Natale!

Era inchiodato invece a una sedia sbilenca, simile all'organo che troneggia immobile nell'oscurità e che non ha la spensieratezza di un violino nel proporsi alla gente. Basta! Con Rinaldo era stato tutto chiarito e ora non voleva sostituire la gelosia ingannevole con un'ottusa invidia.

Guerriera avanzò leggera. Gli tese la mano.

«Desidero ringraziarti, Ciarán, per la delizia di averti ascoltato suonare, perché hai donato la tua musica quale prezioso accompagnamento alle preghiere della messa.»

Era gentile e soffusa di rossore ma altrettanto formale. Come l'uragano sradica gli alberi al suo passaggio, così un'omissione maldestra aveva divelto la confidenza conquistata a fatica giorno dopo giorno.

«L'ho fatto per te, per chiederti perdono...» le sussurrò, levando gli occhi ai suoi occhi.

Lei si mostrò dubbiosa: «Ne sei sicuro? Eppure ho sperato sino all'ultimo che tu mi confutassi, che tu l'avessi fatto per il Signore. Per impetrare a Lui solo il perdono. L'ho sperato, confidando nella sincerità delle note.»

«Tu reclami troppo dalla mia miseria, *a chroí*,[99]» nell'amarezza, non le rivelò che quell'espressione significa "cuor mio". E aggiunse con tribolata umiltà: «Accontentati dei miei più fervidi auguri, che non valgono molto, - sono i voti acciaccati di un peccatore, - ma ti sono e ti saranno sempre fedeli.»

Le lasciò libera la destra, che ingabbiava ancora tra le dita. Lei la ritrasse lentamente.

«Buon Natale anche a te, amico mio.» Si riscosse: «Non posso trattenermi oltre: mio fratello è sul sagrato e mi dispiace farlo aspettare.»

«Io ti aspetterò a Villa Celeste. Vieni da me ancora una volta, prima che io parta...»

Glielo aveva raccomandato a voce talmente fioca che le sue parole forse non erano state captate. Sì, perché Guerriera indietreggiava già verso la scaletta e, prima di scomparire nella vertigine del cunicolo, si limitò a salutarlo con la lusinga di un cenno della mano e con la luce del sorriso. La sua immagine si spense.

Rinaldo, intanto, appoggiati i gomiti sul parapetto, contemplava la chiesa ormai deserta. Nello smorzarsi delle lampade e dei ceri, cui i chierichetti si divertivano a estinguere la fiammella con la pressione dei polpastrelli, restava solo il riflesso dorato del tabernacolo.

«Distingui Donn con la mia carrozzina?» lo interpellò, tanto per dissipare la malinconia. «Sono contento di ciò che è accaduto questa sera, ma mi ha dimostrato ancora una volta quanto un paralitico dipenda dagli altri.»

Cherubino si voltò con smorfia scherzosa: «Dev'essere così, infatti! Nei miei studi teologici ho appreso che il paralitico evangelico è anche un simbolo. Rappresenta l'uomo che gira intorno a sé stesso, che non si fida se non delle proprie forze. Non avanza, è fermo come un masso. È impietrito di protagonismo. Io credo che, quando spalancherà l'anima a chi gli sta intorno, quando contemplerà il cielo mendicando un abbraccio di riposo, allora imparerà senz'altro a camminare.»

Nello specchio sopra la tastiera, il fuoco del tabernacolo rischiarava l'ombra profumata d'incenso.

CAPITOLO XI

Franco Alfano
Dio pietoso
(Aria di Katiusha da Resurrezione)

Liguria, gennaio 1920

La stradina che scendeva lungo il muro del castello spalancava l'orizzonte di liquida incandescenza. Scivolava il respiro nella maestà del mare che, sotto la sagoma della chiesa, sosteneva in abbraccio l'infinito azzurro del cielo.

Il tratto era breve: Bartlemy aveva parcheggiato l'automobile dietro il fortilizio che, sull'altura, dominava da una parte il borgo, dall'altra la località dei Piani, perché non era possibile raggiungere direttamente la cappella di Mariae Nascenti, costruita su uno sprone di roccia a strapiombo sulle onde. L'accesso pedonale dall'Aurelia comprendeva diverse scalette che avrebbero bloccato la sedia a rotelle; dal castello, invece, la discesa era meno ripida e in pochi attimi si guadagnava una vista mozzafiato sul golfo. Stordito, Ciarán si lasciava invadere da tanta meraviglia. Era Bart a guidare la carrozzina, frenandola quando tendeva a prendere velocità. Joseph camminava loro accanto, immerso nella malia del panorama.

«È fantastico» osservava il patrigno. «L'aria è così limpida che svela la costa dalle estreme propaggini liguri verso la Toscana agli isolotti dopo Savona. Genova è incastonata nella macchia mediterranea come un cristallo di sale e di sole.»

La chiesetta ritagliava una geometria semplice nel turchino splendente. Un corto campanile emergeva sul retro, al culmine del tetto a spioventi. Il pronao anteriore, dal largo fornice centinato, era preceduto quale sentinella da una croce alta e sottile.

Si fermarono al centro del breve sagrato.

«Mi sfugge a quale titolo di Maria sia dedicato questo luogo» considerò Joseph, attardando lo sguardo sulla facciata. «Qualcuno mi ha detto che qui si venera la Nascita della Madonna, un altro sosteneva che è l'altare di Maria Assunta. Infine, due giorni orsono, ho incontrato da don Francesco quella vivace vecchietta che canta nel coro, la maestra Ghiglia, che ne asseriva la consacrazione a Maria Bambina. Non abbiatevene a male, figlioli miei, ma voi cattolici siete troppo complicati per un povero barbaro come me.»

Ridendo, Ciarán pregò il fratello di condurlo sotto il pronao, dove c'erano due finestrelle trasparenti da cui scrutare gli arredi sacri.

«Nel borgo la indicano semplicemente come la chiesa della Crocetta, dal promontorio su cui sorge, ed è cara ai naviganti e ai pescatori perché la scorgono di lontano, prima di approdare.» Si piegò verso la finestra di sinistra: «Fammi vedere meglio la pala d'altare: mi sembra che rappresenti una Natività, e questo non ci dà molti indizi. Ma le due statue ai lati secondo me sono sant'Anna e san Gioacchino. Che ne dici, Bart?»

Il giovane premette il viso contro il vetro, schermandosi con le mani le tempie: «Hai ragione, potrebbero essere i genitori della Vergine. Ciò avvalora l'ipotesi della Madonna appena nata o, comunque, piccola... Avete notato che nel foro del campanile manca la campana?»

«No» rispose. «Ma don Francesco ha accennato - non ricordo bene quando - che sarà sostituita nel giro di poco tempo. Ora sii gentile, Bart, spingimi un po' più avanti, affinché io mi imprima nella memoria quest'orizzonte che sto per perdere.»

La scalinata che anticipava il sagrato terminava con l'incrocio tra l'antica strada romana che saliva dolcemente abbarbicata alla roccia e l'Aurelia che piegava giù verso la stazione d'assi. La ferrovia, invece, restava nascosta dietro la curva, perché c'era una galleria che affondava proprio sotto la chiesa.

«La stazione del treno è a pochi passi» rilevò Bartlemy. «Mi è venuta un'idea: mentre voi vi trattenete qui godendo quest'ora serena, io scendo a informarmi sul regolamento per caricare il nostro bagaglio e gli oggetti da traslocare e se c'è la possibilità di depositarli, per farli giungere al porto di Genova prima della nostra partenza.»

«Ottimo, Bart!» esclamò fiero suo padre. «Così programmiamo meglio i pochi giorni che ci restano da trascorrere in Italia. Magari io ti raggiungo tra un po', quando arriverà Rinaldo.»

Lo vide allontanarsi con incedere elastico, inghiottito dai gradini inondati di sole.

Egli socchiuse gli occhi nella trasparenza flava del mattino. L'arco del pronao inquadrava il litorale di levante, dove sorgeva il paese. Alcune ville sulla destra assoggettavano le tegole ridenti di luce alla turrita mole del castello Testa, quasi fossero state educande sbarazzine che il campanile del convento, dritto davanti a loro, metteva in riga. Più in basso, le vie vivaci del borgo fervevano di attività addossandosi al muro della ferrovia, oltre il quale la malinconia della spiaggia e del mare era rotta dai pescatori che s'affaccendavano tra reti e gozzi. Spingendo ancora in là la vista, il torrente serpeggiava radente le case, sdoppiandole nel verde e nel fango delle sue acque.

Fischiando improvviso, il treno sbucò dalla galleria dietro la cappella di san Sebastiano, che era stata costruita come voto di una scampata pestilenza e che, in coda al borgo, ormai versava nel triste abbandono che trasforma gli altari non officiati in depositi. Vomitato dai visceri della roccia, venne avanti baldanzoso e, indispettito, stridette prima di fermarsi in stazione. Pochi viaggiatori discesero dagli scompartimenti, altri li sostituirono nel viaggio di ignoti affanni. La locomotiva ripartì senza indugio e, proseguendo nel tunnel sottostante, fece tremare di singhiozzi metallici l'intero promontorio.

Da quella posizione egli non individuava Villa Celeste, che era sul versante della pineta rivolto verso Pecorile. Aveva ravvisato, invece, la casetta di Guerriera, in bilico su un masso oltre la rupe del Cravieu. Ne divorava con gli occhi i muri chiari, che erano stati rivestiti di cemento e di ciottoli brillanti raccolti dall'arenile. Una panchina azzurra, a lato della porta, oziava sotto la finestra dagli scuri aperti.

«Credi che lei verrà?» mormorò quando Joseph gli si accostò sotto il pronao.

Il patrigno appoggiò la mano sullo schienale della sedia a rotelle: «E perché non dovrebbe? Rinaldo l'attirerà qui con l'astuzia, proponendole una passeggiata e una preghiera da condividere in onore della Vergine. A quel punto starà a te, figliolo, convincerla del tuo pentimento.»

Abbozzò un gesto stanco: «Ci ho già provato la notte di Natale, invano. Non ho riscattato la confidenza dei mesi trascorsi, la confidenza che rimpiango. Non pretendendo nulla da Guerriera, eppure non mi rassegno a partire senza la stretta di mano degli amici che si dicono addio.»

«Tu non tieni conto della speranza: ti ho udito, sai, la scorsa settimana mentre suonavi l'organo. Malgrado io non sia un musicista, mi sono accorto che per pochi istanti hai usato il piede. Lo neghi?»

A fronte china, egli scosse il capo: «No, ma i lenti progressi non eliminano la mia invalidità. Non sarei onesto se legassi la donna che amo alla mia vita faticosa, perché non è detto che io possa migliorare tanto da essere indipendente.»

«In questo sei proprio irlandese, figlio mio, e per un irlandese le gambe sono indispensabili per correre lontano. Per sfuggire alle disfatte e per affrontare nuove lotte. Forse un altro genere di menomazione sarebbe stata per te meno devastante. Non so... Com'è quel vostro vecchio detto? La salute di una persona sta nei suoi piedi?»

«Già, i gcosa duine a bhíos a shláinte...[100] Comunque sia, voglio che il dottor Van Hotten mi assicuri risultati concreti, prima di tornare da lei e di aprirle il mio cuore. Altrimenti preferisco rimanermene in disparte.»

«Come se la vita ci concedesse certezze...» mormorò Joseph con lo sguardo che vagava lontano sul mare. «È una scommessa, piuttosto, in cui la fiducia nel bene illumina l'azzardo di credere all'impossibile. Sì, occorre affidarsi mentre si brancola nel buio, per accendere la luce di ogni mattino, per far sorgere il sole a dispetto della nostra diffidenza.»

«Tenterò, se tu mi aiuterai.» E la sua voce grave divenne un bisbiglio. «Ti dissi, qualche giorno fa, che la felicità è trovare qualcuno che ti rialza dalle cadute. Te lo dissi quasi come un rimprovero, come se le mie aspirazioni infantili non avessero trovato eco nella tua disponibilità di educatore. Te lo dissi come se non mi riferissi a te, ma non è così. Saprò risollevarmi, infatti. Ne avrò la forza soltanto se, quando cadrò e mi vincerà lo scoraggiamento, a tendermi la mano ci sarai tu, papà...»

Lui si smarrì in quella parola, mai pronunciata nel loro rapporto.

«Grazie, figlio mio.» Ammutolì e ripeté ancora: «Grazie! Sin da quando ti tenevo sulle ginocchia, ho desiderato che tu mi chiamassi così... Il mio sangue non è il tuo sangue, d'accordo. Questo non mi ha impedito di averti scelto con il cuore. Non so se sia stato più o meno arduo rispetto al sentimento spontaneo che mi ispira Bartlemy. Ma ti giuro sulla memoria di tua madre che per me non ci sono differenze tra voi due, che vi amo ugualmente con tutto l'affetto che un padre nutre verso i figli che il cielo, nella carne o nell'elezione, gli ha concesso.»

«Io, al contrario, ho attraversato momenti in cui ti ho odiato» ammise frenando il tremito delle labbra. «Non accettavo che tu, un inglese, fossi così disponibile verso di me, mentre il mio vero padre irlandese giaceva nella terra mora di torba e mia madre mi trattava con distacco. Tu sopperivi alla sua freddezza, papà, e io mi sentivo umiliato dalla tua bontà. Secondo la logica del mondo, io ti ero estraneo, eppure tu mi custodivi con affetto.»

«Non giudicare le sofferenze di tua madre, figliolo» lo esortò nel posargli la mano sui capelli. «È rimasta vedova in circostanze terribili e qualcosa nel suo animo si è indurito come corazza. Per lei tu eri l'ometto giudizioso e assennato che non doveva avere cedimenti. Quanto a me, amandola profondamente, ho cercato di assecondarla e di mitigare la situazione, perché eri solo un bambino. Se in modo inconsapevole ho voluto renderti simile a me, oggi te ne chiedo perdono. In ogni caso non ho compiuto nulla di speciale, nulla che ti renda debitore nei miei confronti.»

Egli si deterse il pianto represso.

«È vero, papà. Tu non hai fatto cose grandi ma la tua normalità, nonostante il dolore, nonostante i tuoi sbagli di genitore e la mia arroganza di figlio, mi ha costretto a crescere. E non è forse l'impresa più straordinaria? Hai cambiato un ragazzo ribelle in un uomo.»

Adesso fammi tacere, mio Signore, se no mi sciolgo in lacrime come un marmocchio.

Sarà quest'atmosfera di cielo e di mare avvinti in un bacio che rotola all'orizzonte, sarà la presenza della tua Mamma che aleggia sulle pietre presso cui da secoli è venerata, sarà il mio cuore che si trasfigura d'amore... Ignoro la potenza che mi muove d'affanno e che rallegra il mio respiro.

Sei Tu? Sei Tu che mi vieni accanto e che sconvolgi la mia pochezza? Sei Tu, infine, che mi rendi migliore di quello che sono?

Ho capito il tuo gioco, ormai: mi hai preso con l'inganno e con la musica. Mi hai fatto gustare il conforto di non essere solo a suonare. Prima ho incontrato Gabriele e con lui è stata una travolgente esplosione di note. Poi è sopraggiunto il silenzio. Ma Tu lo hai infranto con Guerriera, che mi ha proposto una sonata a quattro mani. Adesso che ci sono soltanto le mie dita a sfiorarla, la tastiera mi sembra deserta. O forse no... La sonata a quattro mani che è diventata la mia vita mi ha offerto un nuovo compagno che accarezza di armonie vibranti la semplice melodia. Questa è la sonata che eseguo finalmente con Te, Signore!

A Te gli accordi, a me un motivo orecchiabile che sussurra in preghiera; a Te i suoni gravi e potenti, che correggono i miei acuti stonati; a Te la riflessione profonda di note perfette, a me il balbettio confuso di chi si sta innamorando.

Non sarò mai più il solista vanitoso che sfida la gloria umana se Tu, mio Signore, ti siederai ancora sullo stesso sgabello, mi urterai il gomito quando stecco e mi guiderai, suonando insieme, a improvvisare il meglio di me. Scegli Tu lo spartito perché mi fido di Te: io lo eseguirò sorridendo di compiacerti, sino all'ultima nota, sino a reclinare la testa sull'eterno battito del tuo cuore, che ancora ritmerà per me la nostra sonata a quattro mani. La musica di un Dio che si fa Uomo nel canto di ogni altro uomo.

Drizzando gli occhi, mentre saliva gli ultimi gradini, incontrò il suo sguardo. Fu come la prima volta, attraverso il finestrino dell'automobile, come nel giorno in cui tutto era cominciato.

Un lieve capogiro la costrinse a fermarsi e a cercare sostegno aggrappandosi al corrimano. Le sfuggirono tra le dita i fiori selvatici che portava a Maria. Rinaldo si chinò a raccoglierli e glieli serbò mentre lei riprendeva fiato.

«Perché non mi hai detto che ci sarebbe stato anche Ciarán, quando mi hai proposto di venire quassù? O preferisci addurre il pretesto di una coincidenza?»

Il diacono l'avvolse in un'occhiata ridente: «Oh, no! Ho combinato tutto con Joseph Wrottesley. Partiranno da Genova tra tre giorni con un bastimento, perché il viaggio in treno stancherebbe troppo Ciarán. E ci sembrava opportuno facilitare una spiegazione tra voi due.»

«Non gli porto rancore, non potrei, ma il mio cuore resta turbato. Si era concesso un sogno mirabile, che la tramontana ha annegato. Ora ne raccolgo i frantumi che galleggiano sul pelo dell'acqua, come i lumini che i marinai accendono per festeggiare l'Assunta e che la notte spegne tra i flutti. Ci sono attimi in cui vorrei corrergli incontro, offrendogli me stessa, e altri in cui retrocedo smarrita.»

Rinaldo le sfiorò la gota con la punta dell'indice.

«Ti comprendo, Guerriera. Tuttavia ti ricordo che proprio a lui, fra tanti possibili destinatari, Gabriele indirizzò la sua ultima lettera. Non riesco a stabilire che tipo di fiducia Ciarán gli avesse ispirato, - era un giovane piuttosto volubile, allora, - ma Lele lo scelse per parlargli di te. Gli fui ostile io stesso, all'inizio, sospettando un imbroglio. A poco a poco ho disarmato e mi sono convinto delle sue rette intenzioni. Non biasimarlo se, nel patto estremo d'amore e morte, ha avuto la debolezza d'innamorarsi. L'amore cresce, infatti, in un animo generoso e da piccola face che danza in un soffio di vento divampa poi come incendio di luce brillante.»

Riprese ad avanzare con l'ansia improvvisa di raggiungerlo. Joseph la accolse cordiale sul sagrato e le strinse la destra, nell'augurarle buona giornata. Gli sorrise, cercando commossa i fiori che Rinaldo aveva ancora in consegna. Se li strinse al seno e si mosse verso il pronao per offrirli alla Vergine.

«Salve, Ciarán» mormorò oltrepassandolo.

S'affaccendò nel sistemare il mazzolino, per non essere costretta a pensare e ad affrontare le emozioni che le si affollavano in petto. Dietro una lastra di pietra un po' scalzata c'era un vasetto di terracotta e una bottiglia d'acqua, che le donne del paese lasciavano là prevedendo che qualcuno sarebbe giunto e avrebbe recato un omaggio floreale alla Madonna. Allargò gli steli affinché le corolle si dilatassero candide in un raggio di sole e appoggiò il recipiente sul davanzale di una finestra. Si segnò con la lentezza intensa d'affidarsi al Padre Creatore, al Figlio Redentore e alla forza dello Spirito Santo.

«Guerriera» la sorprese la voce di Rinaldo, «Joseph e io scendiamo in paese in cerca di Bartlemy, che aveva da sbrigare una commissione. Torneremo con lui il prima possibile. Nel frattempo, badi tu a Ciarán?»

Arrossì, scambiando un sorriso timido e acre con il giovane irlandese.

«Sì, volentieri. Sono stata la sua infermiera, rammenti?»

Attesero che la scala sprofondasse le loro figure e i loro passi e, non appena gli parve prudente, Ciarán commentò in un balbettio: «Credo che abbiano voluto lasciarci soli.»

Ella annuì, avvampando, e non riuscì a parlargli.

Avrebbe desiderato, invece, raccomandargli i giorni a venire, la pazienza nelle sconfitte e la gioia di risorgere da ogni delusione. Gli avrebbe protestato accenti d'affetto che il loro addio affrettava e, forse, nell'impeto ardente di non perderlo, gli avrebbe persino restituito la fotografia che gli aveva sottratto, perché lui la tenesse ancora sul cuore. Per fortuna la persuasione dell'assennatezza mitigò l'impulsività.

«Ti ho atteso a Villa Celeste» le disse esitando, «e ogni giorno è tramontato senza che tu venissi da me. Adesso è tardi: devo occuparmi dell'opera lirica e mio padre non può assentarsi troppo a lungo dalla banca. Non essere triste, se ho voluto rivederti ancora una volta: il sole incide nella mia anima i lineamenti del tuo volto, affinché il tempo che scorre non li disperda prima che cali la sera.»

Una lacrima le scivolò sulle mani giunte: «E a te questo basterà?»

Ciarán scosse il capo: «No, eppure mi illudo che sopporterò

la tua assenza. Qualcuno me ne infonderà l'audacia, se tu pregherai per me e se attutirò le vane aspirazioni nel ricordo degli attimi trascorsi insieme.»

«Non sarebbe più semplice se tu restassi?» proruppe di pianto.

«A che titolo, Guerriera?» la sfidò con esasperata dolcezza. «Come potresti essere ancora la mia infermiera, sapendo che io ti amo e scambiando ogni mio gesto per una carezza? Non ti peserebbe l'intimità di muovermi i piedi, per riattivare la circolazione, o di ascoltare nella musica che io suonerò per te una continua dichiarazione d'amore? Mi obbligheresti a fingere, per non spaventarti?»

Angosciata, Guerriera rivolse il viso all'altare che s'intravedeva oltre le finestre e invocò l'ispirazione coraggiosa che a lei mancava.

«Fammi provare per un giorno, Ciarán! Ti chiedo un giorno solo da passare insieme, come i tanti che abbiamo vissuto in questi mesi. Lo so, avrei dovuto proportelo prima, quando tu mi aspettavi a Villa Celeste. Mi stimi scostante? No, non sono venuta perché fatico a far luce in me stessa, fatico a definire ciò che provo per te. Concedimi un'ultima possibilità, per favore! Ci saluteremo da buoni amici, se non sopporteremo l'imbarazzo dei nostri sentimenti feriti. Altrimenti... Non so dove ci condurrà il Signore.»

Lui si stava accarezzando il pizzetto scuro sul mento.

«Ci fu un tempo in cui le ragazze non si chiedevano quali sentimenti io ispirassi loro, ma si sentivano lusingate dal mio omaggio. Apprezzavano in me il musicista famoso e l'avvenenza che la sorte mi aveva concesso. Quel tempo si è dissolto nel nulla e l'unica donna cui ho donato il cuore si sta interrogando se io le faccia abbastanza pena oppure no.»

«Sei ingiusto con me, Ciarán» protestò di malinconia. «Mi accusi come se io mi crucciassi per la tua sedia a rotelle, che ha rimosso le futili attrattive di fama e bellezza. Non comprendi, invece, che io ho già amato in passato e che, quando penso a te, mi sembra di tradire l'uomo del quale porto il nome?»

La guardò attento e, celando gli occhi che si inumidivano dietro l'ala della mano, le sorrise: «Ricordo l'elevatezza di Gabriele e non ho la viltà di contenderti a lui. Lasciami soltanto l'emozione dell'istante che fugge, in cui ho appreso che la mia vita distrutta non ti è indifferente... Oh, sapessi quanto mi è prezioso! Vedi? È meglio che vada via, per rasserenare i tuoi pensieri.»

Il battito furioso del sangue nel petto la costrinse di nuovo a mendicare luce dal tabernacolo che il sole folgorava di raggi d'ambra. Appese l'anima incerta alla Presenza che custodiva e s'affidò con lo slancio immediato del naufrago che si aggrappa all'asse che lo sfiora mentre lotta contro le onde e che gli promette salvezza.

«Conosco a memoria, ormai, ogni parola della lettera che Gabriele ti scrisse. Se davvero tu sei giunto in Italia per esaudirlo, perché non gli hai ancora obbedito? Ti pregava infatti di bussare alla mia porta per domandarmi come stavo, se avessi avuto bisogno di qualcosa...»

«Mi stai invitando a casa tua, Guerriera? Perché lo fai? Tra quelle mura il confronto sarà sempre a mio sfavore.»

Le parve di essere diventata trasparente come l'aria sospesa sul mare, le parve che il riflesso corrusco del tabernacolo la trapassasse da parte a parte.

«Perché forse, se tu scorgerai la mia solitudine, oltre al legittimo desiderio di partire per curarti e per riprendere la tua carriera, prima o poi proverai anche quello di ritornare. Sarà là che io ti aspetterò.»

Non osò più incrociarne lo sguardo. Stringendosi nel cappotto grigio, ridiscese con passo agile la scala che conduceva in paese.

CAPITOLO XII

Georg Friedrich Händel
Ombra mai fu
(Larghetto di Serse, dall'opera omonima)

Liguria, gennaio 1920

Alla fine era venuto. Ciarán aveva bussato alla sua porta il mattino dopo, con il volto segnato dal fumo della notte insonne e con gli occhi di smeraldo che brillavano d'ebbrezza nelle occhiaie cave.

Máirtín aveva spinto la carrozzina sul sentiero tra gli scogli. Sarebbe rimasto volentieri con loro, per custodirlo da ogni pericolo, ma il giovane lo aveva congedato invitandolo a ritornare dopo pranzo.

Le ore erano trascorse nel tepore complice dell'isolamento, come sussurri che il mondo, girando troppo in fretta su sé stesso, non ode. Dialoghi e silenzi avevano chiosato il tempo condiviso che in un battito di ciglia s'era involato. Avevano desinato insieme sorridendosi di ingenue scoperte e di teneri sguardi. Adesso s'avvicinava il momento del commiato. Lo attendevano nel sole del meriggio, nel piccolo giardino sul retro della casa che Guerriera strappava alla roccia. Le spine delle rose erano deserte di fiori e il ciliegio levava i rami nudi a catturare vapori di nuvola. Soltanto le piante grasse, turgide di foglie polpose e di lance che rendevano irto l'aloe, attutivano sul terreno l'aridità dell'inverno e della salsedine.

Seduti uno accanto all'altra sulla panchina azzurra, i due giovani scrutavano muti il sole rifratto nel fluido mosaico dei marosi. La sedia a rotelle era poco distante, vuota.

Guerriera aveva reclinato la tempia sulla spalla di Ciarán, come se lo spettacolo della luce infusa nell'acqua li avesse avvinti in un'intimità mai dichiarata. Lui tratteneva il fiato, credendo che si fosse addormentata e che un movimento imprudente l'avrebbe ridestata.

Ella, allora, sollevò la punta delle dita alla sua barba, sfiorandogliela in lieve carezza.

«A che cosa pensi, Ciarán? Nel verde dei tuoi occhi si specchia l'ansia del mare di rovesciarsi a riva.»

Rise, avvolgendola con l'amorosa fiamma del suo sguardo: «In realtà cercavo nel mio cuore note silenti.»

«Stavi componendo, ispirato dal colore di quest'ora che modella il paesaggio?»

«No, mi capita da alcuni giorni a questa parte. Mi ritrovo a canticchiare una melodia che mi seduce e che non mi esce dalla mente. Quando il pensiero tace, ecco che ritorna e che prende possesso di me.» L'accennò discreto a bocca chiusa.

«Ah!» la riconobbe subito. «Ma è il Larghetto di Händel!»

Lui annuì tornando ad ammirare il mare. E lasciò libero il canto di divenir parola.

«*O mio Signor*
ti sento in me,
Signor, che pace
m'avvolge l'anima
se parlo a Te...»

Aveva una gradevole voce di basso. Smise perché s'avvide delle lacrime di gioia che non era riuscita a trattenere e che gli si erano sparse sulla lana lattea del maglione lavorato a trecce irlandesi.

«Ho meditato a lungo su ciò di cui mi hai accusato, la Notte di Natale...»

Lo interruppe: «Ti chiedo perdono, Ciarán: tu avevi preparato per me una sorpresa gentile e io ho reclamato più di quanto tu mi avessi spontaneamente offerto.»

«*Bhí tú sa cheart!*[101] Avevi ragione, invece! Non sarei dovuto entrare in chiesa, cercando te e trascurando l'ospitalità del Padrone di casa. È accaduto perché sono confuso e oscillo come un pendolo impazzito tra il bene e il male.»

Gli prese trepidante la mano: «Vuoi confidarti con me? Mi farebbe tanto piacere discorrerne insieme.»

Lui assecondò l'impulso che lo infervorava e, senza riflettere, le depose un bacio tra i capelli. Poi, vergognoso, rialzò la fronte.

«Per assurdo, il mio rapporto con Dio era più semplice quando giunsi qua in Liguria, oltre due mesi fa» esordì. «Allora credevo in un Dio crudele che mi aveva imposto l'ingiusta croce della paralisi. Credevo e odiavo. Come chi è stato truffato nella fiducia. L'idea che ho sempre avuto di Dio, prima che venissero i giorni di Pasqua, corrispondeva a una caricatura incantata e irreale.»

«È l'idea che abbiamo tutti, quando ancora non lo abbiamo incontrato nella nostra vita e nel nostro sangue» lo confortò, continuando ad accarezzargli la destra.

«Per me Dio non differiva dal genio della lampada che è descritto in una tra le fiabe de *Le mille e una notte*. Mi sentivo il legittimo depositario della lampada, che strofinavo in cerca di benefici, e mi aspettavo che dal suo cannello uscisse un genio che si prostrasse a me come al suo padrone, per esaudire ogni capriccio. Ti rendi conto, Guerriera? Mi sentivo il padrone di Dio! Quando poi ero pago di onori, riponevo la lampada in un ripostiglio, a prendere polvere, e me ne scordavo sino alla difficoltà successiva. Allora m'affrettavo a recuperarla, per impartire nuovi ordini al genio che avevo asservito.»

«E adesso?» lo pressò, tuffandosi con tutta l'anima nelle sue pupille.

«Qualcosa è cambiato, eppure mentirei se ti confessassi che il mio orizzonte, a differenza di quello che scorgiamo innanzi a noi e che separa il mare dal cielo, è sgombro di nubi. Sono vulnerabile come un lombrico che si attorciglia in mezzo al fango. Sempre più spesso, tuttavia, mi scopro sconcertato mentre dialogo con Dio, o meglio con il Dio incarnato nel Cristo che come Uomo dei Dolori ben conosce il patire. Posso definirla preghiera, la mia? *Is deacair a rá...*[102] Sì, è difficile a dirsi. Ma avverto una voce che mi chiama, che mi bracca e io non posso fare a meno di rispondere. Non posso, è più forte di me! E mi accorgo ogni giorno di più che la differenza tra il genio della lampada che avevo inventato e la gentilezza di questa voce, che mi urla dentro, è l'amore. Sì, solo l'amore, che è il tutto di Dio.»

Guerriera aveva congiunto le palme sulla mano di Ciarán, che tratteneva a sé con limpido affetto. I loro profili si accostavano sull'accecante rogo del mare.

«Anch'io ho provato nelle tenebre del dolore i tuoi stessi affanni, Ciarán, e gli aneliti che precedono il fioco albeggiare del giorno. Anch'io ho udito una voce d'amore che mi sussurrava la via mentre mi ribellavo alle cicatrici di morte. E mi sono gettata nell'unico abbraccio che non mi avrebbe lasciata cadere. Ogni parola da te pronunciata mi appartiene nella carne e nello spirito, risuona in me come un diapason e intreccia la tua anima alla mia. Più tardi, quando il Signore ha irrobustito il mio passo nel cammino quotidiano, ho imparato a chiedere con umiltà. Senza pretendere, come in passato avevo preteso il ritorno di Gabriele e il viso rosato tra i riccioli arruffati della mia piccina mentre dormiva nella culla. Ma offrendo a Dio le mie necessità e cedendo a Lui, alla sua volontà di misericordia, l'ultima parola sulla mia vita. Ho imparato a pregare non per ottenere favori, bensì per affidarmi totalmente. Se, infatti, confidiamo nell'amore infinito di Dio verso ciascuno di noi, quale timore potrà sottrarci il sorriso?»

Le passò il braccio intono alle spalle, con la timidezza di un gesto che infrange barriere e consuetudini.

«Ammiro la meta che tu intravedi, *a chroí*, e mi sembra ancora troppo distante. Sono maldestro nel supplicare e vorrei che si realizzasse la felicità che spero. È la felicità che Dio ha in serbo per me? Dovrei desiderare la sua, annullando la mia nell'obbedienza, ma sono vulnerabile e mi auguro che alla fine il bene che invoco e il bene che Dio mi accorda coincidano.»

«Hai udito? Bussano. Sarà Máirtín...»

Delusa che un nembo cinereo avesse velato il sole e riportato il freddo dell'inverno, Guerriera si staccò da lui e si alzò. Gli sorrise, mentre si ravviava i capelli sfuggiti alla treccia, e cercò di nascondere l'umida invadenza dell'addio. Oltrepassò l'uscio sul retro, che si affacciava sul mare, per raggiungere in fretta l'ingresso principale verso la strada.

Qualcuno continuava a bussare. Convinta com'era che fosse il maggiordomo irlandese, tagliò la stanza di traverso e aprì senza chiedere il nome al nuovo venuto.

Sbiancò d'angoscia.

Un giovane di corporatura tozza si appoggiava con l'avambraccio sinistro allo stipite e vi piegava sotto la testa rasata. Ne incontrò all'improvviso l'insolenza, che gli occhiali d'osso non smorzavano nelle iridi bruciate, e si pentì del battente ormai dischiuso.

Era troppo tardi per allontanarlo ma il pensiero di Ciarán l'attanagliava di paura. Come avrebbe reagito costui, scoprendo la presenza del giovane invalido che non avrebbe potuto difendersi? Era imprevedibile.

Aveva le vesti lacere e sporche di chi è fuggito. Era la divisa che i reduci indossavano al manicomio di Cogoleto: se fosse stato dimesso, avrebbe portato abiti civili. Lo conosceva e non sottovalutava il pericolo che li minacciava, perché nella sua mente disturbata l'ossessione sfociava in molestia. Provò a contrastarlo, trattandolo con fermezza per dimostrargli d'avere il controllo della situazione.

«Che cosa cerca qui? Si è perso?» lo redarguì, irrigidendosi nel vano della porta affinché non oltrepassasse la soglia.

«*Belin che sciarbella!*[103] Ah, così non mi conosci? *Mi me ciammo*[104] Revalliati e all'ospedale ce la intendevamo, *a l'è çerta e segûa.*[105] Ero il tuo *galante, biondinn-a!*[106]» L'intonazione era offensiva, nell'asprezza dell'accento ligure. Gli era ritornato il tic all'occhio sinistro, da cui pareva essere guarito, e continuava a strizzare lo zigomo contro il sopracciglio.

Cercò di mantenere una calma gravità, invocando la Vergine per trovare la soluzione migliore per Ciarán, che altrimenti sarebbe stato alla mercé di quel violento. Non era colpa sua, meschino: era la guerra che lo aveva sconvolto. Eppure la compassione non giustificava la falsa scusante di tollerarne la brutalità.

«Allora ha fatto un viaggio a vuoto, perché io non lavoro più là. Le conviene ritornare a Cogoleto senza indugio, prima che il capitano Borelli scopra la sua fuga.»

«Ci hai preso, *bûgatta*[107]: son scappato da *Cogaêuo*[108] e l'ho fatto per te!» Non riusciva a tenere ferme le mani e gesticolava a scatti. «Mi credono *nescio* e non lo sono! Sono una *vorpe vëgia,*[109] invece: ho letto il tuo *indirisso* sul *libbro*[110] e son venuto. Voglio un *baxin,*[111] adesso, il bacio che ti ha fatto *schinfio*[112] allora. Lo voglio subito!»

Tentò di respingerlo barricandosi dietro l'uscio ma Revalliati, con una spallata, la spinse a terra ed entrò.

Non era Máirtín.

Attraverso la porta socchiusa, Ciarán captò il disagio di Guerriera nel silenzio. Non riconobbe la sua voce, quando la udì parlare: lei, che era sempre soave e cordiale verso tutti, che faceva del sorriso di Cristo il proprio sorriso, si esprimeva con affanno. Fiutò il rischio che correvano non appena il forestiero aprì bocca: era un malato psichiatrico che Guerriera aveva assistito al manicomio di Cogoleto.

Oh Dio, come proteggerla?

Se almeno fosse stato sulla sedia a rotelle... Invece era inchiodato sulla panchina: era un relitto spezzato dal naufragio, inetto a reagire.

Non valeva niente.

Non poteva soccorrerla, non poteva salvarla: che razza di uomo era?

Quale maledizione lo costringeva ad assistere impotente allo stupro della donna che amava?

Istintivamente afferrò la maniglia dell'uscio. Voleva sbatterlo, per distrarre l'aggressore, oppure...

Una vertigine dissennata lo colse.

«Is *giorra cabhair Dé ná an doras...*[113]» sussurrò l'antico proverbio irlandese che invoca l'aiuto di Dio più vicino della porta.

Se Tu non ci sorreggi, Signore, che ne sarà di noi?

Non c'è tempo da perdere e non c'è che la mia paralisi, quale impedimento. Ma se io mi alzassi saprei scacciare il nemico che ci assale. Saprei farle da scudo anche a prezzo della mia vita che, tuttavia, non vale niente.

Fammi alzare, Signore: che cosa ti costa? Nelle nostre campagne d'Irlanda i contadini ripetono in ogni circostanza che il tuo aiuto è più vicino della porta. Ed è proprio alla porta che io devo arrivare!

Vedi? Sposto il sedere lungo la panca: ne ho raggiunto il bordo e mi aggrappo al pomello d'ottone. Avverto tutto il corpo che trema, che stride di terrore e di fatica, ma non mi arrendo.

Signore, rimettimi in piedi! Non ce la faccio da solo ma se Tu sei con me sono disposto ad affrontare l'impossibile. Se Tu sei con me, riuscirò a vincere la mia carne rotta. Se Tu sei con me, con me che non valgo niente, non tradirò la fiducia di Gabriele e difenderò Guerriera con l'ardire estremo dell'amore.

Perché Tu, mio Signore e mio Dio, sei sempre più vicino della porta.

Un'aria fine gli scivolò sui capelli, con calore di carezza. Percepì in essa un'impressione: "*Coraggio, figliolo, ti sono rimessi i tuoi peccati*".

Già, aveva altro a cui pensare che ai propri peccati, in quel momento!

Non valeva niente: non bastava?

Si aggrappò impetuoso alla maniglia, sudando brividi. Le sue braccia non avrebbero retto ancora per molto e sarebbe ricaduto sulla panca dalla quale aveva staccato d'un palmo il bacino.

Disperava, guardando attraverso lo spiraglio: Guerriera si divincolava tra sordi lamenti. Sfuggiva all'aggressore, che la immobilizzava di nuovo.

Ancora un alito di brezza... Ma questa volta gli rimbombò nella testa, fragoroso e tonante: "*Alzati e cammina!*"

Il cuore gli si fermò nel petto. Con sguardo annebbiato, strusciandoli in avanti, cercò di appoggiare la punta dei piedi sul lato del gradino.

Come avrebbe potuto sollevarsi, lui, un paralitico?

Era assurdo per la razionalità che gli rinfacciava la fiducia, eppure se ne avesse dubitato sarebbe stato simile a Pietro che, mentre cammina sulle acque del lago di Tiberiade imitando Gesù, dubita e per poco non affonda.

Con violenza, il venticello gentile non gli lasciò tregua. Gli trafisse ancora le orecchie: "*Alzati e cammina!*"

Sbarrò gli occhi e strinse di più le dita sul pomello.

"*Alzati e cammina!*"

Era dunque possibile?

Era proprio a lui, a un peccatore che non valeva niente, che stava capitando?

«Credo nel tuo amore!» gli parve di gridare, pur non avendo

parlato.

Si alzò di colpo.

Non cercò sostegno. Non erano, infatti, le sue misere ossa a sorreggerlo, ma la mano del Signore che ha fatto meraviglie.

Spalancò la porta e, piantato a gambe larghe, ruggì con tutto il fiato che aveva nei polmoni: «*Ná leag barr méire uirthi!*[114]»

L'uomo atterrì. Si ritrasse, perché era rovinato addosso a Guerriera, e rinculò carponi a terra. Sbatteva furiosamente la palpebra sinistra, tanto che l'occhio gli spariva nell'orbita, e tastava con dita esitanti le lenti per raddrizzarle sul naso. La lingua straniera dell'urlo, l'aspetto spietato con cui lo affrontava, la statura imponente: la sua apparizione fulminea lo aveva stordito.

«Non toccarla neanche con un dito!» ripeté Ciarán ribollendo di rabbia. «È la mia donna: stalle lontano!»

Guerriera, che si era rannicchiata contro la custodia del violoncello di Gabriele, sgranò su di lui occhi increduli, occhi sconvolti, occhi fervidi, in cui il pianto si dissolveva in entusiasmo.

«Ti ha fatto del male, *a chroí*?» le domandò pieno d'apprensione.

Lei scosse il capo, incrociandosi lentamente lo scialle sulla camicetta sgualcita.

«Ringrazio il Signore perché ti ha mandato in mio soccorso appena in tempo...» balbettò con il fiato in gola.

Si rivolse di nuovo all'aggressore che, flaccido nei panni ciondolanti, stava arretrando sino all'uscita: «Vattene, dunque, o ti prendo a pugni! E che io non ti peschi mai più a girare qua intorno!»

Quel tale scappò via tra i massi della scogliera, senza più volgersi, incespicando per il suolo accidentato e dimenticando dietro di sé la porta spalancata sulla pineta e sull'imperturbabile turchino del mare.

«Guerriera, casco giù!» vinto dallo sforzo tremendo, con

la mano che gli sdrucciolava sullo stipite, non riusciva più a mantenere l'equilibrio.

Lei accorse per attutirgli in un abbraccio la caduta. Si ritrovarono entrambi sul pavimento, avvinti l'uno all'altra.

«Benedico questa prova orribile perché, dopo tanto spavento, mi ha recato la gioia di un miracolo» gli sussurrò appoggiandogli la fronte sulla guancia. S'affrettò poi a interrogarlo: «Ti sei tirato su in piedi da solo? Com'è avvenuto? Oh, mio buon Gesù, è così straordinario che stento ancora a crederlo!»

«Ce l'ho fatta proprio perché non ero solo. Qualcuno a un tratto ha rimesso i miei peccati e ha mutato il mio tormento in giubilo. Temevi che io ti avrei lasciato soccombere nel pericolo? Oh no, cuor mio! Sono uno scudo tutto ammaccato eppure sono pronto a dare la mia povera vita per te.»

La sentì rabbrividire sul proprio costato: «Quell'uomo, quel disgraziato... è ricoverato nel manicomio che accoglie i reduci di guerra, nel quale ho prestato servizio. Già allora aveva scambiato la mia abituale cortesia per inclinazione affettuosa. Il panico provato in trincea ha alterato in lui il rapporto con le altre persone. Non gliene faccio una colpa, cerco di comprenderne la sciagura, ma quando ho capito che era scappato per venirmi a cercare, mi sono vista perduta.» Gli cinse ardente il torace: «Speravo soltanto che non si accorgesse di te, perché non ti assalisse.»

«Con l'aiuto del Signore, siamo scampati alla minaccia in agguato. Adesso calmati, *a chroí*, e riposa tra le mie braccia.»

Lei si irrigidì: «A Cogoleto avranno ormai notato l'assenza di Revalliati. Il capitano medico che dirige la struttura e che è davvero una brava persona starà in ansia. Dovremmo segnalare subito ai carabinieri che è stato qui, prima che si dilegui nel nulla.»

Tentò di alzarsi ma Ciarán la trattenne accanto a sé: «Tra poco arriverà Máirtín e chiederemo a lui di fare la denuncia. Non rinunciamo a questi pochi istanti in cui siamo ancora insieme: chissà quando ne avremo altri, in futuro... Ti devo parlare, Guerriera: ti prego, ascoltami!»

La convinse con supplica appassionata ma poi, quando inabissò le pupille nel velluto denso delle sue, restò in muta estasi, respirando il profumo di mughetto della sua pelle.

Tacquero, contemplandosi così vicini da inspirare la medesima aria.

«*Tá mé i ngrá leat...*[115]» le bisbigliò con la bocca che suggeva ormai le sue labbra.

Lei comprese e rispose a brandelli di parole, ricambiandogli il bacio: «Ti amo anch'io... Ciarán...»

Come le ciliegie mature che al principio dell'estate non saziano l'arsura di gustarle, i baci senza fine li inebriavano di delizia. Avevano perso la nozione del tempo mentre si donavano a vicenda l'energia potente della vita che risorge dalle disgrazie, dai lutti che raggelano. S'infiammavano l'uno dell'altra.

Fu lui per primo a riscuotersi da tanta tenerezza: «Ora, a maggior ragione, debbo partire, *a thaisce!* So di poter migliorare, se il Signore mi resterà accanto. Seguirò con scrupolo la cura e la riabilitazione, per tornare da te, per chiederti ciò che, in questo momento, soltanto un egoista oserebbe pretendere.»

«A me non importa se camminerai o se rimarrai invalido: mi sono innamorata del tuo cuore e non delle tue gambe, che accetto comunque siano. Tienimi con te, Ciarán! Non impormi la lontananza che mi ferisce l'anima, che già ti appartiene.»

La baciò ancora, di fremente affetto.

«Non tentarmi, amor mio! Dopo quanto è accaduto oggi, sarei più tranquillo se tu mi aspettassi a Savona, dalla tua famiglia. Io tornerò, te lo giuro, e nulla più potrà separarci!»

Lei gli prese la mano e se la premette sulla guancia: «Tornerai anche se non ci sarà la guarigione che ci auguriamo? Tornerai anche se non potremo fare a meno della sedia a rotelle? È questo che devi giurarmi!»

Nella cornice della porta schiusa sulla pineta e sullo scorcio di mare si sporse timido Máirtín, che forse aveva colto mozziconi di frase, e la sua comparsa gli risparmiò una spiegazione scomoda.

Nel vederli a terra, abbracciati dolcemente, l'anziano maggiordomo perlustrò invano la stanza, alla ricerca della carrozzina.

«*Cad a tharla?*[116] Che è accaduto?» s'affannò a domandare.

Ciarán si commosse di letizia: «È evidente, amico mio. Qualcuno ha rimesso i miei peccati!»

Máirtín era un fervente cristiano, che conosceva in semplicità la Sacra Scrittura. Non poteva ignorare l'episodio evangelico del paralitico, nel quale la remissione dei peccati è l'altra faccia, la grazia complementare e dominante dell'*Alzati e cammina*. Si volse di scatto verso Guerriera, che annuì abbassando le ciglia umide.

Il vecchio allora si tolse il berretto da autista, se lo ritorse tra le mani e s'inginocchiò al suolo. A capo chino, il suo profilo nero era divorato dal vento di luce del giorno.

Silenzio di preghiera.

Il mare oltre la porta, intanto, travolgendo a riva gli scogli e la rena minuta di cristalli, schiumava onde pulsanti.

CAPITOLO XIII

Louis-Marie Grignion de Monfort
Je mets ma confiance

Genova, gennaio 1920

«Presto!» gridò Rinaldo al vetturino, sporgendosi nel vento oltre lo sportello. E ripiombò greve sul sedile: «Speriamo solo d'essere ancora in tempo...»

Guerriera, che gli era assisa di fronte, gli sorrise: «Ce la faremo: non posso cedere all'ansia, dopo aver riposto la mia confidenza in Colui che mi ama.»

«Non fa una grinza» commentò lui tamburellandosi le unghie sul ginocchio. Nella fretta di saltare sul primo treno, non si era cambiato e sotto il soprabito nero vestiva ancora la tonaca. «Hai almeno il passaporto con te? È valido per l'espatrio? Sarebbe una beffa se, una volta giunti in porto con questa folle corsa, ti negassero il visto d'imbarco.»

«Sta' tranquillo, Rinaldo: è tutto a posto. Ho adoperato il passaporto per accompagnare i malati a Lourdes come dama di carità, ricordi? L'ho fatto convalidare stamattina. L'unico problema è il biglietto...»

Finalmente rise anche lui: «Chiederemo aiuto a Bartlemy o a suo padre, chérie. L'importante è arrivare!»

Genova sfilava in immagini rapide, dietro il finestrino. Da una parte c'era il mare bigio di nuvole, su cui dondolavano alberi spogli di barche ormeggiate; dall'altra palazzi colorati facevano coro al porto. Le dimore nobiliari dalle facciate sfarzose stridevano accanto alle stamberghe dei poveri, tristi d'anni e d'umidità. Lunghi fili tesi di bucato saltavano da una finestra all'altra, nella ridda bianca dei panni che l'aria squassava. I carôggi[117] s'addentravano come ferite d'ombra a solcare l'assedio degli edifici e inventavano il dedalo compatto in cui si perdono la saggezza e la disperazione degli uomini.

«Consegnerai a mia suocera e ai miei genitori le lettere che ho scritto loro, Rinaldo?» lo pregò con un sospiro di malinconia. «Avrei voluto abbracciarli prima di partire, ma è stato tutto così improvviso...»

«Affronterò Gianluigi nel suo studio, davanti ai clienti, affinché si contenga e non mi inveisca addosso. E la mamma di Gabriele, che è un osso duro, l'avvicinerò dopo la messa in Duomo, mentre prega Nostra Signora di Misericordia.[118]» Era commosso, sotto la maschera dell'ironia. «Non credo che loro ti approveranno ma, se ciò ti può consolare, io sono dalla tua parte. So che, con l'aiuto di Dio, hai preso la decisione migliore.»

Dietro la curva, il bastimento comparve immenso e sbuffante. I camini già fumavano dense boccate di vapore, che guazzava il cielo di macchie biancastre. Era ancorato nell'insenatura che precede Caricamento.

La carrozza deviò bruscamente sullo spiazzo ingombro di casse e Guerriera spalancò lo sportello prima ancora che si fosse fermata. Scese a precipizio e lanciò la propria borsa a Rinaldo, che la seguiva.

«Paga tu il conducente, per favore. Io vado!» e si mise a correre trattenendosi a stento in testa la candida cuffietta da infermiera.

S'avventò di volata verso la scaletta, dove c'erano un ufficiale e una coppia di marinai dall'immacolata uniforme. Sorrise loro, premendosi la destra sullo sterno.

«Buongiorno» sussurrò ansante. «È questo il Normandy?»

La scritta campeggiava a caratteri cubitali sulla fiancata della nave ma era meglio ostentare competenza.

«Sì, signora» le rispose con cortesia l'ufficiale, nel sollevare il naso dai fogli che aveva tra le mani. Parlava con marcata inflessione britannica: «In che cosa posso esserle utile?»

Intanto Rinaldo l'aveva raggiunta con i due bauli da viaggio, che posò a terra. I marinai, notando la veste talare, probabilmente lo confusero con un prete e sperò che questo li rassicurasse sulle sue buone intenzioni. Una bugiarda, infatti, non si fa accompagnare all'imbarco da un sacerdote.

«Sono l'infermiera di mister Ciarán Ó Murchú» mentì spudoratamente. «Condivido la cabina con Bríd Ní Mhirín,[119] la cuoca del mio datore di lavoro. Non ne rammento il numero...»

Aveva simulato in modo così spontaneo che Rinaldo la fissava strabiliato. Ma non aveva improvvisato, perché si era ripetuta la parte per tutta la notte, mentre nel buio della casa che abbandonava aveva preparato i bagagli. Aveva costruito il suo inganno sulla congettura che a Bríd fosse stata riservata comunque una cabina doppia, più confortevole.

«Controllo subito, signora» fece l'ufficiale, che era alto, bruno e pallido. «Posso chiederle di mostrarmi il passaporto e la carta d'imbarco?»

Si fece consegnare da Rinaldo la borsetta e, disinvolta, gli tese il passaporto: «Ho solo questo con me. Quanto al biglietto, lo ha tenuto sir Wrottesley, perché fino all'ultimo sono stata incerta se partire oppure no. Sarebbe così gentile da farlo chiamare, così le spiegherà lui la situazione?»

«In effetti qui risulta che Bríd Ní Mhirín è alloggiata in una cabina a due cuccette.» Quell'uomo non si accorse del suo sollievo perché aveva la fronte aggrottata in altri pensieri: «Per quanto riguarda sir Wrottesley, non so se...»

Intervenne Rinaldo: «Signor tenente, le garantisco che Joseph Wrottesley ci sta aspettando. Lo ammetto, non siamo stati puntuali per colpa del treno in ritardo e per la difficoltà di trovare una vettura alla stazione di piazza del Principe. Ma lo faccia chiamare e vedrà se ci smentisce!» E mentre il tenente impartiva l'ordine a un subalterno, si piegò verso l'orecchio di Guerriera, sussurrandole: «Per una balla così, don Francesco mi assegnerà come minimo tre rosari di penitenza...»

Lo abbracciò, aggrappandosi a lui quasi a rinfrancare il coraggio. Non ce l'avrebbe fatta da sola. Non ce l'avrebbe fatta se quella mattina, prima di prendere il treno, non fosse andata a cercarlo. Doveva consegnargli le lettere per la famiglia. Quando Rinaldo aveva strappato ai superiori l'assenso per accompagnarla a Genova, aveva capito che sarebbe andato tutto bene. Il Signore le stava appianando la via, dopo averle rivoluzionato la vita.

«Tornerai per la mia ordinazione?» le propose trattenendole la mano. «I miei genitori non mi sosterranno perché non sanno che farsene di un prete tra i piedi e io conto su di te per prepararmi la torta da offrire durante il piccolo rinfresco con gli amici.»

Levò lo sguardo al cielo ferrigno per mascherare una lacrima: «Ci sarò, amico mio. Qualunque cosa capiti, io verrò. Ti scorterò intanto con le preghiere di ogni giorno, affinché il Signore ti circondi di tenerezza e ti custodisca sempre nella vocazione.»

«Ne avrò bisogno, Guerriera: con il benestare di monsignor vescovo, ho chiesto di partire per l'Africa come missionario.»

Adesso la lacrima le sfuggì tra le ciglia e le rigò di luce la gota punta dal freddo di quel meriggio d'inverno. Rinaldo gliela asciugò con la breve carezza del pollice.

«Sarai un ottimo sacerdote, ne sono sicura.»

«Non per merito mio, chérie. Respiro dopo respiro, vorrei diventare lo specchio che accoglie la fiamma splendida del tabernacolo e che la riflette tutt'intorno a sé con l'energia radiante di un sorriso.»

L'eco dei passi sulla scaletta troncò la commozione che accidentava il dialogo. Dietro il marinaio dalla bianca divisa scendeva Joseph, con il colletto del cappotto color cammello rialzato per proteggersi dal vento. Il cuore le sobbalzava in seno eppure continuava a confidare che ogni cosa si disponeva ormai secondo un disegno in filigrana.

Joseph la vide, mentre era ancora avvinta a Rinaldo. Allo stupore del suo sguardo rispose con un'espressione smarrita, con la supplice richiesta d'assecondarla.

«Sir Wrottesley» lo interpellò ossequioso il tenente, riconoscendo in lui un passeggero di riguardo, «c'è qui questa donna che dichiara di viaggiare come infermiera di suo figlio, nella cabina di Bríd Ní Mhirín. Ha con sé il passaporto ma sostiene che lei, signore, non le abbia ancora consegnato i documenti d'imbarco.»

Anziché replicare, il banchiere le venne incontro a braccia spalancate: «Cara Guerriera, come sono contento che lei sia riuscita a liberarsi dagli impegni familiari e che parta con noi! Non si preoccupi: risolveremo ogni adempimento con il capitano. Non è vero, tenente?»

Quello s'affrettò ad annuire. Joseph, allora, evidentemente soddisfatto di averlo incastrato, si rivolse a Rinaldo e gli strinse la mano: «Grazie, figliolo, per averla condotta sin qua. La veglieremo come il nostro tesoro più prezioso, glielo prometto!»

Rinaldo tacque, le cinse le spalle per attirarla a sé e la baciò ruvidamente sulla fronte. Poi la respinse in direzione della scaletta: «Va' da lui, ora!»

«Sì, Guerriera, non faccia aspettare Ciarán» ribadì Joseph e a questo punto gli sfuggì un sogghigno tra il bonario e il malizioso: «magari gli garba un cachet per il mal di mare... A tutto il resto provvederò io. Ah, lo troverà nella cabina numero undici: quando sarà sul ponte, domandi indicazioni!»

«Certo, non mancherò!»

Con il viso trasfigurato di letizia, Guerriera spiccò la corsa di gradino in gradino.

Oltre l'oblò, Genova era un acquerello di nostalgia schizzato di gabbiani in volo. La cabina era rivolta a ponente e sdegnava i colori agitati di Caricamento. Poco prima d'imbarcarsi Bartlemy lo aveva sospinto sin là, all'imboccatura di via degli Orefici, per soddisfare un desiderio. Aveva recitato una breve orazione davanti a un palazzo sconosciuto. Una lapide di marmo bianco, scolpita in latino, ricordava un uomo che veniva dall'Irlanda e che, pellegrino verso Roma, la morte aveva sorpreso in quelle stanze. Si trattava di Dónall Ó Conaill,[120] l'avvocato del Ciarraí che aveva sfidato gli inglesi e che, pur essendo cattolico, si era fatto eleggere a Westminster come deputato irlandese. Era il Liberatore che aveva restituito al popolo i diritti civili, qualunque fosse la confessione religiosa di appartenenza. Mentre infuriava in patria la Grande Fame, avrebbe voluto recarsi dal Papa affinché pregasse per l'Isola di Smeraldo che non aveva più patate per sfamare i suoi figli. La morte glielo aveva impedito e Ó Conaill, quale estrema volontà, aveva implorato che dal suo cadavere fosse cavato il cuore e che proseguisse solitario sulla strada per Roma.

Ma nell'oblò non c'era traccia di quello scorcio. Provò allora a individuare il Grand Hotel Miramare, in cui aveva alloggiato poco più di quattro anni prima. Lindo di fregi, dominava la collina sopra la stazione del treno. Le finestre riverberavano frantumi di cielo ed evocavano nella memoria il volto assorto di Gabriele. Rammentava ogni parola che si erano scambiati quel giorno, quasi un bisturi gliela avesse incisa nell'anima.

La porta si aprì alle sue spalle. Era senz'altro suo padre che, dopo il colloquio con l'ufficiale che lo aveva convocato, tornava a tenergli compagnia. Bartlemy, invece, era ancora impegnato nella sistemazione dei bagagli.

«Are you, daidí? You have been so quick.»

«No, Ciarán, sono io.»

Il sacrificio feroce di non pensare a lei lo aveva sopraffatto con l'ossessione soave della sua voce?

Colpì di scatto le ruote della sedia a rotelle e si volse indietro, a contemplarla. Era davvero lei, con le gote soffuse di rosso affanno. Aveva il fiato affrettato e gioioso di chi si ferma sul traguardo della corsa.

«Guerriera?» mormorò trasalendo d'ardore. «Mi sorprende la tua visita: non avevamo stabilito che non ci saremmo detti addio, per non soffrirne troppo?»

«E se io avessi cambiato idea?» Rideva di luce.

Negò lentamente con il capo, evitando di guardarla per non restarne abbagliato. Sotto il cappotto vestiva la divisa da infermiera e ciò gli parve ambiguo, dopo le parole d'amore condivise. Si sentiva soggiogato da lei che, al contrario, aveva piena padronanza della situazione. Venne avanti e si inginocchiò accanto alla ruota della carrozzina. Appoggiò i gomiti sul bracciolo, congiungendo le mani a sostegno della guancia e dello sguardo di miele.

«Avevo dimenticato, infatti, che ti dovevo restituire qualcosa» gli spiegò con amorosa calma.

Senz'altro aggiungere, le sue dita si fecero intrepide e gli sbottonarono i primi tre o quattro bottoni del cardigan amaranto.

Divertita dal suo imbarazzo, alla fine gli infilò nel taschino della camicia la fotografia che in un giorno di rabbia gli aveva sottratto.

«Sono intirizzita di freddo, da quando tu non mi serbi più sul cuore, Ciarán. Ora che la fotografia di Gabriele è ritornata al suo posto, c'è di nuovo un nido sicuro in cui io posso riposare i sogni e le speranze.»

Egli si portò la sua mano alle labbra, baciandola con devozione.

«Grazie, a chroí! La delicatezza della tua generosità mi sconvolge e mi tortura d'amore, adesso che sono costretto a lasciarti...»

«Non ti libererai di me così facilmente, mio caro» lo interruppe briosa. «Non dopo tutte le imposture che Rinaldo e io abbiamo inventato per convincere un incauto tenente inglese che io parto con te e che divido la cabina con Bríd. Per fortuna Joseph ha capito al volo il mio piano e ha garantito per me. E tu? Che hai intenzione di fare? Vuoi sbugiardarmi?»

Egli rabbrividiva di pallore: «Che garbuglio hai aggrovigliato, Guerriera? Già ti dissi che io non sopporterei più di essere toccato da te per le cure quotidiane. Lo capisci che persino un'asettica frizione scatenerebbe in me la brama di averti tra le mie braccia? Sono un invalido, d'accordo, ma non sono fatto di marmo!»

«Non sono di marmo neanch'io, Ciarán!» esclamò, chinando le palpebre. «E dobbiamo accettare di esserci contagiati a vicenda di violento malanno. Máirtín, l'altro giorno, quando è tornato a salutarmi dopo averti accomodato sull'automobile, mi ha recato il conforto di un proverbio irlandese: Níl aon leigheas ar an ngrá ach pósadh![121]»

«Oh, che pettegolo! C'è chi invecchiando diventa assennato e chi, invece, si rammollisce per i languori altrui! Naturalmente si sarà affrettato a tradurtene il significato...»

«È ovvio: ha predicato che l'unica cura per l'amore è il matrimonio.»

Si spazientì: «Guarda le mie gambe inerti! Non sono più riuscito a sollevarmi, dopo la prodezza di difenderti, e puoi ben immaginare quanto mi ci sia provato!»

«Non hai provato nel modo giusto» ribatté lei trionfante. «Allora tu lo facesti per me, per amor mio. Se all'opposto ti rinchiudi in solitudine, dissiperai a poco a poco ciò che il Signore ti ha donato per intero. Sì, è così: non potremo mai vincere, se restiamo separati l'uno dall'altra. Io voglio esserti accanto, per consolare le tue difficoltà e per rallegrarmi con te dei piccoli progressi di ogni giorno. Voglio sostenerti e circondarti di dolcezza, qualunque cosa accada. Se tornerai a camminare sarai tu il mio sostegno, com'è giusto che un marito sia per la propria moglie; altrimenti io circonderò la tua debolezza con la mia forza e con il mio amore. Voglio pregare con te e cullare sul mio seno i tuoi figli, se il Signore ci concederà la gioia di averne. Io voglio essere la tua sposa, Ciarán, a dispetto del tuo orgoglio.»

Il tono appassionato con cui gli aveva parlato gli rimestava larghi fiotti di sangue attraverso le vene.

La tentazione di arrendersi e di avvincerla a sé era furia d'uragano e squassava le poche remore ancorate alla ragione.

«Che cosa abbiamo da temere, in fondo, se gettiamo in Dio i dubbi della nostra fragilità?» gli sussurrò radiosa Guerriera, sollevandosi dal pavimento per baciargli la tempia. «Il Signore ci è vicino, quando lungo la strada si assiepano gli ostacoli: non per levarceli di torno ma per affrontarli insieme con noi. È dalla sua mano, infatti, che noi attendiamo fidenti scintille d'amore infinito.»

Mirò il grigio dei nembi oltre l'oblò, che una fessura fulgente squarciava in sole.

Tacendo di profonda emozione, si tolse la claddagh d'oro che portava al mignolo destro e che Ros, suo padre, aveva scelto come anello di fidanzamento per sua madre. La infilò tremante all'anulare sinistro di colei che era per lui vertigine di cielo, perché le mani raffigurate le giurassero amicizia, la corona fosse pegno d'immortale fedeltà e il cuore, di cui rivolse in basso la punta, come usa per le donne che sono impegnate, ebbene il cuore le cantasse per sempre d'amore.

Due lacrime discordi, incendiate dall'iridescenza che trapassava il vetro, caddero sullo smeraldo e dapprima si fusero, per poi disperdersi subito in danza luccicante.

Gli occhi negli occhi, mentre la brezza di mare cessa di ululare cozzando contro lo scafo. Intreccio di braccia che si attirano e sospiro d'anime, nel gioco d'eterna estasi che spinge l'amata a sedersi sulle ginocchia dell'amato, anche quando occupa una sedia a rotelle.

Una spalla che diventa cuscino di tenerezza, un viso che riflette l'aurea cipria del giorno nello sguardo d'affetto che lo adora.

Quieta ombra di pupille in pigolante dialogo di vezzeggiativi.

Melodia fragrante di baci che si sorridono senza tempo sopra i giri del vento che, a tratti, ritorna.

Il vento soffia dove vuole e ne senti la voce,
ma non sai di dove viene e dove va:
così è di chiunque è nato dallo Spirito.

(Giovanni 3,8)

EPILOGO

Gilles Servat
La Maison d'Irlande

Genova, lunedì 25 ottobre 1920

CIARÁN Ó MURCHÚ E L'ARABA FENICE

Si pensava che fosse finito. Che avesse chiuso, come capita a tanti artisti che bruciano troppo in fretta la loro carriera. Si esauriscono con l'inesorabilità di una candela, quando non hanno più fuoco da ardere.

Si mormorava che fosse addirittura implicato nell'insurrezione dei poeti a Dublino, nel 1916. E ciò sarebbe stato sufficiente a distruggerne la rispettabilità. Ma Ciarán Ó Murchú, talento d'Irlanda e figliastro di sir Joseph Wrottesley, l'intraprendente banchiere londinese, come l'araba fenice è risorto dalle proprie ceneri.

Ne abbiamo avuto notizia la scorsa primavera, quando a Londra e a Parigi è ricomparso il suo nome sui cartelloni dei concerti. Lui stesso ci ha riferito che è stata un'ardua sfida, perché il suo agente si è rifiutato di riportare in scena un uomo in sedia a rotelle. Per quanto bravo a suonare, infatti, non sarebbe stato uno spettacolo decoroso per il pubblico. Ciarán non si è dato per vinto e ha scelto il fratello Bartlemy Wrottesley per rappresentarlo. Ed è stato un trionfo. Già prima della guerra era apprezzato per la rara sensibilità esecutiva, per il tocco magico e virtuoso e - ammettiamolo - per quell'avvenenza zingaresca che affascinava le signore della buona società; adesso, a trent'anni compiuti, è un pia-

nista completo e maturo, che il dolore ha forgiato a sondare le profondità dell'anima. Tanto che esegua Mozart o Bach, è sempre convincente e sprigiona dalla tastiera sobrio ardore. A Parigi ha persino azzardato un bis su alcune variazioni di The Soldier's Song, *brano attribuito a un imbianchino irlandese suo amico, e tutto il teatro si è alzato in piedi per applaudirlo.*

Ciarán è attualmente in Italia per l'allestimento dell'opera lirica di cui ha composto musica e libretto, con l'impronunciabile titolo gaelico di An Nuachar[122] *(significa* Lo sposo*). Se n'*è occupato di persona perché il fratello Bartlemy è *stato trattenuto in Inghilterra presso la moglie Lorna, prossima al parto.*

Sabato scorso c'è stata la prima messa in scena de Lo Sposo *al Carlo Felice, dopo un lungo braccio di ferro con la direzione del teatro che, fuori stagione e dopo la chiusura per gli scontri bellici, temeva di proporre un soggetto così particolare. Si tratta della storia vera di un conte irlandese che, vittima delle leggi del XV secolo, preferì morire decapitato piuttosto che ripudiare la moglie invisa alla Corona inglese. Ebbene, la curiosità ha fatto vendere tutti i biglietti, già esauriti un paio di settimane prima dell'evento, e la bellezza della partitura unita alla bravura dei cantanti ha compiuto il resto. Ciarán Ó Murchú, appoggiandosi al bastone per mantenersi in piedi, ha diretto da fuoriclasse i quattro atti e ha trascinato orchestra e interpreti con drammaticità coinvolgente. Alla fine gli sono stati tributati dieci minuti di applausi, a nostro parere più che meritati. Lui ha ringraziato dal palco e ha dedicato il suo successo alla memoria di Gabriele Selvaggi. Siamo andati a frugare in archivio e abbiamo scoperto che era un professore di violoncello del nostro Conservatorio, ucciso sulla Marmolada già nei primi mesi del 1916. Per un caso fortuito aveva suonato come solista nell'ultimo concerto che Ciarán* Ó Murchú tenne qui a Genova *nel 1915, proprio al Carlo Felice.*

Abbiamo incontrato Ciarán ieri pomeriggio, nella villa che possiede nel savonese e in cui ha intenzione di trascorrere alcuni mesi prima di ritornare in Irlanda. Gli abbiamo chiesto ancora di Gabriele Selvaggi, ma lui non ne ha voluto parlare. È un giovane riservato, dall'espressione limpida e dal sorriso schietto. Ormai non usa più la sedia a rotelle e si muove abbastanza speditamente con il bastone, sotto l'occhio sempre premuroso della moglie Guerriera, nativa di Savona. In paese ci siamo poi imbattuti nella signorina Antonietta Ghiglia, che è stata per lunghi anni maestra nelle scuole pubbliche e che ci ha raccontato la loro straordinaria storia d'amore. Guerriera, infatti, era l'infermiera di Ciarán, quando lo scorso anno lui venne a svernare in Liguria. La dolcezza quotidiana di stare l'uno accanto all'altra li ha fatti innamorare, nonostante l'infermità del compositore. La medesima dolcezza che traspare da ogni sguardo che si scambiano, dall'accordo di perfetta armonia che li rende voci di un duetto silente e sublime.

La calma fortezza di questi sposi ha svelato anche a noi profani il mistero dell'araba fenice. Non risorge forse dalle sue ceneri ogni volta che il cuore arso in polvere ha l'audacia di aggrapparsi a un raggio di sole?

D. B.
per Il Secolo XIX

Sit finis libri non finis quaerendi

Nel volgere degli anni

Molte cose sono mutate, a Celle Ligure, dal tempo in cui si svolge questa storia.

Sono stati abbattuti la cappella di San Sebastiano, il muraglione della ferrovia e il teatrino parrocchiale. Fu doveroso arretrare i binari del treno e distruggere la barriera che imprigionava il mare, per trasformare questa cittadina costiera in un autentico gioiello della riviera savonese; ma della cappella e del teatrino restano soltanto vetuste fotografie in bianco e nero quali memorie di arte e di fede.

Anche la chiesa della Crocetta non esiste più. Fu fatta saltare all'alba del 25 aprile 1945 dalle truppe tedesche in ritirata.

Grazie!

Rivolgo un pensiero affettuoso e commosso alla memoria delle donne e degli uomini realmente esistiti di cui ho voluto tracciare tra la pagine un ritratto.

Fra tutti gli altri, ricordo in particolare Peadar Ó Cearnaigh (Kearney), autore dell'inno nazionale irlandese, che sopravvisse alla rivolta della Pasqua 1916 e che poi morì in miseria; don Francesco Pedemonte, che mi ha ispirato un personaggio così straordinario che difficilmente la fantasia avrebbe saputo inventare, e Giuseppe Negri, medaglia d'argento al valor militare, che con la sua lettera eroica e straziante, indirizzata alla famiglia poche ore prima di essere ucciso in battaglia, mi ha suggerito l'idea di scrivere questo romanzo.

RINGRAZIAMENTI

Ogni volta che concludo un libro e che lo consegno alla Casa Editrice perché venga stampato, mi accorgo che sono davvero tante e uniche le collaborazioni che mi hanno sostenuto nel progetto. Molte persone mi hanno offerto il loro sorriso, la stima e l'incoraggiamento: non posso qui nominarle tutte ma porto ognuna di esse con affetto nel cuore.

Altre le citerò in breve elenco perché, con il loro preziosissimo aiuto sul testo, hanno fatto in modo che questa nuova pubblicazione fosse la migliore possibile:

Fulvio Scaglione, firma tra le più prestigiose nel panorama giornalistico italiano, il quale mi onora della sua amicizia, per aver accettato di scrivere la prefazione de *La sinfonia del vento*, offrendo al lettore un'intensa ed emozionante chiave interpretativa. Sin da quando ho iniziato a comporre le prime pagine del libro, sognavo che fosse lui a occuparsi della prefazione!

Ciarán Ó Bréartúin, ingegnere irlandese di Baile Átha Cliath (Dublino) e appassionato linguista, per aver riletto e corretto le frasi scritte in gaelico d'Irlanda che compaiono in queste pagine.

Direzione e personale della *Biblioteca Civica "Francesca Calvo"* di Alessandria, per avermi ospitato, perché, in un periodo inusuale della mia vita, non sarei mai riuscita a portare a termine questo romanzo se non fossi andata a scriverlo per intero proprio in questa Biblioteca.

La Giuria del 56° Concorso Letterario Internazionale "San Domenichino - Città di Massa", presieduta da *Alessandro Quasimodo*, per aver assegnato a *La sinfonia del vento* il primo premio assoluto nella sezione inediti. È stata una delle soddisfazioni di cui reco più gioiosa memoria. Un ringraziamento particolare a *Leonardo Angiolini* per aver scritto, a nome di tutta la Giuria, la motivazione del premio, che mi è assai gradita.

Giuliana Vitangeli, carissima amica, che ha letto il testo inedito sottolineandone con la sua sensibilità gli aspetti che possono emozionare il lettore.

Don Franco Barbero, sacerdote salesiano presso la Parrocchia del Sacro Cuore di Gesù al Valentino, in Casale, per le sue costanti preghiere affinché nei miei libri ci sia sempre una piccola testimonianza di Luce.

Barbara Merendoni di Parallelo45 Edizioni, che considero ormai la "mia" editor e la "mia" addetta stampa, per tutto l'impegno che continua a infondere in questo e nei miei libri precedenti, affinché il testo offerto al pubblico sia perfetto e possa avere buona diffusione nel mercato librario nazionale.

Laura Calza, perché ci mette davvero il cuore nel creare le copertine eleganti, raffinate ed espressive di questo e degli altri miei romanzi pubblicati da Parallelo45 Edizioni.

Fabrizio Filios, presidente di Parallelo45 Edizioni, per aver avuto fiducia in me e per aver accolto anche questo mio nuovo romanzo nel catalogo della Casa Editrice, a pochi mesi dall'uscita della trilogia *Dietro la tenda*, scritta a quattro mani con l'autore irlandese Rónán Ú. Ó Lorcáin.

Mio marito *Paolo,* mia figlia *Maria Eloisa*, mia zia *Maria*, ovvero la mia famiglia, uno dei doni più grandi che il Signore mi ha concesso su questa Terra, perché mi sostengono sempre e mi circondano d'affetto. Senza di loro, senza la loro comprensione, non potrei vivere il sogno di fare la scrittrice. Un ringraziamento aggiuntivo a mia figlia Maria Eloisa perché è stata lei a rispolverare, estraendolo dal cassetto delle cose passate, un vecchio manoscritto che avevo intitolato *Sopra i giri del vento* e che risaliva ai primi anni Novanta. Si è innamorata della storia di Ciarán e di Guerriera e mi ha spronato a riprenderla in mano. Io l'ho riscritta completamente da capo, con la maturità umana e artistica di oggi, ed è così che è nata *La sinfonia del vento*.

BREVE NOTA SULLA LINGUA IRLANDESE

Perché la scelta di inserire termini stranieri in un'opera di narrativa?

Perché il romanzo appena concluso, anche se ambientato per la maggior parte in Italia, al tempo della Prima Guerra Mondiale e negli anni immediatamente successivi, è anche un frammento di storia irlandese. Irlandese è il protagonista, irlandesi molti altri personaggi che appartengono alle drammatiche vicende di quegli anni. I loro dialoghi si esternano in maniera spesso irruente, appassionata, rispecchiando l'indomita indole di questo popolo. Prendono forma attraverso una lingua antichissima, che è appunto l'irlandese o gaelico d'Irlanda (*Gaeilge*), e che traduce in parole sentimenti estremi, grandi ideali, fierezze incontenibili.

I personaggi che, scrivendo, vengono inventati o tratteggiati secondo le testimonianze dell'epoca, se realmente esistiti, alla fine non sono più dell'autore, appartengono a loro stessi e appartengono all'Irlanda. Per questo motivo, di tanto in tanto, sfugge loro un'espressione irlandese, anche in contrasto con l'inglese che, un secolo fa come oggi, è purtroppo la lingua più parlata nell'Isola di Smeraldo.

L'irlandese è una lingua complessa, piuttosto ostica da pronunciare per noi neolatini, che ci esprimiamo con suoni diversi. Le vocali, ad esempio, sono dieci, di cui cinque portano l'accento acuto che non ha funzione tonica ma che ne allunga e ne incupisce il suono. Così una á verrà pronunciata come se fosse scritta *aa*, e avrà un colore cupo che s'avvicina a quello della *o*, anzi, per essere più precisi, al suono che assume il fonema *aw* nell'inglese d'America. Le consonanti, poi, sono doppie: si dicono larghe se hanno vicino le vocali *a, o, u* e si dicono strette con *e, i*. E, ovviamente, si pronunciano in maniera differente: gutturale le prime, palatale le seconde.

In irlandese, infine, l'accento cade di solito sulla prima sillaba, qualunque sia la lunghezza della parola (fanno eccezione gli avverbi e alcuni termini desunti da lingue straniere, *stressati* sulla seconda). Esso non è indicato graficamente: i vari accenti acuti che spesso ricorrono sulle vocali hanno, come già asserito, funzione fonetica e non tonica.

Dopo questa premessa, ecco un breve elenco di come ho cercato di simboleggiare i suoni nella pronuncia dei termini visualizzata nelle varie note di piè pagina:

Aw: come nell'inglese americano;
Ch: aspirato come nella parola tedesca *bach* (ruscello);
H: sempre aspirato, come in inglese (se posto a fine parola, dopo una vocale atona, cioè non accentata, conferisce un'intonazione simile a quella del termine francese *café*);
K: con il suono che assume la *c* nelle sillabe italiane *ca, co, cu, che, chi*;
C: con il suono della *c* nelle sillabe italiane *ce, ci*;
Dg: come la *d* anglosassone;
Tc: come la *t* anglosassone;
Gh: con il suono che assume in *margherita*;
Gn: come nel sostantivo *mugnaio*;
L(i): dando alla *l* un suono molto dentale;
Sc: come nella parola italiana *pesce*;
Y: secondo l'uso inglese, come nel pronome *you*;
W: pronuncia anglosassone;
G(r): alla francese, come nell'aggettivo *grand*.
R(s): pronuncia anglosassone della lettera *r*.
Eu: come in francese.

Un'ultima curiosità: come il lettore avrà notato, davanti ai cognomi irlandesi ho utilizzato la particella Ó (anticamente Ua) e non la più nota *O'*, di derivazione inglese. Come mai? La O apostrofata abbrevia la preposizione *Of*, che significa "di", e mette in relazione una persona o con la sua stirpe o con i possedimenti territoriali a cui è legata la sua famiglia. Del tutto differente è l'Ó irlandese, che è il titolo con cui ci si rivolge a un interlocutore in termini di rispetto. In altre parole, equivale al nostro "signor" e precede come formula di cortesia la maggior parte dei cognomi maschili. Quando invece si tratta di designare una donna, la particella Ó diventerà *Ní* per "signorina" e *Uí* per la donna sposata che porta il cognome del marito. Come si sarà notato nel romanzo, altri cognomi irlandesi sono anticipati dal prefisso *Mac*, che è un patronimico perché significa "figlio di". Anche in questo caso il suffisso cambierà per la donna nubile, ossia *Nic*, e per la donna sposata, ossia *Mhic*, che si pronuncia *Vic*.

L'autrice

NOTE DI CHIUSURA

1 Espressione con valenza un po' spregiativa che si può tradurre come: "Dannazione!". E si pronuncia: dàmnu er(s). "Air" è il pronome preposizionale relativo alla terza persona singolare derivato da "ar" = su e in questo caso è utilizzato in modo impersonale.

2 Si legge: in àgnem Dgee. Significa: In nome di Dio. La parola "Dé" è il genitivo singolare di "Dia" = Dio.

3 Corrisponde al nome maschile italiano Martino e si legge: Mawrtciign

4 Si pronuncia: Kì(a)rawn Oo Mùrchuu. Si traduce in inglese come Kieran O'Morchoe o come Kieran Murphy. Il nome irlandese Ciarán si può rendere con l'italiano Bruno. Il cognome ha un suo significato poetico, ossia guerriero del mare.

5 Significa: bene e si legge: wègl.

6 Si pronuncia: keen dùchar.

7 In ligure: "davvero, signor tenente?"

8 In piemontese: "È dura rimanere, con questo ghiaccio..."

9 In ligure: "Gli occhiali, signor tenente..."

10 In ligure: "Ci siamo!"

11 In piemontese: "È mal conciato, povero figliolo."

12 In piemontese: “Ah, quel bastardo di Faccioli: potevano ammazzare lui.”

13 In piemontese: “State zitti”.

14 In ligure: “Questo povero ragazzo”.

15 In ligure: “Un goccino d’acqua, signor tenente?”

16 Riprendono a questo punto le frasi e i termini in irlandese. Questa si legge: taw dgèfir orem. Letteralmente significa: “la fretta è su di me”. “Tá” è il presente indicativo del verbo essere e “orm” è il pronome preposizionale di prima persona singolare derivato dalla preposizione “ar” = su.

17 Si tratta del Connemara. Il toponimo irlandese si pronuncia: kùnamàra (è uno dei pochi vocaboli gaelici con due accenti tonici, come se fosse una parola composta).

18 Si tratta di Dublino e si legge: Blaw Clìah.

19 Si pronuncia: àmadgii

20 Si può tradurre come “Bada a te stesso, Ciarán”. Si legge: àr(s)e chùgat e Chi(a)rawgn. Il nome proprio va in vocativo, evidenziato dalla lettera “a” che precede il nome, dalla lenizione e dalla desinenza del genitivo. “Chugat” è il pronome preposizionale di seconda persona singolare derivato dalla preposizione “chuig/chun” = a, verso.

21 Si pronuncia piibar(s)eh ed è il suonatore di cornamusa

22 Si legge: a(n) wùigl tuu (g)lìgneh. “An bhfuil” è la forma interrogativa del presente del verbo essere “tá”. “Tú” è il pronome personale soggetto di seconda persona singolare, “linn” è il pronome preposizionale di prima persona plurale derivato dalla preposizione “le” = con, rafforzato dalla desinenza -e.

23 Corrisponde alla grafia inglese Eamon e si pronuncia: Èemawn.

24 Si tratta di Galway e si legge: Gà(g)lif

25 Si pronuncia: ba wah l(i)ùm. "Ba" è il condizionale della copula "is", che provoca fenomeno di lenizione (data dalla presenza della lettera h dopo la consonante iniziale, che ne altera il suono) nel successivo aggettivo "maith" = buono. Siccome si tratta di una forma impersonale, è seguita da "liom", che è il pronome preposizionale di prima persona singolare che corrisponde alla preposizione "le" = con, per. Letteralmente la frase si tradurrebbe: "Sarebbe bene per me...", ossia "mi piacerebbe..."

26 Si legge: Sc(i)òsaf e traduce il nostro nome Giuseppe.

27 Corrisponde a Tommaso e si pronuncia: Tùmaws.

28 La frase si legge: taw ìntiv àgamsa as. Letteralmente sarebbe: È a me la fiducia su di lui. Dato che in irlandese non esiste un vero e proprio verbo avere, esso è sostituito dal verbo essere con il complemento di termine (una sorta di dativo di possesso): "tá" è il presente indicativo del verbo essere, "agam" (qui rafforzato dalla desinenza –sa) è il pronome preposizionale di prima persona singolare derivato dalla preposizione "ag" = a e "as" è il pronome preposizionale di terza persona singolare derivato dalla preposizione omografa "as" = da.

29 Sono gli Irish Volunteers, la cui pronuncia è: Òoglih na hèer(s)awn. "Éireann" è il genitivo del nome "Éire" = Irlanda ed è preceduto all'articolo determinativo (anch'esso in genitivo) "na", che determina la presenza della lettera "h" davanti al sostantivo stesso.

30 Si legge: Mac Gnèe(g)l. Nella versione inglese, questo cognome diventa MacNeill.

31 Corrisponde in inglese al cognome O'Rahilly. Si pronuncia: Oo Ràhil(i)eh.

32 Ecco un cognome irlandese assai diverso nella versione gaelica e in quella inglese, che è Casement. Si legge: Mac Àsmantc. Si usa anche nella variante Mac Easmainn.

33 Si tratta del Kerry e si pronuncia: K(i)àrrii.

34 È il General Post Office, ossia la Posta Centrale di Dublino. Si legge: Awrd èfig an pustc.

35 Si tratta di James Connolly, il cui nome in irlandese si pronuncia: Scèemus Oo Kòng(r)al(i)eh.

36 È il poeta Patrick Pearse. Si legge: Paw(d)rek Mac Pìrasc.

37 Identico nella versione anglicizzata e si pronuncia: Rùs.

38 Si pronuncia: àbar(s) l(i)àt. "Abair" è la seconda persona singolare dell'imperativo del verbo irregolare dire e "leat" è il pronome preposizionale di seconda persona singolare (in questo caso rafforzativo del verbo) derivato dalla preposizione "le".

39 Si tratta di Michael O'Hanrahan e si pronuncia: Mìch(i)awl Oo Ànrachawgn.

40 È Michael Collins, che si legge: Mìch(iawl Oo Kèl(i)awgn.

41 Forma enfatica. Si pronuncia: Is as Dgìa ataw m(u)ìgniign àgagn. "Is" è il presente della copula, "as" è la preposizione da e "againn" è il pronome preposizionale di prima persona plurale derivato dalla preposizione "ag" = a. La dipendente è costruita di nuovo con il verbo essere e il suo dativo di possesso, al posto del verbo avere.

42 Corrisponde al cognome Plunkett e si legge: Plùgnkeedg.

43 Si pronuncia: K(i)awnt. In Inglese è Kent.

44 È la Società delle Donne. Si legge: kùmawn na man. L'articolo plurale "na" precede un genitivo, per questo provoca il fenomeno di eclipsis (evidenziato dalla lettera m, che precede la consonante b iniziale del sostantivo, sostituendosi nel suono).

45 Si pronuncia: Mawr(s)eh Gnii Yuli. Per la declinazione dei cognomi femminili, occorre consultare la "Breve nota linguistica".

46 Si tratta di Thomas MacDonagh. Si pronuncia: Tùmaws Mac Dùnchag(r)a.

47 È John MacBride. In irlandese si legge: Sc(i)awn Mac Ghilla Vriidgeh

48 Si pronuncia: Krùhur, per un singolare fenomeno in lingua irlandese, perché la "n" eccezionalmente si legge "r" e viene invertita come posizione con la vocale "u". In inglese è Connor.

49 Corrisponde al nostro Pietro e si legge: P(i)àdar.

50 Si può tradurre con il nostro Arturo e non varia nella pronuncia.

51 Si pronuncia: Àyl(i)art. In inglese il cognome diventa Aylward.

52 Traduce il nome inglese Fanny e si legge: Fàgncheh

53 A differenza della prima e della terza parte del romanzo, in cui i dialoghi si svolgono in italiano, in questa seconda parte è sottinteso l'uso della lingua inglese, nella quale il pronome di cortesia è il "voi" che traduce l'espressione "you".

54 Si legge: Oo K(i)àrni. In inglese questo cognome diventa Kearney.

55 Si pronuncia: Kìan. In inglese, infatti, è Kian.

56 Dopo il vocativo iniziale, la frase si legge: cad ee mar ataw tuu? "Cad" è l'in-

terrogativo che traduce il nostro come.

57 Si legge: taw mee go mah. “Mé” è il pronome personale soggetto di prima persona singolare e la particella “go”, quando precede un aggettivo (in questo caso “maith” = buono), lo trasforma in avverbio (qui buono diventa bene).

58 Si pronuncia: bèy quìgneh agam er na lèhanta sc(i)ò. “Beidh” è il futuro del verbo essere e “seo” è l’aggettivo dimostrativo che corrisponde al nostro questo.

59 Si legge: biih feuygneh agat. “Bíodh” è la terza persona dell’imperativo del verbo essere “tá” e la frase è costruita con il dativo di possesso (“agat” qui rappresenta il complemento di termine), perché come si è già detto in irlandese il verbo avere non esiste.

60 Traduce il nostro infatti e di pronuncia: m(u)ìsceh.

61 Il poeta Premio Nobel William Butler Yates. Liam è il diminutivo dell’irlandese Uilliam.

62 Si legge: keen faw. Corrisponde al nostro perché interrogativo.

63 Letteralmente: “La ragione è a te su questo”, altro caso di dativo di possesso (verbo essere più complemento di termine al posto del verbo avere). Si legge: taw an k(i)àrt agat kìnntceh. “Agat” è il pronome preposizionale di seconda persona singolare derivata dalla preposizione “ag” = a.

64 Si pronuncia: keerd e yèenfamidg. “D(h)éanfaimid” è il futuro, prima persona plurale, del verbo irregolare “déan” = fare. Il verbo, in questo caso specifico, presenta la lenizione della consonante iniziale.

65 Non è il caso di tradurre dato che questa esclamazione triviale è molto simile anche in italiano. E si legge esattamente come si scrive.

66 Si pronuncia: bii k(i)ùugn. "Bí" è la seconda persona dell'imperativo del verbo essere "tá".

67 È il saluto di chi si congeda, perché il pronome preposizionale di seconda persona plurale "agaibh" deriva dalla preposizione "ag" = a. Chi resta dovrebbe rispondere sempre con la parola "slán", ma unita a un pronome derivato dalla preposizione "le". Si legge: slawn àghi.

68 Si pronuncia: an sc(i)àns e vèi l(i)àt, mo chàra is mo chàpten. "Mo" è l'aggettivo possessivo di prima persona singolare che lenisce i due sostantivi successivi, ossia "cara" = amico e "captaen" = capitano. "Is" in questo caso sostituisce la congiunzione "agus" = e.

69 "Óg" (che si legge: oog) corrisponde all'aggettivo inglese "junior". In Irlanda si usa per indicare la giovane età di una persona, anche se il suo nome non coincide con quello di un familiare, ma è più frequente quando padre e figlio portano lo stesso nome. In quanto al nome proprio maschile "Miachán" (che si pronuncia: Mìchawn), nella versione anglosassone diventa Michan.

70 Si pronuncia: Mùrchah Oo Duurasa. Nella versione inglese diventa Murrough Dooris. Una curiosità: il nome Murchadh ha la stessa radice del cognome del protagonista del romanzo, tant'è che nel nord dell'Irlanda il cognome Ó Murchú diventa Ó Murchaidh (dopo la "Ó" del cognome, si usa sempre il genitivo e Murchaidh è appunto il genitivo di Murchadh) . La scelta è voluta e metaforica, quasi a simboleggiare che spesso ci irritano negli altri i difetti che non vogliamo ammettere in noi stessi.

71 Si tratta di Thomas Clarke. Il cognome in irlandese si legge: Oo Clèeri.

72 Il futuro divo di Hollywood John Loder.

73 Si legge: Dunn. Anche questo nome può essere tradotto come Bruno, perché si riferisce al colore castano dei capelli.

74 Corrisponde al nome Brigida (patrona d'Irlanda insieme con san Patrizio) e si pronuncia: Br(s)iidg.

75 Si legge: go raw mah àgat. Letteralmente significa "che sia bene a te", ma è il "grazie" irlandese. "Go raibh" è il congiuntivo del verbo essere "tá".

76 Si pronuncia: is br(i)aw l(I)ùm ee. "Is" è la copula nel tempo presente, "liom" è il pronome preposizionale di prima persona singolare derivato dalla preposizione "le" = con, per; infine, "é" è il pronome personale di terza persona singolare maschile inteso come oggetto = ciò.

77 Si legge: taw scee dg(i)àreg tce. Gli aggettivi accostati "dearg" = rosso e "te" = caldo si possono tradurre in italiano come caldo infuocato, caldo bruciante.

78 Si pronuncia: maws ee do hegl ee. È il "per favore" irlandese, anche se nella versione letterale assomiglia al "s'il vous plaît" francese. "Más" è dato dalla congiunzione "má" = se + la copula "is". Il sostantivo "toil" = volontà è preceduto dall'aggettivo possessivo di seconda persona singolare "do" = tua, che provoca il fenomeno della lenizione ("toil" diventa "thoil").

79 Traduce l'imprecazione "diavolo" e si legge: e Yàuigl. La parola è in vocativo (al nominativo è "diabhal"), preceduta dalla particella "a", che provoca la lenizione della consonante iniziale.

80 Si legge: mìsceh. Si tratta del pronome personale di prima persona singolare, rafforzato dal suffisso "-se", che qui assume valore enfatico.

81 Il inglese diventa Bray. Si legge: Bree.

82 Si pronuncia: tc(i)ùc'an sàurah agas faws'an feer. "Tiocfaidh" è il futuro del verbo irregolare "tar" = venire, mentre "fásfaidh" è sempre futuro, ma del verbo regolare "fás" = crescere. "An" è l'articolo determinativo che precede entrambi i sostantivi che si traducono rispettivamente come estate e come erba.

83 Corrisponde all'inglese Desmond e si pronuncia: Dg(i)àsuun

84 Si legge: gniigl e his agam. Letteralmente si tradurrebbe: "non è a me la conoscenza". Anche in questo caso si ricorre al verbo essere + il dativo di possesso ("agam") per sostituire il verbo avere, assente in lingua irlandese.

85 Si pronuncia: e l(i)èheedg dge v(i)àn. La parola "bean" = donna qui è lenita, perché preceduta dalla preposizione "de". Letteralmente significa: "Che razza di donna!"

86 Si legge: trawnuuna mah.

87 Si pronuncia: e hàsckeh. Il sostantivo "taisce" presenta il fenomeno della lenizione (con l'aggiunta della lettera h dopo la consonante iniziale) perché è preceduto dalla particella "a" che introduce il caso vocativo.

88 Si legge: dge Kòtuun e corrisponde alla versione inglese Cotton.

89 Si legge: dàdgii.

90 Si pronuncia: stcrì(a)pach. Il significato è evidente dal contesto.

91 Si pronuncia: is fiir deutc. "Duit" è il pronome preposizionale di seconda persona singolare derivato dalla preposizione "do" = per. Letteralmente significa: "è vero per te", ossia "hai ragione".

92 Si traduce: "sei proprio disposto a farlo?" e si legge: an wùigl fuut ee sc(i)ò e yènaf. "An bhfuil" è il presente del verbo "tá" = essere in forma interrogativa, "fút" è il pronome preposizionale di seconda persona singolare derivato da "faoi" = sotto, "seo" è il pronome dimostrativo corrispondente in italiano a "questo" e "déanamh" (qui lenito perché in proposizione dipendente introdotta da "a") è il nome verbale del verbo irregolare "déan" = fare.

93 Si legge: an mei an rud gan rah. "An mbeidh" (che presenta il fenomeno di

eclipsis) è la forma interrogativa del futuro del verbo essere.

94 Si pronuncia: sawr e wàd. "I" = in causa il fenomeno dell'eclipsis riguardo al successivo sostantivo "fad" = lunghezza. L'espressione "i bhad" però prende il significato tipico di "lontano".

95 Si legge: keed miil(i)eh fawltceh riv rii lahas Dgee sc ee awrdrii na riihe ee. La traduzone del verso è: Centomila volte benvenuto al Re del Regno di Dio, che è il Re supremo dei re". "Céad" è il numerale cento e "míle" è il numerale mille. La copula "is" in poesia spesso diventa " 's" e si pronuncia come il gruppo consonantico italiano sc davanti a vocale stretta (e, i).

96 Si pronuncia: duun du veel. "Dún" è l'imperativo del verbo omografo "chiudere" e "do" è l'aggettivo possessivo di seconda persona singolare che provoca la lenizione del sostantivo seguente "béal" = bocca.

97 È il nome della cornamusa irlandese e si legge: piibii ìll(i)awnn.

98 Si pronuncia: nùllagh hùna g(r)iv. "Daoibh" (qui lenito perché preceduto dall'aggettivo "shona" = felice che termina con vocale) è il pronome preposizionale di seconda persona plurale derivato dalla preposizione "do" = per, a.

99 Si legge: e chrii ed è il vocativo (lenito dalla particella "a") del sostantivo "croí" = cuore.

100 Si legge: e gùsa d(u)ìgneh e viis e lawntceh. Una curiosità: il sostantivo "sláinte" = salute (qui con fenomeno di lenizione perché preceduto dal pronome possessivo di terza persona singolare maschile "a", che la richiede) si usa nei brindisi, proprio come il corrispondente termine italiano. Il sostantivo "cosa", plurale di "cos" = piede presenta invece il fenomeno dell'eclipsis, ossia una consonante diversa da quella iniziale che, in un certo senso la scherma e la sostituisce nella pronuncia, indotto dalla preposizione "i" = in.

101 Si pronuncia: vii tuu sa ch(i)àrt. "Bhi" è il passato del verbo essere "tá" e "sa" (che provoca la lenizione della consonante iniziale del sostantivo seguente) è la preposizione articolata di "i" = in. Quindi la frase letteralmente si tradurrebbe: "Tu eri nel giusto". L'espressione è tratta dal linguaggio giuridico ed è molto più letteraria, rispetto al colloquiale "Bhí an ceart agat".

102 Si legge: is dg(i)àkar(s) e raw. "Rá" è il nome verbale del verbo irregolare "abair" = dire.

103 In dialetto ligure, come tutte le espressioni seguenti: "che sgualdrina!" Quanto a "belin", è l'esclamazione tipica ligure che allude ai genitali maschili. Nella prima parte del romanzo (IV capitolo) c'è anche un "belan", che ha lo stesso significato ma viene considerata espressione meno volgare.

104 Si traduce: "Io mi chiamo".

105 Significa: "È più che certo".

106 Abbastanza intuitivo: "Ero il tuo innamorato, biondina!"

107 La parola significa: "bambola".

108 Si tratta di Cogoleto.

109 Si traduce: "vecchia volpe".

110 Le due parole in corsivo indicano l'indirizzo e il libro.

111 È il bacetto.

112 Significa: ribrezzo.

113 Di nuovo in irlandese; si legge: is ghìrra càuar(s) Dgee naw an dòras. "Dé" è il genitivo di "Dia" = Dio.

114 Si pronuncia: naw l(i)àg bawr meeir(s)eh ùr(s)i "Ná" introduce l'imperativo negativo (in questo caso "leag" = porre) e "uirthi" è il pronome preposizionale di terza persona singolare femminile derivato dalla preposizione "ar" = sopra. La traduzione si trova nel testo, nella battuta successiva di Ciarán.

115 Si legge: taw mee e ngraw l(i)àt. Letteralmente si tradurrebbe: sono in amore con te. La preposizione "i" = in provoca l'eclipsis della consonante iniziale del sostantivo seguente (la "g" di "grá" = amore diventa in questo caso ng) e "leat" è di nuovo il pronome preposizionale di seconda persona singolare derivato da "le" = con.

116 Si legge: cad e hàrla. "Tharla" è il passato del verbo "tarlaigh" = accadere

117 In dialetto ligure, sono gli stretti vicoli delle città costiere.

118 Titolo con cui è venerata Maria Vergine nel Santuario di Savona.

119 Il cognome si legge: Gnii Vìr(s)iin. Corrisponde alla forma anglicizzata Mireen.

120 Si tratta del parlamentare irlandese Daniel O'Connell (1775-1847), in cui nome si pronuncia: Duunawl Oo Kùnagl.

121 Si pronuncia: niil in l(i)èyas er an ngraw ach puusah. "Níl" è la forma negativa del presente del vero "tá" = essere, "aon" è il numerale "uno" qui nell'accezione di "uno solo", "ach" (che di solito traduce la congiunzione ma) qui assume il significato di "se non" e "pósadh" è il sostantivo matrimonio.

122 Si legge: an Nù(a)char. Il sostantivo "nuachar" è invariabile: traduce tanto lo sposo quanto la sposa.

Indice

Resta in contatto con noi:
www.parallelo45edizioni.it

stampato da: Graphot - luglio 2017